당신의 파라다이스

당신의 파라다이스

민음사

임재희 장편 소설

도준, 지아, 미나, 올레에게

차례

짝 — 긴 이야기 속으로   9

캠프 나인 사람들   46

낙원을 꿈꾸며   57

세 남자   76

제 안의 것들   94

파파야가 익어 가는 시간   102

기회의 땅, 힐로   130

스텔라, 사랑을 믿다   147

너무도 사소한 것들   169

목마른 사람들   182

먼 곳을 바라보는 일   198

어둠 속으로   210

부유하는 사람들   225

죽음의 골짜기, 칼라우파파   236

돌아온 여인, 순례   243

새로운 인연   260

편지   285

대륙에서 온 남자   292

따뜻한 인사, 마할로 누이   312

밤은 긴 그림자를 남기고   333

사랑의 방식   349

동지촌   371

가벼워진 생애 — 너무 많은 이름 속에서   385

작가의 말   394

추천사   398

짝
―긴 이야기 속으로

상학이 먼 곳을 손으로 가리켰다.
"농장에서 아홉 번째 지어진, 캠프 나인이라는 곳이오."
강희가 걸음을 멈추고 그곳을 바라보았다. 기차가 떠난 자리에 푸르스름한 저녁 빛이 차오르고 멀리 희미한 불빛들이 반짝이는 곳이었다. 캠프 나인. 강희는 처음 맛보는 음식을 혀끝에 대듯 속으로 중얼거렸다. 이국적인 어감이 싫지 않았다.
강희는 나영과 나란히 걸었다. 앞에는 상학이, 뒤에는 창석이 따라왔다. 가끔 바람이 빈 들판을 맴돌다 쏴, 하며 나뭇가지를 흔들었다. 인기척에 놀란 새들이 깃을 치며 날아올랐다. 그럴 때면 나영은 겁에 질린 듯 강희의 손을 꼭 잡았다
달짝지근하고 싱그러운 풀 냄새가 코끝을 스쳤다. 강희는

깊게 숨을 들이마셨다. 평생 맡아도 물리지 않을 천상의 향기라고 부르고 싶었다. 사철 꽃이 피고 거리에 과일이 뚝뚝 떨어지는 포와*에 왔다는 사실에 가슴이 뛰었다. 며칠 만에 매서운 겨울 날씨를 뚫고 한여름 속으로 툭 떨어졌으니 딴 세상이 분명했다.

주홍빛 불빛들이 점점 더 가깝게 다가왔다. 개 짖는 소리도 점점 또렷하게 들렸다. 강희는 천천히 걸음을 떼며 주위를 둘러보았다. 목조 주택들이 다닥다닥 붙어 있는 넓은 뜰과 나지막한 야산이 검은 휘장을 두른 듯 캠프 나인을 감싸고 있었다. 창문에서 흐린 불빛들이 흘러나오고 귀에 익은 말들과 밭은기침 소리가 들렸다. 강희는 오래전에 살던 곳으로 다시 돌아온 듯 낯설지 않았다. 익숙한 음식 냄새, 그릇 부딪치는 소리, 아이들의 칭얼거림, 같은 말을 쓰는 사람들의 목소리. 안도감이 밀려왔다. 손에 들고 있던 가방의 무게가 그제야 고스란히 느껴졌다.

상학이 걸음을 멈췄다. 나무 계단이 있는 집 앞이었다. 뒤따르던 강희와 나영, 그리고 창석도 멈췄다. 계단 끝에 두 개의 출입문이 나란히 보였다. 누가 봐도 두 가구가 사는 집이라는 것을 짐작할 수 있었다.

---

* 하와이의 한문 표기

창석은 멀찍이 떨어져 담배꽁초를 내던졌다. 앵두같이 작은 불씨가 어둠을 가르며 날아갔다. 새치름히 서 있던 나영이 흠칫 놀라는 표정을 지었다. 창석은 강희와 나영이 들고 있던 가방을 빠르게 제 손으로 옮기더니 계단을 성큼성큼 먼저 올랐다. 계단을 밟을 때마다 삐그덕거리는 소리가 요란했다.

"올라가요."

상학이 말했다. 강희와 나영은 머뭇거리다 계단을 올랐다.

작은 방이었다. 눅눅하고 퀴퀴한 냄새, 사물을 겨우 알아볼 정도의 침침한 불빛, 작은 책상 하나와 이부자리가 전부였다. 강희는 자신이 맞닥뜨릴 미래의 모습과 마주친 사람처럼 맥이 빠졌다.

들고 있던 가방들을 구석에 내려놓은 창석이 피곤하다는 듯 털썩 주저앉았다. 습기로 끈적했던 대기가 금세 후드득 소리를 내며 맹렬한 기세로 비를 쏟았다. 밖에서 주춤거리던 상학이 얼른 방으로 뛰어 들어왔다.

쏴, 하는 빗소리가 방을 떠메고 어디론가 흘러갈 것만 같았다. 후덥지근하고 끈끈한 공기가 방을 채웠다. 목덜미에 금세 물기가 번질 정도로 엄청난 습기였다. 창문과 방문을 활짝 열어 놓아도 소용없었다. 넷은 약속이나 한 듯 벽 하나를 각자 차지하고 등을 기대고 앉았다. 습기보다 더 힘든 침묵이 작은 공간을 묵직하게 짓눌렀다. 빗소리마저 들리지 않았다면 숨

짝

쉬는 소리만 가득할 터였다.

"거참, 비 한번 시원하게 오네."

불편한 침묵을 깨고 상학이 먼저 입을 열었다. 창밖으로 조금 고개를 내밀더니 금세 젖은 얼굴을 두 손으로 쓸었다.

창석이 주머니를 뒤적거리며 담배를 꺼내 불을 붙였다.

"이만 가지?"

상학이 먼저 일어서며 창석에게 말했다. 창석이 뭔가 한마디 하려다 포기한 듯 따라 일어섰다. 강희는 그들을 배웅해야 하는지 그대로 앉아 있어야 하는지 몰라 나영을 바라보았다. 나영은 여전히 벽에 비스듬히 몸을 기댄 채 눈을 감고 있었다. 강희가 다시 문 쪽으로 고개를 돌렸을 때 상학과 창석은 어느새 빗속을 뚫고 어둠 속으로 달려가고 있었다. 빗줄기가 점점 거세졌다. 강희는 둘의 뒷모습을 바라보며 서 있었다.

"이 작고 냄새나는 방은 누가 살던 곳이었을까?"

강희는 혼잣말처럼 중얼거렸다. 나영은 깊은 생각에 잠긴 듯 아무 반응이 없었다.

강희는 많은 게 궁금했다. 캠프 나인에는 어떤 사람들이 살고 있는지. 아침이 되면 모두의 얼굴을 볼 수 있는지. 그러나 무엇보다 지금 가장 궁금한 건 나영의 기분이었다.

"얘, 자니?"

강희의 말에 나영이 눈을 반짝 떴다. 나른한 듯 두 다리를 쭉 펴더니 돌아서서 가방을 열고 뭔가를 찾아 뒤적거리다 멈췄다.

"자자, 강희야."

만사가 귀찮다는 듯 구석에 있던 이불을 끌어당기며 나영이 말했다.

"잠이 올 것 같지 않은 밤이야."

강희가 중얼거렸다.

"홀아비, 그래……. 홀아비 냄새가 난다. 이 이불에서."

나영이 못 참겠다는 듯 이불을 발로 밀어냈다. 이 모든 게 더러운 이불 때문에 생긴 일이라고 말하는 사람 같았다.

"홀아비?"

강희는 이불을 끌어당겨 코에 대어 보았다.

"비 냄새 아니야?"

비릿하고 눅눅한 냄새가 습기 때문이라고 강희는 생각했다. 나영은 아무 대꾸도 하지 않은 채 벽을 향해 몸을 둥글게 말고 누웠다.

어느새 빗소리가 잦아들었다. 그 둘은 어디로 갔을까. 강희는 누워서도 이런저런 생각에 몸을 뒤척였다. 몸은 피곤한데 잠은 오지 않았다. 나영도 몸을 뒤척이는 걸 보니 강희와 다르지 않은 듯했다.

"우리가 탄 것, 기차 맞지?"

짝

나영은 여전히 말이 없었고 강희는 캠프 나인을 향해 달려왔던 지난 며칠의 시간 속으로 달려갔다.

*

순서를 기다리는 줄이 길었다. 이 섬에 처음 도착하는 사람들은 의무적으로 받는 신체검사라고 했다. 고열과 복통, 발진 증세로 강희와 나영을 포함해 다섯 명이 격리되었다. 강희는 며칠 전부터 한쪽 눈이 몹시 가렵더니 붉게 충혈되었고, 나영은 계속 복통을 호소했다. 같이 배를 타고 온 사람들이 하나둘 호놀룰루 항구를 빠져나갈 동안 다섯 명은 이민국 사무소 곁에 있는 보건소로 옮겨졌다.

하얀 앞치마를 두른 간호사가 물과 알약이 든 봉투를 들고 들어왔다. 세 알씩 먹으라는 소린지 손가락 세 개를 펼쳐 보이며 입에다 털어 넣는 시늉을 했다. 약을 먹은 다음 날부터 강희의 눈병은 점점 나았고 나영은 어찌 된 일인지 여전히 기운을 회복하지 못했다.

"결혼이고 뭐고, 다 귀찮다."

보건소 침대에서 몸을 일으키며 나영이 말했다.

"이제 좀 나았나 보구나?"

"배 탈 때부터 속도 엉망이고, 내려서도 어지럽고…… 난, 이 섬과 뭔가 안 맞아."

해쓱한 나영의 얼굴이 더욱 심하게 일그러졌다.

"처음부터 맞는 사람이 어딨니?"

강희는 반쯤 열려 있던 창문을 활짝 열며 말했다. 열기를 품은 바삭한 공기가 훅 하고 얼굴을 덮었다. 끈끈하지도 비리지도 않았다. 멀지 않은 곳에 바다가 보였다. 물이 빠져나간 곳은 비린내 나는 거무칙칙한 갯벌 대신 밟으면 두 발이 깊숙이 빠질 것처럼 눈부신 흰 모래사장이었다. 그 흔한 갈매기 한 마리 보이지 않는 것이 신기했다.

"물새들이 살기에 이 섬은 너무 깨끗해."

강희는 들뜬 목소리로 혼자 중얼거렸다. 큰 키에 몸체가 가느다란 나무들이 모래사장을 끼고 늘어서 있고 잎들은 부채로 쓰면 꼭 맞을 듯 넓고 길었다. 손차양하고 자세히 보니 나무 꼭대기에 아이 머리만 한 크기의 열매들이 다닥다닥 달려 있었다. 바람이 휘몰아쳐도 쓰러지지 않을 나무 같았다. 강희의 눈에는 이 모든 게 신비했다.

다시 안을 둘러보았다. 벽에는 뜻 모를 언어로 된 벽보가 여기저기 붙어 있었다. 그림이 그려진 설명서도 눈에 띄었다. 이 섬에 새로 도착한 사람들이 지켜야 할 것들이라고 강희는 마음대로 상상했다. 앞으로 배워야 할 게 천지라는 생각도 들었다.

짝

병원에서 주는 식사는 아침만 제외하고 늘 똑같았다. 고기를 우려낸 국물과 함께 생선이나 고기 한 토막에 밥 한 덩어리가 나왔다. 기름지고 짰다. 파처럼 잘게 썬 채소는 향이 독특했지만, 못 먹을 정도는 아니었다.

"이 먼 곳에서도 사람들이 쌀로 밥을 지어 먹고 산다는 게 신기하지?"

"난 실망이야. 우리 살던 곳이랑 다를 게 없잖아."

말은 그렇게 했지만 나영은 허기가 졌는지 그릇을 다 비웠다.

나영은 흙 묻은 버선과 고무신을 털고 또 털었다. 그래도 여전히 마음에 들지 않는 눈치였다. 결혼하면 서양 구두와 원피스를 제일 먼저 사고 싶다고 중얼거렸다.

"이 먼 길을 왔는데 남편 될 사람은 코빼기도 안 뵈고……."

이해할 수 없다는 듯 나영이 고개를 저었다. 신발도 옷도, 모든 것이 마음에 들지 않는다며 불평을 늘어놓기도 지쳤을 때였다.

"그거야, 우리가 아직 신체검사를 통과 못 했으니, 보러 오고 싶어도 못 오는 거지."

나영이 낯선 곳에 도착했다는 불안한 마음을 그렇게라도 달래 보려고 애쓴다는 걸 강희도 모르지 않았다.

강희와 나영은 자리에 누워서도 오래 뒤척였다. 아침이 오면 남편 될 사람을 만난다는 게 믿기지 않았다.

"저 달 봐라."

나영의 말에 강희는 그제야 병실 안이 유난스레 환한 것 같아 고개를 길게 뺐다. 고향에서 보던 것보다 환하고 더 동그랗게 느껴지는 달이었다. 기이한 느낌마저 들 정도였다. 파도 소리가 간간이 들려오고 바람은 여전히 꽃향기를 실어 날랐다. 갈매기는 없지만, 포와에는 달도 있고 쌀도 있었다. 이곳에 정 붙이고 살지 못할 이유가 없다고 생각했다.

이제 날이 밝으면 그 사람을 보겠구나. 강희는 사진으로만 봤던 오창석을 떠올렸다. 방금 빗은 듯 빗자국이 그대로 남은 머리와 단정한 양복 차림의 그가 웃으며 문을 열고 들어오는 상상을 하자 저절로 두 볼이 붉어지는 것만 같았다.

"이불을 안 덮어도 덥네. 며칠 전만 해도 냉기가 흐르는 방에서 오들오들 떨었던 게 믿기질 않아."

자는 줄 알았던 나영이 중얼거렸다.

"지긋지긋한 추위도 그리워질 때가 오겠지?"

강희는 제물포항을 떠나던 날, 소한 추위가 기승을 부리던 날씨를 기억했다. 하늘은 당장 눈이라도 뿌려 댈 것처럼 잔뜩 흐렸던 것도. 더운 곳에서 겨울 추위를 상상하려니 따뜻한 이곳이 꿈속 같았다.

"이제 속은 괜찮은 거야?"

"주사 맞은 데만 좀 부었네."

짝

나영은 팔뚝을 걷어 보였다. 허연 팔뚝 중간쯤에 붉은 반점 하나가 봉긋하게 솟아 있었다.

강희와 나영은 아침부터 서로의 머리를 곱게 빗어 땋느라 분주했다. 가져온 몇 벌의 옷 가운데 가장 깨끗한 옷으로 갈아 입었다. 이제 곧 남편 될 사람을 만난다는 생각에 긴장한 표정들을 감출 수 없었다.
"아침부터 찜통이네."
손부채질하던 손으로 나영은 이마를 짚었다.
"사철 이렇다잖아."
강희는 일 년 내내 더운 여름이 계속되는 것은 상상도 할 수 없었다. 겨울이면 손과 발이 얼고 매서운 바람이 옷 속으로 파고들던 시간으로 돌아갈 수 없다는 것도 실감 나지 않았다.
"내가 네 집에 들어가 산 게 몇 살 때였지?"
나영이 회상에 젖은 표정으로 물었다.
"네 아버지 돌아가시고 내가 여섯 살이었을 때니, 너는 일곱 살이었지."
나영의 옷고름을 매 주며 강희가 말했다. 예나 지금이나 나영은 옷고름 매는 게 서툴렀다.
"십이 년을 같이 살았구나."
강희와 나영은 서로를 바라보았다. 나영의 붉은 댕기가 오늘따라 더 붉게 느껴져 강희는 기분이 이상했다.

강희는 나영을, 나영은 강희를 누구보다 잘 알고 있었다. 강희는 나영의 사타구니 근처에 엄지손톱만 한 점이 있는 것을 알았고, 나영은 강희 배꼽 근처에 수두 자국 세 개가 흉터로 남은 것을 기억했다. 초경을 했을 때도 강희는 나영에게, 나영은 강희에게 가장 먼저 알렸다. 검붉은 피가 불길한 징조는 아닐 거라고 서로를 위로했다. 나영은 부엉이 소리를 제일 무서워하고 강희는 번개 치는 밤이면 오줌을 지릴 정도로 바르르 떠는 것도 서로 알고 있었다. 친자매 사이보다 더 끈끈한 추억들이 그들 사이에 자리했다.

"너…… 잘 살아야 한다."

나영이 갑자기 언니처럼 나지막한 목소리로 말했다. 강희는 갑자기 터져 나오려는 웃음을 애써 참았다.

"지금 누가 누구 걱정을 하는 거야?"

심각한 표정을 짓던 나영이 강희의 말에 키득거리며 입을 가렸다.

대기실을 향해 걸어오는 두 남자. 멀리에서 봐도 그들은 상학과 창석일 것만 같았다. 마음속으로 준비한 순간들이 너무도 빨리 다가오는 것만 같아 강희는 입에 침이 바짝 말랐다.

"저 두 사람 중, 누가 네 신랑이고 누가 내 신랑일까?"

나영은 생각지도 못한 어려운 질문을 던져 놓고 망연한 표

짝

정이었다. 둘 중 '한인 사회 지도자'같이 보이는 남자가 누구냐고 묻는 거였다. 두 남자의 모습이 가까워질수록 나영은 조바심을 숨기지 못했다. 옷고름을 만지던 손으로 머리를 쓰다듬더니, 이내 두 손으로 얼굴을 가렸다.

"한 명은 내 신랑이고, 다른 한 명은 네 신랑이지?"

"그렇지. 근데, 좀 많이 다른 것 같아…… 뭔지는 모르겠지만, 사진으로 본 느낌과 아주 다르네."

"가까이서 보면 같을 거야. 그 얼굴이 어디들 가겠어?"

말은 그렇게 했지만, 강희도 입이 바짝 타는 느낌이었다.

대기실을 향해 걸어오던 두 남자가 현관에 서 있던 경비원에게 서류를 먼저 건넸다. 나영은 의자에 앉았다 다시 일어서기를 반복했다. 강희도 덩달아 안절부절못하고 의자에 몸을 반쯤 걸터앉은 채 그들을 바라보았다.

두 남자 가운데 한 남자는 현관 옆 화장실로 들어가고 다른 한 남자가 헛기침하며 대기실 문을 열었다. 아무렇게나 소매를 걷어 올린 모습이 급히 일을 끝내고 온 듯했다. 얼굴은 땀으로 번들거렸고 햇볕에 그을린 검은 팔뚝과 다리는 길고 가늘었다. 남자는 모자를 벗어 한 손에 들고 다른 한 손으로 땀에 젖은 머리카락을 급히 다듬었다. 더운 공기와 끈끈한 땀내가 그를 따라 들어왔다.

"최상학입니다."

남자의 목소리는 호리호리한 그의 몸과 어울리지 않게 굵었고, 말투는 정중했다. 그는 어색한 듯 강희와 나영을 번갈아 바라보았다. 눈썹은 먹물로 그려 놓은 듯 진하고 이마가 넓고 훤했다. 그럼……, 사진 속 그 남자, 나영의 짝, 한인 사회 지도자? 강희는 사진으로만 보았던 얼굴을 바로 눈앞에서 본다는 사실이 너무도 신기해 눈을 동그랗게 떴다. 그러나 뭔가 달랐다. 혹시 사진 속 남자의 아버지가 대신 나온 걸까. 비늘처럼 반짝이는 그의 흰 머리카락에 강희의 시선이 닿았다. 강희는 그것이 아름다움도 추함도 아닌, 시간이 남긴 흔적이라고 생각했다.

나영은 미동도 없이 멀뚱하게 서 있는 상학을 의아한 눈으로 바라보았다.

"저희 집안이 머리가 일찍 셉니다."

상학은 나영의 놀란 표정이 몹시 어색한 듯했다. 한 손에 들고 있던 모자를 쓸데없이 만지작거리며 다른 한 손으로 빠르게 머리카락을 쓸어 올렸다. 왠지 나이 든 어른이 애써 착한 아이처럼 구는 듯 보였다.

"한인 사회 지도자, 최상학 씨?"

꼭 확인하고 넘어가겠다는 듯 나영이 단호한 목소리로 물었다. 마지막 희망을 놓지 않으려는 듯 긴장한 표정이었다.

"지도자는요……. 이름은 맞습니다."

짝

그는 자신을 그렇게 소개한 중매쟁이를 이해할 수 없다며 웃었다. 선으로 그은 듯 뚜렷한 눈가 주름들이 기다렸다는 듯 얼굴에 여러 개의 반원을 그렸다. 희고 고른 치아가 가지런히 드러나지 않았다면 노인이라고 해도 믿을 성싶었다.

상학의 말이 끝나기도 전에 나영은 다리가 풀린 듯 비틀거렸다. 강희와 상학이 그녀를 잡으려고 거의 동시에 손을 뻗었지만, 나영이 먼저 주저앉자 둘은 당황한 표정이었다. 나영의 낯빛이 멀미할 때처럼 파리해지더니 천천히 표정이 일그러졌다.

대기실로 뒤따라 들어선 남자가 당황한 눈빛으로 상학을 바라보았다. 그리고 고개를 돌리는 그의 시선이 강희의 시선과 스치듯 허공에서 마주쳤다. 강희는 갑자기 이명이 울리듯 귀가 멍한 느낌에 사로잡혔고, 한 올 흐트러짐 없이 반듯하게 머리를 빗어 넘긴 남자가 오창석임을 바로 알아봤다. 그의 눈빛도 상대를 알아본 듯 반짝했다.

나영이 치마폭에 고개를 묻고 끝내 긴 울음을 터트렸다. 강희는 남편 될 사람을 만난 반가움도 내색하지 못하고 나영을 다독거렸다.

"집으로 다시 갈래요. 보내 주세요."

나영은 작고 낮은 목소리로 말했다. 그리고 다시 흐느꼈다. 상학의 얼굴이 조금 일그러졌다. 영문을 모르는 창석은 여전히 당혹스러운 표정이었다. 집으로 다시 간다니. 그 말 한마디의 무게가 모두의 가슴을 짓누르는 것 같았다.

창석은 잠시 나갔다 오겠다며 상학을 데리고 대기실을 나섰다.

"속은 거라고."

나영은 그들이 대기실을 벗어나자 고개를 들고 잘라 말했다. 손에 들고 있던 사진을 당장이라도 찢어 버릴 기세였다. 강희가 억지로 사진을 빼앗았다. 구겨진 사진 속에서 양복을 멋지게 차려입은 상학이 웃고 있었다. 나영은 사진마저 강희 손으로 넘어가자 된통 억울한 일을 당한 사람처럼 다시 울음을 터트렸다.

"절름발이 언청이한테 시집을 가면 갔지, 늙은이는 싫다고!"

울음 섞인 나영의 단호한 목소리가 대기실을 때렸다. 평소의 그녀답지 않았다. 절름발이 언청이는 나영이 포와에 오기 전 들어온 중매 자리였다. 만물상으로 크게 성공한 집 아들이었다. 그녀는 비단을 두르고 살아도 그런 자리는 싫다고 야멸차게 거절했다. 그것도 모자라 중매쟁이를 다시는 집에 발도 들여놓지 못하게 했다. 사람들은 나영이 제 형편도 모르고 큰 복을 찼다고 수군거렸다. 나영의 결정이 옳다고 말한 사람은 강희뿐이었다.

"그럼 정말 되돌아가겠다는 말이야? 일본 놈들이 득실거리고 배고프고 희망 없는 곳으로?"

짝

강희가 재차 물었다. 상상도 못 한 상황이었다.

"포와에서 제물포까지 돌아가는 뱃삯이 얼만데? 정신 차려!"

소리치듯 강희가 말했다. 떠나온 곳이 무슨 옆 동네인 것처럼 말하는 나영이 철부지로 느껴졌다.

"뱃삯이 얼마면? 늙은이하고 사는 것보다 더 비싸대?"

흥분한 탓인지 나영의 얼굴이 붉어졌다. 마치 모든 게 강희 탓인 양 몰아세우는 말투였다.

"둘 뱃삯이 얼만데, 돌아갈 비용까지 달라고 할 자신 있어?"

강희도 지지 않았다.

"누가 둘이래? 나 혼자만 되돌아간다고."

이미 기운이 빠진 목소리로 나영이 말했다.

'나영이 떠나면 과연 내가 여기에서 마음 편히 살 수 있을까.'

강희는 첫 번째 질문과 마주쳤다. 둘이 함께 왔으니, 함께 남든지 아니면 함께 떠나는 것이 순리다. 같이 잘 살자고 온 길이다. 그 험한 뱃길을 혼자 돌려보낼 순 없다. 올 때는 여러 명이 함께라 서로 의지하고 지켜 주었지만, 나영 혼자 돌아간다면 배 안에서 어떤 일을 당할지 모른다. 강희는 망설임 없이 결론을 내렸다.

그래서일까. 시간이 흐를수록 심각한 사람은 오히려 강희였다. 운 좋게 돌아가는 뱃삯을 빌린다고 해도 무슨 수로 그것을 다 갚겠는가. 어디 그뿐인가. 고향 마을에서는 이미 포와로 시집간다고 소문이 났다. 단단히 결심하고 태평양을 건넜다는 사실을 나영은 벌써 잊었나. 되돌아가다니, 말도 안 돼. 강희는 머리를 세차게 흔들었다.

"난, 안 간다. 뼈 묻을 각오하고 왔어."

자신의 의지를 다지듯 흔들림 없는 목소리로 강희가 말했다. 나영에게도 전달되기를 바라는 간절함이었다. 돌아가다니. 그건 말도 안 돼. 그것만은 확실해. 속으로 중얼거렸다.

"생각해 봐. 포와로 시집간다고 잠도 설칠 만큼 좋아했잖아? 나보다 네가 더 나서서 한 일이야."

"그랬지. 그렇지만, 달라, 내가 본 그 사람이 아니야. 그게 내가 돌아가겠다는 이유야. 정말 내 맘 모르겠니, 강희야?"

"난 안 간다."

"그러니까, 나만 간다고."

나영도 지지 않았다. 작은 결정 하나에도 전전긍긍하던 예전의 나영이 아니었다.

그 먼 길을 되돌아가겠다는 상상만으로도 강희는 벌써 지쳤다. 춥고 배고픈 고향 땅을 향해 다시는 고개도 안 돌리겠다고 배에서 둘이 얼마나 다짐했던가. 강희는 벌써 으스스 몸이 떨렸다. 뼛속까지 파고들었던 한겨울 추위가 맹렬한 기세로 온몸을 타고 올라오는 것만 같았다.

대기실로 들어서는 창석과 상학의 표정이 몹시 어두웠다.

짝

나영은 치마폭에 묻은 고개를 들지 않았다. 슬픔과 분노를 그대로 품은 듯 움직임조차 없었다.

"내 며칠 더 말미를 주리다. 먼 길 오느라 지치고 피곤할 텐데, 쉬면서 천천히 생각해요. 우선 이곳을 나가야 하니 두 사람은 날 따라 줘요."

상학이 들고 있던 모자를 다시 고쳐 쓰며 말했다. 강희도 대기실을 나가는 것이 옳다고 생각했다. 더 이상 머물 수도 없었다. 같이 배를 타고 온 사람들 가운데 남은 사람은 나영과 강희, 둘뿐이었다.

"우선 이곳에서 나갑시다."

창석이 가방을 챙겨 들며 말했다. 그는 이런 상황에 강희와 첫 대면을 한 것이 몹시 서운한 눈치였다.

"괜찮아요?"

창석이 작은 목소리로 강희에게 물었다. 강희는 대답 대신 고개를 끄덕였다. 그가 건넨 말 한마디가 혼란스러움을 잠재우는 것만 같아 고마웠다.

"갑시다."

창석이 미동도 하지 않는 나영의 팔목을 살짝 잡아끌었다. 나영이 불쾌하다는 듯 무섭게 그를 쏘아보았다. 창석이 다시 설득하자 나영이 마지못해 그를 따라 일어서서 강희를 안심시켰다.

항구를 벗어나자 다른 세계였다. 햇살이 비처럼 내리쬐는 거리였다. 유난히 흰 피부의 나영이 가방에서 보자기를 냉큼 꺼내 머리에 둘렀다. 강희도 손차양을 하며 걸었다. 포와는 태양과 가까운 곳이래. 배 안에서 누군가 했던 말이 떠올랐다. 영문도 모른 채 흘려들었는데, 틀린 말 같지 않아서 강희는 놀라웠다.

임시로 머물 교회로 가는 길이라고 상학이 말했다. 호놀룰루 항구에서 가까운 곳에 있는 한인 교회라고 했다. 교회요? 나영이 이해하기 힘들다는 목소리로 걸음을 멈추고 물었다. 상학은 그녀의 말에 아무런 대꾸도 하지 않고 걸었다. 그곳이 얼마나 먼 곳이냐고 나영이 또 물었다. 창석은 멀지 않다고 말하며 걸음을 재촉했다. 강희는 창석의 그런 옆모습을 슬그머니 훔쳐보았다. 아직 인사도 제대로 못 나눴지만 그가 낯설지 않게 느껴졌다.

지은 지 얼마 되지 않은 듯 흰색 외벽이 산뜻해 보이는 작은 교회였다. 몸이 호리호리한 중년의 여자가 일행을 맞았다. 가지런히 쪽 찐 머리와 꼭 다문 입술이 깔끔하고 바지런한 인상을 풍겼다. 상학에게 자초지종을 듣던 여자가 머리를 끄덕이며 강희와 나영이 서 있는 곳을 힐끗거렸다.

"이곳에서 짐을 풀고 쉬도록 해요. 어차피 되돌아가려 해도 며칠은 더 기다려야 할 거요."

짝

상학은 나영을 돌려보내기로 이미 결정한 사람처럼 말했다. 태평양을 건너는 일이 이렇게 간단한 것일까. 강희는 정말 무책임한 처사라고 소리치고 싶은 마음을 애써 눌렀다. 나영이 끝내 아무 대꾸가 없는 것도, 창석이 끼어들어 말리지 않는 것도 모두 이해할 수 없었다.

"힘들 텐데 이곳에서 좀 쉬어요. 내 다시 데리러 올게요."

창석이 강희에게 작은 목소리로 말했다.

상학을 따라 교회 언덕을 내려가던 창석이 뒤돌아보았다. 그들의 뒷모습을 바라보던 강희가 손을 조금 흔들었다. 그가 답례하듯 손을 치켜들었다. 강희는 오랫동안 그곳에 서 있었다. 사진 한 장에 바다를 건너오다니. 강희는 이런 인연이 여전히 믿기지 않았다.

거짓말처럼 비가 내리다 그치고 오후의 햇살이 점점 순해졌다. 강희는 나영이 기다리는 방으로 돌아가지 않고 교회 주변을 걸었다. 나무가 울창하고 꽃들이 만발한 뒷마당은 꽤 넓었다. 빗물에 젖은 흙내가 진했다. 농익은 과일 향이 공기 속에 섞여 있는 듯했다. 향기로운 바람이 시름도 걷어 갈 듯 부드럽게 뺨에 닿았다.

아무리 생각해도 강희는 모를 일이었다. 나영의 문제인데 자신이 뭔가 큰 결정을 내려야 할 것 같은 중압감을 이해할 수 없었다. 나영이네 덕으로 평생 살아왔음을 잊지 말라는 아버지 말도 가시처럼 걸렸다. 나영을 혼자 보낼 수 없다는 건 분명했다. 같이 살아온 정도 혈육처럼 깊었다. 어느덧 발길은 교회 뒤쪽에 있는 언덕으로 이어졌다.

나지막한 지붕들 너머 감청색으로 펼쳐진 바다가 보였다. 저 바다 끝 어디쯤 포와행 배를 탔던 제물포항이 있을 것이었다. 보이지 않아도 보이는 것들이 바다 너머에서 강희를 부르는 것만 같았다. 매캐한 겨울바람, 비릿한 갯벌, 그리고 너만이라도 제대로 살라며 엄마가 자신의 등을 떠밀던 순간이 모두 어제 일처럼 생생했다. 다시 돌아갈 수 없어. 그건 분명해. 강희는 나영에게 툭하고 뱉었던 말을 다시 가슴에 새기며 언덕을 내려왔다.

"어떡할래?"

"갈란다."

"며칠 더 생각하고 결정하면 안 될까? 뭐가 그리 급해?"

"내가 되돌아가는 이유는 분명해. 그리고 남자 쪽에서 뱃삯을 내야 해. 아무렴, 당연히 그래야지. 그래도 내 속상한 건 풀리지 않아. 이건 사기나 농간이야."

강희는 나영이 예전과 다른 사람처럼 느껴졌다. 이렇게 고집을 피우는 모습을 본 적이 없어 더 그랬다.

"이 섬이 싫은 거야?"

포와로 온다는 사실만으로도 자신보다 더 들떴던 나영을

짝

강희는 잊을 수 없었다.

"자자."

나영은 말할 기운도 없는 사람처럼 보였다.

분명히 새소리였다. 천상의 소리처럼 맑고 경쾌했다. 강희는 게으르게 눈을 떴다. 창문을 바라보니 하늘이 쪽빛이었다. 간밤의 복잡한 일들은 모두 거짓말 같았다. 나영은 언제 일어났는지 긴 머리를 풀어 빗었다. 새로운 결정이라도 한 걸까. 그녀의 표정이 어제보다 밝아 보여 강희는 은근히 마음이 놓였다.

상학과 창석이 아침부터 교회로 찾아왔다. 중대한 결정이라도 내린 사람들 같았다. 창석의 표정은 어두웠으나 상학의 표정은 오히려 담담했다.

교회 일을 보는 여자가 힐로에서 재배한 커피라며 먹물 같은 물을 찻잔에 담아 내왔다. 강희는 호기심을 갖고 몇 모금 마셨다. 나무 탄내가 떠오르는 냄새가 싫지 않았다. 입안을 돌다 사라지는 뒷맛이 독특하게 썼다.

찻잔을 만지작거리던 손길을 멈추고 상학이 작정한 듯 고개를 들었다.

"나는 처자를 속일 맘이 한 치도 없었소. 중매쟁이가 무슨 말을 어찌 했는지 모르나, 내 나이 서른여섯이오. 팔 년 전,

1903년에 포와에 내려 지금까지 죽 이 섬에서 살았소. 고국에서 사진 신부를 데려온다기에, 사진 비용이라도 아끼려고 오래전에 찍었던 사진을 건네기는 했으나 나이를 속이지는 않았소. 굳이 싫다는 사람, 이 섬에 잡아 둘 마음도 없고……."

강희는 조바심치는 심정으로 상학의 얼굴만 바라보았다. 나영이 어찌 반응할지 몰라 숨소리도 삼켰다.

"결혼식이 다음 주 토요일이에요."

창석이 답답하다는 듯 상학과 나영을 번갈아 보며 말했다.

"토요일이라고요? 그렇게 빨리요?"

강희가 놀라 되물었다. 창석이 고개를 끄덕였다.

"굳이 돌아가시려면, 며칠 말미를 줘요. 내 여비를 마련해 보리다."

상학의 입에서 뜻밖의 말이 흘러나왔다. 신부를 데려오기 위해 몇 달 치 월급을 모두 털어 넣었다는 말은 하지 않았다. 그렇게까지 해서 나영을 잡아 둘 마음도 없어 보였다.

창석은 아무 대답 없는 나영을 이해할 수 없었다. 그는 불현듯 자리에서 일어서더니 방 안을 서성거렸다. 돌아가겠다고 고집을 피웠던 나영은 상학의 조리 있는 말에 고개를 숙이고 생각에 잠긴 눈치였다.

"어찌 할 것인지 네 결정을 말씀드려."

강희는 간절한 목소리로 나영에게 말했다. 세 명의 눈과 귀

짝

가 나영에게 쏠렸다.

"뱃삯이 준비될 때까지 이곳에 머물게 해 줘요."

"그럼, 정말 가겠다는 말이오?"

창석이 믿을 수 없다는 듯 따지듯 물었다. 상학이 짧게 한숨을 내쉬었다. 마지막 품었던 작은 희망이 여지없이 깨졌음을 느끼는 듯했다. 그는 잠시 눈을 감았다 떴다. 하고 싶은 말을 억지로 삼키는 표정으로 자리에서 일어섰다. 창석이 당혹스러운 표정으로 상학의 뒤를 따라 나갔다.

강희는 혼란스러웠다. 나영의 결정과 태도에 대한 실망이면서 동시에 상학에 대한 어쩔 수 없는 연민 같은 감정이 그녀를 흔들었다.

"포와가 싫은 거니, 네 신랑감이 싫은 거니?"

강희의 질문에 나영은 피가 날 듯 입술을 꽉 깨문 표정이었다.

"이렇게 따뜻하고 아름다운 곳을 싫어할 사람이 어딨어?"

나영이 느리고 분명하게 대답했다. 결국 신랑감이 싫다는 얘기였다.

"네가 택했잖아. 네 신랑감?"

"다르다고. 달라. 사진과 달라. 내가 선택한 남자는…… 사진 속 남자야!"

단호한 나영의 목소리에 강희는 짧게 한숨을 내쉬었다.

"그 험한 길을 혼자 가겠다고? 자신 있어?"

"……."

강희는 몇 번이고 같은 질문을 했다는 사실에 지쳤다. 나영은 여전히 침묵으로 일관했고 방 안의 공기가 팽팽하게 목을 죄는 것만 같았다.

"나도 같이 갈까?"

강희의 말에 나영은 고개를 저었다.

"넌 여기 있어. 너는 나랑 달라."

"같이 와서 나만 남고, 남자도 혼자 가기 힘든 그 뱃길을 진짜 너 혼자 가겠다고?"

아직도 나영의 결정이 믿어지지 않아 강희가 다그쳐 물었다.

"싫어. 정말 그 남자는 싫어."

"만약에 다른 남자라면 다시 생각해 보겠다는 거야?"

나영은 강희의 말에 자리에서 벌떡 일어섰다.

"계집애, 별걸 다 묻는다. 정한 남자가 싫으면 그걸로 그만이지."

"그럼, 널 보내고 나만 이곳에서 잘 살라고? 너라면 그게 가능해?"

혼자 남는다면, 강희는 걱정과 죄책감에 하루하루 죽어 갈 것만 같았다. 많은 일을 함께 겪으며 자랐으니 강희의 그런 심성을 나영이 모를 리 없었다.

짝

교회 여자가 문밖에서 나오라고 말했다. 같이 점심을 먹자고 했다. 나영은 끝내 안 가겠다며 거절했다. 강희가 두 번 더 물었지만 소용없었다.

여자가 직접 만든 국수라고 했다. 국물에 토란이 들어 있어 놀랍고 반가웠다. 여자는 남편과 포와에 같이 왔는데 이 년 전 이름 모를 병으로 남편을 먼저 떠나보냈다고 했다.

"이 섬이랑 안 맞았어. 남들은 뭐라고 할지 모르지만, 나는 그렇게 생각해."

"섬이랑 맞아야 살아요?"

"그렇지 않고야 건강했던 남편이 갑자기 시름시름 앓다가 죽을 이유가 없지."

"재가는……."

포와에 조선 여자가 귀해서 재가하는 여자들이 더러 있다는 말을 들었던 기억이 나 강희가 조심스럽게 물었다.

"에이, 망측해. 재가해도 여기에서는 흉잡힐 일이 아니지만, 그게 내 사는 방식과는 좀 달라."

여자가 국수를 오물거리며 말했다. 입가의 잔주름이 국숫발처럼 가늘고 길었다.

"교회 생활이 재밌어."

여자가 말하는 교회의 역할은 실로 놀라웠다. 한글 학교를 비롯해 교육을 하는 것은 물론이고 한인들의 사랑방 구실도 톡톡히 한다고 했다. 고향 소식을 서로 나누고 농장 돌아가는 이야기나 구직 정보도 다 교회에서 만나 주고받는다고 했다. 강희는 고개를 끄덕이며 여자의 말에 귀 기울였다.

"그런데 처자들은 뭐가 문제야?"

호기심 담은 목소리로 여자가 물었다. 그 이야기를 듣고 싶어 정성스레 국수를 만들었는지도 몰랐다. 강희는 어디에서부터 설명을 해야 할지 난감했다. 지금쯤 나영이 마음을 바꾸고 자리를 털고 일어날지도 모르는 일이었다. 끝까지 희망을 버리지 않는 게 자신이 할 수 있는 일이었다.

"한순간의 결정이 우리 인생을 바꿔 놓기도 해. 포와에 오는 게 작고 사소한 결정은 아니었지만, 오래 고민해도 결정은 한순간에 내리게 되더라고. 태어나 살던 곳을 등지고, 그것도 남의 나라로 떠난다는 것이 어디 말처럼 쉬워? 그때 우리가 살기 어려워도 고향에서 계속 버텼다면 남편이 더 오래 살 수 있었을까, 가끔 그런 생각을 해. 적어도 향수병에 시름시름 앓지는 않았을 테니."

여자는 포와에 오지 않았다면 남편의 죽음을 피할 수 있었다고 믿는 듯했다.

강희가 설거지하는 동안 여자는 이야기를 멈추지 않았다. 제물포에서 온 사진 신부들을 오랜만에 보니 만감이 교차하는 듯했다. 강희는 가끔 여자의 말에 맞장구를 치면서도 나영에

짝

대한 걱정을 멈출 수 없었다. 여자가 나영에게 주라며 국수 한 그릇을 담아 주었다.

  나영은 짐 정리를 하고 있었다. 짐이라고 해 봐야 옷가지 몇 개와 소소하게 챙겨 온 일상 용품들이 전부였다. 강희가 국수가 담긴 쟁반을 내밀어도 나영은 말이 없었다.

  "정말 갈 거야?"

  강희는 마지막이라는 심정으로 물었다. 국수가 다 붇기 전에 좋은 대답이 나오길 기다렸다.

  "응."

  나영이 너무도 쉽게 대답해 강희는 허탈했다. 십이 년간 하루도 떨어지지 않고 살아온 자신에 대한 조금의 배려라도 기대했던 게 후회스러웠다.

  "난 가기 싫어."

  자신도 모르게 간절한 목소리로 강희가 말했다.

  "나 혼자 갈 거야."

  흔들림 없는 나영의 목소리가 바로 튀어나왔다.

  "정말 원하는 게 뭐니?"

  강희가 툭 던진 질문에 나영은 뭔가 골똘히 생각하는 눈치였다.

  "왜?"

  "그냥, 뭐라고 설명할 수는 없지만, 둘이 함께 남는 방법이 정말 없을까, 자꾸 그런 생각이……."

강희의 말꼬리가 점점 흐려졌다. 순간적으로 책임질 수 없는 말을 던진 기분이었다.

"정말 그런 생각을 했어?"

나영이 물었다. 강희는 이미 주워 담을 수 없는 말을 건넸다는 느낌을 지울 수 없었다.

"이 상황을 바꿀 수 있는 사람은 네 명 가운데 너뿐이야."

나영이 침묵을 깨고 말했다. 이미 자신은 답을 알고 있다는 듯 흔들리지 않는 목소리였다. 강희는 그녀의 말을 바로 이해하지 못했다.

"내가 창석에게 물을 수 없는 노릇이니까."

나영이 한마디 덧붙였다.

"그…… 그게 무슨 뜻이야?"

"네가, 바로 네 입으로 해야 가장 어울려. 그러니까 네 명의 운명을 손에 쥐고 있는 사람은 너야."

나영이 강희를 빤히 쳐다보았다. 해묵은 빚을 마침내 받으러 온 사람처럼 당당했다. 강희의 무의식 속에 깊이 박제된 '빚진 마음'을 정확히 꿰뚫어 본 눈빛이었다. 나영이 직접 말하지 않아도, 그녀가 뭘 원하는지 강희는 정확히 느꼈다. 등줄기가 서늘할 정도로 너무도 강렬한 예감에 몸을 떨었다.

"너……."

짝

강희는 거의 신음처럼 한마디를 내뱉었다.

나영의 아버지는 제물포에서 제법 규모 있는 건어물상 주인이었다. 전국 각지에서 몰려오는 상인을 상대로 도매업까지 할 정도로 큰 가게였다. 강희 아버지는 봇짐장수 일을 그만두고 건어물상에서 허드렛일하다, 나영 아버지 권유로 가게 앞에서 노점을 펼쳤다. 참빗이며 담뱃대, 손거울 등은 건어물상에 오는 사람들의 시선을 사로잡았다. 나영 아버지는 부지런하고 강직한 성격의 강희 아버지를 친동생처럼 대했다. 일찍 엄마를 잃은 나영을 강희 엄마가 유모처럼 돌본 것도 둘의 인연을 더 강하게 이어 줬다. 유난스레 입술이 빨갛고 뺨이 흰 아이였던 나영을 강희 엄마는 제 딸처럼 귀하게 키웠다.

나영 아버지는 죽기 전에 강희 아버지에게 건어물상과 나영을 맡겼다. 혈혈단신이었던 나영 아버지에게 빌붙어 얻은 복이라고 사람들이 오래 수군거렸지만, 강희는 덕분에 풍족한 삶을 짧게나마 누릴 수 있었다.

큰 장사에 경험이 없었던 강희 아버지는 오래 견디지 못했다. 가게는 결국 다른 사람에게 넘어가고 그는 다시 장날을 찾아 여기저기 떠돌았다. 오히려 자기 자리로 돌아간 사람처럼 편안해 보였다. 남들이 굶을 때 하루 세끼 먹는 것이 나영 아버지 덕이라는 말을 입에 달고 살았다. 평생 갚아도 못 갚을

은혜라고 했다. 그리고 임종 전에 나영을 제일 먼저 머리맡에 불렀다. 끝까지 그녀를 귀하게 대접하겠다는 의지였다. 그런 아버지가 한때 야속했지만, 강희는 한 번도 대놓고 불평하지 않았다.

강희와 나영은 일요일이면 가끔 교회에 갔다. 그곳에서는 여자도 글을 읽고 노래를 부르는 게 자연스러웠다. 풍금 소리를 듣는 기쁨도 버릴 수 없었다. 선교사들이 가끔 나눠 주는 과자는 달고 맛있었다.

목사의 설교가 끝난 어느 날 중년의 여자가 단상에 올라서 강희와 나영은 의아했다. 여자는 포와에서 왔다고 자신을 소개했다. 가끔 교회 소식지에 포와의 소식이 실려서 사람들에게 낯선 곳은 아니었다. 여자가 신붓감을 찾으러 왔다는 말에 강희와 나영은 서로를 바라보았다. 여자가 몸을 움직일 때마다 서양 원피스 치마 끝이 가볍게 흔들렸다. 그 모습을 지켜보던 강희와 나영은 숨소리마저 삼킨 표정이었다. 아무리 빨아 입어도 그녀들이 입고 있던 거무칙칙한 치마와 누런 저고리에 비교할 수 없는 옷이었다. 본정통은 일본 사람들 가게가 즐비하고 일본인들이 득실거린다는 말을 들은 지 이미 오래였고, 뒤숭숭한 세상에 무슨 일이 벌어질지 몰라 처녀들이 서둘러 시집을 가는 시절이었다.

여자가 들려주는 포와의 생활은 별천지였다. 사계절 내내

짝

꽃이 피고, 과일들이 거리에 뚝뚝 떨어지고, 여자들도 자유롭게 공부할 수 있다니. 강희와 나영은 포와가 세상 끝이라도 가고 싶었다. 춥고 가난하고 희망도 없는 곳을 벗어나는 유일한 출구가 그들 앞에 열린 것만 같았다.

강희와 나영은 집에 와서도 마음이 싱숭생숭했다. 중매쟁이가 입고 있던 하늘거리는 원피스를 떠올리며 부푼 마음을 숨길 수 없었다. 그녀의 구불구불한 파마머리와 굽 높은 구두 그리고 종아리가 드러난 통치마가 둘의 마음을 마구 흔들어 놓았다. 더 나은 세상을 꿈꾸는 기쁨은 현실의 모든 고통을 재확인시켰다. 포와만이 답 같았다.

중매쟁이가 내미는 사진은 모두 여덟 장이었다. 나영은 사진을 골고루 들여다보더니 끝내 결정을 못 하고 사진 몇 장을 들었다 다시 놓았다.

"너부터 골라……."

그것이 무엇을 의미하는지 강희는 금세 알아차렸다. 나영은 늘 강희의 선택을 신임했다. 장에 가서 댕기 하나 고르는 일까지 강희에게 물었다. '너부터 고르라'는 말도 실은 자신의 신랑감을 골라 달라는 말이었다. 강희는 나영이 나름대로 고른 사진 석 장을 받아들었다.

세 명의 남자들은 모두 깔끔하게 양복을 차려입은 모습이었다. 첫 번째 남자는 입술 선이 선명하고 인중이 길었지만 유난스레 이마가 좁고 완고해 보이는 게 마음에 걸렸다. 두 번째 남자는 눈썹이 진하고 이마가 넓어 강직하고 인자한 인상을 풍겼다. 사진으로 봐도 깊은 품성이 느껴졌다. 강희가 막 세 번째 남자의 사진을 손으로 집어 들려고 하자, 나영은 아직 강희 손에 들려 있는 두 번째 사진을 빠르게 채갔다.

"이 사람이 제일 낫지? 안 그래?"

나영은 이미 마음속으로 자신의 신랑감을 정해 놓고 강희의 응원만을 기다렸던 듯했다. 중매쟁이는 그 사진을 보더니 고개를 끄덕였다.

"한인 사회 지도자급이지."

"지도자요? 그럼, 부인되는 사람도 사회 활동을 좀 해야겠네요?"

나영은 사진을 다시 들여다봤다. 그녀의 눈이 일순 반짝이며 온 얼굴이 환해졌다. 먼 미래의 자신의 모습을 이미 본 듯한 표정이었다.

강희는 제 손에 들려 있는 세 번째 사진을 오래 들여다보았다. 정면을 바라보고 있는 다른 사진들과는 달리 고개를 살짝 돌린 모습이었다. 방금 빗질을 한 듯 빗자국이 그대로 남아 있는 머릿결이 정갈해 보였다. 작고 부드러운 눈매와 굳게 다문 입술, 도톰한 턱과 반듯한 이마가 손에 만져질 듯 생생했다. 강희는 가슴이 천천히 뛰는 게 느껴졌다. 기다림이 깊어져 만

짝

난 사람처럼 낯설지 않았다. 나영과 중매쟁이가 서로 나누는 말도 잘 들리지 않았다.

"그런데 여기……."

강희는 구두 목 위로 드러난 하얀 발목을 가리켰다. 바짓단 아래 드러난 부분에 비해 유난히 하얗게 보여서 같은 사람의 발이라는 게 믿기지 않았다.

"아…… 포와에선, 남자들이 일할 때 양말이나 장화를 신으니 발목까지 하얀 사람들이 많아. 그게 제 피부빛이지. 이분은 양말을 안 신고 맨발로 구두를 신고 찍었네."

강희는 아무 데도 디디지 않은 하얗고 깨끗한 발을 상상했다. 이런 사람과 넓은 세상을 함께 걷는 상상만으로도 가슴이 뛰었다.

"저는……, 이 사람으로 정할래요."

오랫동안 연습한 말을 하는 아이처럼 강희가 말했다. 나영은 강희가 들고 있는 사진을 힐끗 쳐다보더니 자신의 손에 들려 있는 사진으로 빠르게 시선을 옮겼다.

"지도자래, 지도자."

나영은 세 사람의 사진 가운데 자신이 고른 사진을 가장 마음에 들어 했다.

*

 이른 아침부터 창석이 먼저 교회로 찾아왔다. 나영을 설득하기로 단단히 벼르고 온 듯 굳은 표정이었다.
 "처음에 오면 다 그래요. 살던 곳이랑 너무 다르고, 말 다르고……. 나도 그랬어요. 그래도 살다 보니 정들고 좋아요. 내 말을 믿어도 좋아요. 우리, 같이, 다 같이 살면 돼요."
 "우리 같이요? 그럼 넷이서 한집에서 같이 살자는 말이에요?"
 "아니, 그런 망측한 말을? 그만해."
 강희가 나영의 말을 잘랐다.
 그때 상학이 들어섰다. 밖에서 셋의 대화를 듣고 온 듯했다.
 "그만두게. 인연이 아니라고 여겨야지."
 상학은 내일 일본으로 가는 표를 어렵게 구했다며 나영에게 작은 봉투를 내밀었다. 그곳에서 본국으로 들어가는 배는 많다고 말했다. 그 여비까지 챙겨 넣었다는 말도 잊지 않았다.
 "내일이라고요?"
 강희가 깜짝 놀라 물었다. 나영도 막상 내일이라고 하자 얼굴에 긴장하는 빛이 역력했다.
 "떠나려던 사람이 아파서 못 간다는 얘기를 듣고 물어물어 찾아갔어요. 덕분에 헐값에 표를 샀으니, 부담은 갖지 마세요.

짝

이왕 가기로 마음먹은 사람이니 떠나요. 나도 마음잡고 살아야지요."

상학의 말에 나영은 고개를 떨구고 말이 없었다.

"여자 혼자 가기 힘든 길이라 같은 날 떠나는 선교사에게 특별히 부탁했어요."

힘든 결정을 내린 상학의 목소리는 담담했지만, 씁쓸한 감정이 밴 낯빛은 숨기지 못했다.

"이게 우리 모두를 위한 결정인가요?"

강희가 물었다.

"모두를 위한 결정?"

창석이 이해할 수 없다는 듯 물었다. 상학과 나영의 문제 아니었냐고 강희에게 묻는 표정이었다.

강희는 '모두를 위한 결정'이라는 말을 다시 곱씹었다. 다 같이 살아 내는 일이었다. 고민은 오래 해도 결정은 한순간이고, 어떤 결정은 인생을 바꿔 놓는다는 교회 여자의 말이 틀리지 않았다. 자신의 결정으로 모두의 운명이 바뀔 거라는 생각이 들자 숨소리마저 잦아들었다.

"처음 정해졌던 짝을 바꾸기로 하면, 지상의 낙원이라는 이 섬에서 모두 살 수 있어요."

강희는 놀랍도록 차분한 목소리로 말하는 자신을 믿을 수 없었다. 제 안에 다른 사람이 사는 것만 같았다. 밤새 고민한 일이었지만 아무 결정도 못 내리고 심란한 마음으로 맞이한 아침이었다. 내일 나영이 떠날 수도 있다는 건 상상도 못 한 일이었다. 강희는 자신이 뭔가 제어할 수 없는 신비한 힘에 이끌려 입이 열린 것만 같았다. 그렇다고 해서 자신의 결정이 아니라는 말은 할 수 없었다. 후회하지 않겠다고 다짐했다. 강희는 눈을 감았다. 그녀를 바라보는 세 명의 눈길이 고스란히 느껴졌다. 창석의 입에서 옅은 신음이 흘러나오는 것도 놓치지 않았다. 짧은 적막이 흘렀다. 그 시간이 천년 같았다.

"다 잘 살자고 태평양 건너온 사람들 아닌가요? 적어도 나는 죽을 결심 하고 왔어요. 우리 모두 그렇지 않나요? 되돌아가다니요? 나라의 주인도 바뀐, 남의 나라로 돌아가라고요?"

강희의 말이 채 끝나기도 전에 창석이 문을 박차고 나갔다. 나영이 손으로 얼굴을 감싸며 돌아서고 상학이 물끄러미 강희를 쳐다봤다.

강희는 지그시 입술을 깨물며 눈을 감았다.

처음부터 그녀의 짝은 상학이었다고 생각하기로 마음먹었다. 그녀는 단지 결혼을 하기 위해 포와에 온 것이 아니라, 살기 위해 결혼이라는 방식을 택했을 뿐이다라고. 작고 부드러운 눈매와 굳게 다문 입술, 도톰한 턱과 반듯한 이마를 가진 창석은 마음속에 묻어야 한다고.

짝

캠프 나인 사람들

 캠프 나인은 새들의 커다란 둥지 같은 곳이었다. 깊숙이 들어가자, 나무에서도, 숲에서도, 그리고 이름을 알 수 없는 꽃가지 위에서도 새들이 울었다. 새는 세상 어디에서든 같은 소리로 울었다. 그 사실이 묘하게 강희의 마음을 위로했다. 바람은 가볍고 부드러웠으며 붉고 노란 꽃잎들이 끊어질 듯 이어질 듯 눈앞에서 흩날렸다. 저 나무의 이름은 무엇일까. 가지를 바닥까지 축 늘어트린 커다란 나무를 쳐다보며 강희는 고개를 갸우뚱했다. 뿌리와 가지의 경계 없이 모든 게 뒤엉킨 채 크는 나무는 처음이었다. 듣고 배워야 할 게 너무 많았다. 처음 보는 꽃, 풀, 그리고 나무와 과일들. 그들의 이름을 다 불러 주려면 얼마나 많은 시간이 필요할까. 하물며 사람에 대해 안다는 것은 얼마나 더 긴 시간이 필요한 일일까. 강희의 발걸음이 무거웠다.

걷는 동안 강희는 줄곧 한 가지 생각에 사로잡혀 있었다. 그 결정은 옳았을까. 네 명 모두를 위해 옳은 일이었을까. 창석 대신 상학을 따라가겠다는 말을 꺼내자마자 창석은 문을 박차고 나가 버렸다. 나영은 손으로 얼굴을 감싸며 돌아서고, 상학은 그녀를 물끄러미 바라보았다. 그 모두는 무슨 의미일까. 곧바로 동조할 수는 없지만 반대는 하지 않겠다는 뜻이 아니었을까. 네 사람이 공평하게 행복을 나눠 가진다는 게 가능할까. 떡을 네 조각으로 나누듯, 그렇게 반듯하게 모자람 없이.

꽤 큰 창고 앞에서 상학이 걸음을 멈추었다. 판잣집 네 채 사이에 하나씩 들어서 있는 공동 부엌이었다. 엉성하기 짝이 없는 지붕과 벽은 실망스러웠다. 강희는 부엌 흙바닥을 발로 문질러 보았다. 물기라고는 전혀 없어 호, 하고 불면 붉은 흙먼지가 일 것만 같았다. 포와에 가면 부엌 바닥이고 변소고 신발을 신지 않을 정도로 깨끗하다는 말은 누구 입에서 처음 나왔던 걸까. 적어도 캠프 나인에서 그런 모습을 기대하긴 힘들어 보였다.

저녁을 준비하던 여자가 뒤돌아서더니 환하게 웃었다. 이름이 순례라고 했다. 웃는 모습이 화사하고 복숭앗빛이 도는 두 뺨이 눈물 따위는 흘리지 않고 살 여자처럼 보였다. 땀과 먼지에 누렇게 바랜 옷을 입고 있었지만 초라해 보이지도 않았다.

상학이 강희를 소개했다. 순례가 다가와 강희의 손을 반갑게 마주 잡았다.

"잘 왔어요. 덥지요?"

청하지도 않은 물그릇을 강희에게 내밀며 순례가 말했다. 눈동자가 방금 물에서 건져 올린 새머루를 떠올리게 할 만큼 유달리 검고 짙었다. 작은 체구에 환한 미소 그리고 반짝이는 눈동자, 평생 늙지 않을 여자 같았다. 캠프 나인에서 처음 만난 사람이라 그런지 강희에게 특별하게 다가왔다.

강희는 천천히 물그릇을 다 비웠다. 놀랄 정도로 고향의 물맛과 비슷해 놀라웠다. 더위와 갈증이 한꺼번에 씻겨 내려가는 듯했다. 상학도 어느새 물 한 그릇을 비우고 입가를 닦았다.

"이 사람, 일 좀 거들게 해요."

"지금 다시 농장에 나가게요?"

"반나절 일당이라도 쳐 주겠죠. 아니면 말고요."

상학은 뭐가 그리 어색하고 불편한지 어서 빨리 농장으로 가고 싶어 하는 사람처럼 보였다.

"오래 기다렸다 만난 색신데 숨 좀 돌리지 않고요……."

"벌써 사흘째 일을 못 했어요."

그는 이렇게 오래 쉬어 보긴 처음이라고 말했다.

"식구 하나 더 불었으니 부지런히 벌어야지요."

순례는 농장으로 가는 그의 등에 대고 명랑하게 말했다.

순례가 건네준 바구니 안에는 호박과 상추 같은 낯익은 채소가 한가득이었다. 부엌 뒤뜰로 나와 보니 작은 우물이 있었다. 우물가에는 온갖 채소가 푸르게 자랐다. 강희는 자신이 아직 고향 땅 어디에 있는 것 같은 착각이 들었다.

"몇 살이오?"

"열여덟 살이에요."

"아, 나 여기 올 때 그 나이네."

순례는 그때가 생각난다는 듯 고개를 끄덕였다. 그녀는 포와에 온 지 벌써 삼 년이 되었다고 했다.

우물에서 길어 올린 물은 차고 맑았다. 강희는 채소를 씻어 바구니에 담았다. 순례는 그 바구니를 높이 들어 두 손으로 마구 흔들어 댔다. 물방울이 흩어지며 허공에 작은 무지개들을 알알이 띄웠다. 순례는 어린아이처럼 깔깔거리며 바구니를 계속 흔들었다.

"나는 여기 농장에서 일하는 사람들이 먹는 세끼 밥을 해. 남자들 일당엔 못 미쳐도, 여자 벌이론 괜찮아. 가끔 밥값을 떼어먹는 못된 사람들도 있지만, 다들 꼬박꼬박 돈을 내."

순례는 채소를 다듬으면서 끊임없이 이야기를 쏟아 냈다. 오랫동안 대화에 목말랐던 사람처럼 보였다. 강희는 곧 만나게 될 캠프 나인 사람들의 얼굴을 상상하며 그녀의 이야기를 들었다.

　국을 끓이는지 커다란 솥뚜껑이 들썩거렸다. 시큼하고 구수한 냄새가 시장기를 자극했다. 코에 익은 음식 냄새에 강희는 긴장이 풀리며 나른해졌다.

　"남자들이란, 왜 저리 무뚝뚝한지…… 새댁 방이나 먼저 보여 줬어야지. 초라해서 부끄러웠나?"

　상학이 기거하는 방이라도 보라며 순례가 강희의 손목을 끌었다. 부엌에서 나와 오른쪽 두 번째 방이었다. 식사 시간까지 쉬라는 그녀의 말이 없었더라도 강희는 그대로 방바닥에 눕고 싶을 정도로 지쳐 있었다.

　한눈에 다 보이는 작은 방이었다. 침상과 앉은뱅이책상 하나, 몇 권의 책과 신문들, 그리고 벽에 걸린 옷가지가 방에 있는 전부였다. 신방이라고 부르기엔 초라하지만 푸른 나뭇잎들이 빼곡하게 보이는 커다란 창문은 강희의 마음을 사로잡았다. 강희는 바닥에 길게 누웠다. 이 방에 도착하기 위해 참으로 먼 길을 왔다는 생각에 울컥했다. 나영은 창석을 따라 잘 갔을까. 그들은 지금쯤 무엇을 하고 있을까. 생각이 이리저리 흔들리자 어지러웠다. 어느새 눈꺼풀이 저절로 내려앉았다.

　얼마나 오래 잤을까. 강희는 흠칫 놀라며 눈을 떴다. 숨 쉴 때마다 방 안 가득한 풀 냄새가 마음을 편하게 해 주었다. 서늘하고 맑은 공기가 낮과 달랐다. 가방을 풀었다. 제물포를 떠날 때 입었던 두꺼운 솜저고리가 제일 먼저 눈에 띄었다. 코끝에 갖다 대자 알싸한 겨울 냄새가 났다. 북받치듯 엄마가 보고 싶었다. 힘들게 도착한 곳이 냄새나는 작은 방이라는 것을 엄마가 안다면 얼마나 가슴을 칠까. 엄마가 기어이 눈물을 보이며 주저앉던 모습이 생생했다. 언젠가 엄마도 포와로 모셔 갈 수 있대! 강희는 사람들에게 들은 대로 큰 소리로 말했다. 제물포항의 겨울바람이 강희의 목소리를 삼킬 듯 매서웠다. 옆에 나영이 있어서 외롭지 않다고 소리치며 강희는 엄마를 향해 손을 높이 흔들었다. 엄마의 모습이 점점 멀어지던 순간을 뱃머리에서 바라보았던 게 어제 같았다. 강희는 솜저고리를 다시 가방 깊숙이 넣었다. 엄마에 대한 그리움도 함께 묻었다.

순례가 "새댁." 하며 문을 열었다. 새댁이라니. 강희는 메떨어진 사람처럼 머뭇거렸다.

"다들 나오라고 난린데……."

밖을 내다보니 낯선 사람들 틈에 상학의 얼굴이 보였다. 강희를 쳐다보고는 이내 고개를 돌리는 모습이 여전히 어색한 표정이었다. 사람들이 울퉁불퉁한 나무둥치 위에 걸터앉아 있었다. 나무는 키가 몹시 크고 가지와 잎이 무성해서 집 몇 채를 올려놔도 끄떡없어 보였다. 남자들은 모두 긴바지를 입고 있었고, 무릎까지 오는 장화를 벗어 아무렇게나 옆에 던져 놓은 모습이었다.

순례는 기어코 강희를 상학 옆에 앉혀 놓고 새 신부라고 소개했다. 사람들이 손뼉 치며 환호했다. 강희보다 상학이 더 어색해했다. 나영과 창석은 보이지 않았다. 같이 있었다면 서로가 불편할 분위기였다. 사람들은 먼 곳에서 온 강희를 자꾸 쳐다봤다. 볕에 그을린 갈색 얼굴들이 강희를 바라보며 웃었다.

"상학이 형님은 좋겠다. 나도 내 색시 왔을 때 생각난다. 살결이 얼마나 뽀얗던지 사탕수수 베다가도 우리 여편네 허여멀건 허벅지가 눈에 자꾸 아른거려 손가락 여러 번 뻤는데……."

순례 남편 편씨가 상학의 어깨를 툭툭 치며 낄낄거렸다. 그것도 모자라, 긴 셔츠를 걷어 올리고 볕에 그을린 자신의 팔뚝을 기어코 순례의 하얗고 가는 팔에 갖다 대어 보였다. 순례는 부끄럽다며 자꾸 남편을 밀쳐 냈지만 그의 장난을 싫어하는 기색은 없었다.

"흰 가래떡 옆에 던져 놓은 시커멓게 벼락 맞은 나뭇가지 같구먼."

누군가 볕에 그을린 편씨의 팔을 가리키며 말했다. 사람들이 그 말에 박장대소했다.

남자치고는 좀 왜소한 체구의 편씨는 순례보다 훨씬 나이 들어 보였다. 그의 손은 어떤 일이든지 해낼 것처럼 무척 단단해 보였고 순례의 얼굴을 넉넉히 감싸고도 남을 만큼 컸다. 그는 그 큰 손으로 순례의 작은 어깨를 감쌌다. 캠프 나인 사람들은 그들의 그런 모습이 꽤 익숙한 듯 보였다.

"새댁 앞에서 못 하는 소리가 없네. 자네 색시 종아리는 지금도 흰 무시처럼 뽀얗던데. 마누라 없는 사람에게 염장 지를 일 있나?"

아직 장가를 못 갔다는 사내가 짐짓 화난 표정으로 말했다. 홍씨라고 했다. 그는 다정한 편씨 내외가 부러워 못 견디겠다는 듯 얼굴을 험하게 구겼다.

"남의 여편네 종아리는 언제 훔쳐봤어? 이거 원, 순전 날강도 아니야?"

편씨가 제법 화난 표정으로 홍씨를 몰아세웠다. 우스갯소리를 할 때와 달리 무겁고 투박한 목소리였다. 상학이 중간에 끼어들어 농담도 못 하냐며 편씨의 어깨를 다독였다. 홍씨가 머리를 긁적이며 미안하다고 말하자 모두 어색한 분위기를 떨쳐버리듯 웃었다.

"창석인 어디로 갔어? 벌써 첫날밤 치르나?"

목소리가 걸걸한 남자의 짓궂은 말에 사람들이 다시 와, 하고 웃음을 터트렸다.

누군가 밥이나 먹자고 말했다. 그의 말에 여자들이 하나둘 일어나 부엌으로 갔다. 강희도 순례를 따라 부엌으로 들어갔다.

돌아오는 토요일이 결혼식이라고, 순례가 말했다. 창석네 부부와 합동으로 치른다고 했다. 처음 듣는 말이었다. 강희는 자신이 내린 결정이 무엇을 의미하는지 더욱 분명하게 깨달았다. 오창석이 나영의 남편이 되는 것, 오창석과 영영 남남으로 사는 것, 그것이다.

*

결혼식 때마다 새로 온 사진 신부들이 입었다는 흰색 한복은 새것처럼 보였다. 맞춤처럼 강희의 몸에 맞았다. 망사로 만든 면사포는 허리까지 늘어졌다. 강희는 내내 감탄하며 그것들을 손으로 쓰다듬었다. 까슬까슬한 촉감에 날아갈 듯 가벼운 천이었다. 서양 여자들이 결혼할 때 쓰는 걸 보고 누군가 천을 사다 본떠 만든 것이라고 했다.

순례가 강희에게 꽃을 내밀었다. 마당에서 꺾어 온 꽃들로 면사포를 장식할 거라고 했다. 매끄러운 꽃잎은 하얗고 꽃술 부근은 진분홍색이 강렬했다. 강희는 고개를 숙여 향기를 맡았다. 달짝지근한 벌꿀 냄새가 은은하게 코끝을 건드렸다. 저도 모르게 황홀한 미소가 번지는 듯했다.

"플루메리아야."

순례가 비밀 이야기라도 들려주듯 꽃 이름을 알려 주었다. 강희는 꽃 이름을 속으로 불러 보았다. 푸른 하늘을 한가로이 날아가는 새의 이름처럼 가볍고 아름다웠다.

"이렇게 곱고 하얀 피부도 일 년이면 포와 햇볕에 다 망가진다."

최씨 부인이 강희에게 조심하라며 혀를 찼다. 살집이 좋고 얼굴은 둥글며 말할 때마다 고른 치아가 훤히 드러났다. 결혼식 날 신부의 머리를 손질해 주고 화장을 도와줄 거라고 했다.

"동상도 처음 올 때는 인절미마냥 허옇고 곱더니……."

순례도 그때가 생각난다는 듯 웃었다.

"형님은 아직도 희던데요, 뭘."

"니가 이뻐하면 뭐하노? 내 서방이 좋아해야지."

"그래도 형님은 안에서 바느질하니, 피부가 나보다 낫소."

"바람에도 얼굴 타는 게 포완데 뭘. 안팎이 어딨노?"

"새댁도 얼굴에 뭐 푹 뒤집어쓰고 일해라. 귀찮다고 해 밑에 얼굴 내밀었다간 나나 이 형님 꼴 된다."

순례의 말에 강희가 고개를 끄덕이며 웃었다.

"새댁, 일본 여권 가지고 왔제?"

최씨 부인이 물었다. 최씨 부인은 아이 셋을 데리고 상학, 창석과 함께 첫 이민선을 타고 온 인연이 있다고 했다.

"네."

"그래도 나는 엄연히 대한제국 여권 가지고 온 세대 아이가? 동상도 그렇지?"

순례는 당연하다는 듯 고개를 끄덕였다.

"이젠, 완전 남의 나라다……. 쥑일 놈들. 아무튼 잘 왔네. 잘 왔어. 창석이 처가 누군지 몰라도 운이 좋아 이 섬까지 온 기다."

최씨는 용기 있게 바다를 건너온 강희와 나영을 축복하는 마음을 숨기지 않았다.

낙원을 꿈꾸며

"나도 생각지 못했던 일이었어. 이런 것을 사람들은 운명이라고 하는 것인지. 어쩌겠나……."

상학은 피우고 있던 담배를 비벼 끄며 말했다. 양미간을 잔뜩 찌푸린 얼굴이 몹시 힘들게 말을 꺼낸 사람의 표정이다.

"네……."

창석은 짧게 대답했다. 오랫동안 그를 잘 따르던 모습을 버리지 않았다. 상학을 떠올리면 언제나 마음이 든든했다. 말과 행동이 일치하는 사람이라 여기며 존경했던 마음도 변함이 없었다.

상학이 할 얘기가 있다며 자신의 숙소에 들렀을 때 창석은 잠시 헛된 기대에 부풀었다. 지금이라도 강희를 데리고 가라면 다른 섬에라도 가서 살 각오가 되어 있었다. 그가 아는 상학은 그렇게 판단하고 말할 사람이었다. 그러나 막상 그의 입에서 나온 말은 '운명'이었다. 다 받아들이고 살자는 말이었다. 가슴이 턱 막혔지만, 친형처럼 따르던 사람까지 잃고 싶지 않았다.

"빤한 곳에서 서로 불편할 테니……. 이왕 장사할 거면, 계획을 조금 앞당기는 게 낫지 않겠나?"

"그러잖아도 호놀룰루로 가는 계획을 앞당기는 중이에요."

"자네, 꽤나 기다리던 눈치였는데……."

상학은 다시 새 담배에 불을 붙였다. 양미간에 자리 잡은 주름이 다시 꿈틀거렸다.

"사진 한 장, 편지 두 통 받은 게 다예요. 기다림이랄 게 뭐 있나요."

마치 자신에게 타이르듯 창석은 말했다. 강희에게 사진과 함께 짧은 편지를 받았던 날을 잊을 수 없었다. 고향, 나이, 이름, 그리고 "용기를 내어 포와로 가겠습니다."라고 쓴 편지를 받았을 때 가슴이 뛰었다. 인생을 걸고 한 인간을 믿겠다는 고백이었다. 누군가에게 자신의 존재를 인정받은 느낌이 말할 수 없이 벅차올랐다. 다른 신랑들에게는 사진 한 장과 중매쟁이의 말 몇 마디가 다였는데, 창석에게 온 편지는 달랐다. 괜시리 그의 어깨가 으쓱했다.

창석은 상학의 잔에 술을 따랐다. 인연이 아니었다고 여기라는 상학의 말끝에 강희의 얼굴이 다시 떠올랐다. 야속하기만 했다. 결혼식을 나흘 앞둔 날이었다. 침묵을 이어 가는 상학과 마주 앉아 있기 힘들었다.

캠프 나인 입구에서 창석은 상학과 헤어졌다. 창석은 캠프 나인을 등지고 걸었다. 한 시절이 지나가듯 뭔가 쑥 빠져나가는 느낌이 휘몰아쳤다. 푸르게 자란 사탕수수밭 위로 오후 햇살이 황금빛을 쏟아 내고 있었다. 예전처럼 평화로운 감정은 온데간데없이 사라지고 어처구니없고 막막한 심정이 휘몰아쳤다.

애초에 정해진 짝을 말 몇 마디로 바꾸다니.

있을 수 없는 일이었다. 어린 강희가 자매 같은 나영과 떨어지고 싶지 않아 던진 말이라는 걸 상학은 진정 몰랐을까. 그를 믿고 신뢰하며 따랐던 긴 세월이 하루아침에 재가 되는 것 같았다.

*

창석은 '신천지'라는 말에 더 이상 생각할 것 없이 포와로 떠나기로 했다. 부모 형제도 없는 몸, 서 발 막대 휘둘러도 거칠 것이 없었다. 종일 남의 집 일 해봤자 겨우 하루 세끼 먹는 게 다였다. 그것도 일거리가 없으면 다음 끼니를 걱정해야 했다. 미래는 고사하고 오늘을 챙기기도 급급한 날이었다. 막연히 꿈꾸었던 인간다운 삶이 아니었다.

"포와요?"

"그래. 그 섬 이름이래. 평생 추위 걱정 없고, 밥이며 고기 과일들이 지천이래."

사람들의 말을 들었을 때 그는 포와가 지옥이라도 가고 싶었다. 아니 그곳은 꿈에 그리던 낙원이었다. 급료에 의료 혜택, 집까지 준다니, 이런 조건은 눈 씻고 봐도 이 나라에는 없는 것이었다. 기회를 놓칠까 조바심이 일 정도였다. 유일한 혈육인 외삼촌에게 인사하러 갔을 때, 삼촌은 그에게 허름한 양복 한 벌을 내주며 어깨를 다독였다.

"새로운 곳이니, 새롭게 살아야 한다. 사내는 모쪼록 입성이 반듯해야 해."

포와로 향하는 배 안에서 창석은 삼촌의 말을 곰곰이 되새기며 주먹을 쥐었다. 살다 보면 기회가 온다더니 이제야 사람답게 살 기회가 찾아온 것이다. 스무 살의 건장한 몸, 무서울 게 없었다. 돈을 모으면 우선 집을 지으리라. 사철 꽃이 피고 새가 지저귀는 그 섬에서. 방은 열 칸, 그래, 그 정도면 가정을 이루고 살아도 넉넉하고 좋으리라. 포와와 조선을 오가는 사람들이 머물 수 있도록 사랑채가 딸린 큰 집을 지어야지. 그는 배가 너무 느리게 간다고 느껴질 정도로 새로운 곳을 향한 꿈에 부풀어 있었다.

창석은 신고 있는 짚신이 마음에 들지 않았다. 양복에다 짚신이라니. 돈 벌면 멋진 서양 가죽 구두를 먼저 사야지. 상상 속에 그는 이미 멋진 양복에 반짝이는 구두를 신고 있는 신사가 되어 있었다. 그는 몹시 흡족했다. 배에 탄 사람 가운데 양복 입은 사람이 몇 안 되었다. 짚신 신었다고 어깨를 움츠릴 필요는 없었다. 그는 자신 있게 양복 깃을 만지작거렸다.

1902년 12월 22일, 일본 배 겐카이마루(玄海丸)는 포와로 향하는 조선인 첫 이민자 121명을 태우고 제물포항을 떠났다. 배는 목포와 부산을 거쳐 12월 24일, 일본 나가사키에 도착했다. 나가사키 검역소에서 신체검사와 예방접종을 받고 중국 상해를 경유해 오는 미국 배 갤릭호를 기다렸다. 신체검사에서 19명이 탈락했다. 탈락한 사람은 모두 단신으로 떠나는 사람이었다. 가족이 헤어져야 하는 일 없어 다행이라고 사람들은 입을 모았다. 몇몇은 다시 조선으로 돌아갔고, 몇몇은 다음 배를 기약했다. 배 안에는 102명이 남았다. 거의 중장년의 남자였고 어린아이들과 여자들이 몇 있었다.

상학은 뱃전에 서서 바다를 바라보고 있는 한 젊은이를 주시했다. 그는 식사 배급 시간이면 누구보다 밥을 빨리 먹고 더 청하는 씩씩한 사내였다. 식욕도 놀라웠지만 식사가 끝나면 깔끔하게 주위를 정돈할 정도로 부지런해 보였다. 그의 옷차림은 사람들의 눈길을 단박에 사로잡았다. 이 배에서는 흔하지 않은 양복과 낡은 짚신의 묘한 대비 때문이었다. 짧게 자른 머리는 신문명깨나 접해 본 모습이었다. 고향에 있는 막냇동생쯤 되어 보이는 나이였다. 지나가는 어른들에게 꼬박꼬박 인사하는 태도를 보니, 예의범절 또한 익힌 모습이 마음에 들었다. 가깝게 대해도 좋을 사람처럼 보였다. 포와에 가면 피붙이들처럼 지내야 할 사람들이었고 한배를 탔으니 같은 운명을 헤쳐 나갈 인연들이었다. 상학은 망설이지 않고 그에게 다가갔다.

"최상학이오."

창석은 느닷없이 한 사내가 손을 내밀자 멈칫했다. 그의 눈빛이 하도 진지해 보여 얼떨결에 손을 마주 내밀었지만, 누군가 정중하게 인사를 청한 것은 처음 있는 일이라 어리둥절했다. 평생 받아 보지 못한 대접이었다. 창석은 두 손으로 그의 손을 마주 잡았다. 온기와 힘이 팔목까지 타고 올랐다. 사내다운 손이었다.

"오창석이라고 합니다."

"혼자 배에 오르셨소?"

"말씀 낮추세요. 연배가 저보다 훨씬 위인 것 같은데…… 혼자 가는 길입니다."

"내 동생 또래로 보이는데, 이것도 큰 인연이구먼."

상학은 창석을 처음 봤을 때부터 호감이 갔다. 사람을 끄는 묘한 구석이 있는 청년이었다. 부드러운 이목구비와는 달리 기개와 배짱이 묻어나는 풍채는 사내다웠다. 언뜻언뜻 스치는 눈밑의 그늘이 고요하고 서늘했는데, 한 치 앞도 내다볼 수 없는 시대를 살아가는 어쩔 수 없는 고민의 흔적처럼 보였다. 둘은 단박에 가까워졌다.

일본에서 이틀을 정박했던 배가 나가사키를 출발한 지 일주일이 넘었다. 배는 가없는 바다 한가운데를 지나고 있었다. 날씨가 점점 더워졌다. 포와가 멀지 않았다고 사람들은 말했다.

창석은 옆에 앉은 사내에게서 풍기는 악취 때문에 짜증이 일었다. 날씨가 더워질수록 악취가 더 심해졌다. 유난히 커다란 그의 짐 보따리도 못마땅했다. 사는 게 힘들어 제 나라를 떠나는 판에 바리바리 싸서 배를 타다니. 사람들이 편히 누워 가기에도 좁은 자리였다. 창석은 끝내 싫은 소리를 하고 말았다.

"원, 똥내 나서……."

사내는 창석의 말에 대꾸도 없었다. 창석은 은근히 더 화가 났다. 뭐라고 더 쏘아붙이려다 상학이 있는 곳으로 갔다.

"형님, 저쪽에 있는 사람하고 인사 나눈 적 있어요?"

창석이 가리키는 곳을 보고 상학도 고개를 갸우뚱했다. 큰 보따리를 끼고 줄곧 말없이 혼자 있는 사내였다.

"아니. 늘 혼자 있더라고. 다른 사람에게 듣자니, 러시아에서 살다가 열아홉 살 때 조선으로 돌아왔대. 그쪽 말도 곧잘 한다던데. 사실인지는 모르겠어."

"그런데 왜 똥내 나는 보따리는 끼고 산대요?"

상학도 그게 궁금하다는 듯 눈을 반짝거렸다.

둘은 저녁 식사를 마치고 사내가 있는 곳으로 다가갔다. 갑판에 부는 바람이 제법 부드러웠다. 바다는 밤하늘보다 더 검은 빛으로 출렁거렸다. 별들이 그대로 쏟아져 내릴 듯 바로 머리 위에서 반짝거렸다.

"최상학입니다."

사내는 바다를 바라보던 눈으로 상학의 인사를 받았다.

"이태호라고 합니다. 원산이 고향이고 북간도와 러시아로 좀 오래 떠돌다 온 사람입니다."

상학은 사내가 내민 손을 잡았다. 제법 긴 첫인사를 건네는 그가 밉지 않았다. 작은 키에 다부진 체형이지만 각진 곳이라고는 찾아볼 수 없는 얼굴이었다. 창석이 다가왔고, 태호와 이름을 주고받으며 악수를 했다.

"얼핏 보니 최상학 씨가 맏형이고, 제가 둘째고, 이쪽 오창석 씨가 막내 같습니다."

태호의 말에 셋은 서로의 얼굴을 쳐다보더니 모두 고개를 끄덕이고는 웃었다.

"그런데 뭘 가져오셨기에, 좀…… 냄새가 심하던데."

창석은 궁금함을 참지 못하고 물었다. 태호가 창석의 말에 머리를 긁적이더니 한 손으로 입을 가리며 둘에게 다가왔다.

"메주요."

태호의 목소리가 워낙 작아서 창석과 상학은 서로를 바라보며 귀를 의심했다.

"메주요?"

둘은 놀란 듯 동시에 물었다.

"고향 장맛이 생각날 것 같아 가져왔소."

창석과 상학은 태호의 말에 배를 움켜쥐며 웃음을 터뜨렸다. 태호가 값나가는 물건을 숨겨 왔을 거라고 상상했던 자신들이 너무도 우스꽝스러웠다. 길고 지루한 항해의 나른함이 단박에 날아간 것 같았다.

셋은 밤늦도록 이야기꽃을 피웠다. 손을 뻗으면 별들이 그대로 손가락에 걸려 딸려 내려올 것만 같은 밤이었다. 미래를 알 수 없는 시간처럼 밤하늘은 깊고 어두웠지만 제법 별들이 총총해 희망적이었다. 잠든 사람들은 어느새 낮게 코를 골았다. 선상의 밤은 평화롭게 깊어 갔다. 셋은 목소리를 낮추고 대화를 멈추지 않았다. 가까운 친구가 될지도 모를 사람을 배 위에서 만났다는 사실에 상기된 표정들이었다. 잠들기 아까운 시간이었다.

"포와에서 하게 될 일이 어떨지 불안합니다."

태호가 먼저 사탕수수 노동 이민에 관해 말문을 열었다.

"제가 조선에 들어오기 전 중국에 좀 있었는데, 그곳은 이미 오래전부터 밖으로 노동자들을 많이 내보냈어요. 포와에도 많이 갔고, 아무튼 그 사람들 고생 엄청 했다던데."

배에 오르기 전 이미 많은 곳을 다니고 보고 들은 사람답게 태호가 말했다. 창석은 우직하게 보였던 그가 청산유수로 쏟아 내는 말에 놀라는 눈치였다.

"저는 일이 힘든 것은 별로 걱정 없어요. 이것 보십시오."

창석은 양복 윗도리를 벗고 팔뚝까지 걷어붙였다. 상학과 태호는 역시 막내다운 행동이라며 그에게 엄지손가락을 높이 치켜들어 보였다. 창석은 괜히 으쓱한 기분이 들었다.

"내가 들은 이야기는……."

무게감이 느껴지는 상학의 목소리에 창석과 태호는 그의 곁으로 바짝 다가앉으며 귀를 기울였다.

"자네들도 알다시피, 아무리 우리 앞날이 풍전등화라고 해도 우리가 탄 이 배는 정식 이민선 아닌가? 내 말은 미리 겁부터 집어먹을 필요가 없다는 거야. 흔들리는 나라라도 아직은 우리가 나라 있는 백성들 아닌가?"

창석과 태호가 천천히 고개를 끄덕였다.

당신의 파라다이스

"포와에 사는 중국인들이 그 섬 전체 인구의 반이 넘는다면서요?"

"그렇다네. 이미 오래전부터 노동자를 밖으로 내보낸 중국이니, 당연한 거겠지. 하지만 중국인들이 너무 늘어나니까 사회적으로도 문제가 많다고 들었네. 그래서 농장주들이 다른 나라 노동자를 찾은 거지. 그게 일본 사람들 아닌가? 우리보다 근 이십여 년은 앞서서 그들이 포와에 자리 잡은 걸세."

태호는 자신도 알고 있다는 듯 고개를 주억거렸다.

"아무튼 행동은 잽싼 놈들입니다."

"근데, 왜 일본 사람들을 놔두고 우리나라 사람들을 데려가는 거죠?"

창석은 모두 처음 듣는 말이어서 자못 궁금한 눈빛으로 물었다. 굶주림이나 해결할 작정으로 올라탄 이민선이었다. 이야기를 나눌수록 자신만 모르고 있는 게 너무 많아 부끄러웠다.

"가난한 나라에서 온 우리들의 노동력이 더 싸니까."

상학의 대답은 간단했다. 태호가 그의 말에 고개를 끄덕였다.

"일본 노동자들끼리 동맹을 맺고 농장주에 맞서는 일도 잦은 것 같더라고요."

태호도 뭔가 들은 게 있다는 듯 그의 말에 끼어들었다.

"맞서는 거라면?"

창석은 자신이 모르는 얘기만 나오자 적이 답답했다.

"자세히 모르긴 해도 품삯을 올려 달라거나 처우 개선 요구 같은 것이 아닐까 싶네."

상학의 말에 둘은 고개를 끄덕였다.

창석은 상학이 꽤 똑똑한 사람일 거라고 생각했다. 말도 조리 있게 하고 나라 안팎의 상황을 다 꿰고 있어 놀라웠다. 글깨나 배운 양반집 자손이 분명해 보였다. 그래도 기죽을 일은 없었다. 새로운 땅으로 가는 길이었다. 양반도 상놈도 없는 곳이라고 들었다. 모두 같이 일하고 나눠 먹는 곳이라고 했다. 그래도 창석은 동맹이니, 처우 개선이니 하는 말들이 외래어처럼 무척 낯설었다. 이야기를 들으면서 어렴풋이 짐작하는 게 전부였다. 창석은 귀를 더욱 바짝 열었다. 상학의 말 한마디, 숨소리 하나 놓치지 않고 다 듣고 배우고 싶었다. 새로운 땅에서 새롭게 살 수 있다는 말을 실천하고 싶었다.

"그렇다면, 농장주들이 중국이나 일본 노동자들 때문에 골치 좀 아팠겠는데요."

그제야 제대로 알아들은 사람처럼 창석의 목소리에 자신감이 묻어 있었다. 그는 복잡한 얘기를 듣고 나름 빠른 결론을 내린 자신이 한편 대견스러웠다.

"바로 그걸세. 우리들이 포와로 가는 지금의 상황이 그다지 불리하지 않다는 거지. 그쪽도 노동력이 필요할 테고……."

상학의 말을 들을수록 창석은 고개가 끄덕여졌다. 미지의 땅 포와에 대한 일말의 두려움이 서서히 가시는 듯했다.

셋은 구석에 자리 잡은 대로 잠을 청하기로 했지만, 창석은 자꾸 부풀어 오르는 희망 때문에 밤하늘의 별만 세었다. 어느새 하늘 한쪽 끝이 뿌옇게 밝아 오고 있었다.

점심 식사 후 배에서 예배를 드린다는 말이 돌았다. 내일이면 포와에 도착할 거라는 말도 같이 전해졌다. 그 말에 사람들이 술렁거리기 시작했다. 제물포를 자주 드나드는 미국 감리교 선교사를 중심으로 모집된 이민자들이라 같은 교회 출신 신도들이 많았다. 예배가 진행될수록 기독교 신도들이 아닌 사람들도 호기심에 기웃거리더니 하나둘 그들 곁에 자리를 잡고 앉았다. 예배에 참석하지 않은 사람들은 그 주변에 누워 있거나 멀거니 앉아 그들의 모습을 지켜봤다.

예배를 지켜보던 한 사내가 벌떡 일어나 난간 쪽으로 걸어갔다. 그는 뭔가 골똘히 생각하는 눈치더니 주머니를 뒤적거렸다. 이윽고 주머니에서 끄집어낸 작은 칼로 자신의 상투를 잘라 바다에 내던졌다. 주위에 있던 사람들이 멀거니 그를 바라봤다. 그 모습을 본 여자들은 손으로 입을 가렸다.

미국인 선교사가 설교를 하고, 통역사 서씨가 조선말로 옮겨 주었다.

"구약 성서에 나오는 이스라엘 민족의 대이동도 이민의 한 예라고 할 수 있습니다. 옛날 당신들의 선조이신 백제 사람들이 일본으로 건너가서 정착한 것도 이민이라고 할 수 있고요. 이민이라는 한자어를 풀어 보니 참 재미있습니다. 이민(移民)의 이(移) 자는 벼가 많다는 뜻이랍니다. 즉 이민은 쌀을 얻기 위해, 쌀을 찾아 고향을 떠나는 백성이라는 뜻입니다. 우리는 지금 같은 뜻을 갖고 이 배에 탄, 한 가족입니다. 다시 맺어진 형제요, 자매이지요."

상학과 창석 그리고 태호는 멀리 앉아 예배 드리는 광경을 바라봤다. 그들 모두 쌀을 찾아, 더 배불리 먹기 위해 고국 땅을 떠났다는 생각에 동의했다. 그러고 보면 태호는 블라디보스토크로 갔다가 다시 포와로 떠도는 셈이었다.

예배를 보는 사람들 속에 눈에 띄는 여자가 있었다. 여자아이 둘을 데리고 앉아 있는 서심영이라는 여자였다. 노동을 할 수 있는 나이의 남자들이 대부분인 배에서 그녀의 모습은 유독 도드라졌다. 강인해 보이는 작은 눈과 한 올 흐트러짐 없이 쪽 찐 머리, 그리고 꼿꼿한 뒷모습이 사대부집 며느리 같은 인상을 풍겼다.

여러 사람과 함께 배 위에서 예배를 보는 동안 심영은 말할 수 없는 감동을 느꼈다. 시집 몰래 교회를 다니며 얻은 신앙은 힘들 때마다 자신을 지켜 준 버팀목이었다. 고향에선 남녀가 유별하여 예배를 볼 때도 휘장을 두르고 따로 앉았다. 그러나 새로운 땅을 향해 가는 배에서 드리는 첫 예배엔 휘장도 남녀유별도 없었다. 그것이 그녀를 벅차오르게 했다. 딸만 둘 낳았다고 타박받으며 살았던 기억들은 모두 바다로 던져 버리기로 작정했다. 둘러보니 다행히 교회에서 안면이 익은 사람들도 더러 보였다. 심영은 이민선을 타기로 결심하길 정말 잘했다는 생각이 들었다. 그녀는 두 딸아이의 어깨를 감싼 팔에 더욱 힘을 주었다.

"육, 육지 아니야?"

누군가 소리쳤다. 배에 있던 사람들은 모두 환호를 지르며 배의 한쪽 끝으로 달려갔다. 배가 가까이 다가갈수록 녹색의 점 하나가 점점 커졌다. 창석은 가슴이 뛰었다. 벌써 흙냄새가 느껴지는 것 같아 숨을 크게 들이마셨다. 거대한 섬의 모습이 드러날수록 사람들은 너나 할 것 없이 만세를 불렀다. 하늘은 구름 한 점 없이 깨끗했고 평생 바라봐도 물리지 않을 푸른 섬이 환영하듯 펼쳐져 있었다. 말로만 듣던 포와에 도착했다는 사실이 믿기지 않아 창석은 두 손으로 얼굴을 감쌌다. 미세한 떨림이 온몸으로 전해져 왔다.

호놀룰루항에 발을 내딛기 전에 이민 서류를 작성한다고 했다. 서류가 모두 영문으로 되어 있어 통역사 서씨의 도움을 받아야 했다. 이름, 성별, 나이, 결혼 여부, 직업, 마지막 거주지, 목적지, 지참금 액수, 문맹 정도를 물었다.

사람들은 줄을 서서 차례를 기다렸다. 상학은 서씨를 도와 이민 서류를 작성했다. 그는 받아 적은 종이를 서씨에게 넘겼고 서씨는 빠른 속도로 영문으로 서류를 완성했다.

창석의 차례가 되었다. 글을 깨우쳤냐고 상학이 물었다. 창석은 글을 읽을 줄도 쓸 줄도 모른다고 고백했다. 큰 죄를 지은 기분이었다. 자신도 모르게 얼굴이 붉어지는 것이 느껴졌다. 말하는 대로 척척 글로 옮기는 상학을 창석은 부러운 눈으로 바라봤다.

"자네는 우선 내게 글 먼저 배우게."

상학이 한쪽 눈을 찡긋하며 조용조용히 말했다. 창석은 고개를 끄덕이며 웃었다. 글을 배울 수 있다니, 꿈도 꿔 보지 못한 일이었다.

심영의 차례가 되었다. 그녀는 두 손에 든 보따리가 무거운지 발걸음을 느리게 떼었다. 그녀의 치맛자락을 잡고 따라오는 두 소녀는 호기심에 가득 찬 눈으로 주위를 두리번거렸다. 상학의 질문에 또박또박 답하는 심영은 한눈에 봐도 여장부 같았다. 성씨를 묻는 말에 그녀는 잠시 눈을 감았다 떴다.

"내 딸들의 이름 앞에 남편 성씨 '박'과 나의 성씨 '서'를 영문으로 표기해 '박서'로 넣어 주시오."

상학은 뜬금없는 그녀의 말에 고개를 갸우뚱거렸다. 순서를 기다리던 사람들도 무슨 소린지 영문을 모르겠다는 표정으로 그녀를 쳐다봤다. 심영은 단호한 목소리로 다시 말했다.

"아비 없이 어미가 키울 자식입니다. 마음 같아선 새로운 땅이니 내 성씨만 넣고 싶어도, 핏줄을 맘대로 끊어 놓을 수는 없지요."

그녀의 말은 거침이 없었다. 상학은 자신도 어쩔 수 없는 노릇이라며 그녀가 말하는 대로 따랐다. 심영의 어린 딸들은 엄마의 손을 하나씩 잡고 서 있었다. 또랑또랑한 눈망울과 흐트러짐 없는 모습에서 총기와 단아함이 묻어났다.

배에서 내린 102명은 일렬로 섰다. 오랜 뱃길에 모두가 지치고 힘든 모습이었다. 한낮의 태양만이 지글지글 소리를 내는 듯했다. 통역사 서씨가 부르는 이름을 듣고 사람들이 줄 밖으로 하나둘 나왔다. 농장주는 사람들을 마차에 나눠서 태웠다. 다행히 모든 사람이 같은 농장으로 가게 되었다. 첫 한인 이민자에 대한 사탕수수농장주협회에서 내린 배려라고 했다.

창석은 상학과 헤어질까 은근히 걱정했는데 다행이다 싶었다. 헤어질 줄 알았던 사람들은 모두 같은 농장으로 가게 된다는 소식에 서로 부둥켜안고 어깨를 다독였다. 배에서 며칠 동안 정든 사람들이었다. 같은 선택을 하고 태평양을 함께 건너온 사람들이었다. 상학은 마차에 오르기 전 창석을 덥석 끌어안았다. 태호도 다가와 팔을 벌렸다. 같은 곳으로 가는 기쁨과 다행스러움 때문인지 그들의 눈에 살짝 물기가 어렸다.

*

  배 위의 날들을 떠올리던 창석은 발길 닿는 대로 걸었다. 숲이 우거져 시간을 짐작하기 어려웠다. 어느새 캠프 나인을 감싸고 있는 야산 꼭대기에 올라와 있었다. 캠프 나인이 한눈에 내려다보이는 곳이었다. 그는 아무렇게나 바닥에 털썩 주저앉았다.

  강희를 처음 봤을 때 첫눈에 그녀를 알아봤다. 아니 느껴졌다고 말해야 옳았다. 사진 한 장과 편지를 받아 본 게 전부였지만, 자신과 평생 함께하기 위해 태평양을 건너온 사람이었다. 목숨을 걸고 온 사람이라고 해도 틀린 말이 아니었다. 서구적인 얼굴의 나영이 멀리에서도 먼저 눈에 띄었지만, 그의 눈길은 강희에게 먼저 닿았다. 꼭 한 가지 이유를 대라면 그녀의 눈빛 때문이었다. 오랜 기다림이 간절하게 담긴 눈빛이었다. 강희를 오래 기다려 온 자신의 눈빛이 바로 그랬었는지도 몰랐다.

  그래서였을까. 강희 입에서 서로 짝이 바뀌었다고 생각하자는 말이 튀어나왔을 때 둔탁한 것에 머리를 한 대 얻어맞은 것처럼 멍했다. 상상도 못 한 결과였다. 나영이 끝까지 고집을 부리면 최선을 다해 설득해 보려고 마음먹었다. 다시 고향으로 돌아간다니. 바보 같은 짓이었다. 조선이라는 나라는 이미 주권을 상실했다. 춥고 배고픈, 게다가 주인 없는 나라로 다시 돌아간다는 나영의 무모함에 기가 질렸다. 믿고 따랐던 상학이 강희의 제안을 한 치 주저함 없이 받아들였다는 것도 생각할수록 야속했다. 그를 친형처럼 믿고 따랐던 자신에게 침이라도 뱉고 싶은 심정이었다. 이제 강희는 상학의 아내, 그 이상도 이하도 아닌 사람으로 여겨야 했다. 창석은 다시는 캠프 나인으로 돌아가고 싶지 않았다.

세 남자

 태호는 가끔 러시아 요리를 준비해서 캠프 나인 사람들을 한곳에 불렀다. 펠메니*가 사람들에게 가장 인기 있었다. 만두 모양에 피가 두툼해 씹히는 맛이 일품이었다. 고기만 넣는 정통 펠메니와 달리, 갖은 채소를 그 안에 다져 넣어 사람들 입맛을 사로잡았다.
 밤이 깊어지자 여자들과 아이들은 하나둘 숙소로 돌아가고 남자들만 남았다. 남자들은 태호가 만드는 요리보다 그가 들려주는 이야기를 사실 더 좋아했다.
 "태호, 자네가 만든 이 맛있는 요리처럼 짜릿한 연애 얘기나

---
* 러시아 만두.

좀 들려줘."

 얼굴이 불콰해진 홍씨가 태호에게 술을 따르며 짓궂게 말했다. 둘러앉아 있던 남자들이 손뼉을 치며 환호했다. 성화에 못 이기는 척 태호가 목청을 가다듬으면 분위기가 달아올랐다.

 "내가 열아홉 살 때였어. 시베리아 겨울이 얼마나 추운지, 밤에 돌아다니는 건 상상도 못 해. 그대로 서서 얼어 버릴 듯한 그런 날, 보드카를 몇 잔 걸치고 집으로 가는 길이었어. 술기운인지 어쩐지 가도 가도 집이 나오지 않는 거야. 몸은 꽁꽁 얼고…… 그러다 어떤 집 앞에 멈췄어. 작고 허름한 게, 사람이 살 것 같지도 않더라고. 문을 몇 번 두드렸는데, 아무도 안 나오는 거야. 이젠 죽었구나, 싶은 맘에, 마지막 힘을 모아 조선말로 소리를 꽥 질렀지. '사람 살려요!' 하고."

 갑자기 태호가 술을 청하더니 숨도 쉬지 않고 목 안 깊숙이 털어 넣고는 목소리를 가다듬었다. 감질이 난 남자들이 태호를 재촉했다. 무슨 얘기를 듣든 함께 한바탕 웃고 나면 하루의 피로가 사라지는 시간이었다. 캠프 나인 밤하늘도 이야기에 취한 듯 별빛이 더 아롱거렸다.

 "문을 열고 나를 맞이한 사람은 믿을 수 없을 만큼 아리따운 여자였어."

 그의 이야기가 이 부분에 이르면 몇몇 남자들은 옆사람에게 들릴 만큼 마른침을 꼴깍 삼켰다. 그러면 태호는 더 빠르고 신나게 이야기를 풀었다. 멋진 연기를 펼치는 배우처럼 표정이 그럴싸해 보였다. 그가 포와로 오는 배 안에서 냄새나는 메주를 끌어안은 채 한구석에 말없이 웅크리고 있었던 것을 떠올리는 사람은 없었다.

"그 여자가 조선말로 안으로 들어오라는 거야. 내가 사는 곳에 조선 사람 집이 몇 있긴 했어도 그렇게 아리따운 여자는 처음이었어. 벽난로에는 장작불이 훨훨 타고 있고, 살랴카*를 끓이는지 고기 장국 냄새가 진동하는 거야. 어찌나 배가 고프고 춥던지⋯⋯."

"밥 먹는 얘긴 빼고, 그다음⋯⋯."

둘러앉은 남자들이 그를 재촉했다. 농장에서 일하는 사내 열 명 가운데 부인 있는 사람은 둘이나 셋밖에 없었다.

"내 앞에서 옷을 벗는 거야."

"전부⋯⋯?"

"실오라기 하나 걸치지 않고⋯⋯?"

"전부. 실오라기 하나 걸치지 않고. 그리고 내 옷을 벗기는 거야."

태호의 말에 몇몇은 벌써 간지러운 표정을 지으며 바닥을 뒹굴었다.

------
* 러시아 고기 수프.

"살이 얼마나 희고 눈부신지, 활활 타는 장작불의 붉은빛이 그 희고 부드러운 살갗에 어른대는데…… 어떻게 일을 치렀는지, 밤새 그 처녀와 사랑을 나누다가 다음날을 기약하고 나는 집으로 와 버렸네."

"사내들이란 다 똑같아."

나이 지긋한 부인 하나가 부엌에서 나오다 태호의 얘기를 듣고는 고개를 저었다.

"그때, 그냥 그 집에 눌러살았어야 했어."

"그렇지. 그러면 지금 이 뙤약볕에 고생 안 하고 잘 살았을지 알아?"

태호의 연애 이야기를 죄다 외고 있다는 듯 남자들이 한두 마디씩 툭툭 던졌다. 이야기가 더 길었으면 하는 아쉬움이 은근히 담긴 표정들이었다.

"근데, 그 집이 정말 사라졌단 말이야?"

"나도 믿을 수가 없었다니까. 그다음 날 집에서 늦잠을 자고 단숨에 그 집으로 달려갔지. 그런데 도저히 찾을 수 없었어. 꼭 뭐에 홀린 기분이 들더라니까."

"뭐, 정표라도 주고받은 것 없고?"

"정표는…… 내 몸이 기억하는 거지. 그 이후로 여자 가까이 못 하잖아. 내 몸이 말을 들어야지……."

태호가 제법 심각한 표정으로 말하자 남자들이 다시 몸을

세 남자

비비 꼬며 웃었다. 태호는 러시아에서 일본인으로 오해받아 맞아 죽을 뻔했다는 얘기를 끝으로 애절한 사랑 이야기를 마쳤다. 그가 들려주는 이야기가 진짜냐고 묻는 사람은 아무도 없었다.

사진 신부 얘기를 먼저 꺼낸 사람은 창석이었다. 농장을 떠나 호놀룰루로 갈 계획을 세우고 있을 때였다. 주위에서 결혼하라는 말을 자주 했다. 누가 봐도 그는 촉망받는, 유능하고 부지런한 젊은이였다. 캠프 나인 사람들은 사업가의 꿈을 가진 그가 언젠가 크게 성공하리라고 믿었다.
창석은 장사를 시작하기 전에 먼저 결혼부터 하고 싶었다. 조선에서 신붓감 데려오기를 원하는 사람은 신청하라는 말에 그는 은근히 설렜다. 이제야 제대로 된 가족을 이룰 수 있다는 기대에 벅찼다. 하지만 의형제를 맺은 상학과 태호가 걸렸다. 혼자 장가들고 싶은 마음은 없었다.
"형님, 제가 비용은 댈게요. 같이 신청해요."
창석은 조심스럽게 상학에게 말했다. 농장 일을 마치고 돌아온 상학의 얼굴이 몹시 피곤해 보였다. 삼십 대 중반에 들어선 그의 나이가 새삼스러웠다.
"그 비싼 돈 들여 무슨 장가냐…… 난 됐다."
머쓱한 표정을 지으며 상학이 말했다.

"밤마다 형님 방에서 술판 벌어진다는 얘기 들었어요."

창석은 작정을 하고 말하는 사람처럼 물러서지 않았다.

"술판은 무슨. 외로운 사람끼리 옛날얘기나 하는 거지."

말끝을 흐리는 상학의 얼굴에 옅은 그늘이 드리웠다. 그는 창석이 자신까지 챙겨 주는 마음이 더없이 고마웠지만, 허송세월하는 자신이 부끄러웠다.

마음이 통했던 사람들이 캠프 나인을 떠나 시내로 나가고 농장에는 필리핀 노동자들이 하나둘 늘었다. 창석마저 장사를 배운다고 호놀룰루에 있는 가게에서 숙식을 해결했다. 가깝게 지냈던 편씨는 신혼 재미에 빠져 상학과 어울리는 시간이 줄었다. 농장 일에 적응 못 해 늘 술로 나날을 보냈던 곽씨와 그의 가족들은 결국 고향으로 다시 떠났다. 차라리 떠날 수 있는 그들이 상학은 부러웠다. 고향에 두곤 온 아들 세욱의 얼굴이 가물거렸다. 세욱이를 키우는 형님이 아직도 고향에 살고 있으리란 보장도 없었다. 고향 생각에 넋 놓고 바다만 보며 며칠을 지내던 날들도 있었다. 밤이면 외롭고 쓸쓸했다. 술판이나 재미로 하는 놀음판을 기웃거린 것도 사실이었다.

땀이 밴 옷을 벗지도 않고 쓰러져 잠든 적이 한두 번이 아니었다. 목이 말라 새벽에 눈을 뜬 날이면 다시 잠들지 못하고 몸을 뒤척이다가 아침을 맞았다. 누군가의 따뜻한 눈길이, 온기가 한없이 그리웠다. 차이나타운에 있는 사창가에 다녀온

세 남자

날은 마음이 헛헛했다. 동양인 노동자가 살 수 있는 여자는 많지 않았다. 여자는 그의 말을, 그는 여자의 말을 서로 알아들을 수 없었다. 몸을 나누는 데 그다지 많은 말이 필요치 않았다. 거래 내용은 명확했고 형식은 간단했다. 여자의 몸은 따뜻했고 그는 그 안에서 안온했다. 그렇게 집으로 돌아온 날은 괜스레 술만 더 늘었다. 그래도 결혼을 해야겠다고 생각해 본 적은 없었다. 혼자 몸도 버겁고 귀찮다는 생각만 들었을 뿐.

상학은 담배에 불을 붙였다.

"교회 사람들 중에 마침 다음 달에 고국으로 들어가는 사람이 있대요."

창석은 포기하지 않고 조곤조곤 말했다. 그는 상학이 밤이면 술과 노름판을 기웃거리고 다른 나라 노동자들과 티격태격한다는 말을 들을 때마다 마음이 아팠다. 그가 누구인가. 자신에게 글뿐만 아니라 정신을 깨우쳐 준 사람이었다. 형이자 아버지 같은 존재였다. 그를 따르고 닮고 싶어 몰래 그의 표정과 목소리를 흉내 낸 적도 많았다.

"그래, 형님 방에 모이면 무슨 얘기들을 해요?"

창석은 상학이 자신의 말에 아무 대꾸도 하지 않자 화제를 돌렸다. 담배를 막 비벼 끄던 상학은 그제야 기다렸던 질문이라도 받은 사람처럼 화색이 돌았다.

"우리가 왜 일본 사람 다음으로 포와에 정식 노동자로 오게

됐는지 너도 알아야 해."

"우리 임금이 걔네들에 비해 싸서 그런 것 아닌가요?"

창석도 이제 알 만한 것은 모두 알고 있다는 듯 말했다.

"캘리포니아에 있는 오렌지 농장으로 가면 여기보다 임금이 두 배나 된다는 걸 안 일본 노동자들이 고분고분했겠어? 그러니 여기 사탕수수 농장주들이 그들을 잡아 둘 수가 없지. 여기 농장주들이 어떤 사람들이야. 손익을 계산해서 손해다 싶으면 눈을 돌리는 사람들이잖아."

"그래도 여기 농장주는 우리를 위해 교회도 세워 줬잖아요?"

창석은 캠프 나인에 있는 에바 교회를 떠올리며 물었다.

"돈이 좀 들더라도 교회 하나 세워 주고, 주일이면 예배나 드리며 순종하는 노동자들이 자기네에겐 더 이익인 거지. 술 먹고 노름하고 싸움박질하는 것보다 골치 안 아프지. 종교를 가지면 술, 노름 그런 것부터 멀어지게 되는 건 당연한 거고. 결국 다루기 쉽다는 말일세. 그것도 우리가 십시일반 모은 돈이 600달러나 되는 걸 보고 놀라서 얼떨결에 내린 결정이긴 하지만."

그가 세상을 바라보는 눈은 여전히 날카롭고 정확했다. 창석은 그것이 놀랍고 한편으로 다행스러웠다. 아무 생각 없이 돈이나 벌어 농장을 떠나자고 생각했던 자신과는 너무 달랐다. 상학에게 아내가 있으면 더할 나위 없겠다는 생각이 들자,

어떻게든 그를 설득해 보자고 다시 마음먹었다.

한인 노동자들에게 일본 노동자들은 부러움의 대상이었다. 그들이 기거하는 곳은 캠프 나인 집들보다 크고 고급스러웠다. 가구당 독채가 한 채씩 주어졌는데, 가옥 형태도 달랐다.

"바닥이 마루로 되어 있더라고. 신발도 신지 않고 방이며 부엌을 왔다 갔다 하는 게 어찌나 부럽던지."

여자들은 언젠가 일본 노동자들이 사는 부엌을 들여다보고 와서는 입에 침이 마르도록 부러워했다. 그것이 국력의 차이라고 느끼는 사람은 없었다.

한인 노동자들은 일본인들보다 낮은 임금과 낮은 취급을 받았다. 국력이 한 노동자의 임금을 결정짓는다는 사실을 창석은 시간이 한참 지나서야 이해했다. 호놀룰루 시내에 나가면 일본인 상점들이 즐비했다. 한인들은 그들 가게에서 필요한 물건들을 샀다. 그들은 농장에서 일하는 한인들보다 훨씬 나은 생활을 하고 있었다. 창석이 장사에 뛰어들고 싶은 이유였다.

창석은 농장주처럼 많은 땅을 소유하고 그 땅이 내려다보이는 곳에 집을 짓고 자식들을 키우고 싶었다. 아침이면 머그잔에 커피를 가득 담아 들고 사탕수수가 자라는 푸르디푸른 들판을 산책하고 싶었다. 자신 명의로 된 땅의 흙을 밟으며 그 흙에서 자라나는 곡물들을 쓰다듬고 싶었다. 그동안 억눌리고 숨죽이고 살았던 시간을 보상받고 싶었다. 새로운 땅이니 불가능한 일은 아니었다.

"그래도 거칠기 짝이 없는 중국 노동자나 무슨 일만 있으면 파업이나 일삼는 일본 노동자에 비해 한인 노동자들은 성실하고 부지런하다고 농장주들은 다 칭찬하잖아요?"

창석은 자신만 이런 생각을 하는 건 아닌가 싶어 조심스럽게 물었다.

"한마디로 다루기 쉽다는 얘기 아닌가? 그건 칭찬이 아니지."

상학은 여전히 삐딱하게 말했다. 그러나 생각해 보면 그의 말은 늘 옳았다.

"그러니 우리도 새로운 일을 모색해 봐야 해요. 노동자 월급만 믿고 있다간 미래가 없어요. 늙어서 일을 못 하면 뒤 봐 줄 자식이 있는 것도 아니고……."

"그렇지. 결국 포와도 남의 나라지. 벼 심고 배추 심어 먹어도, 내 자식 낳고 살기 전에는 남의 땅이나 마찬가지야."

"그러니까 결혼을 해야지요. 고향 땅에서 신부 데려다……."

창석은 이야기가 제자리로 다시 돌아온 것이 유쾌했다. 상학은 창석의 말에 대답 없이 새 담배를 입에 물었다.

사진 신부를 데려오려면 돈이 들었다. 상학에겐 제법 큰돈이었다. 그런 돈이 있으면 고향에 있는 아들에게 전해 주고 싶었다. 소식 끊긴 지 오래였다. 어디에 살고 있는지 안다면 빚을 내서라도 돈을 보내 주고 싶었다. 창석의 마음을 모르는 게 아니었다. 정 많고 사려 깊은 사람이니, 혼자 신부를 데려다 잘 먹고 잘살 사람은 아니었다. 그렇다고 양복을 빌려 입고 이발을 하고 사진관에 가서 사진 찍고 싶지는 않았다. 결혼? 상학은 잠시 꿈을 꾼 자신에게 헛웃음을 쳤다.

뒤늦게 나타난 태호는 끝내 결혼하지 않겠다고 속내를 밝혔다.

"난 큰 식당을 하나 할 거야. 이곳이 동서양이 다 만나는 곳 아닌가? 내가 지금은 돈도 없고 때가 아니지만, 내 이름을 걸 만한 식당을 꼭 할 거야."

"형님 음식 솜씨로 못 할 것도 없지요. 그런데, 그, 눈 속의 사랑 못 잊어서 그래요?"

"사람들은 왜 내 얘기를 못 믿지? 그런 여자를 품에 안아 본 사람은 다른 여자는 꿈도 꿀 수 없다고……. 결코 지어낸 얘기가 아니라는 거 자넨 믿지?"

"그러면 형님은 돈이라도 벌어서 그 여자를 찾아볼 생각이란 말이오?"

"못 할 것도 없지. 인연이 있으면 다시 만나는 게 세상 사는 맛 아닌가?"

태호는 결혼 이야기만 나오면 늘 이런 식으로 끝맺었다.

태호는 농장에서 가장 힘들다는 물 대는 일을 했다. 허리춤까지 차는 물길을 밭으로 돌리는 일이었다. 하루에도 비가 서너 번 왔다가 개는 곳이 포와지만, 가뭄이 들 때는 사탕수수가 뿌리를 드러내며 푹푹 쓰러졌다. 산 쪽에서 내려오는 물줄기를 모은 뒤 땅을 파서 사탕수수밭까지 끌어오는 일은 건장한 남자도 힘에 부쳤다. 사탕수수 노동자 월급보다 훨씬 웃도는 임금에도 달려드는 사람이 많지 않은 건 그 때문이었다. 그는 주말에도 쉬지 않았다. 장의사에서 묫자리를 파는 일까지 했다. 가끔 있는 일이지만 모두가 꺼리는 일이라 수입은 꽤 높았다.

"삽으로 땅을 파기 시작해, 내 키만큼 파 내려가면 등줄기에 땀이 비 오듯 쏟아진다고. 그 안이 얼마나 서늘하고 아늑한지 아나?"

"형님, 혹시 그 깊숙한 곳에 금덩어리라도 숨겨 놓으셨어요?"

창석은 태호가 메줏덩어리를 신줏단지 모시듯 가져온 일을 떠올리며 물었다. 그 안에 금을 숨겨 들어왔을 거라는 소문도 무성했었다.

"금덩어리는……."

창석은 농으로 던진 말이었지만, 태호는 깔끔하게 대답하지 못했다.

*

 심영은 포와에 온 것을 가끔 후회했다. 사탕수수 더미를 어깨에 가득 짊어지고 벌판을 가로질러 가는 날은 더욱 그랬다. 어른 키만큼 웃자란 잡목들을 제거하다 낫에 손가락을 베는 일이 한두 번이 아니었다. 손은 어느새 남자 손처럼 투박해졌고 어깨는 단단해졌다.
 보다 못한 태호가 제안했다. 캠프 나인에 혼자 사는 남자들을 위해 돈을 받고 빨래와 음식을 해 주는 일은 어떻겠냐고. 아무래도 농장 일보다 좀 편할 거라는 말을 덧붙였다. 심영은 건성으로 듣고 넘겼다. 자존심을 건드리는 제안이라고 생각했다. 평생 남이 해 주는 밥을 먹고 살았는데, 정작 만리타국에서 부엌데기 노릇이나 하고 살 생각을 하니 내키지 않았다. 농장 일은 힘들어도 나름대로 매력 있었다. 거친 노동이 끝나고 깊은 잠의 나락으로 떨어지는 달콤한 순간들이 그것이었다. 죽은 듯 자고 일어나면 몸은 개운하고 속은 후련했다.
 포와에 와서 알고 지내던 곽씨 부부가 마침 고향으로 돌아갔다. 곽씨 부인에게 밥을 얻어먹던 노동자들은 당장 끼니를 걱정해야 했다. 태호가 다시 부탁했다. 그때는 심영도 마음이 흔들렸다. 얼마 전 넘어져 다친 다리가 아직 깨끗하게 낫지 않았을 때였다. 부업으로 카네이션 재배 일을 가르쳐 주겠다는 태호의 호의도 감사했다. 농장 일을 관두고 태호를 포함해 여섯 명의 노동자들에게 하루 세끼 밥을 해 주고 빨래를 해 주었다. 그들이 꼬박꼬박 건네주는 세탁비와 식대는 생활에 보탬이 되었다.

심영이 농장 주변에 쓸모없는 땅을 조금 얻을 수 있었던 것은 행운이었다. 그것 역시 태호 덕이었다. 공짜로 얻은 조그마한 땅에 카네이션을 심어서 내다 팔면 재미가 쏠쏠했다. 포와를 방문하는 관광객들 목에 거는 꽃목걸이, 레이를 만들려면 카네이션이 많이 필요했다.

"물 대 주는 사람이 이 섬에선 최고의 남자라는 건 알고 있죠?"

태호는 심영의 카네이션밭에 물길을 내어 주며 짐짓 큰일 하는 사람처럼 생색내며 우스갯소리를 했다.

"여부가 있나? 나도 그냥 공짜 도움은 바라지 않아. 내 다른 건 몰라도 이번 달 세탁비는 받지 않으리다."

심영의 목소리는 단호했다. 허튼소리는 입 밖에 내지 않는 사람이었다. 태호는 심영의 호의를 거절하지 않았다. 그녀의 자존심을 존중해 주는 유일한 방법이었다. 자식들의 이민 서류에 남편과 자신의 성씨를 함께 붙여 '박서'라고 써 달라고 말하던 심영의 모습이 아직도 생생했다.

"따님이 호놀룰루에 있는 그 좋은 국제태평양중앙학교, 미

세 남자

드팩에 다닌다면서요?"

"첫째는 나랑 있고, 둘째가 다니지. 그것이 어릴 때도 말문이 일찍 트였는데, 여기서도 영어를 금방 익혀서…… 한 달 수업료만 오 달러예요. 언제까지 공부시킬 수 있을지…….'

심영은 스텔라 얘기만 나오면 자신도 모르게 입가에 미소가 돌았다. 미드팩 학교에 입학한 둘째 딸에게 '스텔라 박서'라는 영어 이름을 지어 줬다. 반곱슬머리에 오뚝한 콧등과 어울리는 이름이었다. 이젠 영어도 제법 유창해 농장 안에서 웬만한 통역은 도맡았다. 그녀는 그런 딸이 자랑스러웠다. 둘째 딸만 보면 포와로 온 것이 백번 잘한 결정이라는 생각이 들었다.

"동생같이 편케 생각하고 어려운 일은 부탁하세요."

태호의 말에 심영이 고개를 끄덕였지만, 그녀가 쉽게 도움을 청하는 성격이 아님을 태호가 누구보다 잘 알고 있었다.

밭 깊숙이 물을 대고 둘은 그늘에 앉았다. 살갗을 태울 듯 내리쬐던 햇볕도 그늘에만 들어서면 힘을 잃었다. 바닥이 다 갈라졌던 마른 땅에 물기가 돌자 심영은 목마른 참에 물 한 그릇을 다 비운 듯 시원한 표정이었다.

"동생 같으니 빨래도 공짜로 해 줘야 할 텐데, 나도 먹고살아야겠지요?"

그녀의 말이 당연하다는 듯 태호가 고개를 끄덕였다.

"밥이나 꾹꾹 눌러 담아 줘요."

태호가 손으로 밥을 꾹꾹 눌러 담는 시늉을 하며 말했다.

땀에 찌든 노동자의 빨래를 할 때마다 심영은 마음이 찡했다. 그들이 수고비로 주는 돈을 받을 때마다 자신이 야박하다는 생각도 들었다. 모두 같은 조선 사람이고 동생뻘 되는 사람들이었다. 그러나 가끔 돈 떼먹고 가는 못된 사람들을 만나면 그 사람이 옮긴 농장까지 찾아가 반드시 받아 냈다. 사람들은 지독하다며 혀를 내둘렀지만, 그녀는 개의치 않았다. 남의 것을 빼앗는 것이 아니라 내 것을 내가 챙기는 것이 무슨 흉이냐고 되레 쏘아붙였다. 말은 조리가 있고 태도는 분명해서 그녀를 함부로 대하는 사람들은 없었다.

태호가 막 따 온 야생 바나나를 건넸다. 어른 손가락 굵기의 노랗게 잘 익은 바나나는 설탕처럼 달고 향은 꽃처럼 진했다. 나른할 때 먹으면 노곤함이 단박에 가시는 최고의 간식이었다.

먹고 버린 바나나 껍질에 참새 떼가 모여들었다.

"저 참새 덕에 이곳에 정붙이고 살았지. 고향에서 보던 참새와 똑같은 것이 어찌나 신기하던지……. 마치 나를 따라 여기까지 날아온 새처럼 반갑고 고맙더라고."

심영은 힘든 날들이 머릿속을 스쳐 지나가는지 잠시 말을 멈췄다.

그녀가 두 딸을 데리고 이민을 결심한 건 죽음을 각오하는 것만큼 힘든 일이었다. 낯선 땅에서 홀로 자식을 키워야 하지만 하루를 살아도 사람답게 살고 싶어 내린 결정이었다. 그러나 막상 떠날 날이 다가오자 두려웠다. 마치 깊이를 알 수 없는 시커먼 웅덩이에 발이 쑥 빠지는 듯 암담했다. 결국 그 마음을 이기지 못하고 쌌던 짐을 풀어 정리했다. 두 눈, 두 귀 다 막고 살리라 결심했다. 아들 못 낳은 죄밖에 없다는 게 서러웠다.

그때 남편과 남편의 여자가 또 들이닥쳤다. 그 여자가 남편의 다섯 번째 여자던가 여섯 번째던가······. 남편의 여자들을 세다 보면 얼굴과 이름이 헷갈렸다. 방으로 들어선 남편은 다짜고짜 "가려면 갈 것이지, 왜 창피는 다 주고 주저앉느냐."라며 발길질을 해 댔다. 남편과 같이 온 여자의 억센 손이 심영의 머리채를 쥐고 흔들었다. 시어머니가 팔짱을 끼고 그 모습을 지켜보았다. 조금 더 참고 살면 희망이 있지 않을까 기대했던 심영은 자신의 어리석음에 침을 뱉고 싶었다.

밤이 깊어지자 심영은 안방으로 들어가 손에 들 수 있을 만큼의 패물을 품에 안았다. 손이 작은 게 한스러웠다. 술에 취해 혼자 잠들어 있던 남편이 갑자기 부스스 일어서더니 휘청거리며 그대로 병풍 위로 쓰러졌다. 그녀는 떨리는 손으로 이불을 끌어다 남편의 얼굴을 가렸다. 그가 영원히 깨어나지 않기를 기도했다. 두 다리가 떨려서 한동안 일어서지 못했다.

심영은 그 시간이 아득하게 느껴졌다. 태호가 마침 궁금한 게 있다는 말에 다시 현실로 돌아온 듯 그를 바라보았다.

"꽃은 마우나케아 스트리트로 직접 팔러 가세요?"

"그곳에 있는 레이 가게에 넘기지. 그렇게 직접 넘겨야 좀 낫지."

"해군 들어올 때랑, 큰 배 들어올 때는 바쁘지요?"

"새벽 4시에 따서 부지런히 가져가 꽃집에 넘기면 제법 받아. 카네이션은 하루를 못 넘기니, 부지런 떨어야 해."

심영은 말하면서도 꽃 손질하는 손을 멈추지 않았다.

태호는 그녀의 투박하고 볕에 그을린 물기 없는 손등을 바라보았다. 어머니 같고 누님 같은 여자가 무탈하게 오래 곁에 있기를 바랐다.

제 안의 것들

상학은 부끄러웠다. 창석에게 '운명'으로 여기자고 한 자신이 한없이 비겁하게 느껴졌다. 그런데 그 말밖에 나오지 않았다. 다시 고향으로 돌아간다는 나영을 설득할 자신도 없었고, 잡아 두고 싶은 욕망도 없었다. 결혼이라니. 잠시 헛꿈을 꾸었다고 생각했었다.

그때 강희가 짝을 바꾸자고 말했다. 열여덟 살 여자가 쉽게 할 말은 아니었다. 세상을 바라보는 그녀의 시선이 놀라웠다. 사는 것이, 어떻게든 함께 살아남는 것이 중요한 때라는 것을 간파한 걸까. 상학은 강희를 택한 게 아니라, 그런 마음으로 살아가는 한 인간의 선택을 받아들였다.

그러나 그 어떤 것으로도 창석을 이해시킬 말은 없었다. 운명이라니. 너무도 비겁했다. 마치 더러운 말이라도 뱉어 낸 사람처럼 상학은 자신의 입을 씻고 싶었다.

상학은 스무 살 창석에게 글을 가르쳤다. 가르치는 스승보다 배우는 학생이 더 열성이었다. 햇볕으로 그을린 등짝이 따가워 쉬고 싶어도 창석은 기어코 책 한 장을 읽고 끝냈다. 아무리 사소한 것이라도 꼼꼼하게 새겨들을 만큼 그는 근면하고 영리했다. 어느 날 그는 상학이 옆에 있는 줄도 모르고 큰 소리로 교회 소식지를 줄줄 읽어 냈다. 상학은 그런 그가 몹시 대견하고 고마워 눈시울을 붉혔다.

농장 일을 하면서 창석은 독립할 계획을 차근차근 세워 나갔다. 마음에 품은 생각을 제일 먼저 자신에게 털어놓은 그가 상학은 고마웠다.

"형님, 어렵게 왔는데 남의 농장에서 일만 하며 사는 게 억울하지 않아요? 난 장사를 할 거예요. 돈을 모아 큰 부자가 되고 싶어요. 휴일에 호놀룰루 시내를 걷다 보면, 될 만한 것들이 몇 있어요. 우리나라 학생들이 학교에서 가죽 구두를 만들어서 팔 계획을 갖고 있답니다. 그것을 도매상에 싸게 넘기지 말고, 우리가 직접 받아 소매로 파는 겁니다. 여기 농장 십장이나, 잘사는 놈들 봐요. 어른 아이 할 것 없이 죄다 가죽 구두 한두 켤레씩은 갖고 있잖아요. 그러나 번듯하게, 아니 적어도 시내에는 좋은 신발을 살 만한 전문점이 없어요. 내가 일요

일이면 시내를 다 뒤져 보는데, 일본 사람이 하는 마쓰모토 수제화 가게 외에는 없어요. 거기에도 그나마, 남자 어른 구두만 팔더라고요. 품질도 우리 학생들이 만드는 것보다 떨어져요."

창석의 말에 상학은 깜짝 놀랐다. 농장 일과 공부를 겸하느라 밤낮없이 움직이던 그가 미래에 대한 계획을 이토록 꼼꼼히 세웠다는 사실이 놀라웠다.

"태어나서 지금껏 장사라곤 해본 적이 없는 내가 어떻게 할 수 있어……."

상학은 농장 일을 그만두고 사업을 하자는 창석의 제안은 고마웠지만 자신이 없었다. 모은 돈도 없었고 부자가 되겠다는 포부도 없었다. 일주일에 두 번, 농장에 있는 가게에서 서기 노릇을 하며 받는 돈과 사탕수수 노동자로 받는 임금이면 만족했다. 한 달에 족히 삼십 달러는 되었다. 육 달러는 밥값, 이 달러는 빨래비로 주고 나면 이십이 달러가 남았다. 신문을 만들고 한글 교사들 월급을 충당하는 비용으로 한 달에 오 달러씩 교회에 보태고 나면 십칠 달러가 남았다. 잡비를 빼면, 한 달에 칠팔 달러는 모을 수 있었다. 부양해야 할 식솔이 있는 것도 아니었다. 그 돈을 모아 고향으로 가는 게 그가 바라는 일이었다. 고향에는 아들과 형님 내외, 동생도 둘이나 있었다.

상학은 오래전 얼굴도 보지 않고 부모가 정해 준 여자와 결혼했다. 그녀와의 사이에 아들 하나를 얻었다. 이름을 세욱이라 지었다. 그녀는 세욱을 낳고 시름시름 앓다 이듬해 죽었다. 정도 들기 전이라 슬픔도 몰랐다. 젖을 갓 뗀 아들을 형님 내외가 맡아 키웠다. 몇 해를 떠돌았지만 돈벌이는 시원치 않았고 고향으로 돌아가도 뾰족한 수가 없었다. 어린 아들을 생각하면 답답하고 막막했다. 형님네도 어렵고 힘들기는 마찬가지였지만 도리가 없었다. 험한 세월 모두 목숨이나 부지하고 있는지 모를 일이었다.

　포와에 도착해서 형님과 두 번 서신 왕래 후 소식이 끊겼다. 선교사 편에 보낸 서신과 얼마간의 돈이 형님에게 잘 전달됐는지도 모를 일이었다. 다시 고향으로 돌아갈 만한 돈은 모이지 않았고 세월은 흘렀다. 고향 소식은 먼바다의 파도 소리처럼 간간이 들려왔다. 기쁜 소식보다 힘든 이야기가 더 많았다. 언제부턴가 고향 소식이 와도 반갑지 않았다. 가끔 아들 세욱이 혼자 울고 있는 꿈을 꿨다. 아무리 달래도 그치지 않는 울음이었다. 아이를 품에 안고 어르다가 같이 울었다. 눈을 떠 보면 야자수나무 잎들이 바람에 흔들리는 소리만 빈방을 채웠다.

　상학은 창석과의 인연을 떠올렸다. 창석은 정 깊고 부지런하고 정직했다. 생각할수록 모자람이 없는 사람이었다. 캠프 나인에서 팔 년을 함께 지내면서 쌓아 온 정도 남달랐다. 친동생같이 허물없이 지내며 든든한 벗이 돼 주었던 사람이다. 그런 사람에게 운명으로 여기자고 말했다. 용서받을 수 없는 말을 뱉은 기분이었다.

*

창석은 머리가 깨질 것처럼 아파서 이맛살을 찌푸렸다. 어디서 술을 그토록 마신 건지 머리를 들 수가 없었다. 여러 술집을 전전했고 친분도 없는 사람들과 웃고 떠들었던 기억이 났다. 방 깊숙이 햇살이 들어온 것을 보니 정오가 가까워진 것 같았다. 음식 냄새가 났다. 속이 메슥거렸다. 창석은 머리를 감싸 쥐었다. 어젯밤 일이 어렴풋이 떠올랐다.

그는 거칠게 나영의 옷을 벗겼다. 나영이 외마디 소리를 지르는 것도 아랑곳하지 않고 그녀의 입술과 가슴 그리고 부드러운 어깨를 짐승처럼 핥았다. 나영의 신음을 들으며 자신의 몸을 깊숙이 밀어 넣었다. 몸에서 뜨거운 것이 한없이 빠져나갔다. 돌아올 수 없는 곳으로 가고 있었는데 멈출 수 없었다.

새벽에 목이 말라 눈을 떴을 때 나영이 옆에 누워 있었다. 결혼식을 올리고도 한참을 서먹서먹하게 보냈는데, 알몸으로 누운 나영을 보자 모든 것이 허물어지는 기분이었다. 그제야 강희와 완전한 남남이 되었다는 생각이 밀려왔다. 참으로 야속한 사람. 말 한마디 묻지 않고 그렇게 결정을 내리다니. 아무리 생각해도 이해할 수 없었다. 더 이상 상학을 떠올리고 싶지도 않았다. 결혼식 날 마주 본 강희가 이제 상학의 아내라는 사실만 분명해졌다.

 나영은 청소를 하다 말고 거울을 들여다보았다. 어제보다 볼이 발그레하게 보였다. 수줍은 새댁이었다. 얼떨결에 치른 첫날밤이었다. 훤한 대낮에도 그 생각만 하면 얼굴이 화끈거렸다. 그녀를 억세게 안았던 창석의 손길이 다시 느껴졌다. 목과 어깨를 지나 뜨겁게 자신의 몸을 더듬던 그를 떠올리자 또다시 얼굴이 붉어졌다.
 "술김에…… 미안해."
 창석이 아침에 눈을 뜨고 내뱉은 첫마디는 실망스러웠다. 아직도 자신을 아내로 인정하지 못하겠다는 말처럼 들려서 몹시 속상했다. 이미 여러 사람 앞에 부부로 서약한 사인데 미안하다니. 결혼식 날 입은 드레스가 강희를 위해 미리 준비해 둔 옷이라는 사실을 알았을 때도 지금처럼 서운하지는 않았다.
 나영은 결혼 준비를 도와주던 여자가 부럽다는 듯이 했던 말을 기억했다.
 "창석이 총각이 신부 오면 준다고 내게 특별히 바느질 부탁해서 만든 거라우. 내가 바느질 솜씨 하나는 남에게 뒤지지 않거든. 그래도 서양 드레스는 처음 만든 거라 이리 고치고 저리

고쳐 만든 거요. 새댁은 복 받았수. 이런 드레스 입고 결혼한 사진 신부는 아직 없거든. 아, 내가 만들었어도 정말 예쁘다."

포와에서 온 중매쟁이가 입고 있던 원피스와 비교할 수 없을 정도로 고급스러운 드레스였다. 결혼식을 위해 창석이 얼마나 꼼꼼하게 준비했는지 놀라웠다. 드레스뿐만이 아니었다. 중국 가게에서 샀다는 색색의 이부자리와 화장품은 풍족하게 살았던 자신의 어린 시절로 되돌아간 듯한 기분을 만들어 주었다.

"이 건물도 작년인가 주인에게서 샀다는 소문이 있는데, 사실이오?"

드레스를 입혀 주던 여자가 물었다.

"아직 그런 말 나눠 본 적 없어요……."

그렇다면, 나영이 지나갈 때마다 이발소 주인이나 옷감 가게 여자가 손을 흔들고 인사를 건넨 것은 건물주 부인에 대한 예의였을까. 나영은 그제야 모든 것이 이해되었다. 남의 나라에 살면서 자기 집을 갖는다는 게 쉬운 일이 아니라는 것쯤은 나영도 짐작할 수 있었다. 돌아가신 부모님이 그녀를 측은하게 여겨 뒤늦게 내려 준 선물 같았다. 아버지가 하나밖에 없는 딸을 얼마나 끔찍이 여겼던가. 창석을 남편으로 맞이하게 된 것은 어쩌면 아버지 덕분이 아닐까. 죽어서도 할 수 있는 일이라면, 아버지는 창석 같은 남자를 만나게 해 주고도 남을 사람이었다.

강희에게 그리 미안해할 필요가 없다. 이제 주어진 대로 각자의 삶을 살아가면 될 일이었다. 강희 아버지가 입버릇처럼 말하지 않았던가. "나영이 네 아버지가 물려준 재산이 얼마였는데. 잘 관리했으면 평생 먹고 쓰고도 남을 돈이었는데, 미안하다."라고. 귀가 따갑도록 들었다. 그렇다. 강희의 것을 빼앗은 것이 아니다. 원래 자신의 것을 이제야 되찾았을 뿐이다. 아버지는 강희네 식구들에게 넘치도록 베풀었다. 그러나 나영이 받은 건 강희 엄마에게서 겨우 젖이나 얻어먹고 다 쓰러져 가는 집에서 삼시 세끼 먹고 자란 게 다였다. 불운했던 삶에 대한 보상을 포와에 와서 받는 것일지도 몰랐다. 이제야 풍요롭고 안락했던 제자리를 찾은 거라고 나영은 생각했다.

나영은 마음이 한결 홀가분해졌다. 그녀는 화장대에 놓여 있는 립스틱을 하나 골라 입술에 발랐다. 물기 머금은 붉은 꽃잎이 한 장 내려앉은 것처럼 이내 입술이 촉촉해졌다. 나영은 오래 거울을 바라보았다. 처음 보는 듯한 아름다운 여자의 얼굴이 거기 있었다.

파파야가 익어 가는 시간

　파파야는 캠프 나인 뜰 어디에서나 흔히 볼 수 있는 과일이었다. 껑충하고 가녀린 나무에 어른 주먹만 한 크기의 열매가 주렁주렁 매달려 있었다. 이파리는 어른 손바닥을 크게 벌린 모양이었고, 잎자루는 길었다. 작고 길쭘길쭘한 하얀색 꽃들이 굵은 가지 끝에 다닥다닥 모여 피었다. 꽃들이 질 무렵이면 콩알만 한 크기의 연녹색 파파야 열매가 꽃잎 끝에 하나둘씩 매달렸다. 열매들은 서로 자리다툼이라도 하듯 한곳에 모여 자랐는데, 처음엔 녹색이었다가 점점 주홍빛을 띤 노란색으로 변했다.
　캠프 나인 여자들은 파파야가 아무 쓸모 없는 똥내 나는 과일이라고 말했다. 강희는 그 말에 고개를 갸웃했다. 과일에서 똥내가 난다니. 믿을 수 없었다. 강희의 표정이 재미있었는지 순례가 한번 먹어 보라고 입안으로 기어코 파파야 한 조각을 밀어 넣었다. 입안으로 파파야가 다 들어오기도 전에 강희는 얼굴을 찡그리며 코를 감싸 쥐었다. 순례가 깔깔대고 웃었다. 똥 기저귀를 펼쳐 놓은 것처럼 지독한 냄새였다.

파파야나무는 저 혼자 무럭무럭 자랐다. 사나흘에 한 번씩 뿌려 대는 비와 포와의 뜨거운 태양이 파파야를 키웠다. 누가 돌봐 주지 않아도 파파야나무는 다산하는 여자처럼 많은 열매를 맺었다. 강희는 그런 파파야나무가 좋았다.

캠프 나인 아이들은 한가한 오후가 되면 파파야나무 위에 먼저 오르려고 내기를 했다. 내기에 이긴 아이가 곡예하듯 나무에 오르기 시작하면 호리호리한 파파야나무는 부러질 듯 휘청거렸다. 아이들은 그 불안한 쾌감을 만끽하며 귀가 떨어져 나갈 만큼 소리를 질렀다. 가끔은 파파야나무가 아이의 무게를 이기지 못하고 부러지기도 했다. 그러면 아이들은 신명이 나서 소리를 지르고 손뼉을 치면서 호들갑이었다. 부엌에서 여자들이 호통을 치며 뛰어나오는 것도 그때쯤이었다.

강희는 바느질하던 손을 멈추고 파파야나무를 바라보았다. 넓게 자란 잎 사이로 햇살이 눈부시게 부서져 내렸다. 이파리와 이파리가 서로 겹치는 곳의 햇살은 짙은 녹색의 이파리가 새로 피어난 듯 아름다웠다. 포와에 와서 결혼식을 치렀다는 사실이 여전히 꿈만 같았다.

결혼식 예복은 소박하고 정갈했다. 태어나 가장 깨끗하고 아름다운 옷을 입은 날이었다. 자신의 모습이 믿기지 않아 거울을 보고 또 보았다. 순례가 머리에 장식해 준 꽃은 여전히 싱그럽고 향기로웠다.

검은색 양복을 입은 남자는 창석이었다. 등 뒤에서 쏟아져 내리는 햇살 때문인지 양복 깃이 새의 깃털처럼 반짝였다. 강희는 그의 아름다운 모습을 바라보았다. 남자에게, 그것도 창석에게 '아름답다'라는 표현은 적절치 않지만, 그 순간 강희의 머릿속에 가장 먼저 떠오른 것은 그 말이었다.

서양 여자들이 입는다는 웨딩드레스는 하얗다 못해 푸른빛마저 돌았다. 사진 신부들 가운데 나영처럼 고급스러운 드레스를 입고 결혼한 여자는 처음이라고 사람들이 입을 모았다. 나영은 그 드레스를 입기 위해 태어난 듯 완벽하고 행복해 보였다. 강희는 창석의 신부가 나영이라는 사실이 낯설기만 했다.

"호놀룰루야. 농장이 아니고 구두 가게야. 이 사람이……, 장사할 집이래. 내내 거기 있었지. 가게 뒤에 방이 두 개 딸린 집이 있어. 부엌과 욕실도 따로 있고. 난 거기서 밥도 해 주고, 심심하면 가게 나가 이것저것 보기도 하고. 네 신랑이랑 내 신랑이랑 농장에서 오랫동안 같이 일한 사이라더라."

나영은 숨이 넘어갈 듯 빠르게 소식을 전했다. 강희는 이제야 그 둘을 캠프 나인 어디에서도 보지 못했던 까닭이 이해되었다. 나영은 예전의 밝고 쾌활한 모습으로 돌아온 것 같았다. 나영은 자연스럽게 '이 사람'이니 '내 신랑'이니 하는 말을 입에 달았다. 강희에게는 여전히 낯선 단어들이었다.

"예쁘다, 드레스."

강희의 말에 나영은 춤을 추듯 빙글빙글 돌았다. 나영이 몸을 움직일 때마다 드레스 자락이 사각사각 소리를 냈다. 뒷자락은 적당히 바닥에 끌렸고 앞자락은 하얀 구두의 발등을 반쯤 덮을 만큼 맞춤 같았다. 그녀의 소원대로 예쁜 원피스와 가죽 구두를 사서 입고 지낼 날이 머지않아 보였다.

창석은 결혼식이 진행되는 내내 자주 고개를 들어 천장을 바라보았다. 상념에 젖은 표정이었다. 옆에 있는 나영은 농장주 부인이라고 해도 믿을 정도로 화사하고 아름다웠다. 하객들이 나영을 보며 놀라는 눈치였다. 소녀가 풍금을 연주했다. 이름이 스텔라라고 했다. 등 뒤로 부드럽게 흘러내리는 곱슬머리와 바닥을 구르듯 경쾌한 풍금 소리가 환상적이었다. 풍금 소리는 귓바퀴를 맴돌며 간질이다가 긴 여운을 남기며 사라졌다.

강희는 이 모든 게 비현실적으로 느껴졌다. 자신이 나영과 창석의 결혼식 하객으로 앉아 있는 착각이 들 정도였다. 깔끔한 정장 차림의 상학은 담담한 표정으로 목사의 설교를 듣고 있었다. 목사의 짧은 설교가 끝나자, 사회자가 결혼식을 마친 다고 말했다. 모든 게 간단했다. 하객들의 박수 소리가 터져 나왔다. 결혼을 하는 신랑 신부보다 더 기뻐하는 것 같았다.

  학교에서 돌아온 아이들은 분주해 보였다. 캠프 나인 뜰 주변에 심어 놓은 채소에 물을 주거나 야산에 가서 땔감으로 쓸 나무들을 모아 왔다. 노동을 마치고 돌아올 아버지들을 위해 목욕물을 데우는 것도 아이들의 몫이었다. 굴뚝에서 피어오른 연기가 캠프 나인을 감싸며 느릿하게 올라가는 시간이면 캠프 나인을 향해 돌아오는 남자들의 긴 줄이 보였다.
  여자들은 부엌에서 밥상을 차리느라 분주했다. 남자들은 밥을 기다리는 동안 벌렁 누워 잠깐 눈을 붙이거나 시장기를 달래며 부엌 쪽을 힐끔거렸다. 저녁 시간에도 캠프 나인 뜰은 아침처럼 활기가 돌았다. 서로 다른 구역에서 종일 일하다 만나는 시간이었다. 독립운동이나 힘든 농장 일에 대해서 말하는 사람은 없었다. 잠시라도 무겁고 힘든 것으로부터 놓여나고 싶은 얼굴들이었다. 고향에서 먹던 음식 얘기나 포와에서 맛볼 수 없는 과일 얘기나 귀를 에는 듯한 추위에 대해 말했다. 떠나 오니 고향에서 힘들었던 것도 모두 애틋하게 느껴진다고 누군가 중얼거릴 때면 잠시 뜰 안이 고요해졌다.

강희는 밥상을 차리는 순례를 도왔다. 이것저것 가르쳐 준 순례 덕분에 부엌일이 점점 손에 익었다. 순례는 다정하고 섬세한 여자였다. 볼수록 정이 가고 의지가 되었다. 상학과 있는 시간보다 그녀와 지내는 시간이 더 많은 것도 이유였다.

홍씨가 안 보인다는 누군가의 말에 급히 밥을 먹던 남자들이 주위를 둘러보았다.

"오늘도 술인가 보네."

태호가 걱정스럽다는 듯이 말했다. 며칠 전 홍씨가 바닷가에서 잡은 생선이라며 태호에게 매운탕을 끓여 달라고 부탁했었다. 태호는 매몰차게 거절했다. 술안주로 먹을 게 뻔했기 때문이었다.

"누가 한번 들여다봐야 하지 않아?"

태호가 말했다. 그의 말에 사람들의 의견이 분분했다. 누군가 "한두 번 있는 일이 아니니 신경 쓰지 마라."라고 하자, 모두 그 말을 기다렸다는 듯 입을 다물었다.

밥을 다 먹은 남자들은 담배를 태우거나 자리에 벌렁 누웠다. 밤하늘엔 어느새 별들이 총총했다. 고향에서 보던 별과 똑같다고 말하며 고향 이야기를 꺼내는 사람도 있었다. 누군가 세상 모든 별은 다 똑같다며, 마치 온 세상을 다 다녀 본 사람처럼 말했다. 더러는 고향으로 돌아갈 날을 꿈꾸기도 했다. 캠프 나인을 떠나 다른 농장으로 간 사람들의 안부도 나누었다.

캘리포니아로 이주한 사람들의 성공담이 술안주가 되기도 했다. 밤이 깊어 가자 사람들이 하나둘 일어섰다.

상학이 방문을 열고 들어오자 강희는 바느질거리를 내려놓고 자리에서 일어났다. 상학이 어색한 표정으로 문가 쪽에 먼저 앉고 강희가 따라 앉았다.

"어렵게 생각할 것 없소. 이왕 일이 이렇게 흘러간 것…… 어렵게 생각 말고 농장 안에 있는 영어 학교에 나가도록 해요. 나야 나이도 있고 다른 나라 말을 배운다는 게 힘들지만, 임자는…… 입이 트여야 사람 노릇도 제대로 할 수 있으니, 우선 이곳 말부터 배워요. 언제까지 우리가 이 농장에서 살 수는 없을 거요. 어렵게 생각 말고. 먹고사는 거야, 아직 내가 건강하게 일할 만한 나이이니 걱정하지 말고."

상학은 자꾸 '어렵게 생각 말고'라는 말을 했다. 그래서인지 강희는 그가 더욱 어렵게 느껴졌다. 그리고 외국어를 배우는 학교라니. 꿈도 꿔 보지 않은 말이었다. 등을 보이고 앉아 말하는 그의 옆모습은, 딸의 앞날을 걱정하는 수심에 찬 아버지 같았다. 강희는 금방 대답할 말이 떠오르지 않았다. 그 또한 대답을 기대하는 눈치는 아니었다. 이야기가 끝나고 불편한 침묵이 흘렀다.

"난 나가서 담배 좀 태우고 오리다."

그렇게 나간 상학은 밤이 깊도록 돌아오지 않았다.

강희는 양철 지붕을 때리는 요란한 빗소리에 눈을 떴다. 창밖은 어둡고 반쯤 열린 창문에서 습한 공기가 방 안 깊숙이 스며들었다. 빗소리가 점점 굵어졌다. 지붕에 쌓여 있던 붉은 흙먼지가 깨끗하게 씻겨 내려갈 것이었다. 달아난 잠은 다시 돌아오지 않았다. 몸을 뒤척거리던 강희의 눈에 바닥에 누워 있는 상학의 모습이 어슴푸레하게 보였다. 그의 검은 등이 강희를 억지로 밀어내듯 고집스러워 보였다.

과연 내가 현명한 결정을 내린 것일까.

대답 없는 질문이 다시 솟구쳤다. 질문을 회피하듯 강희는 눈을 감았다. 어느새 빗소리가 잠잠해졌다. 서늘하게 느껴졌던 공기가 조금씩 후덥지근하고 끈적끈적해졌다.

*

순례를 찾는 최씨 부인의 얼굴이 파리했다. 부엌에 있던 여자들이 무슨 일이냐고 모여들었다. 바닥에 털썩 주저앉은 최씨 부인이 입술을 덜덜 떨었다. 믿을 수 없는 이야기가 그녀의 입에서 쏟아졌다. 순례 남편이 죽었다는 것이다. 여자들이 손으로 입을 가리며 웅성거렸다.

"누, 누구요?"

순례 남편, 편씨가 급사했다는 말이 믿기지 않아 강희가 다시 물었다. 새벽에 부엌에서 나오다 농장으로 향하는 그와 마주쳤던 게 사실인지 헷갈릴 정도였다. 서로 반갑게 인사까지 나눴던 사람이 죽었다니. 강희는 자신이 뭔가 잘못 들은 것만 같아 고개를 저었다. 소식을 전해 주는 최씨 부인의 얼굴도 사색이 되어 있었다. 그녀의 입에서 편씨와 한 조가 되어 일하던 사람이 상학이라는 말을 들었을 때, 강희는 손에 들고 있던 밥주걱을 놓칠 뻔했다.

남편이 급사했다는 소식을 들은 순례는 마른 쌀겨 자루 쓰러지듯 땅에 주저앉았다. 털썩하는 소리와 함께 흙먼지가 일었다. 그렇게 주저앉은 자리에서 순례는 꼼짝하지 못했다. 사람들은 이 모든 게 믿기지 않아 우왕좌왕했다.

강희가 다가가 순례를 부축해 일으켰다. 가벼운 이불을 끌어당기는 느낌처럼 그녀의 몸이 들려서 강희는 믿을 수 없었다. 순례를 방에 눕혔다. 그녀는 작은 입술을 달달 떨며 강희의 손을 놓지 못했다. 순례의 손은 얼음장처럼 차고 손가락은 뻣뻣해서 강희도 몸이 떨렸다.

"물, 물 좀 줄까요?"

순례는 눈을 동그랗게 뜨고 천장만 바라볼 뿐 말이 없었다.

"저, 정말 죽었대? 봤어? 강희, 새댁 눈으로 직접 봤냐고?"

순례가 벌떡 자리에서 일어서며 물었다. 그녀의 목소리가 바르르 떨리는 게 너무도 무서워 강희는 아무 대답도 할 수 없었다.

*

상학은 하루치의 사탕수수를 다 베고 주위를 둘러보았다. 편씨가 보이지 않았다. 손놀림이 빨라서 늘 상학보다 일찍 일을 끝내던 사람이었다. 오늘도 그늘에 누워서 혼자 노래를 흥얼거리고 있겠거니 했는데, 이상했다. 잠시 숨을 돌리고 땀을 식힌 상학이 편씨의 이름을 목청껏 불렀다. 상학의 목소리를 들은 다른 한인 노동자들이 먼 곳에서 무슨 일이냐고 소리쳤다. 기다리던 편씨의 대답은 들리지 않았다. 상학은 무엇에 단단히 홀린 사람처럼 기분이 묘했다. 막 베어 낸 사탕수수의 비릿한 냄새가 어지럽게 느껴질 정도였다. 천천히 농장 앞까지 되돌아가며 주위를 살펴도 편씨가 보이지 않았다. 기이하고 섬뜩한 느낌에 모골이 송연했다. 건너편 사탕수수밭에 사람들 몇이 모여 있었다. 그는 단숨에 그곳을 향해 달려갔다. 불길한 생각이 자꾸 발목을 낚아채서 휘청거렸고 심장은 빠르게 뛰었다.

웬 사내가 흙더미 위에 엎어져 있었다. 흙 묻은 신발이 낯익었다. 차이나타운에서 상학과 같이 샀던 편씨의 장화였다. 설마! 상학은 자신이 상상하는 일이 제발 빗겨 나가기를 바라며 한 발을 더 내디뎠다. 일을 마친 노동자들이 여기저기서 몰려들었다. 그때 누군가 얼굴을 바닥에 대고 쓰러져 있는 사내의 상체를 일으켰다. 상학의 입에서 외마디 비명이 흘러나왔다. 편씨였다.

"맥이 끊겼네."

누군가의 입에서 흘러나온 말이 믿기지 않아 상학은 고개를 저었다.

태호는 편씨의 죽음에 강한 의혹을 제기했다. 그는 현장에 있던 사람들에게 집요하게 물었다. 석연치 않은 점이 너무 많았다. 급사라니. 믿기지 않았다. 뙤약볕에서 일한 게 벌써 몇 년쩬데. 밤새 술을 마시고도 그다음 날이면 어김없이 제일 먼저 농장으로 가던 그가 급사라니. 그의 체력은 누구보다 태호가 잘 알고 있었다. 힘든 농장 일을 끝내고도 장의사 일까지 척척 해낼 정도로 건강한 사람이었다. 도움을 청할 때마다 한걸음에 달려와 야무지게 일을 마무리했다. 무덤 하나 파면 일 달러를 받아 똑같이 반으로 나누고 이런저런 이야기 나누는 재미가 쏠쏠했다. 그런 그가 갑자기 죽다니. 태호는 믿을 수가 없었다.

편씨에게 들었던 말이 목에 가시처럼 걸렸다.

"내 색시가 너무 고우니까, 넘보는 새끼가 많아. 애라도 어서 들어서야 할 텐데, 애도 안 서고."

"거 뭔 소리야. 말도 되지 않네. 엄연히 남편이 살아 있는 여자를 누가 넘봐. 당신이 이렇게 멀쩡한데? 죽이기라도 한대?"

태호는 편씨에게 던졌던 말이 자꾸 마음에 걸렸다. 편씨에게 끝까지 물어보고 상황을 파악했어야 했다. 쓸데없는 소리 하지 말라고 그의 입을 은근히 막았던 게 후회스러웠다.

태호는 작은 체구에 눈동자가 유난스레 까만 편씨의 부인 순례의 얼굴을 떠올렸다. 순례가 빨아 주는 옷을 입고 차려 주는 밥을 먹는 사내들의 얼굴도 하나하나 떠올렸다. 누구 하나 해코지할 사람이 없었다. 괴나리봇짐 짊어지고 이민 첫 배를 같이 타고 온 혈육 같은 사람들이었다. 목숨 걸고 함께 바다를 건너온 귀하고 질긴 인연들이었다. 주말이면 교회로, 바닷가로 우르르 몰려가고, 캠프 나인 뜰에 모여 웃고 떠들며 고향 생각에 이따금 함께 훌쩍대기도 했던 사람들이 아닌가. 태호는 불경스러운 생각이라도 하다 들킨 사람처럼 고개를 저었다. 상상할 수도 없는 일이라고 자신을 나무랐다.

교회에 모인 사람들은 불안한 기색을 감추지 못하고 웅성거렸다. 그들은 믿을 수 없는 일이 일어났다며 말을 아꼈다. 태호가 사람들에게 앉으라고 권하자 모두 자리를 잡았다.

"편씨가 불미스럽게 죽은 거면, 나라도 끝까지 사인을 밝혀

낼 거요."

태호가 단호한 목소리로 말했다.

"불미스럽다니? 거, 무슨 소리요?"

사람들이 술렁대기 시작했다.

"편씨가 죽기 전에 그에게 들은 말이 있어 그렇소."

"아니, 그렇다면 이 안에 있는 누군가가 편씨를 죽이기라도 했단 말이오?"

남자들 몇몇은 자리에서 일어서고, 여자들은 놀라서 입을 가렸다.

"우리 좀 따져 봅시다. 아무 일도 없던 사람이 그렇게 갑자기 죽다니, 나도 석연찮은 기분이오."

상학은 주위를 진정시키느라 침착하게 말문을 열었다. 아무래도 자신이 나서야겠다는 표정이었다. 편씨가 죽기 얼마 전까지 같이 있었던 사람이 그였다. 얼마든지 말할 자격이 있었다.

"우선 각자 아는 대로, 들은 대로 뭔가 석연찮은 점이 있으면 터놓고 얘기하도록 합시다. 건강했던 젊은 사람이 몇 시간 만에 이렇게 갈 수는 없는 노릇 아니오?"

상학의 말에 모두 숨을 죽였다. 그때 뒤쪽에 앉아 있던 황씨가 굼뜨게 자리에서 일어섰다. 그는 캠프 나인에서 가장 나이가 많았다.

"이런 말이 어떨지는 모르지만……."

그가 천천히 말문을 열자 사람들은 숨소리조차 내지 않았다.

"어젯밤, 죽기 전날이지, 편씨 부인이 우는 소리가 들리더라고. 처음엔 무슨 고양이가 우나, 했지. 아무튼 숨 죽여 우는 소리였어. 나무로 지은 집이니, 왜 소리가 다 들리지 않소. 편씨가 뭔가 다그치는 것 같기도 했고. 아무튼 우는 소리가 오래 들리더라고. 워낙 정이 깊은 부부였는데, 좀 이상했지. 그래도 남의 부부 문제에 끼어들기도 뭐해서 그냥 잠자코 있었지."

"황씨 말에 관련 있는 사람 나와, 씨발."

태호는 더 이상 물어볼 것도 없다는 듯 자리에서 벌떡 일어서며 의자를 발로 찼다. 누구라도 그의 눈에 띄면 당장에 목줄을 끊어 놓을 듯 날이 선 목소리였다. 사람들은 불안한 눈으로 서로의 얼굴을 쳐다보며 웅성거렸다.

"무슨 말을 그리 험하게 하는가? 관련이 있다니? 그렇게 말하자면, 솔직히 여기에서 관련 없는 사람이 어딨소? 같이 먹고 일하고 함께 사는 우리가 다 관련 있지."

"내, 편씨에게 따로 들은 말이 있어 그렇다지 않소."

평소와 다르게 몹시 흥분한 태호의 말에 누구 하나 대꾸하는 사람이 없었다. 상학은 다시 사람들을 진정시키려고 앞으로 나갔다.

"의사가 말하기를, 편씨는 목에 압박당한 흔적 외에 다른 외상이 전혀 없대요. 그 압박의 흔적이 우리 일할 때 쓰는 모자 끈일 확률이 가장 높다는데, 스스로 그렇게 갈 사람도 아니고……. 그런데 뭔가 석연치 않은 부분들이 있어요. 편씨는 평소에 늘 긴팔 옷을 입고 일을 해요. 그건 내가 너무 잘 알아요. 아까 편씨를 옮긴 분들은 보았겠지만, 편씨 옷이 그가 죽은 데서 좀 떨어진 곳에 널브러져 있었어요. 그것도 심하게 찢겨 있었어요. 나는 그것이 가장 맘에 걸려요."

상학의 말이 끝나기 무섭게 여자들이 외마디 비명을 질렀다. 그의 말은 편씨의 죽음이 자연사가 아니라는 말이나 다름없었다.

"그럼…… 살인?"

한 여자가 겁에 질려 신음처럼 뱉어 낸 말에 사람들은 다시 웅성거렸다.

누군가 할 말이 있다는 듯 손을 들고 일어섰다. 이씨였다.

"요 며칠 전에 농장을 떠난 홍씨 있잖소. 내가 이런 말을 해야 하는지…… 모르지만, 그냥 본 대로만 말하리다."

사람들이 모두 이씨의 입만 쳐다봤다. 사람들의 눈이 쏠리자 그는 긴장한 듯 한동안 멈칫하더니 조심스럽게 말문을 열었다.

"편씨 부인이 그이 빨래를 해 주잖소. 근데, 그날 내가 농장에서 좀 일찍 돌아왔는데 부엌 쪽에서 말소리가 들리더라고. 편씨 부인 목소리라, 나는 편씨가 나처럼 일찍 왔겠거니 하고 그냥 지나쳤지. 근데 좀 있으니까 부엌에서 홍씨가 나오는데, 바지춤을 고치며 나오다 나와 마주치자 고개를 푹 숙이고 황급히 자리를 뜨더라고. 아, 난 정말 그것밖에 본 게 없소."

이씨는 자신이 뱉은 말이 한 사람의 목숨을 쥐고 흔들 수도 있다는 걸 그제야 깨달은 듯 손사래를 치더니 털썩 자리에 앉았다.

태호는 상학을 보며 고개를 끄덕였다. 이 작은 섬에서 홍씨가 갈 곳은 빤했다.

"그렇게 속단 말고, 경찰과 의사에게 재검사를 요청하는 게 어떻겠소?"

캠프 나인에서 가장 연장자인 황씨가 다시 입을 열었다.

"아파서 병원에 가도 홀대받기 일쑤인데, 이미 죽어 버린 외국 노동자 한 명 일을 경찰이 신경이나 쓰겠어요? 우리가 밝혀내지 않으면 억울한 죽음이 묻힐 겁니다."

격분한 태호의 말에 토를 다는 사람은 아무도 없었다.

다시 무거운 침묵이 흘렀다. 상학은 아직 확실한 증거도 없으니 쓸데없는 말은 삼가자는 당부를 하고 모임을 끝냈다. 사람들이 하나둘 교회를 빠져나갔다. 상학과 태호를 비롯해 몇 명은 교회에 그대로 남았다. 앞으로 닥칠 일들을 생각하는지 막막한 얼굴들이었다. 태호와 상학은 심란한 표정을 감추지 못하고 얼굴을 쓸어내렸다. 어디에서부터 손을 써야 할지 모를 일이라며 태호가 한숨을 내쉬었다. 상학은 우선 홍씨가 갈 만한 곳을 수소문하자고 말했다.

"형님, 창석이는 장가가고 나서 변해도 너무 변했어요. 이런 큰일에 코빼기도 안 보이고, 나 진짜 서운해요."

태호가 불쑥 창석의 이야기를 꺼냈다. 한 사람 한 사람의 의견이 절실할 때였기에 더 서운한 모양이었다.

"편씨가 이런 험한 꼴을 당한 줄 알면 한걸음에 달려올 사람이라는 것을 자네가 더 잘 알지 않나?"

뜻하지 않게 창석의 이름이 나오자 상학은 조금 경직된 채로 말했다.

"그러기에 내가 하는 말이지요. 오후에 기차 타고 시내 간 사람들의 입으로 벌써 다 퍼졌을 텐데……."

태호는 창석이 결혼하고 너무 변한 것 같다고 계속 중얼거렸다. 편씨 죽음에 대한 복잡한 심경을 애써 그렇게 푸는 것 같았다.

*

강희는 겨우 순례를 진정시켜 놓고 교회에 들어서다가 멈칫했다. 살인이라니. 피붙이같이 지내는 사람들끼리 누가 누구를 죽인단 말인가. 등줄기가 오싹해졌다. 그러나 한편으론 침착하고 조리 있게 혼란한 상황을 이끄는 상학이 미더웠다.

그러고 보니 강희도 뭔가 집히는 게 있었다. 심영과 호놀룰루 시내에 나가 실과 바늘을 산 날이었다. 저녁 준비할 때가 되었는데도 순례는 부엌으로 나오지 않았다. 궁금하고 걱정되어 그녀의 방문을 두드렸다. 순례는 이불을 뒤집어쓰고 누워 있었다. 아프냐고 물어도 대답이 없었다. 자는 줄 알고 조용히 문을 닫고 나왔다. 다음 날에도 그녀는 아프다며 부엌에 잘 나오지 않았다. 애가 서는 거라며 심영이 놀렸던 기억이 났다.

"편씨 부인하고 며칠 지내도록 해요."

상학이 강희에게 다가가 말했다.

"그럴 생각이에요."

"무서워 말고."

상학이 강희의 어깨를 가만히 쓸어내렸다. 그러고는 강희의 얼굴을 처음 가까이서 바라보는 사람처럼 물끄러미 보았다. 아직 첫날밤도 치르지 못한, 그래서 아내라고 부르는 게 어색하고 불편해 보이는 눈빛이었다.

순례는 혼자 있고 싶다고 했다. 그런 순례를 방에 두고 심영과 강희는 자리에서 일어섰다. 그래도 걱정이 되어 강희는 문 앞에서 바로 돌아서지 못했다. 너무도 흉흉한 일이라며 심영은 계속 고개를 저었다.

"여리디여린 사람이 이런 큰일을 겪었으니."

심영은 혀를 차며 뒤돌아섰다. 쪽 찐 머리가 어느새 반백이었다. 그녀는 강희와 순례에겐 언니나 엄마같이 든든한 사람이었다. 이런 상황에 그녀가 옆에 있어 주는 것만으로도 강희는 힘을 얻었다.

"자네도 들어가 쉬게. 오래갈 일처럼 보이네."

강희는 심영을 배웅하고 순례의 방 앞 목조 계단에 다시 앉았다. 죽은 편씨와 술주정뱅이 홍씨의 얼굴이 겹치자 두렵고 슬펐다. 어떤 일이 두 사람 사이에 있었던 걸까. 상상도 할 수 없는 일이 일어난 게 분명했다. 방 안에서는 아무 기척도 없었다.

후드득거리며 빗방울이 떨어졌다. 더위가 가시는 빗줄기였다. 텁텁한 흙냄새가 대기를 떠돌았다. 순례는 이 일을 어떻게 극복할 수 있을까. 강희는 고개를 저었다. 이 먼 타국 땅에 와서 누구는 죽임을 당하고 누구는 살인자가 된다는 사실이 섬뜩할 정도로 소름이 끼쳤다. 모두 어디를 향해 가고 있는지 모를 일이었다.

*

순례는 악몽 같은 순간들을 다시 떠올리며 진저리를 쳤다.

갑자기 부엌으로 들이닥친 홍씨의 얼굴은 이미 벌겋게 달아올라 있었다. 땀 냄새와 술 냄새가 뒤섞여 숨이 막혔다. 그는 순식간에 순례를 바닥에 눕히고 치마를 급하게 걷어 올렸다. 우악스러운 그의 손이 그녀의 입을 틀어막더니 쟁기같이 길고 무지막지한 손가락이 가슴을 움켜쥐었다.

"움직이지 마. 당신을 생각하느라, 밤새 잠 못 들던 날이 하루이틀이 아니오. 죽어도 당신 한번 품어 보고 죽고 싶어."

홍씨의 얼굴은 땀과 눈물로 번들거렸고 목소리는 부들부들 떨렸다. 농장에 나간 사람들이 돌아오려면 아직 이른 시각이었다. 홍씨는 혼자 빈방에서 술을 마시다 순례가 있던 부엌으로 달려 들어온 게 분명했다. 순례는 혼자 사는 그가 안쓰러워 자신이 지나치게 친절을 베풀었다는 사실을 그제야 깨달으며 가슴을 쳤다. 빨랫감을 내밀 때마다 부끄러워하던 그를 조금은 편하게 해 주려고 했던 행동이었는데 남녀의 감정으로 받아들이고 오해한 듯했다. 발등을 찍고 싶을 정도로 후회스러웠다.

"도망갑시다. 여기서 멀리 도망갑시다."

홍씨가 우악스럽게 순례의 팔을 잡아끌었다. 순례는 저항도 하지 못하고 그대로 바닥에 쓰러졌다. 그는 거칠게 바지춤을 풀어 내리고는 순례의 몸 위에서 몇 번이고 부르르 몸을 떨었다. 혀가 입천장에 붙어 버린 사람처럼 순례는 입만 벌리고 있었다.

"내가 편씨는 처리하겠소. 당신도 날 좋아하지? 맞지?"

홍씨의 흰자위가 희번덕거렸다. 먹잇감을 물어다 놓고 숨길 곳을 찾는 짐승의 눈처럼 다급해 보였다. 순례는 경련이 일어난 팔을 겨우 치켜들고 그의 얼굴을 향해 있는 힘껏 내리쳤다.

순례는 여기까지 생각하다 자리에서 벌떡 일어나 앉았다. 살기가 온몸을 휘감아서 심장이 터질 것 같았다. 남편은 정말 홍씨의 손에 살해된 걸까. 그렇게 건강했던 사람이 짐승 같은 놈에게 죽임을 당하다니. 있을 수 없는 일이었다. 순례는 고개를 저었다. 남편의 죽음이 여전히 믿기지 않아 몸을 떨었다.

*

태호가 다급하게 상학을 찾았다. 홍씨가 있는 곳을 알아냈다고 했다. 눈앞에 있다면 당장이라도 때려죽일 사람처럼 흥분한 목소리였다.

"그 새끼 갈 데가 어디 있겠어요?"

"일단 홍씨를 만나 얘기를 들어 보는 게 좋겠어."

상학은 지금 당장 홍씨를 찾는다고 해도 딱히 어떻게 처리해야 옳은지 갈피를 잡을 수 없었다. 홍씨를 만나면 무슨 말부터 해야 할까. 무슨 자격으로 그를 심문한단 말인가. 농장주도 일을 조용히 매듭짓고 싶어 하는 눈치였다. 편씨는 이미 죽었고, 장례까지 치렀다. 순례가 낮에는 잠만 자다 밤만 되면 미친 사람처럼 농장 주변을 배회한다는 얘기를 강희에게 들었다. 모든 게 파괴되고 되돌릴 수 없는 상황으로 치달았다. 이런 상황에 홍씨를 붙잡아 어떻게 할까. 타국에서 법의 심판 앞에 그를 넘기는 게 정의일까. 혼란스러웠다.

상학은 홍씨를 두둔할 마음은 추호도 없었으나, 문득 그도 피해자란 생각이 들었다. 홍씨는 유독 농장 생활에 적응하지 못한 사람이었다. 농장 사람들 모두 알고 있는 사실이었다. 그가 혼자 골방에서 지낸 외로운 시간을 상학도 외면했었다. 언제부턴가 홍씨는 자주 농장 일을 빼먹고 술을 마셨다. 일사병 때문에 농장 일도 버거워했다. 술주정이 심한 날은 캠프 나인 사람들의 단잠을 깨우기 일쑤였다. 농장주가 알까 싶어 서로 쉬쉬해 주며 눈감고 귀 닫았다. 그를 위한 최선의 행동이라고 여겼다. 상학도 다르지 않았다.

편씨가 결혼하고 신부를 데려왔을 때, 누구보다 사이가 좋았던 홍씨가 그를 몹시 부러워했다. 그런데 언제부턴가 툭하면 편씨에게 시비를 걸거나 그와 자주 말싸움을 했다. 사람들은 홍씨가 편씨의 결혼 생활을 질투해서 그렇다고 수군댔지만 모두 농담으로 하는 말들이었다.

"릴리하 스트리트에 있는 최씨네 세탁소 있잖아요? 홍씨가 그 앞에 쓰러져 있는 걸 최씨가 발견해서 병원에 데려갔는데, 얼마 못 살 것 같더래요. 병원에서도 안 받아 줘서 일단 릴리하 교회 뒷방에 데려다 놓았다는데, 이미 대소변도 못 가리고 반송장이래요. 그 사람 늘 술만 먹고 밥도 제대로 먹지 않고 그랬잖아요. 결국 남도 죽고 저도 죽는 꼴이 된 거예요."

홍씨가 위독하다는 말을 전하는 태호의 목소리는 어느새 분노가 꺾인 듯했다. 이국땅에서 며칠 사이 두 명의 죽음을 지켜봐야 할지도 몰랐다.

"잘살아 보자고 이 멀리까지 왔는데…… 염병할."

태호는 기어코 한마디를 더 뱉더니 자리에서 벌떡 일어섰다.

홍씨가 머문다는 교회 뒷방을 열자 길게 드리워진 두꺼운 커튼이 먼저 보였다. 창고처럼 어둡고 습한 방이었다. 동물의 사체 냄새 같은 악취가 방 안 구석구석 배어 있었다. 태호는 먼저 커튼을 젖히고 창문을 활짝 열었다. 환한 햇볕이 방 안으로 쏟아져 들어오자 뽀얀 먼지가 하얗게 일어섰다. 홍씨는 눈을 반쯤 뜬 채 천장을 바라보고 있었다. 이미 정신이 나간 사람 같았다. 거의 한 달 만에 본 그의 얼굴은 알아보기 힘들 정도로 초췌했다. 상학은 차라리 커튼을 다시 치라고 말하려다 억지로 참았다.

"자네, 우리를 알아보겠는가?"

태호가 홍씨의 어깨를 흔들며 물었다. 분노에 찼던 목소리는 온데간데없었다. 진작 고향에 연고자라도 있는지 알아볼걸. 태호는 그제야 홍씨가 가족이나 고향 얘기는 한 번도 하지 않았던 사실을 기억해 냈다. 그도 아내는커녕 가족 한 명 없는 외톨이였다. 순간 편씨에 대한 애통함이 홍씨에 대한 연민으로 다가왔다. 태호는 갑자기 유약해지려는 자신을 몰아세웠다. 편씨와 순례에게 씻을 수 없는 죄를 저지른 범죄자라는 사실은 변할 수 없었다.

"우리가 오늘 이 사람 곁을 지키지요. 죄는 미워도 마지막 가는 길이잖아요. 몸이 벌써 차요. 오늘 밤 넘기기가······."

"가여운 목숨 같으니라고. 이렇게 갈 걸, 죄 없이나 가지. 뭘 그리 힘들게 포와까지 와서 이 큰 죄를 범했는지. 죽어서도 고향 산천에 가긴 틀렸어."

상학은 마음이 착잡했다. 이국땅에서 서로에게 원수가 될 일이 생길 줄은 상상도 못 했던 일이었다. 어떻게 하든지 살아남는 것, 잘 살아남는 것 그것이 모두의 바람이었으나 쉽지 않았다. 강희가 자신을 선택하고 나영을 포와에 남게 한 것도 같은 맥락이었다. 강희의 마음이 절실하게 느껴졌다. 이제 자신이 다가가야 할 차례가 온 것만 같았다.

"형님, 일어나 봐요."

다급한 태호의 목소리에 상학은 깜짝 놀라 눈을 떴다. 얼마나 잠들었을까. 상학은 희붐한 빛이 차오르는 방 안을 둘러보며 몸을 일으켰다. 뺨에 닿은 새벽 공기가 선뜩했다. 홍씨 옆에 바짝 붙어 앉은 태호의 모습이 그제야 눈에 들어왔다.
"밤새 안 잔 거야?"
상학이 가까이 다가가며 물었다.
"이 사람…… 지금, 막 갔어요."
태호의 목소리는 침착하게 가라앉아 있었다. 상학은 태호의 말을 바로 알아듣지 못한 사람처럼 잠시 멍한 채로 눈을 쏨벅였다. 어디에선가 새가 울었고 새벽빛이 더 환하게 방 안을 적셨다.

*

순례가 사라졌다. 벌써 사흘째다. 호놀룰루에서 전차 타는 것을 멀리에서 봤다는 황씨의 말에 캠프 나인 사람들은 그녀가 다시 돌아오지 않을 거라고 수군거렸다. 한동안 사람들은 모였다 하면 순례 얘기를 했지만, 시간이 갈수록 그녀의 행적을 궁금해하는 사람은 줄어들었다. 순례에게 남자 두 명을 잡아먹은 여자라는 꼬리표가 붙었다. 심영은 "억울한 사람을 두 번 죽이는 말"이라며 분노를 감추지 않았다. 강희는 그런 심영이 몹시 고마웠다.

강희는 저녁밥을 챙겨 순례의 방에 들어갔다. 그녀가 사라지기 전날이었다. 죽은 편씨와 순례의 옷이 여전히 벽에 걸려 있었고 두 개의 베개가 아무 일도 없다는 듯 주인을 기다리고 있었다. 말없이 물에 만 밥을 뜨던 순례의 깡마른 손목이 그날따라 더욱 가냘프게 보였다. 며칠 새 몰라보게 수척해져 있었다. 강희는 다른 사람들처럼 아무 생각 말고 빨리 잊어버리라는 말을 차마 할 수 없었다. 그건 불가능해 보였고, 이번 생에 끝날 일이 아닌 것만 같아 안타까웠다. 그게 마지막 모습이었다.

종일 내렸던 비가 그쳤다. 열어 놓은 창으로 제법 선선한 바람이 불어왔다. 가끔 개 짖는 소리가 정적을 깼다. 상학은 조심스럽게 방 한구석에 벗은 옷을 놓았다. 어둠 속에 누워 있는 강희의 모습이 오롯이 눈에 들어왔다. 상학은 그녀와 나눴던 대화를 떠올리며 조심스럽게 다가갔다.

"나는 오늘 당신을 나의 아내로 받아들이고 싶소."

분명하고 다정하게 말했을 때 강희가 굳은 결심을 한 표정으로 고개를 끄덕였다. 상학은 소년처럼 가슴이 뛰었다. 오롯이 자신과 강희, 둘뿐이었다. 그래도 강희가 어떤 이유에서든 자신을 거부한다면 말없이 방문을 열고 나가겠다고 단단히 다짐했다.

그는 조심스럽게 강희 옆에 몸을 뉘었다. 부드럽고 따뜻한 살결이 그의 몸에 닿았다. 거칠고 투박한 자신의 손이 부끄러웠다. 사탕수수를 베면서 생긴 상처들이었다. 그녀의 머리카락에서 막 베어 낸 사탕수수 냄새가 나는 듯했다. 그는 저도 모르게 눈을 감았다.

바람결에 묻어온 플루메리아 향내가 방 안 가득 퍼졌다. 상학은 깊은 곳으로 빨려 들어가는 느낌에 몸을 떨었다. 그의 몸과 마음을 옥죄던 무겁고 질긴 끈들이 한 올 한 올 부드럽게 풀리며 공중으로 붕 뜨는 것 같았다. 평원을 달리는 소년처럼 달리고 또 달렸다. 끝이 보이지 않았다.

날카로운 칼끝이 닿자 파파야가 반쪽으로 툭 하고 갈라졌다. 파파야 속은 잘 익은 연시 같은 주홍빛이었다. 반으로 나뉜 파파야 안에는 씨앗이 가득했다. 새의 눈동자처럼 촉촉하게 물기를 머금은 까만 씨앗들이었다.

"개구리알 같아요."

강희는 작은 과일이 너무도 많은 씨앗을 품고 있다는 게 신기했다. 상학이 씨앗을 조심스레 수저로 파냈다.

"농장에서 이번에 키운 레몬을 잔뜩 뿌려 먹었더니 별미였소. 예전 같으면 똥내 나서 못 먹는다는 파파야 냄새를 레몬 향이 바로 잡아 주니까."

"이제 먹을 수 있다고요?"

예전에 순례가 억지로 파파야 조각을 입에 밀어 넣어 주던 일이 떠올라 강희가 물었다.

"반으로 자른 다음 씨를 빼내고 먹어야 해. 고향에서 먹던 감하고 색이 비슷하지? 햇볕에 꾸둑꾸둑 말려 먹으면, 곶감 먹는 기분이 든대요."

강희는 수저로 파파야를 한입 떠 입에 넣었다. 은은한 레몬 향이 혀와 코끝에 먼저 닿더니 이내 부드럽게 입안에서 녹아내렸다. 예전에 똥 맛 나는 그 과일이 아니었다. 레몬의 효과가 놀라웠다. 파파야를 말려서 곶감처럼 만든다니. 포와 사람들의 지혜에 감탄했다.

순례를 생각하다 기분이 울적할 때면, 강희는 속으로 파파야를 불렀다. 파파파파……. 입술 끝에 푸른 풀 냄새가 나는 것처럼 기분이 금세 좋아지는 소리였다. 어디에 있든 살아 있기를. 풀처럼 꼭 살아 있기를. 울적했던 마음이 어느새 작은 희망으로 채워졌다.

기회의 땅, 힐로

 창석은 선글라스를 벗으며 배에서 내렸다. 두 발이 땅에 닿자 뱃멀미가 거짓말처럼 사라졌다. 다시 배를 타고 호놀룰루로 돌아갈 생각을 하니 벌써 끔찍했다. 유난히 멀미가 심한 날이었다. 바람 때문에 배가 몹시 흔들렸고 호놀룰루에서 꼬박 열두 시간이나 걸린 긴 항해는 지루하고 고통스러웠다.
 힐로는 두 번째 방문이었다. 모두 여덟 개의 섬으로 이루어진 하와이군도 가운데 제일 큰 섬이다. 섬의 정식 이름은 '하와이'이지만, 그 섬의 대표 지역인 힐로나 코나로 불린다. 하와이군도 중 가장 번화한 오아후섬에 비해 힐로에는 대규모 커피 농장과 마카다미아 농장이 많다. 한인 노동자들 숫자도 오아후섬보다 많고 교민들 활동도 상대적으로 활발했다.

창석은 사업 구상차 힐로에 왔다. 양화점으로 성공한 그는 다음 사업을 물색 중이었다. 호놀룰루에서 여관업으로 성공한 최기운의 말은 귀가 솔깃했다. 그는 여관업으로 많은 돈을 벌수 있는 최고의 장소가 힐로라고 종종 말했다. 무조건 믿고 한번 해보라는 그의 말에 창석은 마음이 움직였다.

"내가 자네 나이만 됐어도 힐로에 여관을 또 하나 냈을 걸세. 자네도 알다시피 내 아들 하나 있는 것 미 본토로 학교를 보내지 않았나. 그 자식이 돌아와 여관업을 할 것 같지는 않고. 어찌 됐든 힐로를 찾는 사람들이 점점 많으니 조금 크게, 고급스럽게 하면 틀림없이 성공할 거야. 이제 사탕수수나 파인애플 농장에서 일하는 사람들도 시내로 나와야 해. 하와이가 점점 변하고 있다는 걸 알아야지. 아직도 그 시골구석에서 흙만 만져서는 고국을 떠난 보람이 없지. 힘들게 고향을 떠났으니 그래도 뭔가 이뤄야 하지 않겠나? 그래야 덜 허무하지. 그래, 구두 가게로 돈 좀 벌었지? 그 건물 살 때 깔린 잔금 다 치렀다는 소문도 있던데?"

최기운은 안경알 너머로 오창석을 바라보며 물었다. 사실대로 말하라는 눈빛이었다. 창석은 그가 자신에 대해 시시콜콜 다 알고 있다는 게 놀라울 뿐이었다. 세탁업부터 시작해 사업에 이골이 난 사람의 눈이라 날카롭고 정확했다.

"비밀은 없네요. 어떻게 아셨어요?"

"그 건물에서 장사하는 옷감 가게 주인, 차우?"

"중국 남자요?"

"그래, 그 사람이 그 건물 사려고 주인과 오랫동안 협상을 벌이고 있었는데, 자네가 치고 들어왔다고 억울해하던데."

"치고 들어온 게 아니라, 그 사람이 너무 가격을 낮게 제시했었나 봐요. 남의 물건을 차지하려면 남 주는 것보다는 조금 더 줘야지요."

"자네, 큰 장사 할 사람이구먼. 아무나 그런 마음 먹지 못하지. 한 삼 년만 기다리다 차우에게 넘기게. 단단히 가격 받아서 말이야."

제법 이재에 밝은 사람다운 말투였다. 남들은 그를 돈만 아는 사람이라고 말하지만 창석의 생각은 달랐다. 말 없고 성실한 그의 충고를 들어서 해로울 건 없었다. 가끔 그를 찾아와 듣는 사업 얘기는 언제 들어도 흥미로웠다.

창석은 건물을 구입할 때 대금을 완불하지 못했다. 다행히 건물주가 잔금에 이자를 얹어 매달 갚겠다는 그의 제안을 흔쾌히 받아들였다. 노년에 정기적인 수입이 필요하다며 오히려 더 반기는 듯했다. 거절해도 할 수 없다는 배짱으로 제안했는데 의외의 결과였다.

허름하지만 작은 가게가 세 개나 딸려 있었다. 집세만 잘 받아도 가게 운영하는 데 큰 문제는 없어 보였다. 얼마 전 잔금을 다 치른 후 건물주의 이름을 빼고 창석의 단독 명의로 바꿨다. 창석은 이국에서 자기 소유가 된 건물을 감격스러운 마음으로 바라보았던 밤을 잊을 수 없었다.

창석의 사업 구상을 듣던 나영은 점점 얼굴이 굳어졌다.

"그러니까, 힐로로 간다는 말이네요?"

"그곳에서 여관을 할 생각이야."

"전 가기 싫어요. 이제야 겨우 이곳 교회 여자들하고도 친해졌는데……."

"살다 보면 싫은 일도 해야 할 때가 있지. 그곳에서 자리 잡을 때까지 시간이 좀 걸리니까 당신은 이곳에서 지내."

"내가 싫다고 해서 안 한 일이 뭐예요?"

갑자기 나영의 얼굴이 굳어졌다. 의도하지 않았지만, 창석은 자신이 내뱉은 말이 강희와의 일로 연결되어 버렸음을 눈치챘다. 나영은 강희와 연관됐다 싶은 일에는 신경을 곤두세웠다.

"나…… 아기 가졌어요."

서먹하게 말이 끊긴 채 잠자리에 들었던 나영이 말했다.

"병원에 가서 진찰도 받았어요."

"몸조심하구려."

아기라니. 창석의 입에서 가늘게 한숨이 새어 나왔다. 아득해지는 느낌이었다. 마음의 준비 없이 맞이하는 일이 한둘이 아니었다. 사랑 없이도 몸을 나누고 애가 들어선다는 게 믿을 수 없었다. 이렇게 애가 하나둘 생기고, 강희에게도 아이가 생기면 서로 보는 게 조금은 편해질까. 이 섬을 떠나자. 멀리 가자. 창석은 뒤척이면서도 그 생각뿐이었다.

 나영이 창석의 품으로 파고들었다. 아기도 들어서고 그의 사업도 번창했다. 두려울 게 없었다. 창석이 강희에게 미안해하는 건 지극히 인간적이었다. 강희는 사탕수수 노동자의 아내로 섬 끝 에바에서 그렇게 늙어 갈 터였다. 얼마 전에 본 그녀는 섬사람이 다 되어 있었다. 까무잡잡하게 탄 얼굴과 질끈 동여맨 머리, 아무렇게나 걸쳐 입은 헐렁한 티셔츠. 앞으로 강희와 상학은 집 한 칸이나 겨우 장만해 여생을 보낼 처지였다. 그렇게라도 살겠다고, 이 섬에 남겠다고 선택한 사람은 강희였다. 이제 창석도 점점 자신에게 마음을 열 것이다. 서로 살 맞대고 사는 아내가 버젓이 있는데, 한낱 편지 한 장 주고받은 강희를 잊지 못할 이유가 뭐란 말인가.

 창석은 자신의 품으로 파고드는 나영을 밀쳐 내지 않았다. 오히려 힘주어 안았다. 그렇게 강희를 잊고 싶었다. 힐로로 가서 다시는 돌아오지 않을 계획이다. 아주 오랜 시간이 지난 뒤 상학을 보리라. 아주 먼 훗날. 창석은 애써 오지 않는 잠을 청하며 속으로 중얼거렸다. 나영이 점점 더 품속으로 파고들었다.

당신의 파라다이스

힐로의 구석구석을 돌아보며 느낀 점은 최기운의 눈이 무서울 정도로 정확하다는 거였다. 유동 인구가 많은 데 비해 여관이 적다는 그의 말이 틀리지 않았다. 여관 앞에서 방이 없어 돌아서는 사람들이 드물지 않게 눈에 띄었다. 승산 있는 사업이라는 확신이 들었다. 동물적인 감각에만 의존해서 얻은 결론은 아니었다. 그동안 양화점을 하면서 가능성 있는 사업체를 알아보는 안목이 트였다. 다시 항구로 가서 배가 들어오는 횟수를 알아보고 배에서 내리는 승객들을 하나하나 훑어보았다. 여행객들과 현지인들의 비율을 따져 보았다. 여행객처럼 보이는 이들이 생각보다 많았다. 창석은 또 한 번의 큰 기회가 자신에게 왔음을 직감했다.

창석은 부동산 업자가 보여 준 다섯 개 매물 가운데 하나를 마음속으로 정했다. 다른 매물도 마음에 들었지만 규모가 너무 컸다.

"코리안이라고요?"

부동산 중개인 남자가 도수 높은 안경을 손가락으로 추켜올리며 물었다. 창석의 어깨쯤에 머리가 닿을 만큼 키가 작으나 눈매가 예리하고 와이셔츠에 주름 하나 없었다. 매사에 정확하고 부지런한 사람처럼 보였다. 명함을 보니 '2대에 걸친 야마시타 부동산'이라고 적혀 있었다. 최기운이 소개한 사람이었다.

"일본말 할 수 있지요?"

남자가 그건 당연하다는 듯 물었다. 자신은 일본인 2세라며 부모님 덕에 일본말을 아주 잘한다고 덧붙였다. 창석은 남자의 얼굴에 가득 찬 자부심이 왠지 마뜩잖았다.

"코리안이오."

창석은 남자가 건넨 명함을 아무렇게나 호주머니에 찔러 넣으며 대답했다. 그가 원하는 대답이 무엇인지 창석은 별로 궁금하지 않았다. 외국에서까지 '지배자' 노릇을 하려 드는 그의 태도가 못마땅했을 뿐이다. 허공에서 둘의 눈이 잠깐 마주쳤다. 창석은 그의 눈빛에서 두 개의 마음을 읽었다. 식민지 백성인 당신이 이 건물을 사겠다고? 믿을 수 없다는 마음과 어쩌면 의외로 큰 건수로 이어질 수도 있다는, 버릴 수 없는 기대감 같은 거였다.

"힐로에서 첫 번째 한인 여관 주인이 될 수 있겠군요."

야마시타가 슬쩍 달콤한 말을 던졌다. 창석은 그 말에 낯빛 하나 변하지 않았다. 적어도 자신은 이 정도로 만족할 사람은 아니라는 눈빛으로 그를 바라볼 뿐이었다.

창석은 자금 문제에 부딪히자 다시 난감해졌다. 그의 마음을 사로잡은 건물을 보자 슬슬 오기가 생겼다. 장소도 좋고 삼 층 건물의 모든 방에서 바다가 내려다보였다. 무슨 수를 써서라도 당장에 계약서를 손에 넣고 싶을 정도로 마음에 들었다.

건물 주인은 백인이었다. 그 일대 많은 땅을 소유한 사람이라고 했다. 넉넉해 보이는 인상이 자꾸 말을 걸게 만드는 묘한 매력이 있었다. 창석은 주인이 권하는 대로 야마시타와 함께 건물 입구에 마련된 파라솔 아래 앉았다.

"이제 일에서 손을 떼고 나도 여행객이 되어 여기저기 돌아다니고 싶소."

왜 건물을 파느냐고 물었을 때 주인의 대답이었다. 두 귀를 덮은 굵은 곱슬머리가 온화한 인상을 더했다. 짙은 회색빛의 눈동자가 우수에 잠긴 듯했고, 여관 주인보다는 방랑자에 더 어울릴 인상이었다.

"얼마나 오래 여행을 다니실 생각인가요?"

창석은 그의 이야기에 빠져든 사람처럼 물었다.

"돌아올 날을 정하지 않았소. 그게 여행의 매력 아니겠소. 세계 여기저기, 한 곳도 빠트리지 않고 돌아다닐 계획이요. 이 섬에 너무 오래 살아서 그런지 답답하오."

자신도 나이가 들면 그렇게 살고 싶다고 창석은 말했다. 불가능한 일은 아닌 듯했다. 언젠가는. 창석은 꿈을 꾸듯 그런 삶을 상상하며 고개를 주억거렸다.

"난 당신이 세상을 여행할 동안, 당신이 그랬던 것처럼, 이곳에서 열심히 일할 생각이오. 이 여관을 당장 사고 싶지만 내게 돈이 조금 모자라요. 완불할 때까지 얼마 동안 기다려 줄 수 있겠소?"

창석이 단도직입으로 물었다. 승낙하지 않으면 그만이었다. 주인은 참 재미있는 사람을 만났다는 표정으로 의자에 깊숙이 몸을 기대며 창석을 응시했다.

"새로운 곳에서 멋진 여자를 만나지 않으면 삼 년 안에 돌아올 계획이오. 모자라는 잔금은 그때까지 여유를 주겠소. 자신 있소?"

창석은 남자의 입가에서 미소가 살포시 번지는 것을 놓치지 않았다.

"멋진 여자를 만나길 소원하지요. 그렇다고 내가 잔금 치를 시간을 비겁하게 더 벌겠다는 뜻은 아니오."

창석은 웃으며 악수를 청했다. 여관 주인도 창석의 말에 호탕하게 웃으며 손을 내밀었다.

어리둥절한 표정으로 둘을 지켜보던 야마시타가 어깨를 으쓱하더니 계약 서류를 준비하겠다며 일어섰다.

*

창석에게서 만나자는 연락을 받은 태호는 몹시 놀라면서도 반가웠다. 그가 호놀룰루에서 꽤 성공했다는 소문은 이미 귀가 따갑게 들어 알고 있었지만, 캠프 나인 사람들과 왕래 없이 사업에만 몰두하며 지냈던 까닭이 늘 궁금하던 참이었다.

결혼하고 캠프 나인을 떠난 뒤로 창석은 '돈만 아는 놈' 취급을 당했다. 그런 소문이 들릴 때마다 태호도 적잖이 실망했다. 그가 작정하듯 갑자기 발길을 끊은 이유를 도무지 짐작할 수 없었다.

그러나 더 이해할 수 없는 건 상학의 태도였다. 누구보다 창석을 친동생처럼 아끼던 사람이 그에 대한 안부조차 묻지 않았다. 그것도 모자라 태호가 창석에 대해 서운한 감정이라도 토로하면 상학은 오히려 말을 아끼며 대화에 끼어들지 않는 눈치였다.

호놀룰루항이 내다보이는 맥줏집은 이른 시각이라 빈 테이블이 많았다. 부분 조명등이 켜진 실내보다 바깥이 더 환하고 눈부셨다. 바닷가 쪽에서 비릿한 바람이 불어왔다. 태호는 창가 쪽에 앉은 창석을 단박에 알아보고 다가갔다. 그는 이미 맥주 두 병을 비웠고 다시 한 병을 더 주문하려던 참이었다. 태호가 그의 어깨를 툭 치며 맞은편 의자에 앉았다. 창석이 급히 의자에서 몸을 일으키려고 하자 태호가 만류하며 악수를 청했다. 하얀 앞치마를 두른 웨이트리스가 맥주 한 병을 가져왔다. 태호도 창석과 같은 걸 주문했다.

창석은 태호가 두 번째 맥주를 주문했을 때 힐로에 다녀온 이야기를 꺼냈다. 그러고는 자신의 사업 계획을 소상히 들려주었다. 꼼꼼한 시장 조사와 규모 있는 계획은 누가 들어도 고개를 끄덕일 만했다.

상학의 안부조차 묻지 않고 사업 얘기부터 꺼내는 창석이 조금 괘씸했지만, 태호는 저도 모르게 창석의 이야기에 점점 빠져들었다. 창석과 마주 앉아 한가하게 맥주를 마시는 느긋한 오후가 싫지 않았다. 그래서였을까. 창석이 돈 이야기를 꺼냈을 때도 가볍게 받아들였다.

"내가 자네에게 빌려줄 만큼의 큰돈은 없네. 올 때 금을 가져온 것은 사실이야."

태호는 그의 두 가지 질문에 대한 답변을 짧고 분명하게 했다.

"그게 사실이었다고요? 아니, 어디에다 숨겨 들여왔어요?"

창석은 소문이 사실이라는 말에 놀라움을 금치 못하고 물었다.

"메줏덩어리."

"네? 메주요……?"

창석은 터져 나오는 웃음을 참을 수가 없었다. 그제야 그가 냄새나는 보따리를 신줏단지 모시듯 애지중지했던 일이 떠올랐다. 지금 그의 앞에 앉아 천천히 맥주를 마시며 능청스럽게 거리를 힐끗거리는 태호라면 당연히 그러고도 남을 사람이었다.

"배에서 며칠을 뒹굴다가 이민 검문소에 도착해 그 보따리를 풀었더니 다 도망가더군. 그 냄새가 여간 지독해야지. 내 예상이 맞았어. 코를 움켜쥔 검역관들이 나보고 빨리 나가라고 난리였지. 짐 검사에 대비해서, 내가 메줏덩어리에 금을 박아 넣었거든. 기억 안 나? 메주를 설명하느라고 통역사 서씨가 쩔쩔매던 일 말이야?"

"기억나다마다요."

창석은 어떻게 그 일을 잊을 수 있냐며 고개를 저었다. 누구도 메줏덩어리 안에 금을 숨겼으리라곤 생각하지 못했을 것이었다.

"그때 그 사람, 참 난감해하던 표정하곤……."

"참 형님도 대단한 사람이오."

"금은 세상 어디서나 공통 화폐지. 아무튼 자네에게 돈을 빌려줄 마음은 없네. 자네가 하려는 여관 건물에다 훗날 식당 자리나 내게 하나 내주게. 내가 그만한 몫은 투자하고 들어가겠네. 다시 말하지만, 빌려주는 게 아니라, 투자네."

창석은 오랜만에 그의 따뜻한 마음이 다시 느껴져 뭉클했다. 그리고 그 감정 끝에 상학을 떠올렸다. 그도 태호 못지않게 크게 기뻐하며 용기를 줄 사람이었다. 어떻든 태호의 제의는 참으로 그럴싸했다. 여관에 머무는 사람들 식사만 맡아도 식당 운영은 문제없었다. 더군다나 그의 음식 솜씨 정도면 고급 손님을 유치하는 것도 가능했다. 창석은 금전적인 도움과 함께 식당 오픈 계획까지 듣고 보니 기쁘기만 했다.

"자신이 만든 요리를 먹고 행복해하는 사람들의 표정을 보는 게 얼마나 흐뭇한지 자네는 상상도 안 가지?"

"그게 그리 좋아요?"

"그럼. 그 기쁨을 아는 사람은 행복한 사람이야. 그러니 나도 행복한 사람 아닌가?"

"그런데, 정말 결혼 생각은 없어요?"

"난 사진 한 장 보고 따라나서는 처자는 싫네. 솔직히 중국 여자면 어떻고, 원주민 여자면 어떤가? 우리랑 같이 포와에 왔던 민씨 있잖아? 결국엔 그 포르투갈 여자하고 결혼했잖아. 지금 그 두 사람 얼마나 잘 살아? 우리가 한때는 손가락질하며 놀렸어도 말일세. 우리같이 애옥살이 피해 온 사람들이나, 그런 사람 따라 이 먼 곳까지 오기로 결정한 사진 신부나 같은 입장이지만 말이야. 하지만 나는 아닐세."

태호가 생각보다 많은 금을 들여왔다는 사실이 창석은 여전히 믿기지 않았다. 창석은 막힘없이 일이 술술 풀려 감사할 뿐이었다. 모자라는 나머지 금액은 여관업을 권한 최기운의 도움을 받으면 될 터였다. 이미 그는 도움을 주겠다는 말을 몇 번이나 했다. 이자는 꼭 받아 챙기겠다는 그의 말이 오히려 창석의 마음을 편하게 했다.

"그런데……."

태호는 정작 묻고 싶은 게 있다는 말투였다.

"자네, 상학이 형님에게 너무 소홀한 거 아니야? 캠프 나인에 얼굴도 안 비치고 말이야."

"그러게요. 장사하느라 바빠 몇 년 보내다 보니 이렇게 됐어요."

"내가 참견할 일은 아니지만, 힐로로 가는 것도 너무 서두르는 거 아냐? 거의 남의 돈으로 하는 것 같은데……. 왜 그래? 뭐에 미친 사람처럼."

태호는 배에서 처음 만났던 창석을 떠올리며 정말 안타깝다는 투로 말했다. 한인들 모임에는 얼굴도 안 내미는 창석을 보고 말들이 많았다. 자신만 아는 놈이라는 말도 모자라 사탕수수 노동자들을 우습게 여기는 것은 물론이거니와, 옆에 있는 사람이 죽어 나가도 제 배 부르고 등 따뜻하면 그만인 놈이라고 수군거렸다. 무슨 연유인지는 몰라도 확실히 창석은 변한 것 같았다. 결혼 전과 후가 너무 달랐다. 태호는 자신만의 생각인지 잠시 헷갈렸다.

"정말 미친 것 같아요. 아니, 미치지 않고는 못 살겠어요."

창석은 새로 주문한 맥주를 물 마시듯 벌컥 들이켰다. 그의 머릿속에는 한 가지 생각뿐이었다. 강희와 상학이 사는 이 섬에서 멀리, 아주 멀리 떠나고 싶다는 것.

 강희는 부엌 앞에 있는 계단에 앉아 하늘을 올려다보았다. 11월, 포와의 하늘이 더 푸르고 깊고 맑게 느껴졌다. 고향의 가을 하늘이 그대로 머리 위에 있었다. 포와에는 늘 여름만 있는 줄 알았는데 아니었다. 몇 년 지나고 보니 미세한 온도의 차이를 느낄 수 있었다. 그 차이는 피부로 와닿고 마음으로 느껴졌다. 유독 비가 많이 오는 달, 태양이 대지를 더욱 뜨겁게 달구는 달, 밤이면 바람이 낮보다 몹시 서늘한 달. 초여름, 여름, 초가을이라고 부르고 싶었다. 그렇게 조금씩 차이를 보이며 계절이 지나갔으나 누구도 그에 대해 말하는 사람은 없었다. 어쩌면 그 차이는 강희만 느끼는 마음의 변화인지도 모를 일이었다.
 남자들은 사탕수수밭으로, 아이들은 학교로 빠져나간 캠프 나인은 적막한 기운이 감돌았다. 비가 한바탕 쏟아지고 난 뒤 다시 맑게 갰다. 흙냄새와 꽃향기가 뒤섞인 공기가 뜰을 적셨다. 강희는 요즘 부쩍 쓸쓸한 감정에 휩싸이는 날들이 많았다. 심영은 누구나 겪는 향수병이라고 말했다. 강희는 지겹고 힘들게 살았던 그곳이 그리워질 줄은 꿈에도 생각하지 못했다.
 강희는 옷장에 걸어 놓은 솜저고리를 꺼내 코에 대고 깊숙이 숨을 들이마셨다. 코를 싸하게 만들었던 겨울 냄새는 어느새 사라지고 없었다. 떠나온 곳의 냄새는 아득하고 멀어 기억 속에만 있었다. 그 냄새를 다시 맡을 수 있다면 강희는 기분이 나아질 것 같았다. 솜저고리를 둘둘 말아 꼭 끌어안아 보았다. 고향으로 돌아가고 싶다는 생각이 처음으로 들었다.

포와의 산은 높고 가파르지만 병풍을 펼쳐 놓은 것처럼 산세가 아름다웠다. 산 중턱에 구름이라도 걸려 있으면 넋 놓고 바라보기 일쑤였다. 비가 며칠째 내리면 골짜기마다 흘러내리는 물줄기가 장관이었다. 순식간에 여러 개의 작은 폭포들이 만들어졌다. 여자들은 꼬마 녀석 여럿이 산 정상에 서서 대지를 적시듯 오줌을 누는 것 같다고 우스갯소리를 했다.

나영이 힐로로 이사 간다며 오랜만에 강희를 찾아온 날도 그런 날씨였다. 이틀간 비가 오고 난 뒤 화창하게 날이 개었다.

"힐로로 간다고 저 야단이잖아. 이제야 주위 사람도 알고 교회 사람들도 사귀고 해서 정붙이고 살까 했는데…… 저렇게 사업을 벌이니, 막을 수도 없고."

"잘된 일이지 뭐."

"그렇지?"

나영은 방바닥에 벌렁 누우며 말했다.

"내 아기는 새로운 땅, 힐로에서 낳을 거야."

나영은 손으로 배를 쓰다듬으며 말했다. 강희는 슬그머니 나영의 배를 쳐다보았다. 미래에 대한 희망으로 이미 부풀어

오른 것 같았다.
"난, 정말 행복해. 그리고 감사해, 너한테."
나영은 그 말을 하기 위해 온 사람처럼 말했다. 강희는 속으로 고개를 저었다. 감사하다니. 모욕적이었다. 자신이 예민한 탓인지, 아니면 그건 누가 들어도 정말 불쾌한 표현인지는 알 수 없었다. 강희는 나영의 행복에 질투를 느껴 본 적은 없었다. 그녀가 누리고 있는 것이 무엇이든, 나영의 몫이었다는 생각에 변함이 없었다.

스텔라, 사랑을 믿다

아무래도 이상했다. 월경이 멈춘 게 벌써 두 달째다. 많이 자고 일어나도 피곤했다. 아침이면 속도 거북하다. 소화도 안 되고 가끔 깨질 듯이 머리가 아팠다. 앤드루는 며칠 전부터 연락 두절이다. 개학하려면 한참 남았다. 벌써 미 본토 학교로 돌아갈 리 없다. 앤드루 생각만 하면 스텔라는 신경이 곤두섰다. 아무래도 그 이유로 몸이 안 좋은 것인지도 몰랐다.

앤드루 집은 에바 농장이 한눈에 바라다보이는 언덕에 있다. 스텔라가 아홉 살 때, 농장 주인인 앤드루 부모는 한인 노동자를 모두 집으로 초대했다. 포와에서 네 번째 맞이하는 추수감사절 다음 날이었다.

빅토리아 양식으로 지은 이층집은 캠프 나인 어디에서도

바라다보였다. 창문이 셀 수 없이 많은 그 집은 주위에서 가장 컸다. 그 집 창문에 노을이 비껴가는 모습이야말로 주위에서 가장 아름다운 광경이라고 어른들이 말하곤 했다. 가정부와 정원사도 대여섯 명이 넘는다고 했고, 방은 스무 개가 족히 된다고 했다. 언덕 아래에서부터 그 집 입구에 이르는 길은 하와이섬 어디에서나 볼 수 있는 구멍 송송 뚫린 검정색 화산돌로 쌓은 담으로 이어져 있었다. 하얀 집과 검정 돌담의 조화는 매우 아름다워서 누구든 걸음을 멈추고 바라볼 지경이었다. 집의 양옆에는 언덕을 다 덮을 정도의 푸른 잔디가 카펫처럼 산뜻하게 깔려 있었다. 하와이 왕족들이 사용했다는 마호가니로 만든 흔들의자들이 놓여 있는 일층 베란다는 극장 무대처럼 보였다. 그 크기와 정갈함, 그리고 눈부시도록 흰 카펫이 깔린 복도만으로도 스텔라에겐 그 집이 아름답다기보다는 충격이었다. 넓은 거실의 마룻바닥을 어찌나 잘 닦았는지, 한 줄로 어색하게 서 있는 농장 사람들의 모습이 희미하게 바닥에 어릴 정도였다.

그곳에 앤드루가 있었다. 귀를 다 덮은 금발의 곱슬머리는 금가루를 뿌려 놓은 것처럼 빛났고 어깨쯤에서 부드럽게 출렁거렸다. 무릎까지 올라오는 가죽 장화는 마룻바닥보다 더 반들거렸다. 처음 보는 음식과 갓 구워 낸 빵이 식탁 위에 가득했지만, 스텔라는 줄곧 그를 곁눈질하느라 바빴다. 단 한 번 손을 뻗을 기회가 주어진다면 그녀는 빵보다 앤드루의 황금빛 머리카락을 한번 만져 보고 싶었다.

앤드루도 가끔 스텔라를 바라보았다. 어쩌다 스텔라와 눈이 마주치면 살짝 미소 지었다. 같이 간 사람들 가운데 유일하게 영어를 할 줄 아는 스텔라가 통역을 맡았다. 스텔라는 어른들이 이것저것 하는 말들 가운데 앤드루 엄마인 스미스 부인이 좋아할 말들만 골라 통역했다.

하와이 날씨가 참 좋습니다. 농장에서 일하는 것은 행복한 일입니다. 교회에 가는 일요일이 즐겁습니다. 모두 만족하고 감사합니다.

스텔라가 영어로 말할 때마다, 심영은 뿌듯한 마음으로 딸을 쳐다봤다.

"이름이 뭐지? 몇 살이니?"

앤드루의 첫 질문이었다.

"승마할 줄 알아?"

자신의 삶과 전혀 관계가 없는 두 번째 질문에 스텔라는 뾰로통해져서 대답하지 않았다. 앤드루가 하는 말은 들리지도 않고, 자신이 입고 있는 구질구질한 원피스만 신경 쓰여 속상했다. 가까이 다가온 앤드루에겐 향긋한 냄새가 나는 것 같았다. 그런 앤드루에 비하면 자신은 오물 덩어리 같아서 스텔라는 당장이라도 그 집에서 뛰쳐나가고 싶었다. 사탕수수 이민 노동자의 딸이라는 신분이 참을 수 없을 정도로 모욕적이었다. 그래서였을까, 스텔라는 자신을 이렇게 만든 건 양반 신분을 헌신짝처럼 버리고 포와에 온 엄마라는 생각을 종종 했다.

"난, 앤드루라고 해. 가끔 놀러 와."

스텔라는 부끄럽고 수줍어서 울 뻔했다. 앤드루와 비슷한 점이라곤 겨우 자신의 곱슬머리밖에 없다는 사실이 너무도 초라하고 속상했다.

앤드루는 방학이면 부모가 있는 집에 와서 머물렀다. 스텔라의 가슴이 조금씩 커 가고 엉덩이가 둥글어질수록 그도 늠름한 청년이 되어 갔다. 그의 금발 머리는 햇살 아래 더욱 반짝였다. 스텔라는 앤드루가 말을 타고 달리는 모습을 사탕수수밭에 숨어서 오랫동안 지켜보았다. 말발굽 소리만큼 그녀의 가슴도 함께 뛰었다.

그런 앤드루가 자신에게 가까이 다가왔을 때 스텔라는 가슴이 터질 것만 같았다. 당장 불구덩이 속으로 빠져도 억울하지 않았다. 앤드루의 깊고 푸른 눈을 바라보고 있을 때 스텔라는 가장 행복했다. 그가 들려주는 미 본토의 얘기들은 늘 호기심 많은 스텔라를 자극했다. 주말이면 파티를 열고 며칠이고 이곳저곳으로 여행을 다닌다는 그들의 얘기를 들을 때면 포와가 답답해 미칠 것 같았다. 앤드루가 같이 섬을 떠나자고 하면 당장에라도 따라나설 자신이 있었다. 그러나 그는 스텔라를 몇 번이고 품에 안으면서도 그런 말은 하지 않았다. 방학이면 여전히 집에 내려오는 그를 보는 것만으로 스텔라는 만족해야 했다.

"주인집 도령하고 말도 섞지 마라."

스텔라는 이제 또 시작이구나 싶어 짜증이 났다. 멍하니 넋 놓고 앤드루를 바라보고 있던 모습을 엄마에게 들킨 건 돌이킬 수 없는 실수였다. 이렇게 들들 볶이느니 차라리 방학이 얼른 끝나 기숙사로 돌아가고 싶었다.

"엄마, 다 사람이야. 같은 사람."

"사람이 다 같진 않다. 네가 아직 어리다는 건 그 말 한마디로도 증명된다. 학교에서 배우는 게 다는 아니다. 엄마는 네가 사람들 입에 오르내리는 게 죽기보다 싫다."

"사람들 입, 입, 입. 엄마는 뭐가 그리 무서워? 사람들의 입이 그렇게 무서운 엄마가 어떻게 여자 혼자의 몸으로 우리를 데리고 태평양을 건너 이곳으로 왔어?"

처음으로 딸아이에게 듣는 책망에 심영은 눈물이 왈칵 쏟아지려는 것을 억지로 참았다. 서운한 감정이 치밀어 올라 스텔라와 마주 앉는 게 불편했다. 그래도 한마디는 하고 싶었다.

"네 아버지의 행실은 참을 수 있어도 너희들 인생은 포기할 수 없었어. 너희들 인생도 나 같을까 봐……."

심영은 자신의 입술이 심하게 떨리는 것을 느꼈다. 흥분하지 말자고 자신을 타일렀지만 소용없었다. 딸들이, 그것도 가장 믿었던 스텔라가 자신에게 반항하리라곤 꿈에도 생각하지 못했다. 목소리를 높이거나 대들어 본 적이 없던 딸이었다. 딸들이 엄마의 삶을 이해하리라고 기대했던 건 착각이었다.

세상이 변해도 남편은 변할 사람이 아니었다. 차라리 세상의 종말이 오기를 기대하는 게 더 빨랐을 것이다. 며칠 밤을 지새우며 결정한 이민이었지만, 후회하는 날도 적지 않았다. 그러나 바르게 자라 주는 초혜와 스텔라를 보면서 자신의 결정이 옳았다고 스스로 위로하며 살아왔는데, 갑작스러운 스텔라의 책망에 모든 것이 와르르 무너져 내렸다.

"내가 무서워하는 건 사람들 입이 아니야. 네가 받을 상처야."

상처라는 말에 스텔라는 문을 열고 뛰쳐나갔다. 상처라니. 결코 인정하고 싶지 않은 말이었다. 가장 듣고 싶지 않은 말이었다. 자존심이 구겨지고 밟혔다. 스텔라는 사탕수수밭을 향해 뛰었다. 발바닥에 잔돌들이 자꾸 채였다. 알 수 없는 분노로 가슴이 터질 것 같았지만 눈물 따위는 흘리지 않겠다고 입술을 깨물었다.

스텔라 몸에 이상이 있음을 눈치챈 심영은 앞이 캄캄했다. 막연하게 걱정하던 일이 현실로 다가오니 서러운 생각이 먼저 앞섰다. 얼마 있으면 눈에 띌 정도로 배가 나올 스텔라를 생각하자 다리가 후들거렸다. 초혜를 다그쳐 모든 얘기를 들은 심영은 고개를 저었다. 날벼락을 정면으로 맞은 기분이었다. 스텔라는 누구보다 똑똑하고 현명한 딸이었으며 자신의 기대는 물론이고 한인 사회의 기대를 한 몸에 받으며 컸다. 그런 스텔라가 임신이라니. 심영은 강렬한 살기에 몸을 떨었다. 남편의 첩들이 배가 불러 당당히 집으로 들어왔을 때도 느껴 보지 못한 적의였다.

"낳을 거예요."

스텔라는 이미 마음을 굳혔다는 듯 담담하게 말했다.

스텔라가 아기를 가졌다는 소문이 퍼졌다. 캠프 나인 여자들은 모이기만 하면 그 일로 쑤군거렸다. 누구 하나 놀라지 않은 사람이 없었다. 스텔라가 바로 심영의 딸이었기 때문이다. 어떤 이들은 심영 같은 여자를 엄마로 둔 딸이라 그렇게 되바라진 거라고 뒤에서 손가락질했다.

심영은 세상이 변했다고 부르짖던 사람이었다. 여자도 배워야 한다며 농장 일로 피곤한 여자들을 교회로 불러내 한글과 역사를 가르쳤다. 인권이니, 독립이니 하면서 남자 여럿을 앞에 놓고도 기죽지 않았다. 포와의 무더운 날씨에 맞게 한복도 개량해야 한다며, 입고 있던 저고리와 치마 길이를 덥석 잘라 낸 통 큰 여자였다. 아침이면 졸린 눈으로 음식을 만들고, 밤이면 남자의 욕망을 채워 주기 위해 억지로 몸을 여는 여자는 불쌍하다고 한탄했다. 교육이 가장 시급하고 중요한 문제라고 목소리를 높였다. 농장에서 일하는 젊은 학생들을 학교로 보내라고 부모들을 설득했다. 독립운동에 여자 남자가 따로 없다며 농장의 여자들을 투사로 만들었다. 여자들도 뜻을 같이 하는 사람들은 서로 동지라고 불러야 한다고 주장했다.

그런 여자가, 무슨 일이나 정확하게 판단하고 행동한다고 해서 가락꼬치 같은 여자라고 불렸던 그 심영이, 미혼의 몸으로 임신한 딸 앞에서 허물어졌다.

심영이 친구 집에서 지내던 스텔라를 찾아냈다. 이미 만삭의 몸이었다. 국제태평양중앙학교를 졸업하고 하와이주립대학교를 다니며 심영의 긍지와 기대를 한 몸에 받았던 스텔라는 어디론가 사라지고, 미래에 대한 불안한 기색만 남은 초라한 몰골이었다.

"내가 키울 거예요."

스텔라는 자신에게 다시 다짐하듯 작고 분명하게 읊조렸다.

심영은 딸의 말이 끝나기 무섭게 있는 힘껏 스텔라의 뺨을 손바닥으로 내리쳤다. 푸석푸석한 스텔라의 얼굴에 손가락 자국이 붉고 선명하게 남았다. 심영은 불에 덴 얼굴을 보듯 눈을 질끈 감았다. 고통으로 일그러진 얼굴이 파리했다.

초혜가 억지로 스텔라를 집에 데려온 지 사흘 만에 진통이 왔다. 심영은 병원에 따라가지 않았다. 초혜에게서 소식을 기다리던 밤은 그녀의 인생에서 가장 긴 밤이었다. 입에서 탄내가 나는 것 같았다. 스텔라가 아들을 낳았다는 말을 새벽에 전해 들었다. 억장이 무너져 내린다는 말이 무슨 뜻인지 그때 알았다.

"엄마가 이런 사람이었어요? 스텔라가 사경을 헤매면서 아이를 낳았어요. 아기를 낳고는 울면서 엄마만 찾았어요."

초혜가 따져 물었다.

"스텔라는…… 건강하니?"

심영은 겨우 마음을 추스르고 물었다.

"예. 둘 모두 건강해요. 이름은 마크 승원 박서, 라고 지었어요. 스텔라가 생각해 둔 이름이에요."

심영은 아기 이름을 속으로 가만히 불러 보았다. 마크 승원 박서. 포와에 첫발을 디딜 때, 남편 성씨인 '박'을 차마 떼어 내지 못했었다. 배 안에서 생각다 못해 내린 결정이 자신의 성씨를 같이 넣어 '박서'라고 이민 서류에 등록하는 것이었다. 그 성을 따라 스텔라가 지었다는 아기 이름을 듣고 있자니 착잡하기 이를 데 없었다. 심영은 자신에게서 시작된 슬픔의 뒷자락을 스텔라가 밟고 서 있는 것만 같아 무참한 심정이었다.

"세상 모든 사람이 손가락질해도, 엄마는 이해할 줄 알았어요. 적어도 스텔라와 나는 그렇게 믿고 있었어요."

초혜마저도 심영을 원망했다.

스텔라는 푸석한 얼굴로 아기를 안고 들어섰다. 심영은 끝내 고개를 돌리지 않았다. 초혜를 시켜 미역국만 들여보냈다. 마사키 가게에서 제일 좋은 미역을 사다 끓인 국이었다. 식탁에서 혼자 미역국에 밥 한술 말아 입에 넣던 심영은 그제야 눈물을 왈칵 흘렸다.

새벽에 눈을 뜬 심영은 자신에게 지나치리만치 친절했던 앤드루 부모를 떠올리자 괘씸한 생각에 몸이 떨렸다. 그것은 스텔라의 어리석음보다 더 참을 수 없는 일이었다. 그들이 심영의 카네이션밭에까지 찾아와 아는 체하는 연유가 무엇이겠는가. 이미 앤드루와 스텔라의 관계를 알고 있는 것이 분명했다. 그들은 스텔라의 이름은 언급조차 없이 친절하게 굴었다. 얕은 친절로 얼버무리려던 그들의 행동에 분노가 치밀었다. 심영을 캠프에서 흔히 마주치는 만만하고 무지한 동양인 노동자로 보았다는 증거였다. 거짓 친절에 감사했던 자신은 얼마나 어리석은 인간이었던가. 딸의 상처를 그들의 미소와 맞바꾼 엄마였다. 거기까지 생각이 미치자 심영은 참을 수 없다는 듯 자리에서 벌떡 일어섰다.

스텔라가 잠든 방의 문을 열자 비릿한 젖내가 코끝에 닿았다. 심영은 잠시 방문 앞에서 서성거리다 아기에게 천천히 다가갔다. 크고 뚜렷한 이목구비가 한눈에 봐도 혼혈아였다. 아기의 쌔근거리는 숨소리는 심영의 감정과는 상관없이 평화로웠다. 심영은 단호한 표정으로 아기를 품에 안고 일어섰다.

캠프 밖은 사위를 겨우 알아볼 정도로 새벽 어둠이 물러서고 있었다. 심영은 조심스럽게 걸음을 떼었다. 앤드루 부모의 집까지는 걸어서 삼십 분은 가야 했다. 새벽 공기가 서늘하게 두 뺨에 닿았다. 심영은 아기를 감싼 모포를 꼭 여몄다.

언덕 위, 성처럼 우뚝 솟아 있는 앤드루네 집이 오늘따라 더 크고 웅장해 보였다. 입구 쪽만 환하고 아직 불 켜진 방은 없었다. 심영은 모포를 풀어 아기의 얼굴을 찬찬히 살폈다. 이마는 툭 튀어나왔고 콧날은 신생아라고 여겨지지 않을 정도로 오뚝했다. 다시 봐도 스텔라의 모습은 찾아볼 수 없었.

"내 핏줄이 아니야."

슬픔이나 미련 따위의 감정은 느껴지지 않았다. 그리고 그것은 너무도 당연한 일이라고 심영은 생각했다. 마크 승원 박서. 그녀는 마지막이라는 심정으로 아기 이름을 중얼거렸다. 이름만은 잊지 않으리라 다짐했다.

현관 입구에 놓인 안락의자 위에 아기를 내려놓았다. 아기는 감은 눈을 뜨지 않았다. 심영은 돌아서려다 다시 몸을 돌려 아기의 얼굴을 바라보았다. 후회하지 않겠다고 다짐하며 단호하게 몸을 돌렸다. 심영은 후들거리는 다리를 억지로 끌고 언덕을 내려와 캠프 나인을 향해 달리기 시작했다. 자꾸 헛발을 내디디며 비틀거려도 쓰러지지 않았다. 눈물이 터졌다. 분노와 슬픔이 뒤섞인 신음이 심영의 입에서 흘러나왔다.

 스텔라는 잠결에 옆을 더듬거리다 흠칫 놀라 눈을 떴다. 아기가 보이지 않았다. 심영이 귀신처럼 한구석에 앉아 있었다. 잠이 확 달아났다.
 "그 애, 죽었다고 생각해라."
 그 순간 스텔라는 무슨 일이 일어났는지 정확하게 알아챘다. 스텔라는 정신 나간 사람처럼 밖으로 뛰쳐나갔다. 잠에서 깬 초혜가 그녀를 따라가다가 마음을 바꾸었다. 스텔라가 한번은 직접 부딪치고 정리해야 할 일이라는 생각이 들었다. 초혜는 우두커니 서서 스텔라가 뛰어가는 모습을 바라보았다.
 스텔라는 무작정 앤드루네 집으로 향했다. 몸이 자꾸 휘청거렸고 식은땀이 비 오듯 흘렀다. 그늘도 없는 벌판을 가로질러 앤드루네 집에 당도했을 때, 베란다에서 커피를 마시는 그의 부모가 보였다. 스텔라를 보자 그들이 황급히 의자에서 몸을 일으켰다. 스텔라는 현관 앞에 이르자마자 바닥에 주저앉았다. 앤드루네 집도, 사탕수수밭도, 구름 한 점 없는 하늘도, 스텔라를 향해 달려오는 앤드루네 부모도, 모두 약속이나 한 것처럼 노랗게 보였다. 노란 나비들이 떼 지어 하늘로 날아올랐다. 그 노란 나비들이 집을 덮고, 사탕수수밭을 덮고, 하늘을 덮고, 앤드루네 엄마와 아버지까지 온통 뒤덮었다. 스텔라는 세상이 온통 샛노랗게 보인다고 소리치며 얼굴을 두 손으로 감쌌다. 앤드루의 부모가 허겁지겁 다가와 스텔라를 부축했다.

스텔라의 얼굴을 닦아 주는 스미스 부인의 손길은 섬세하고 조심스러웠다. 스텔라는 감았던 눈을 뜨며 스미스 부인의 손에 들려 있는 찬 수건을 밀쳐 냈다.

"아기는요?"

"자고 있어요."

스미스 부인은 스텔라에게 커피잔을 내밀며 말했다. 스텔라는 그녀의 잔잔한 미소를 보자 정신이 번쩍 들었다. 어쩌면 저렇게 냉정하고 단아할까. 앤드루가 자신을 그렇게 쳐다봤던 기억이 나자 단 한순간도 이 집에 있고 싶지 않았다. 아름다운 드레스를 입은 스미스 부인의 등 너머로 아침 햇살을 받아 싱그러운 사탕수수밭이 스텔라를 보고 있었다. 스텔라는 그 아름다운 그림 속에 억지로 자신의 모습을 끼워 넣으려고 애썼지만 스며들지 않았다. 정신은 아득한 가운데 뭔가 선명하게 다가왔다. 사랑이 아니었어. 스텔라는 신음처럼 속으로 중얼거렸다. 얼음 한 조각을 막 삼킨 듯 가슴 한켠에 찬바람이 휘몰아치며 지나갔다.

"스텔라, 당신은 똑똑하고 현명한 여자예요. 당신이 원한다면 아기를 지금 데려가도 좋아요. 하지만, 스텔라만 허락한다면,

우리가 잘 키워 볼까 해요. 엄마를 잊지 않도록 가끔 들러요."

누구를 위한 배려일까. 스텔라는 자신에게 베푸는 동정심이라면 죽어도 싫다고 소리치고 싶었다. 스미스 부인이 방금 끓인 커피를 내왔다. 스텔라는 떨리는 두 손으로 커피잔을 쥐었다. 편안한 온기가 손바닥을 타고 점점 온몸으로 전해져 왔다. 마음까지 차분하게 가라앉는 진한 커피 향이 실내를 적셨다. 스텔라는 긴 여행을 마치고 이제 막 집에 돌아와 무거운 가방을 내려놓은 기분이었다.

스미스 부인이 스텔라의 이마를 손수건으로 닦아 주었다. 스텔라는 부드럽고 섬세한 그녀의 손길에 혼란스러운 마음과 고단한 몸을 기대고 싶은 충동이 일었다. 그리고 문득 그녀가 아기를 잘 키워 줄 것 같은 믿음이 싹텄다. 쓰디쓴 커피 한 모금이 스텔라의 빈속을 훑고 지나갔다. 아기는 어린 날의 앤드루처럼 곱슬머리를 귀밑까지 늘어뜨리고 부드러운 눈매를 가진 소년으로 자라날 것이다. 피아노를 치고, 추수감사절이나 크리스마스 때는 동네 사람들을 초대해 파티를 열 것이다. 보스턴이나 뉴욕 쪽으로 학교를 갈 테고…….

여기까지 생각이 미치자 스텔라는 커피잔을 내려놓고 일어설 수 있었다. 자신이 해 줄 수 없는 것들이었다. 아찔한 현기증이 일었지만 두 다리에 억지로 힘을 주고 버텼다. 다시 이 집을 찾아올 날은 없을 것이었다. 사랑은 서툴고 꿈은 너무도 먼 곳에 있었다. 어린 날의 스텔라를 이젠 떠나보낼 시간이라고 깨달았다.

"언제라도 들러요."

스미스 부인은 스텔라의 손을 마주 잡았다.

"앤드루는 언제 오나요?"

"이제 그 아이는 자주 오기 힘들 거예요. 직장을 구했어요. 아기를 낳았다는 소식은 전했어요."

스미스 부인은 여전히 잔잔한 미소를 거두지 않은 채 말했다.

앤드루 집이 멀어질수록 스텔라는 더 자주 휘청거렸다. 강렬해진 햇살이 두 눈을 찌르며 달려들었다. 앤드루와의 행복했던 기억들이 하얗게 지워지는 것만 같았다. 당당하지는 못했어도 그에 대한 사랑이 부끄럽다고 느낀 적은 없었다. 사랑의 힘을 믿고 기대고 싶었던 마음이 부끄러울 리 없었다. 안개가 낀 듯 눈앞이 뿌옇게 흐려졌다. 수천 마리의 나비가 눈앞에서 훨훨 날아다녔다. 어디선가 아기 우는 소리가 귀를 찢었다. 스텔라는 귀를 막았다. 귀를 막아도 들리는 울음소리였다. 집으로 돌아가고 싶지 않았다. 엄마와 언니가 기다릴 그 집이 상처의 뿌리처럼 여겨졌다. 그녀는 집과 반대 방향으로 몸을 돌렸다.

태호는 삽을 던져 놓고 나무 그늘 아래 벌러덩 누웠다. 세상에서 가장 편안한 순간이었다. 등에 흐르던 땀이 천천히 식어 가는 느낌은 언제라도 좋았다. 이제 겨우 무덤 하나 팠는데, 예전과 달리 제법 숨이 찼다. 그는 물병을 들어 물을 벌컥벌컥 들이켰다. 서늘한 바람이 천천히 목덜미를 훑고 지나갔다. 그는 여유롭게 숨을 고르며 하늘을 올려다보았다.

교회에 가려고 집을 나서는데 급히 무덤 자리 두 개를 파 달라는 연락을 받았다. 일요일이니 수고비는 두 배라는 말에 태호는 입고 있던 옷을 벗고 작업복으로 갈아입었다. 돈도 돈이지만, 그는 무덤을 팔 때 마음이 제일 편했다. 구덩이가 깊어질수록 그 안은 서늘하고 아늑했다. 살아서 밟고 다니는 땅과 죽어 묻힐 자리가 겨우 사람 키 높이 차이밖에 없다는 생각이 들 때마다 괜스레 숙연해졌다.

태호는 담배에 불을 붙이려고 몸을 일으키다 멈칫했다. 잔디밭 끝에 뭔가 꿈틀대는 게 보였다. 자세히 보니 사람의 발 같았다. 그는 벌떡 일어서 한걸음에 달려갔다. 동양인으로 보이는 여자가 누워 있었다. 얼굴의 반을 덮은 검고 긴 머리로 보아 그렇게 짐작했다. 얼핏 보니 치마에 피가 묻어 있었다. 사람을 불러야 하는 건 아닌가 싶어 황급히 주위를 둘러보았다. 태호는 조심스레 여자의 머리를 위로 쓸어 넘겼다. 핏기 하나 없이 창백했지만 두 볼이 따뜻해 안심되었다. 찬찬히 보니 낯익은 얼굴이었다. 얼마 전 아기를 낳았다는 스텔라가 틀림없었다. 땀인지 눈물인지, 끈적끈적한 것이 흘러내린 얼굴이 일그러져 있었다. 그는 목에 둘렀던 수건을 급히 풀어 스텔라의 얼굴을 닦아 주었다.

"스, 스텔라, 아저씨야. 정신 차려!"

스텔라가 희미하게 눈을 뜨다 다시 감았다. 태호는 어찌할 바를 몰라 다시 주위를 두리번거렸다. 모두 교회에 있을 시각이었다. 멀리 내려다보이는 캠프 나인 뜰에도 사람 그림자 하나 없었다. 그는 다시 스텔라의 얼굴을 조심스레 쓸었다. 가슴께가 축축하게 젖어 있어 의아했다. 비릿한 냄새가 코끝을 스쳤다. 젖내였다. 벌써 개미가 냄새를 맡고 어깨와 목 근처로 기어오르고 있었다. 그는 놀라서 개미들을 털어 내고 보이는 대로 발로 밟았다.

태호는 스텔라의 젖은 상의를 천천히 걷어 올렸다. 손은 떨리고 숨은 멎을 것만 같았다. 귀신에게 홀렸다는 말이 꼭 그를 두고 하는 말 같았다. 그는 떨리는 손으로 터질 듯 부풀어 오른 가슴을 쓰다듬었다. 유두를 중심으로 푸른 실핏줄들이 선명했다. 손바닥에 파란 물이 들 것 같았다. 혀가 유두에 닿았다. 밋밋한 물기가 혀끝에 닿았다고 느끼는 순간 그는 미친 듯 젖을 빨았다. 짜릿한 느낌이 등뼈를 타고 온몸으로 전해졌다. 귓속이 멍했다. 아주 오래된 기억 속으로 빨려 들어가고 있었다. 어쩌면 오래된 꿈인지도 몰랐다. 밤새 블라디보스토크 거리를 헤매던 기억을 따라가듯 맹렬하게 유두를 빨았다. 몸이 점점 깊은 곳으로 빨려 들어가는 것 같았다. 어느새 몽롱해지더니 고샅 부근이 축축해졌다.

지금 내가 무슨 짓을 한 것인가. 태호는 망치로 강하게 머리를 얻어맞은 듯 몸이 휘청했다. 스텔라는 몹시 편안한 얼굴로 잠들어 있었다. 태호는 입가에 남은 밋밋한 젖을 손으로 닦으며 정신이 번쩍 들었다. 자신이 한 짓을 믿을 수 없었다. 그는 두 손으로 얼굴을 감싸고 불안하게 주위를 맴돌다 다시 주저앉았다.

스텔라를 겨우 등에 업었다. 심영의 집을 향해 천천히 걸음을 옮겼다. 축 늘어트린 스텔라의 두 팔이 태호의 어깨에서 출렁였다. 할 수만 있다면 그녀를 위해 노래라도 불러 주고 싶은 심정이었다. 그녀에게 위로가 된다면, 그게 무엇이든 하고 싶었다. 그녀의 발아래 무릎 꿇고 사죄하는 마음으로 무거운 걸음을 뗴었다. 모든 게 후회스러웠다. 태호는 스텔라네 집으로 가는 가장 먼 길을 택해 걸으며 숨죽여 울었다. 땀과 눈물이 뒤범벅된 얼굴이 뜨거워졌다.

스텔라는 앤드루네 집에서 내려와 하염없이 걸었다. 뒤돌아보지 말자고 입술을 깨물었다. 공원묘지 인근에 도착했을 때, 스텔라는 죽고 싶다는 생각뿐이었다. 고통과 치욕이 뒤엉킨 감정이 목을 죄었다. 너무도 어리석었던 자신을 견딜 수 없었다. 자꾸 발이 헛디뎌졌다. 빈 무덤이라도 있으면 당장 들어가 눕고 싶었다. 젖이 불어 어깨와 팔을 움직일 수가 없었다. 몸은 걸을 수도 없을 만큼 무거웠다. 그늘진 곳에 아무렇게나 쓰러졌다. 나뭇잎들이 얼굴에 간지러운 그늘을 만들어 주었다. 세상은 아무것도 변하지 않았다. 뜨거운 눈물이 볼을 타고 흘렀다.

선명했던 새소리가 점점 사라졌다. 정신을 잃겠구나, 하고 막 눈을 감으려는 순간 희미하게 어떤 남자가 다가오는 것이 보였다. 젖은 얼굴을 닦아 주며 그녀의 이름을 부르는 것을 듣고 스텔라는 정신을 놓았다. 아, 나를 아는 사람이구나. 그렇게 느낀 순간 몸도 마음도 나락으로 떨어졌다.

누군가의 조심스러운 손길이 느껴졌다. 손길은 가슴 근처에서 계속 이어졌다. 젖이 불어 등까지 전해지던 통증이 거짓말처럼 서서히 가시기 시작했다. 온몸의 힘이 스르르 빠져나가는 것만 같았다. 정신은 더욱 혼미해졌고 노곤함이 파도처럼 밀려오더니 잠이 쏟아졌다. 다시는 깨어나고 싶지 않았다. 다시는 이 세상과 눈 맞추고 싶지 않았다.

몸을 추스른 후 스텔라는 가장 먼저 본토에 있는 몇몇 대학에 원서를 넣었다. 두 군데 대학에서 장학금도 함께 주겠다는 합격 통지서가 날아왔다. 스텔라는 포와에서 가장 멀리 떨어진 곳의 대학을 택했다.

"널 업고 온 태호 아저씨 얼굴이 땀에 흠뻑 젖었더라. 고마운 분이다. 떠나기 전에 꼭 인사드려라."

엄마의 말에 스텔라는 누군가의 등에 업혔던 기억을 희미한 꿈처럼 되살렸다. 자신의 붉은 젖을 빨았던 사람이 같은 사람일 수도 있었다. 그가 누구든, 스텔라는 그의 행동에 상처받지 않았고 모멸감도 느끼지 않았다. 젖몸살의 고통이 사라졌던 순간을 기억할 뿐이었다.

*

심영은 식탁에 놓인 찻잔만 만지작거렸다. 반백의 쪽 찐 모습은 서늘해 보였고 눈 밑의 그늘은 오랫동안 깊은 잠을 놓친 사람 같았다.

"동생……."

심영이 마른 입술로 말문을 열었다.

"이제껏 살아오면서 뭐가 제일 힘들었나?"

강희는 심영의 질문 앞에 잠시 생각에 잠겼다. 힘든 일이 너무도 많았던 것 같기도 했고, 또 깊이 헤아려 보니 모든 것이 남들도 다 겪는 일 같았다.

"엄마와 제물포에서 헤어질 때……."

그러고는 입을 닫았다. 느닷없이 창석에 대한 그리움이 북받쳐 올라 울컥했다. 포와로 떠나기 며칠 전이었다. 교회로부터 연락을 받고 가 보니 선교사를 통해 창석이 보냈다는 작은 상자가 강희를 기다리고 있었다. 결혼식에 참석하지 못할 엄마를 위한 뜻밖의 선물이었다. 말로만 듣던 비단 목도리를 꼭 껴안은 엄마는 와락 눈물을 터트리며 오열했다. 타국으로 딸을 보내는 불안감을 눈물로 씻어 내며 언젠가 창석을 만나기를 간절히 소원했었다.

강희는 다시 마음을 가다듬었다. 창석에 대해, 그리고 상학과 나영과 얽히고설킨 그간의 일들을 이제 와 심영에게 얘기한들 무슨 소용 있나 싶었다. 다들 각자의 길을 걷고 있는 사람들 아닌가.

"난 지금 내 삶에서 가장 힘든 시간과 맞닥뜨린 느낌이야. 내가 포와에 온 이유는 이미 다 소문이 났으니 자네도 알지? 그때도 이렇게 힘들지는 않았네."

심영의 목소리는 너무 차분해서 오히려 비장하게 들렸다. 고향을 떠나온 이유보다 지금이 더 힘들다니. 그 말만으로도 강희는 마음이 무너졌다.

"스텔라가 그러데. 공부 끝날 때까지 돌아오지 않겠다고. 그 말을 듣는데 얼마나 가슴이 아프던지. 절대 다시 돌아오지 말라고, 맘에도 없는 말을 하고 말았어."

강희는 심영의 얼굴을 물끄러미 바라보았다. 오랫동안 정열을 바쳤던 한글 학교와 교회 일도 모두 접겠다고 심영이 말했다. 강희는 그녀의 무참한 심정이 고스란히 느껴져 황망했다.

"이제 꽃 따는 일만 하다 죽으려고."

심영은 꽃밭에 가겠다며 일어섰다. 예전처럼 챙 넓은 모자도, 햇볕을 가리는 긴팔 셔츠도 손에 들려 있지 않았다. 볕이 쨍쨍한 거리를 뚜벅뚜벅 걸어가는 그녀의 뒷모습은 이글거리는 태양과 대거리라도 하겠다고 작정한 사람 같았다.

너무도 사소한 것들

창석은 새롭게 단장한 여관 건물 앞에 섰다. 건물 위로 쏟아지는 햇살이 축복처럼 느껴졌다. 은행에서 융자를 조금 얻고 여러 사람의 도움을 받은 건 행운이었다. 삼층 높이의 건물 외벽을 흰색으로, 창틀은 쑥색으로 칠했더니 새 건물처럼 산뜻했다.

객실은 모두 스물다섯 개였다. 아래층엔 잡화점을 넣었다. 태호가 식당을 열 때까지 세를 줄 계획이다. 여관 뒤에 작은 살림집과 사무실을 마련했다. 허름한 건물을 사서 개조하기 시작한 지 근 팔 개월 만에 수리가 끝났다. 공사비를 아끼기 위해 목수 일과 페인트칠을 창석 혼자 도맡았다. 손에 굳은살이 박여도 힘든 줄 몰랐다. 농장에서 잡목을 베며 일했던 것에 비하면 큰 고생도 아니었다.

여관 주인은 창석에게 건물을 넘기고 보수 공사가 끝나는 것을 본 뒤 여행길에 올랐다. 삼 년 뒤 잔금 치를 일이 남았지만, 모든 게 순조롭게 끝났다. 출발부터 느낌이 좋았다. 창석은 자신의 성씨를 따서 여관 이름을 '오스 인(Oh's Inn)'이라고 지었다.

"개업식을 하자고?"

나영의 제안에 창석은 뜬금없다는 생각이 들었다. 계획에 없던 일이었다.

"당신이 힐로에 여관을 하는 첫 번째 조선 사람이래요."

나영은 남편이 자랑스러웠다. 말 나온 김에 당장 주말에 하자고 서둘렀다. 나영은 자기가 알아서 사람들에게 연락하겠다며 전화기 앞으로 다가갔다. 창석은 그런 나영을 말리지 않았.

창석은 왠지 뿌듯하고 행복했다. 여관 주위를 혼자 걸으면서도 내내 그런 감정을 느꼈다. 주변의 큰 도움을 받아 샀지만 자기 손으로 이룬 것이었다. 오래도록 자신의 땅을 밟아 보고 싶었다. 구두 아래 밟히는 흙도 여린 풀도 다 귀했다. 뒤뜰의 쓰레기를 치우고 낡은 창고를 철거한 자리는 생각보다 넓고 쓸 만했다. 부지런히 지어다 나른 돌과 흙으로 다시 정리해 놓고 보니 아늑하고 운치 있었다. 그곳에 잔디를 깔고 꽃과 나무를 심었다. 땅이 건조할 때면 하늘이 비를 뿌렸다. 그러자 며칠 만에 잔디가 파릇하게 나오고 꽃들이 앞다투어 피었다. 축복의 땅이었다. 창석은 고개를 들어 앞산을 바라다보았다. 밝은 앞날을 예고하듯 선명한 무지개가 떠 있었다. 그는 오랜만에 가슴을 활짝 펴고 깊게 숨을 들이마셨다.

뒤뜰에 차일을 치고 바비큐를 준비하는 창석의 얼굴은 기쁨에 차 있었다. 처음엔 몇몇 아는 사람만 청하려고 했는데 규모가 제법 큰 개업식으로 바뀌었다. 캠프 나인에서 함께 노동하던 사람들이 제일 많았다. 여관업을 하니 잠잘 곳 걱정하지 말고 쉬었다 가라고 청했다. 많은 사람이 초대에 응했다.
상학과 강희도 온다는 소식을 알리는 나영의 목소리가 밝았다. 창석은 애써 담담하게 받아들였다. 힐로에 사는 한인들과 오아후섬에서 온 한인들이 만나는 경사스러운 자리였다. 교회 소식지를 통해 농장 소식은 서로 알고 있어도, 이렇게 직접 만나 얼굴을 맞대고 음식을 나누는 일은 드물었다. 힐로에 사는 한인들이 손님들을 대접한다며 돼지를 잡아 뒤뜰에서 구웠다. 고소한 냄새가 주변을 감싸자 금세 잔칫집 분위기로 바뀌었다. 오아후섬 대표의 답례라며 태호는 자신이 직접 만든 요리를 해다 날랐다. 사람들은 흥에 겨웠고 밤은 짧기만 했다.
상학은 사람들이 건네는 술잔을 마다하지 않고 마셔 대는 창석을 말렸다. 그가 흐트러진 모습으로 술을 마시는 것은 처음 보는 일이었다. 창석의 낯빛이 어두운 것도 마음에 걸렸다.

"이 사람, 이 좋은 날에 손님 대접은 뒷전이고 너무 마시는 거 아냐?"

태호도 한마디 거들었다.

창석은 아무 대꾸도 하지 않았다. 문득 사는 게 장난처럼 여겨졌다. 나영과의 사이에서 태어난 주디를 안고 어르는 이가 강희라니. 어처구니없었다. 창석은 의식적으로 그쪽으로 눈을 돌리지 않았지만 다 들리고 다 보였다. 마음이 편치 않았다.

"어엿한 사업가로 성장한 내가 형님 눈엔 아직 어리게 보입니까?"

상학이 술잔을 들려던 손을 멈칫했다. 자연스럽게 대답할 말이 퍼뜩 떠오르지 않아 당혹스러웠다. 사뭇 도전적인 창석의 어투도 마음에 걸렸다. 처음부터 오지 말았어야 했다. 비록 태호를 통해 받은 초대지만, 창석이 마음을 푼 것 같아 고맙게 응한 자리였다. 창석의 질문에 대답을 망설이고 있는데 갑자기 누군가 창석의 등을 툭 치며 시비를 걸었다.

"남들은 독립 자금 댄다고 허리띠를 졸라매는데, 제 배 불리고 등 따뜻하면 되는 거야? 아니, 그것도 모자라 사람들 불러놓고 자랑이라도 하겠다는 거네?"

사람들의 눈과 귀가 일제히 그 남자를 향했다. 몇 해 전까지 캠프 나인에 살았던 송씨였다. 창석과 동갑인 그는 포와에 있는 농장들을 전전하며 살아가는 일일 노동자였다. 상학이 그를 저지하려고 일어섰다. 그때 송씨가 비틀거리며 창석의 멱살을 잡으려고 팔을 뻗었다. 하지만 술이 몹시 취한 탓인지 그의 손이 허공을 향해 맥없이 뻗어 나가다가 이내 한쪽으로 쏠린 몸과 함께 툭 떨어졌다. 바닥에 주저앉자마자 그가 소리를 질렀다.

"아, 누가 말 좀 해보라고. 누구는 좆 빠지게 뙤약볕 아래서 일하고 월급 받아 꼬박꼬박 독립 자금이라고 바치는데, 누구는 돈 모아 땅 사고 집 사고······. 아, 어떻게 사는 게 옳은 거야?"

"아, 이 사람이 왜 좋은 자리에 와서 난리야? 독립 자금 낸 사람이 어디 당신뿐이야?"

"왜, 내 말이 틀렸소? 나는 그냥 묻는 거요! 어떤 게 옳은가!"

몇 사람이 달려들어 송씨를 위층으로 데리고 올라갔다. 사람들이 웅성거리다 다시 제자리로 돌아갔다. 막 불판에서 구워 낸 고기와 술이 돌았고 분위기는 다시 흥겨워졌다.

"뜨끈한 육즙이 혀에 그대로 감기네."

고기를 썰던 이가 육즙이 뚝뚝 흐르는 고기 한 점을 입에 넣으며 말했다. 누군가 다시 건배를 외쳤다.

상학은 송씨가 술김에 내뱉은 말을 곱씹었다. 어떤 게 옳은 건가. 자신에게 그런 질문을 해본 적이 언제였던가. 언제부턴가 아무 생각 없이 사는 날들이 이어졌다. 누구나 내는 독립 자금. 선택의 여지는 없었다. 주급을 받으면 정확하게 일정 금액을 떼어서 냈다. 모두 당연하게 생각했고 간절한 마음을 담았다. 나라 잃은 사람들에게 그것은 작은 위로였고 희망이었다. 자신도 뭔가를 하고 있다는 자부심은 오늘을 견디는 힘이 되어 주었다. 가끔 여유 있는 사람들이 목돈을 냈다. 그들의 선행은 교회 소식지에 크게 실렸다. 반대로, 사정이 있어 일을 못 하거나 독립 자금을 못 낸 사람들은 주위에서 핀잔을 주는 사람들이 없는데도 괜히 위축감을 느꼈다.

창석은 어느새 상학의 어깨에 몸을 반쯤 기대었다. 많이 취한 듯 보였다. 상학은 그의 어깨를 밀쳐 내지 않고 천천히 술잔을 기울였다. 창석의 그런 모습이 싫지 않았다. 오래전 캠프 나인에서 지냈던 시간으로 되돌아간 듯했다. 마음껏 서로 기대고 살았던 그 시간은 다시 돌아오지 않을 것이었다. 무엇을 얻고 무엇을 잃었는지 너무도 분명하게 다가왔다.

"형님, 저 이렇게 성공했어요. 등짝이 다 벗겨져 새살이 나오기도 전에 또 들로 나가, 밤이면 팔리에 있는 토란밭 가꾸며, 밤이고 낮이고 부서져라, 사람 해치는 일만 아니면, 정말 돈 되는 일은 뭐든지, 남들은 술 먹고 노름할 때, 일밖에 모른다고 욕먹어 가면서. 돈밖에 모른다고 손가락질받아 가면서 살았어요. 기부금 하나 내지 않고, 다음에 크게 벌어서 크게 쓰리라 다짐하면서, 주변 사람들이 나라 돕고 남들 돕는다고 이것저것 모금할 때, 전 사람들 눈총받으면서도 돈 안 냈어요. 크게 벌어서, 크게, 크게, 크게 내려고."

창석은 두 팔을 활짝 벌리며 말했다. 술이 과했는지 그의 말은 느려졌다 빨라졌다 했다. 꼭 송씨의 말 때문에 심기가 상해 쏟아 낸 말은 아니었다. 모든 감정의 혼재 상태였다. 지금의 심정을 그는 그렇게 설명할 수밖에 없었다.

"창석이, 그럼 이제 크게 한번 내. 자네 열심히 살아온 거는 우리가 다 알아."

황씨가 마치 아들의 어깨를 다독거리듯 그의 어깨를 두어 번 쓰다듬었다. 창석이 갑자기 그의 품에 와락 얼굴을 비벼 댔다. 황씨도 창석을 덥석 품에 안았다.

"근데요, 아저씨…… 아니, 삼촌. 삼촌이라고 불러도 되죠? 혈육이라곤 제물포에 사는 외삼촌 한 분뿐이거든요. 갑자기 삼촌이 보고 싶어요. 내게 당신의 한 벌뿐인 양복을 성큼 내어 주셨던, 고마웠던 삼촌."

"삼촌 아니라 아버지라고 불러도 돼, 이 사람아. 여기 모인 우리들 다 형제고 가족 아닌가?"

잠시 분위기가 숙연해졌다. 사람들이 고개를 끄덕이며 황씨의 말에 맞장구를 쳤다.

"저, 아주 기분이 좋거든요. 그런데, 그냥 마음 한끝이 아파요. 명치끝이."

창석은 가슴을 제 주먹으로 퍽퍽 쳤다.

"이 사람아, 다 이렇게 고생하고 이뤄 놓고 보면 허무하고 맘 아픈 일도 있고 그래."

황씨의 말에 창석은 그의 품에 고개를 더 깊이 묻었다.

"어, 분위기 이상해지네. 캠프 나인에서 유명했던 내 꿈속의 사랑, 러시아 연인 얘기 한번 또 듣고 싶다는 거야 뭐야?"

태호가 막 가라앉은 분위기를 깨려고 작정한 표정으로 일어섰다. 캠프 나인 사내들이 기다렸다는 듯 환호했다. 영문을 알 리 없는 힐로 사람들이 얼떨결에 박수를 따라 치며 웃었다.

"내가 스물두 살이었지……."

"열아홉 살 아니었어?"

누군가 태호의 얘기를 다 외고 있다는 듯 한마디 거들었다.

"또 다른 애인인가 봐. 그냥 듣자고……."

더 재밌는 얘기가 나올 수도 있다는 기대감으로 사내들이 키득거렸다. 사철 더운 포와에서 눈 내리는 미지의 도시를 상상하는 것만으로도 즐거운 일이었다. 태호의 이야기는 계속되었고 사내들은 가끔 웃음을 참지 못하고 낄낄거렸.

밤이 깊어지자 사람들은 방을 찾아 들어갔다. 태호와 상학 그리고 창석은 자리를 뜨지 않았다. 셋이 함께 모여 앉은 이 시간이 너무도 귀했다.

"형님도 달빛이 너무 환해 못 자겠죠?"

태호가 물었다.

"오늘따라 유난히 맑네."

상학이 말했다.

"형님, 이제 내 연애 이야기도 한물갔나 봐요. 말하는 나도, 듣고 있는 사람도 모두 전처럼 흥이 나질 않아요."

"난 오랜만에 형 이야기 들어서 좋았는데."

"야, 넌 괜찮냐? 무슨 술을 그렇게 마셔?"

"좋은 날이니까요."

"그래, 창석이 말이 맞아. 정말 큰일 했어. 대견하고 기쁘다."

상학은 창석이 번듯한 여관을 하게 된 게 제 일인 양 기뻤다. 다들 자리를 잡아 가고 있는 모습을 보니 맏형처럼 뿌듯했다. 그런데 창석이 마음이 아프다고 했다. 강희를 생각하며 쏟아 낸 말처럼 들렸다. 술김에 한 말이지만 가시처럼 걸렸다.

"그나저나 한인 신분증은 받았나? 일본인으로 오해받을 때, 그 신분증을 꺼내 보이는 것처럼 확실한 건 없네."

상학이 말했다.

"당연하지요. 이제 믿을 게 뭐 있어요. 조국이 있는 것도 아니고, 미국 사람들이 일본 사람들 보는 눈이 곱지 않아요. 자칫하면 우리에게 불똥이 튀지요."

상학의 말에 태호가 화가 나 죽겠다는 듯 말했다.

"그래서 나도 이 여관 이름 지을 때 내 성을 붙였어요. 일본 사람으로 오해할까 봐."

창석의 말에 두 사람은 고개를 끄덕였다.

"국민회 후원금이 월 오 달러로 인상됐네."

"멀리에서 조국에 바치는 세금이라고 여겨야지요."

"실은 국민회에서 내게 일을 좀 맡겨 왔어. 아직 결정은 안 내렸어. 늘 말이 많은 곳이라."

상학은 무슨 중대한 고백을 하는 사람처럼 입을 열었다.

"국민회가 전 미국에 흩어진 한인 단체를 통합한 것은 이미 자네들도 다 아는 사실 아닌가. 요번에 일본 총독부에서 발간한 교과서를 쓰는 대신 자체 한글 교과서를 준비하자고 하네. 이 일을 맡아 달라는 부탁이 전부터 있었어. 서심영 씨가 세부적인 일을 맡고, 집사람이 한인 아이들을 돌보는 일을 돕기로 했네. 이곳에 사는 우리 아이들 뿌리 교육 문제가 가장 시급한 현안이지 않나?"

상학은 창석이 앞에서 강희를 '집사람'이라고 말하기가 참으로 어색했다.

"형님, 정말 잘했어요. 우리도 돕게, 도움이 필요하면 언제든 얘기해요. 그나저나 이제 남의 자식 돌보는 것만 신경 쓰지 마시고, 저도 어서 조카 좀 보게 해 줘요."

태호가 짓궂게 말했다.

"창석이는 벌써 애가 있는데, 형님은 밤에 뭐하시고······."

태호의 말에 상학이 멋쩍게 웃었다.

상학은 오랫동안 한인 교포 학생들을 위해 정기적으로 한글 학교에 기부를 해 왔다. 남들에게 말하기도 부끄러울 정도로 적은 금액이지만 땀 흘려 번 돈을 낼 때마다 마음이 흡족했다. 자신을 위무하는 행위였다. 아들 세욱이를 생각하면 하나도 아깝지 않았다. 그가 남의 자식을 돌보듯 누군가 세욱이를 거둬 주길 바라는 간절한 마음도 있었다.

창석은 오랜만에 본 강희에게 인사도 제대로 건네지 못했다. 초대한 사람의 예의가 아니었다. 가없는 말들이 가닿았는지 주디를 어르고 있던 강희가 눈을 들어 멀리 서 있는 창석을 잠깐 바라보았다. 바라보는 것, 그것뿐이었다. 그래서였을 것이다. 사람들이 주는 술을 다 받아 마셨다. 잘 지내는 그녀가 고맙기도 하고 한편으론 야속하기도 한 것이, 치졸한 사내 마음처럼 여겨져 종내 마음이 편치 않았다.

손님들 사이를 분주히 오가는 나영의 모습을 강희는 보고 또 보았다. 아기를 낳았다는 사실이 믿기지 않을 정도로 아름다운 자태였다. 굵은 파마머리와 잘록한 허리가 드러난 원피스 차림이 세련되고 여유로워 보였다. 예전에 함께 자란 나영의 모습은 찾아볼 수 없었다. 나영이 강희에게 아기를 맡겼다. 이름이 주디라고 했다. 강희는 아기를 품에 안았다. 복 있는 아이가 태어났다며 여자들이 다가와 얼렀다. 강희는 오랫동안 아기의 얼굴을 들여다보았다. 나영이 뺨이 희고 유난히 입술이 붉은 아기였다고 말했던 엄마의 말이 틀리지 않았다. 나영과 창석, 두 얼굴이 거기 있었다.

달빛이 방 안 깊숙이 들어와 머물렀다. 한 치도 모나지 않은 보름달이었다. 포와에 도착한 첫날 밤 보건소에서 보던 달이 따라온 것만 같았다. 나영이 아이 엄마가 되었다는 사실이 강희는 신기했다.

"네가 오니 참 좋다."

나영은 강희가 힐로까지 온 게 정말 기쁜 모양이었다.

"당연히 와야지."

"네가 오지 않았으면 섭섭했을 거야."

"안 올 리가 있어……."

사실 축하해 주고 싶은 마음은 컸지만 올 마음은 없었다. 강희의 마음을 바꾼 사람은 상학이었다. "나의 아내로 가는 거야." 그 말에 강희는 더 이상 토를 달지 않고 따라나섰다.

주디가 뒤척였다. 나영은 잠결에도 가슴을 열어 젖을 물렸다. 그녀의 실루엣이 달빛 아래 느리게 움직였다. 한 생명의 어미임을 온몸으로 말하고 있는 모습이 아름다웠다. 창석과 나영의 분신이었다. 둘이 하나가 되어 만든 경이로운 생명.

강희는 몸을 둥글게 말았다. 형언할 수 없는 감정들이 깊은 곳에서 소용돌이쳤다. 아기를 갖는 일은 강희가 아직 한 번도 경험해 보지 못한 일이었다. 미래가 어찌 될지 누구도 장담할 수 없는 날들이 지나고 있었다. 아래층에서 남자들이 두런거리는 말소리도 잦아들었다. 강희도 애써 잠을 청했지만, 시간이 흐를수록 정신은 또렷해지는 이상한 밤이었다.

목마른 사람들

 오아후의 에바 농장과 와이알루아 그리고 카후쿠 농장에서 모두 열두 명의 학생이 하와이 한인 기숙 학교에 들어왔다. 심영의 오랜 설득 끝에 입학을 결심하고 온 학생들이었다. 그들 가운데 가장 나이 어린 학생이 일곱 살, 가장 나이 많은 학생이 열아홉 살이었다. 현실을 참작해 나이 많은 학생들도 받아주었다.
 강희는 심영마저 떠난 학교에서 혼자 입학 서류를 작성하느라 분주한 나날을 보냈다. 캠프 나인에서 호놀룰루까지, 일주일에 사흘씩 출근한다는 것이 쉬운 일은 아니었다. 집으로 돌아가는 길에 기차에서 바라보는 노을과 사탕수수밭의 고즈넉함이 그녀가 누리는 유일한 호사였다. 그 시간이 주는 평화와 충만함에 박봉의 학교 일을 마다하지 않았다.

　부모들과 같이 온 학생들과의 면접은 더 오래 걸렸다. 부모들의 고충과 학생들의 고민까지 들어야 했다. 끝으로 부모 형제 없는 홍석의 차례가 되었다. 이미 퇴근이 가까운 시각이었다.

　"릴리하 개천에서 놀다가, 아버지가 부르는 소릴 못 들었어요. 아침 먹고, 호놀룰루 항구에서 고향 가는 배를 타기로 했거든요. 엄마는 포와 오기 전에 고향에서 돌아가셨고 누나와 셋이서 포와에 왔는데, 아버지가 우리를 데리고 고향으로 다시 간다고 돈을 모았어요. 아버지 가방에는 쌀과 소금이 가득 실려 있었어요. 릴리하에 있는 여관에서 잠을 잔 그날, 아침 식사를 마친 저는 잠깐만 놀고 오려고 했는데, 개천을 따라 내려가다 보니 여관에서 꽤 떨어져 있었더라고요. 겨우 정신을 차리고 서둘렀지만 오다가 길을 잃었어요. 저녁이 다 되어 여관으로 되돌아와 보니 아버지랑 누나는 벌써 떠나고 없었어요. 아버지는 제가 아마 포와를 떠나기 싫어 도망친 걸로 알았을 거예요. 저는 입주 청소부나 그런 건 싫어요. 그건 너무 힘들어요. 여기서 재워만 주면, 돈은 제가 벌 수 있어요."

　홍석은 강희의 처분만 기다리겠다는 눈치였다. 그동안 어린 홍석이 부모 없이 어떻게 살아왔는지 짐작이 갔다. 홍석은 슬리퍼 밖으로 삐져나온 발가락을 자주 꼼지락거리며 조급함을 숨기지 않았다.

"학교에 입학해야 하는 조건이 있어. 그건 공부를 해야 한다는 거야. 그래야 네가 여기에 있을 수 있어. 공부도 열심히 해야 하고."

강희는 다짐받아 내고야 말겠다는 듯 홍석과 눈을 맞추고 말했다. 홍석은 환하게 웃으며 고개를 크게 끄덕였다. 생각보다 밝고 건강한 아이여서 강희는 안심되었다.

자녀들의 사립 학교 교육비는 한인들에게 엄청난 부담이었다. 한 학년 동안 기숙사비만 오십 달러였다. 자식 많은 집은 엄두도 낼 수 없는 돈이었다. 특히나 카와이나 마우이섬에 사는 한인들에게 호놀룰루에 있는 기숙 학교는 절실했다. 한인들이 정기적으로 한 달에 오십 센트에서 일 달러까지 보낸 덕에 사립 학교 장학금이 마련되었다. 덕분에 홍석과 같은 처지의 아이들은 무상으로 혜택을 받을 수 있었다.

홍석의 이야기는 계속되었다. 그 아이는 적당히 유쾌했고 물리지 않는 이야기꾼이었다. 강희는 하루의 피로를 털어 내듯 그의 말에 귀 기울였다.

"여관 종업원이 제게 이것저것 묻더니 어느 교회로 데려다 주더라고요. 거기는 밥도 주고, 저같이 부모 없는 아이들이 있어서 처음엔 그저 기다리면 아버지가 다시 나를 데리러 오겠지 싶어 마냥 기다렸어요."

그때 기억은 하나도 놓치지 않았다는 듯 홍석이 말했다. 이야기가 길어질수록 그의 얼굴은 보기 좋을 정도로 상기되었다. 고생은 했어도 외롭거나 불행하다고 여기지 않은 듯했다.

"교회의 아침은 코코아와 빵 두 개. 매일 똑같았어요. 가끔 운이 좋은 날은 구아바로 만든 잼도 나왔어요. 아이들하고 카할라 비치까지 걸어가 종일 모래사장에서 게를 잡아 삶아 먹기도 했어요. 목이 마르면 키위를 따다 바닷물에 씻어 먹기도 했고요. 칭이라는 남자애는 중국 앤데, 방과 후에 신문을 팔아 저녁이면 혼자 햄버거를 사 먹더라고요. 그래서 그 아이한테, 나 좀 데리고 다니라 그랬더니, 큰 배가 들어오는 날 항구에 가면 관광객들이 돈을 던져 준대요. 저도 갔어요. 어떨 땐 오십 센트를 주운 적도 있었어요. 그런 날은 다운타운으로 뛰어가서 비프스튜를 한 그릇 사 먹었지요. 한 그릇에 십 센트인데, 돈을 많이 주운 날은 칭의 밥값을 내가 내 주었어요."

자신의 이야기를 진지하게 듣고 있는 강희를 보자 홍석은 더욱 흥이 난 듯 보였다. 강희는 제 손으로 밥을 벌어먹은 아이의 손을 잡았다. 아직 작지만 당찬 손이었다.

"여기 온 건, 마음에 드니?"

"그럼요. 전부 한국 아이들이니까 재미도 있고, 그래서 그런지 아버지하고 누나가 더 보고 싶기도 해요."

"여기선 내가 대장이다. 동의하지?"

"네!"

강희가 한쪽 눈을 찡긋하자, 홍석이 큰 소리로 대답했다.

강희는 학생들의 서류를 정리하던 손길을 멈추고 창 너머 거리를 내다보았다. 업무가 힘들지는 않았지만 유난히 길게 느껴지는 하루였다. 비가 한바탕 뿌리고 지나간 거리에 오후 햇살이 윤슬처럼 반짝였다. 심영이 곁에 있었다면 진한 커피라도 나누고 싶었다. 그녀를 오래 보지 못했다는 사실이 쓸쓸하게 다가왔다.

강희는 움직임을 잊은 사람처럼 오랫동안 창밖을 응시했다. 오래 연락이 끊긴 사람들의 안부가 그리움처럼 솟구치는 걸 느꼈다. 가끔 차들이 도로를 지나다녔지만 모든 사물이 처음부터 그 자리에 멈춰 있던 것처럼 고요했다. 문득 바삐 길을 걷는 어느 남자의 모습에 강희의 눈길이 닿았다. 동양인치고는 큰 키와 곧은 등, 보폭이 넓은 걸음걸이가 낯익었다. 남자가 길을 건너기 전에 좌우를 살폈다. 그때 남자의 얼굴이 잘 찍은 사진처럼 오롯이 강희의 눈에 들어왔다. 심장이 천천히 요동치기 시작했다. 힐로에 있을 창석이었다. 강희가 포와에 도착했을 때 대기실에서 처음 봤던 그 모습처럼 그는 지금 그녀가 있는 건물을 향해 뚜벅뚜벅 걸어왔다. 베이지색 바지에 야자수 이파리가 프린트 된 셔츠를 받쳐 입은 남자의 모습이 점점 더 가까워졌다.

　강희는 무엇에 홀린 듯 스르르 의자에서 몸을 일으켰다. 문득 한시도 그를 잊어 본 적이 없었다는 사실을 깨달았다. 오히려 그를 그리워하고 있었다. 그가 건물 입구로 들어서면서 모습이 보이지 않자 강희는 사무실 문을 박차고 한걸음에 계단을 내려갔다.

　창석은 누군가 급히 계단을 내려오는 소리에 놀랐는지 멈칫했다. 그러고는 강희를 발견하고 깜짝 놀라는 표정을 지었다. 여관 개업식 때 보고 처음 보는 것이었다.

　"어쩐 일로?"

　강희가 물었다.

　"이곳에 있다는 말을 들었어요. 혹시나 하고, 들렀습니다."

　그가 어색한 표정을 애써 지우며 말했다.

　커피나 한잔 하자는 말이 누구 입에서 나왔을까. 강희와 창석은 커피숍을 찾아 두리번거리며 건널목을 건넜다. 강희는 그제야 근처의 '로즈'라는 커피숍을 기억하고 그를 안내했다. 커피 향마저 나른하게 느껴질 정도로 늦은 오후의 커피숍은 한가했다. 웨이트리스가 창가에 있는 자리로 둘을 안내했다. 창밖으로 사람들이 분주히 지나다니는 모습이 보이는 자리였다.

　생각해 보니 두 사람이 마주 앉는 건 처음 있는 일이었다. 강희는 그 이유만으로도 낯설고 서툰 일을 앞에 둔 사람처럼 몹시 긴장되었다. 그래도 불편하다거나 일어서고 싶은 생각은 들지 않았다. 개업식 날 이야기를 시작으로 지인들의 이야기를 안부처럼 주고받았다. 공유하는 것들이 바닥을 드러내자 둘은 어색한 듯 커피만 마셨다. 창석이 웨이트리스에게 커피 리필을 부탁했다.

강희는 커피에 설탕과 크림을 넣고 휘젓는 창석의 투박한 손을 무연한 시선으로 바라보았다. 살아온 시간이 그대로 남은 거친 손이었다. 예전보다 그는 편안해 보였다. 적당히 살이 오른 얼굴은 건강해 보였고 눈빛은 평온하고 유순했다. 나영의 덕인지도 몰랐다.

이 섬을 방문한 이유를 창석에게 물었다.

"심영 씨께 빌린 돈을 이제야 다 갚았어요. 힐로에 여관을 연 지, 이 년 만이군요."

강희는 처음 듣는 얘기였다. 창석이 많은 이들에게 도움을 받았다는 말은 들었지만, 그 가운데 심영도 포함되어 있었다는 건 몰랐다.

"그분에게 그런 목돈이 있었다니, 놀랍네요."

"마지막 잔금 치를 때 자금이 좀 막혔어요. 태호 형의 제안으로 심영 씨를 만나 세세히 얘기했더니, 패물을 덥석 내주더군요. 꽤 많았어요. 나도 무척 놀랐어요. 태호 형님 없이는 받을 수 없는 도움이었어요. 그때 그 돈 없었으면, 여관 공사는 꿈도 꾸지 못할 일이었지요. 참 생광스러운 도움이었어요."

그러고는 잠시 말이 끊겼다. 웨이트리스가 다가와 다시 잔에 커피를 따랐다. 커피 인심이 좋았다. 둘은 말을 삼킨 표정으로 커피잔만 만지작거렸다. 어쩌면 감히 입 밖으로 꺼낼 수 없는 말들을 속으로 삭이고 있는지도 몰랐다. 강희는 창석의 등 뒤로 조금씩 빛을 잃어 가는 오후의 햇살을 바라보았다. 퇴근 시간의 거리가 조금씩 분주해졌다. 커피숍으로 들어오는 손님들도 하나둘 늘었다.

"일어나야겠어요. 기차가……."

강희가 가방을 집어 들자 데려다주겠다며 창석이 따라 일어섰다.

"어차피 이 섬에서 하루 묵어야 합니다. 오랜만에 상학이 형님도 뵙고 싶군요."

그의 눈빛은 마치 이런 때를 오래 기다렸다는 듯 단호했다. 강희는 예상하지 못한 일이라 어찌 대답해야 할지 몰라 망설였으나 거절할 수 없었다. 상학과 창석은 형제 같은 사이라는 사실을 기억했다.

기차역을 향해 걸으면서 창석은 주디 이야기를 했다. 강희는 말을 배우는 주디의 모습을 상상하며 환하게 웃었다. 퇴근 시간의 기차역은 장터처럼 붐볐다. 기차는 오래 기다리지 않아 도착했다. 기차가 진주만 근처를 지나면서 앉을 자리가 생졌다. 창석은 강희를 먼저 앉게 하고 맞은편 쪽에 빈자리가 생기자 그곳에 앉았다. 그들의 등 너머로 노을이 지며 너른 벌판이 붉게 물들었다. 처음 캠프 나인을 향해 가던 날처럼 그들은 말없이 차창 밖만 내다보았다.

에바 역에서 내리자 오후의 강렬했던 해가 서쪽으로 기울고 있었다. 오렌지와 진보라색의 긴 구름 띠가 황금빛 햇살 그물에 걸린 물고기 모형처럼 보였다.

"걷기에 참 좋은 저녁 시간이지요?"

어색함을 깨고 강희가 입을 열었다. 창석이 고개를 끄덕였다. 그가 조금씩 앞서 걷고 강희가 뒤를 따랐다.

"내가 사탕수수를 베어 한쪽에 쌓아 두면 상학이 형님하고 태호 형님은 그걸 창고까지 옮기는 일을 했어요. 정신없이 사탕수수를 베다가 뒤를 돌아보면 사탕수수를 짊어지고 가는 형님들의 뒷모습이 보였어요. 지금 생각해 보니 형님들이 있어 힘든 줄 몰랐던 것 같아요. 그때는 돌아서면 배가 고픈, 그런 시절이었지요. 아내가 없는 우리 같은 사람들은 소금에 절인 배추에 간장에 조린 고기와 함께 세끼를 먹었어요. 그래도 어찌나 맛있게 먹었는지. 고기반찬을 먹을 수 있으니 불만이 뭐 있겠어요. 가끔 밥값을 떼어먹고 캠프를 떠나는 못된 노동자들도 있었어요. 그런데 우연히 그들을 만나면 일 달러고 이 달러고 우리가 받아 냈어요. 그러면 그날은 밥상에 좀 좋은 반찬이 올랐어요. 그때 우리가 있던 캠프가, 바로 캠프 나인이었어요. 그때나 지금이나 캠프마다 번호를 붙이지만요. 그래도 그 많은 한인 노동자들 가운데 우리가 있던 캠프 나인 사람들이 제일 의리 있고 힘도 좋고 그랬어요. 일도 제일 먼저 끝내고, 다른 사람들을 기다리며 그늘에서 늘어지게 잠도 자고……. 옛날보다 파인애플밭이 더 는 것 같군요."

사탕수수밭이 끝나면서 파인애플밭이 노을빛에 모습을 드러냈다. 창석이 놀랍다는 듯 걸음을 멈추고 그것들을 바라보았다.

"이젠 파인애플 농장에서 일하는 사람도 꽤 돼요. 여자들은 손질된 파인애플을 깡통에 담아 통조림으로 가공하는 공장에서 잔일을 하지요. 참 신기해요. 과일을 그렇게 저장할 수 있다는 게. 사탕수수밭 일보다 좀 수월하다고 들었어요."

"혀, 형수님이 힘한 농장 일을 안 해 다행이에요. 전 그 점을 늘 형님에게 감사하고 있어요."

강희는 묵묵히 그의 말을 들으며 걸었다. '형수'라는 호칭이 둘 사이의 거리를 말해 주었다. 앞서 걷던 창석이 강희의 마음을 읽은 사람처럼 갑자기 걸음을 멈췄다. 강희도 따라 멈췄다. 은은한 어둠이 대지를 조금씩 적시며 짙어지고 있었다.

"왜 그때…… 나랑 한마디 의논도 없이, 아니, 적어도 내 의사를 한번 물어보지도 않고 결정했어요? 난 그 점이 몹시 원망스러워요."
 창석이 강희를 향해 몸을 돌리며 물었다.
 강희는 언젠가 이런 질문과 맞닥뜨릴 날이 올 것이라고 예상했었다. 그런데 아무 대답도 떠오르지 않았다. 그 어떤 대답도 무의미했다. 누구와 산다는 게, 어떻게 사는 것보다 중요한 일일까. 밑도 끝도 없이 그런 질문이 솟구쳤다. 누구와 어떻게 사는 것. 하나의 질문이 되어야 할 것이 두 개로 나뉜 상황이 지금 자신이 맞닥뜨린 현실 같았다. 어쩌면 창석은 일상으로 돌아가기 위해 꼭 치러야 할 숙제처럼 마지막 질문을 던지는 것일지도 몰랐다.
 "나영과 함께 돌아갈 수도, 그렇다고 나 혼자 남을 수도 없는 상황이었어요. 난 그때 열여덟 살이었고요. 그리고 다시 고향으로 돌아간다는 사실이 믿을 수 없을 만큼 어리석게 느껴졌어요. 내가 아니라 다른 누구라도 그렇게 할 수밖에 없었을 거예요."
 구차한 변명 같았지만 가장 솔직한 대답이었다. 다 같이 살아야 했다. 창석과 상학 그리고 나영이 말없이 강희의 결정을 따랐던 이유도 무시할 수 없는 그런 현실 때문이었을 것이다.
 "너무 오래 기다렸어요."
 창석의 말이 강희 앞에 툭 떨어졌다.
 "세상에 태어나, 뭔가를 기다려 본 적은 처음이었어요. 그것도 사람을. 그런데 그 감정 참 묘했어요. 기다리면서 하나가 되어 가는 느낌. 그래서 그런지, 받아들이기 너무 힘들었어요."

어느새 강희의 두 눈이 뜨거워졌다. 자신이 오래 느꼈던 감정을 타인이 고스란히 느끼고 있었다는 게 놀라웠다.

"그럼, 당신이라면 어떻게 했겠어요? 그때 당신을 포함해서, 아무도 나를 말리지 않았어요. 그런데 지금 와서 이유를 묻다니 이해할 수 없네요. 우리 넷은 그때 서로의 몫을 받아들이겠다는 무언의 동의를 한 게 아니었나요?"

차분한 목소리로 강희가 물었다. 이제야 이유를 묻는 그가 야속한 마음도 담겨 있을 터였다.

"우리에게 더 나은 방법은 정말 없었나요? 그 질문이 내게 떠나지 않아요."

창석이 강희에게 다가서며 물었다. 그리고 두 손으로 강희의 어깨를 보듬었다. 황금빛 벌판이 푸른 어둠에 잠기고 있었다. 강희는 그의 숨소리를 들으며 영원히 함께하고 싶다는 욕망에 진저리 쳤다.

"지금 이런 말들이 아무 소용도 없고, 어쩌면 무례하게 들릴 수도 있지요. 그러나 오늘 아니면, 내 평생 이런 맘 털어놓을 자신이 없을 것 같아요. 들어 줘요."

강희는 귀를 틀어막아서라도 그의 말을 외면하고 싶었다.

어떤 말이든 거부할 수 없을 것만 같아 두려웠다. 되돌릴 수 없는 혼란 속으로 모두를 몰아넣을 수도 있었다.

"처음에는 어처구니가 없었고, 불쾌하고 화가 났어요. 내 기다림이 다 수포가 된 것처럼 허탈했고. 그래도 아무 일 없다는 듯 결혼하고 애까지 낳고 산다는 게 다 장난 같았어요. 어떤 날은 당신이 이해되기도 하고, 어떤 날은 당신에게 몹시 화가 나기도 했어요."

떨리는 목소리로 창석이 말했다.

"그만해요."

강희는 자신의 심정이 고스란히 담긴 창석의 말을 듣고 고개를 흔들었다. 순간 창석의 뜨겁고 조심스러운 입술이 강희의 입술 위로 포개졌다. 강희는 모든 움직임이 멈춘 사람처럼 서 있었다. 오직 둘의 숨소리만 펄펄 살아 있는 세상이 낯설고 두려워 몸을 떨었다.

"오래 생각했어요. 우리 다시 선택하는 게 옳아요. 되돌릴 수 있는 건 되돌리는 게 최선이에요. 서로가 원하는 걸 숨기고 산다는 건 위선이고 기만이에요. 우리 넷, 모두 연극을 하는 느낌이에요. 각자의 배역에 맞게, 힘들어도, 억지로. 나는 샌프란시스코로 떠날 겁니다. 당신과 함께요. 우리는 그곳에서 행복할 수 있어요. 우리는 처음부터 서로를 선택했어요. 그것만으로도 고통을 견딜 이유는 충분해요. 날 따라와 줘요."

창석의 말이 채 끝나기도 전에 강희는 귀를 틀어막았다. 한 번도 입 밖에 내지 않았던 말, 꾸역꾸역 속으로 밀어 넣었던 그 말을 지금 눈앞에서 그가 대신 하고 있었다. 그런 꿈을 꾼 적은 있었다. 그러나 그것뿐이었다. 강희는 고개를 세차게 흔들었다. 어디에선가 사탕수수 이파리가 바람에 서걱거리며 풀벌레 울음소리처럼 길게 이어졌다.

"고향도 등지고 나라도 잃은 몸. 당신하고 이 섬을 떠난다고 손가락질할 사람이 누가 있어요? 남의 눈 따위 무서울 게 뭐가 있어요? 행복하게 살겠다고 이 험한 길 온 거 아닌가요? 어디 간들 우리 둘이 못 살겠어요? 뭐가 두려워요? 기다려 줘요."

창석은 평생 비밀로 해야 할 일을 발설한 사람처럼 몸을 부르르 떨었다.

"가요. 사라져요. 다시는 내 앞에 나타나지 말아요."

강희가 소리쳤다. 그녀의 목소리가 빈 벌판을 지나 어둠 속으로 사라졌다.

"두려워 말아요. 다시 오리다."

창석이 다시 강희를 부서질 듯 부둥켜안았다. 그러다 무엇을 결심한 사람처럼 몸을 돌리더니 그대로 기차역을 향해 달렸다.

강희는 뭐에 붙들린 듯 서 있다 털썩 주저앉았다. 멀리 캠프 나인 불빛이 눈에 들어왔다. 강희의 불안한 마음처럼 불빛들이 흔들렸다. 강희는 그대로 바닥에 누워 한동안 밤하늘을 올려다보았다. 검푸르게 맑은 밤하늘이었다. 하얗고 긴 구름 띠가 달 주변을 지나가고 있었다.

"거기, 누, 누구요?"

강희가 고개를 돌렸다. 갑자기 긴 시간이 등 뒤로 흘러간 듯 아득해졌다. 상학이었다. 늦게 귀가하는 강희가 염려되어 마중 나온 모양이었다. 그가 강희를 알아보고 한걸음에 달려왔다. 왜 늦었냐는 그의 말에 강희는 쓰러질 듯 그에게 몸을 기대었다. 온몸이 펄펄 끓는 것 같았다. 상학은 고집을 피우며 강희를 둘러업었다. 무슨 일이 있었냐고 그가 물었다.

"아무것도 묻지 마요. 몸이 안 좋아요."

강희가 겨우 대답했다. 침이 바짝 마르고 손발이 얼음장처럼 차가워져 몸을 떨었다.

땀 냄새였다. 강희는 그의 등에서 평온해진 이유를 생각하다 코에 익은 그의 냄새 때문이라는 것을 알았다.

상학은 아무 말도 묻지 않고 묵묵히 밤길을 걸었다.

"밥은 먹었소?"

"네."

"힘들면 학교 관둬요."

"힘들지 않아요."

"행복하오?"

"네?"
"나는 행복하오."
상학이 말했다.

먼 곳을 바라보는 일

 이승만 파와 박용만 파로 나뉜 사람들은 만나기만 하면 서로 목소리를 높이고 날카롭게 대립했다. 사탕수수 노동자들이 십시일반으로 모은 독립 기금까지 두 파로 나뉘었다. 어느 한쪽에도 크게 도움이 되지 못한 채 교민들의 고통만 커져 갔다. 박용만이 내세우는 무장 항쟁에 힘을 보태자는 쪽과 이승만이 부르짖는 교육 사업과 외교만이 현실을 타개하는 최고의 선택이라는 쪽으로 갈라졌다. 교민들은 다니는 교회의 노선에 따라 움직였다. 가끔 정치적 의견이 맞지 않아 교회를 옮기는 사람도 있었다. 국민회 기금이 두 곳으로 나뉘는 것도 모자라 부정하게 쓰인다는 소문까지 돌자 이 꼴 저 꼴 보기 싫다며 아예 독립 기금을 내지 않는 사람도 늘어났다.

창석과 상학 그리고 태호는 오랜만에 술잔을 놓고 마주 앉았다. 피부병 치료차 호놀룰루에 머물고 있던 창석이 만든 자리였다.

"어느 쪽으로 독립 자금을 내야 할지 모르겠어요."

술이 서너 순배 돌고 나자 창석은 정말 혼란스럽다는 듯 말했다. 사업 좀 된다는 소문이 퍼지자 툭하면 여기저기에서 기부금을 내라는 연락이 왔다. 모두 나라를 위한다는 취지였지만, 두 파로 나뉜 상태라 어느 곳으로 돈이 쓰일지도 불분명했다.

"두 분 뜻이야 다 좋지. 교육도 필요하고 군사력도 필요한 건 당연하지. 그걸 하나로 묶을 수만 있다면 얼마나 든든하겠어. 독립 자금을 내는 교민들도 더 보람 있을 텐데 말이야."

상학은 이 상황들이 몹시 안타까웠다. 자신이 할 수 있는 일이 한숨을 내쉬는 것뿐이라는 사실도 답답했다. 그 둘의 대립으로 인해 교민 사회가 극심히 양분화되었다는 걸 모르는 사람은 없었다.

"형님, 그거 기억하지요? 왜 우리 모두 에바 농장으로 배정되고 나서, 일 년인가 있다가⋯⋯ 1904년인가?"

"아, 나도 기억나요. 그때 이승만 박사가 미국 들어가기 전에 포와에 들렀지요?"

"그래, 자네들도 다 기억하는구먼. 그때 그 사람 연설이 뭉클했었어."

"말발 좋지요. 남의 나라에 와서 듣는 연설이니 누구나 마음을 열었지요."

세 사람 모두, 그날을 기억했다. 이 세상 어디에 있든 대한제국의 자손임을 잊지 말자고 했을 때, 교회에 있던 모든 사람이 일어나 기립박수를 보냈다. 타국의 설움을 단박에 날려 보내는 연설이었다. 하나로 똘똘 뭉쳤던 순간이었다.

"상해에 있는 대한민국 임시정부가 이승만 박사를 수반으로 조직되었다면서요?"

"들리는 말에 따르면 박용만 씨가 외무총장으로 선출됐는데, 이승만 박사가 수반이 된 것을 알고 스스로 관뒀다던데요?"

"미국에서 '박사' 학위를 받았다는 이유로 무조건 이 박사의 방식을 합리적인 것으로 받아들이는 시선도 큰 문제야."

상학은 속이 답답했다. 이승만과 박용만의 반목을 생각하면 끝없이 서로 할퀴고 물어뜯는 두 마리의 맹수가 연상되었다. 참으로 운이 없는 나라였다. 지금 나라를 위해 필요한 건 훌륭한 지도자지, 두 파로 나뉜 혁명가들이 아니었다.

"노선이 양극을 달리니 한솥밥을 먹긴 좀 힘들겠어."

상학의 말에 창석과 태호도 같은 생각이라며 고개를 끄덕였다.

이승만과 박용만의 감정의 골은 걷잡을 수 없이 깊어 갔다. 박용만이 포와에서 모집한 한인청년군단이 군사 훈련을 하고 있다는 혐의로 재판에 걸려 있을 때, 이승만이 불리한 증언을 한 것이 결정타였다. 결국 일본 정부 요청으로 미국은 하와이 경찰청을 통해 박용만이 관여하는 군사 학교를 폐쇄하라는 명령을 내렸다. 이 사실을 안 파인애플 농장주도 자신의 땅에서 군사 훈련은 허용할 수 없다며 임대 계약을 파기하기에 이르렀다.

이승만은 박용만의 군사 교육에 한인들의 피땀 어린 성금이 잘못 쓰이고 있다고 비판했다. 그러나 이승만이 자신의 노선을 위해 독립 자금을 좌지우지하지 못한 불만을 그렇게 터트린다고 말하는 사람들도 꽤 많았다. 한때 '산 넘어 병학교'라고 불리었던 박용만의 군사 학교는 결국 1917년 겨울에 폐쇄되었다.

"그래도 '산 넘어 병학교'에서 우리 젊은이들이 군사 훈련을 받고 있다는 사실만으로도 뭔가 든든하고 좋았는데……."

"그건 태호 형님 말이 맞아요."

"그렇지. 그 학교 졸업식 때 우리 교민들이 얼마나 기뻐하고 자랑스러워했나?"

"이승만, 박용만 그 두 사람이 힘을 합치면 독립도 곧 가능할 텐데……."

창석은 누구에게도 말하지 않은 비밀이 있었다. 여관을 운영하면서부터 하루도 빠짐없이 수입 일부를 떼어 은행 계좌에 입금했다. 힘없는 나라가 망하듯, 자금이 없으면 좋은 뜻도 펼칠 수 없다는 걸 깨달은 후 결정한 일이었다. 몇 년간 꽤 큰 돈을 모았고 적지 않은 이자가 붙었다. 언젠가 보람 있는 일을 하고 싶었는데 지금이 적기라는 생각이 들었다. 오랜만에 마주한 두 형이 용기를 준 것 같았다. 상상만으로도 벌써 가슴이 뿌듯했다. 태어나 처음 느껴 보는 감정이었다. 독립된 고향 땅의 흙을 다시 밟고 싶었다. 단벌인 양복을 흔쾌히 내주시며 자신을 배웅했던 외삼촌의 두 손을 마주 잡고 싶었다. 아직 살아 계실까. 주디를 데리고 가면 얼마나 기뻐하실까. 어미 아비가 태어나고 자란 곳에 자식을 데리고 가 공기를 마시고 흙을 밟게 하리라. 창석은 고향의 흙냄새를 떠올리며 숨을 깊게 들이마셨다.

"뭐? 만…… 만 달러?"

창석이 기부할 액수를 말했을 때 상학은 입을 다물지 못했다. 사탕수수 노동자들이 십수 년, 아니 평생 주린 배를 움켜쥐고 모아도 불가능한 금액이었다. 그리고 그 금액의 일부가 여관을 저당 잡히고 은행에서 융자까지 한 금액이라니, 그의 배포가 놀라웠고 그의 결정이 믿기지 않았다. 소심하게 웅크리고 있는 자신을 향해 매서운 회초리가 내리친 것처럼 정신이 번쩍 들었다.

"작년에 헐값으로 양복점을 하나 인수했어요. 우연이었어요. 진주만 기지에 있는 미군들 군복 수선하는 일을 맡게 되어 목돈을 좀 만졌죠. 마침 그 양복점을 인수하려는 사람이 있어, 좋은 가격에 넘겼어요. 운이 좋았던 셈이죠."

"그래, 돈도 벌었겠다. 좋은 일에 생색을 내고 싶은 거는 당연하지."

"생색이라니, 이 사람아!"

상학이 정색하며 태호를 나무랐다.

"아, 우리끼린데 어때요."

정말 농담이라며 태호가 박장대소했다. 창석은 그 어떤 반응에도 개의치 않았다. 독립 자금 기부보다 더 중요한 용건이 남아 있었다.

"대신 조건이 하나 있어요."

상학과 태호가 긴장한 눈빛으로 창석의 다음 말을 기다렸다.

"독립 자금의 흐름도 불분명하니, 옳은 일에 제대로 잘 전달되었다는 걸 확인받고 싶어요. 그러니까 내 말은…… 상학이 형님이 상해 임정으로 직접 운반을 해 줬으면 좋겠어요."

상학은 뜻밖의 제안에 잠시 둔탁한 걸로 머리를 얻어맞은 듯 멍한 표정이었다. 독립운동이라는 거대한 물결에 동참하고 싶다는 생각이 늘 목마름처럼 가슴 밑바닥에 웅크리고 있었지만, 그 큰돈을 들고 상해로 가라니. 목숨이라도 걸고 가라는 말과 다르지 않았다. 그런 큰돈을 운반하는 사람으로 자신을 믿고 지목한 창석에게 감사해야 할지, 그를 원망해야 할지 판단이 서지 않았다. 더군다나 하와이 교민 여럿이 몇 년간 함께 모은 돈이라고 말해 달라니. 대놓고 거절할 수 없게 만들었다. 의미 있는 일이라는 생각에는 변함이 없었다. 상학은 잠시 어떤 대답도 할 수 없는 자신이 비겁하게 느껴졌다.

두 사람의 대화를 듣고 있던 태호의 얼굴이 굳어졌다. 자신은 도저히 이해할 수 없다는 표정이었다.

"돈 좀 벌었다고 형님 앞에서 생색내는 거야? 너 좋은 일 하겠다고 형님한테 목숨 걸고 상해를 가라고? 제정신이야? 그래 넌 돈 댔으니까 형님은 목숨 내놓아라, 뭐 이 말이야?"

태호는 당장이라도 테이블을 내려칠 기세였다.

"그게 어디 나 좋자는 일인가요?"

"굳이 상학이 형님이 직접 가는 조건이라니까 하는 말이지."

굳은 표정을 풀지 않고 태호가 말했다.

"이 판국에 그럼 누구를 믿어요? 상학이 형님이 직접 가져가는 것 아니면, 나 독립 자금 못 냅니다."

단호한 표정으로 일어서려는 창석을 상학이 다시 주저앉혔다.

"누군가 해야 할 일이라면, 해야지······."

상학은 사뭇 비장한 얼굴로 말했다. 창석과 불편한 관계를 청산할 좋은 기회라는 생각도 들었다. 평범한 사탕수수 노동자로 자족하며 사는 일도 괜찮은 일이나, 넓은 대륙에서 나라를 위하는 일의 의미와는 달랐다. 그러나 불귀의 객이 될 수도 있었다. 강희의 앞날은 어찌 되는가……. 상학은 너무 앞서가지 말자고 자신을 타일렀다.

"형님이 직접 가져간다는 약조만 하시면 내 믿고 기부하리다."

못을 박듯 창석이 단호하게 말했다. 상학은 창석의 말에 깊은 생각에 잠긴 듯 입을 꾹 다문 표정이었고 태호는 여전히 이해할 수 없는 결정이라며 술잔을 빠르게 비웠다.

상학이 진지하게 생각해 보겠다고 답하자 잠시 어색한 침묵이 흘렀다.

"그래, 피부병 치료는 잘 받는가?"

상학이 이제야 생각났다는 듯 창석에게 물었다.

"차도가 없어요. 진작 병원에 갈 걸 후회스러워요."

"심각해 보여. 내가 중국에 있을 때 그런 사람 봤는데……. 거, 병명이……. 입에 담기 좀 그렇지만. 아무튼 자기 몸 관리나 더 신경 쓰라고."

반바지 아래로 드러난 창석의 다리를 걱정스레 바라보던 태호가 안타깝다는 듯 한마디 보탰다.

"부스럼인지……."

창석은 양미간을 잔뜩 찌푸리며 두 다리를 슬그머니 책상 아래로 모았다. 증세가 더 심해지면서 내놓고 다니기도 민망한 다리였다.

캠프 나인 교회에 사람들이 가득했다. 최기운의 며느리 곽씨가 고국에 다녀온 이야기를 교민들과 함께 나누고 싶다며 청한 자리였다. 샌프란시스코에서 공부하는 남편에게 가는 길에 포와에 잠깐 들렀다고 했다. 고국의 상황을 직접 보고 겪은 사람의 이야기를 듣기 위해 일찍부터 사람들이 하나둘 모였다.

"굉장했어요. 어찌나 사람들이 많이 나왔는지. '만세, 만세, 대한 독립 만세' 하고 외쳐 대는데…… 온 나라 사람들이 거리로 뛰쳐나왔어요."

곽씨가 애써 침착함을 잊지 않으려는 듯 조곤조곤 말을 이어 갔다. 짧은 단발머리 때문인지 아직 앳되어 보였고, 옆에 세 살 된 딸아이가 불안스레 그녀의 치맛자락을 붙잡고 있었다.

"애 어른 할 것 없이 죄다들 거리에 나왔어요. 어디서 그 많은 태극기를 만들었는지. 3월 3일이 마침 고종 황제 인산일이었잖아요. 그때를 기해서 전국으로 만세 운동이 번졌어요."

곽씨의 목소리가 열기와 흥분으로 조금씩 떨리기 시작했다. 사람들은 숨소리조차 삼킨 표정이었다. 누군가 고종 황제의 인산일이라는 말에 흐느끼기 시작했다. 나라 잃은 것도 서러운데 국부까지 잃고 장례를 치렀다는 소식에 사람들은 침통함을 감추지 못했다. 만세 운동이 바다 건너 제주도까지 번져 갔다는 곽씨의 말에 누군가 자리에서 벌떡 일어섰다.

"대한 독립 만세!"

앉아 있던 사람들이 기다렸다는 듯 모두 만세를 따라 부르며 일어섰다. 당장이라도 거리로 달려나갈 것처럼 상기된 모습이었고 만세 소리의 반은 울음이었다.

"제가 이렇게 살아서 돌아온 것도 기적이에요. 이제 일본 사람들 무서워 들락날락 못 할 것 같아요."

"이제 고향 땅은 다 갔구먼."

누군가 한숨 섞인 말을 토해 냈다.

홍석은 가슴이 터질 것만 같았다. 뜨거운 불덩어리 같은 분노와 슬픔이 뒤범벅된 감정이 솟구쳤다. 한국으로 다시 돌아간 아버지와 누나의 안부가 제일 걱정이었다. 포와를 떠나지 말았어야 했는데. 홍석은 끝내 포와의 생활에 적응하지 못하고 떠난 아버지와 누나가 안타까웠다.

한국 기숙 학교에 다니는 머리 큰 학생들은 지금 나라가 어떤 상황에 놓여 있는지 잘 알고 있었다. 홍석은 아버지가 고향을 떠나기로 결심한 것은 가난 때문이라는 것을 알고 있었다. 가난한 나라란 먹고살기 힘든 것만을 의미하지 않았다. 힘없고 무기력한 나라라는 말이었다. 만약 홍석이 조금 더 나이가 많았다면 틀림없이 박용만 선생이 만들었다는 군사 학교에 들

먼 곳을 바라보는 일

어갔을 것이다. 낮에는 파인애플 농장에서 일하고 밤에는 공부하며 군사 훈련을 받는다는 말을 듣고 묘한 매력을 느꼈기 때문이다. 그러나 그 군사 학교가 오래전 폐교가 되었다는 말에 홍석은 몹시 실망했다.

곽씨는 여러 교회를 다니며 고국의 상황을 생생하게 들려주었다. 교민들은 고통에 동참하는 마음으로 즉석에서 주머니의 동전까지 내놓았지만 기실 모이는 돈은 얼마 되지 않았다. 그러자 사람들은 제대로 된 기금 모금을 벌이기로 작정했다. 곽씨가 그들의 마음에 불을 지핀 것이다. 각 지역 교회와 농장 여자들도 모두 참가하는 대규모 교민 모금이 시작되었다. 여자들은 낮이면 농장이나 각자의 직장에서 일하고, 밤이면 교회 식당에서 바자회에 내다 팔 음식을 만들었다. 남자들은 여자들이 만든 음식을 포장하고 교회 마당에 천막을 치고 물건을 들어 옮기는 일을 도왔다.

모금 행사가 열리는 날이면 교회 주변에 있는 다른 나라 사람들도 와서 마음을 보탰다. 찐만두와 김치가 단연 인기 품목이었다. 삯바느질해서 번 돈을 독립 기금으로 내는 여자들도 있었다. 이것도 저것도 도움을 못 주는 이들은 포와에 올 때 가져온 귀한 물건이라도 내다 팔아 보탰다.

각 교회에서 모은 돈이 두 주 만에 2000달러가 넘었다. 교민들은 자신들이 한 일이지만, 짧은 기간 동안 많은 기금을 모앉다는 사실에 모두 놀라워했다.

상학은 곽씨의 이야기를 들을수록 아들 세욱의 안부가 걱정돼 견딜 수 없었다. 자신이 너무 무능하고 무심한 인간이라는 깊은 자괴감이 밀려왔다. 농장 일이나 하며 안일하게 여생을 보내려고 하다니. 죄스럽고 부끄러웠다. 단호한 결정을 내릴 시간이 다가온 것만 같았다.

상학은 창석의 말을 다시 곱씹었다. 독립 자금을 상해로 운반해 달라는 제안은 몽매한 자신을 꾸짖는 말이었다. 강희를 어떻게 설득해야 할지 난감했다. 말릴 사람은 아니라는 확신은 있었다. 한번 떠나면 미래를 기약할 수 없는 먼 길이었고 돌아온다는 보장도 없었다. 상학은 한 번도 가 보지 못한 상해 거리를 머릿속으로 그리며 짧은 한숨을 내쉬었다.

어둠 속으로

 창석은 의사가 하는 말의 반 이상은 알아들을 수 없었다. 의학 용어는 더 난감했다. 상태가 제법 심각한 병이라는 건 짐작할 수 있었다. 입이 바짝 타 들어갔다.
 "전문 통역사를 불러 주시오!"
 결국 답답함을 참지 못하고 창석이 말했다. 이유 없이 열흘간 병원에 잡아 놓고 검사를 할 때부터 불안했다. 면회도 허락하지 않아서 은근히 부아가 치밀어 올랐다. 그를 전염병 환자처럼 대하는 간호사나 의사들의 눈길이 싫어 퇴원을 요청했지만 번번이 거절당했다. 의사가 옆에 선 간호사에게 통역사를 데려오라고 했다.
 "레프러시(Leprosy)."

의사는 뜻 모를 단어 하나를 종이에 써서 창석에게 건넸다. 그와 일정한 간격을 두고 얘기하려는 듯 애써 의자를 뒤로 당겨 앉았다. 그는 이제 더 이상 의사로서 할 것이 없다며 어깨를 으쓱했다.

"정말 안타깝네요."

의사는 진료실을 빠져나가면서 진심으로 걱정된다는 목소리로 말했다.

"뭐가 안타깝다는 거야, 젠장."

창석은 이 상황과 단어의 뜻도 제대로 모르는 자신에게 화가 치밀었다. 의사가 열어 놓고 나간 문이 채 닫히기도 전에 통역사가 들어왔다. 굵은 파마머리를 길게 늘어뜨린 이십 대 초반으로 보이는 한인 여자였다. 그녀는 의사가 급히 갈겨쓴 종이를 들여다보다가 의사를 부르며 뒤따라 나갔다. 다시 진료실로 들어온 통역사의 얼굴이 금방 울음이라도 터트릴 듯 보였다. 이런 상황에 통역을 맡은 게 난감한 표정이었다.

"환자분처럼 늦은 나이에 발병하는 경우는 드물지만……나, 나병*입니다."

"뭐요?"

창석이 의자에서 벌떡 일어섰다.

---

* 한센병.

"지금 뭐라고 했소?"

당장 멱살이라도 잡을 듯 창석은 통역사 앞으로 바짝 다가섰다. 통역사가 소리를 지르며 뛰쳐나갔다.

의사도 통역사도 심지어 간호사도 들어오지 않았다. 창석은 창가 의자에 힘없이 주저앉았다.

"나병이라고? 문둥병 말이지?"

그는 혼자 미친 사람처럼 낮게 중얼거리며 의자에서 벌떡 일어섰다. 피부에 바르는 약이나 타러 왔던 자신이 얼마나 어리석었던가. 처음엔 힐로에서 얻은 풍토병인 줄 알고 대수롭지 않게 넘겼다. 나영이 정색을 하며 당장 의사에게 가 보라고 했을 때도 그는 피부병에 무슨 의사냐고 귀담아듣지 않았다.

"잘못된 걸 거야. 그럴 리가 없어."

갑자기 웃음이 삐죽 흘러나왔다. 실감이 나지 않았다.

"뭐, 이따위 세상이 있어."

그는 의자를 힘껏 발로 걷어찼다.

창석은 팔과 다리에 난 종기를 치료하기 위해 호놀룰루에 머물고 있었다. 허연 반점처럼 자라나던 곳이 돼지 피부같이 변해 가더니 덧나기 시작했다. 병원에 가 봐야겠다고 생각한 건 팔에 나던 종기 같은 것이 다리까지 번지기 시작하면서부터였다. 종기가 커지면서 다리의 감각마저 떨어지자 슬슬 걱정됐다. 힐로에 있는 의사가 호놀룰루에 있는 큰 병원을 찾아

가라고 말했을 때, 불길한 예감이 스쳤다. 나영이 피부병에 좋다는 노니즙을 만들어 발라 주었지만 차도가 없었다.

창석은 바닥에 떨어진 메모지를 집어 들었다. 의사가 써 준 단어를 다시 읽어 보았다.

"레프러시. 한국말로 나병이라고, 이 단어가?"

그러고는 자신의 다리를 내려다보았다. 문득 스치는 게 있었다. 하와이 민간요법으로 환자를 돌보는 원주민 할머니가 용하다는 말을 듣고 찾아갔다. 그녀는 창석의 다리에 난 종기를 한참 보더니, 고개를 갸우뚱하며 쯧쯧 혀를 찼다. 아무런 약도 없다고 고개를 저으며, 나가라는 듯 손짓으로 문을 가리켰다. 창석은 그냥 두면 저절로 낫는다는 의미로 받아들였다.

옆에 있는 의자에 걸터앉기도 힘겨웠다. 조금 전까지 들렸던 전화벨 소리, 간호사의 목소리, 병실 문 여닫는 소리, 아이들이 칭얼대는 소리, 가끔 경적을 울리며 지나다니던 차 소음까지. 모두 흔적 없이 사라진 것만 같았다. 눈앞에 보이는 것들은 여전히 움직이는데, 소리는 들리지 않는 이상한 순간이 공포로 다가왔다. 고요한 곳이 평화롭다는 말은 거짓이었다. 창석은 뭔가 큰 파도가 밀려올 것 같아 몸을 떨었다.

거리는 믿기지 않을 정도로 평온했다. 병원과 정면으로 마주한 건물 한쪽에 화려한 색깔의 무무를 입은 여자들이 꽃목걸이 레이를 만들고 있었다. 그늘을 찾아 무료하게 앉아 있는 사람들, 우쿨렐레*를 켜며 노래를 부르는 원주민들, 전차를 기다리며 책을 읽는 사람들, 우는 아이를 달래는 젊은 엄마를 안쓰럽게 지켜보는 중년의 여자들……. 모든 것이 생생히 살아 있었다. 하늘은 구름 한 점 없이 맑았고 멀리 보이는 바다는 물리지 않는 비취색이었다. 변한 것은 하나도 없었다. 창석은 다시 호흡을 가다듬었다. 정신을 차리자고 스스로를 타일렀다.

 의사의 표정이 비통해 보였다. 옆에 선 통역사에게 자신의 말을 잘 듣고 전하라고 일렀다. 통역사는 입을 꾹 다문 표정으로 고개를 까닥거렸다. 의사가 창석에게 의자에 그대로 앉아 있기를 권했다. 위엄이 서린 목소리였다. 창석은 그의 말을 따랐다.

 "나병입니다. 아직은 심하진 않지만, 처음 온 날보다 부위가 점점 커지고 있어요."

 통역사는 감정이 섞이지 않은 목소리로 의사의 말을 전했다. 의사가 다시 굳은 표정으로 창석을 보며 말했다. 통역사는 통역을 멈추고 몇 마디를 의사에게 되물었다. 의사는 약간 언성을 높였다. 그녀에게 그대로 통역하라고 말했다. "정확하게!" 의사의 건조한 목소리가 그녀의 등 뒤로 날카롭게 날아들었다.

---

* ukulele. 하와이에서 사용하는, 기타와 비슷하게 생긴 작은 현악기.

"당신의 가족은 모두 의무적으로 검사를 받아야 합니다. 하와이주 법령에 따르면, 나병 환자는 자동 이혼 되고……."

창석은 그녀의 입술이 가슴을 한 점 한 점 도려내는 얇은 칼날처럼 보일 정도로 견딜 수 없었다.

"그…… 그만, 제발 그만요."

귀를 막으며 창석이 소리쳤다.

통역사는 계속 자신의 임무를 마치겠다는 듯 말을 멈추지 않았다.

"당신은 몰로카이섬에 곧 수용될 겁니다. 보건부에 연락을 취했으니, 담당자가 올 겁니다."

창석은 마지막 말을 마치는 통역사의 눈에 눈물이 어리는 걸 보았다. 그의 눈물이 그녀의 눈동자에 어린 것인지도 몰랐다. 질문이 있느냐고 통역사가 물었다. 창석은 고개를 흔들었다. 의사와 통역사가 나가고 곧이어 간호사가 들어왔다. 어느새 마스크를 하고 손에 장갑을 낀 모습이었다. 마스크로 다 가린 얼굴에서 눈만 반짝였다. 녹색빛이 도는 커다란 눈이었다. 약간의 동정과 친절 그리고 두려움이 뒤섞인 눈빛이었다. 창석에게 환자복을 건넨 간호사가 말없이 문을 닫고 나갔다.

누군가 작정을 하고 자신을 궁지로 몰아넣었을지도 모른다는 생각이 들자 창석의 상상은 꼬리를 물고 부풀어 갔다. 누군가의 모함일 수도 있었다. 그의 성공을 배 아파한 사람들이 어디 한둘인가. 그런데 아무리 생각해 보아도 자신을 해코지할 사람은 없었다. 그 사실이 다행스러우면서도 더 이상 자신의 병을 부정할 수 없는 이유인 것만 같아 고개를 저었다.

보건부 직원이라는 남자의 안내를 받으며 진료실을 빠져나갔다. 복도가 유난히 길고 좁게 느껴졌다.

"내가 입고 있었던 옷은 어찌할 거요?"

"정말 알고 싶은가요?"

"네."

"태울 겁니다."

살아 있는 사람의 옷을 태우다니, 창석은 기가 막혔다. 마지막 남은 작은 기대마저 산산조각이 나는 것 같았다. 창석은 걸음을 멈추고 환자 수송용 복장을 한 직원을 바라보았다. 직원이 그에게 계속 앞으로 걸어가라는 듯 턱을 약간 내밀었다.

"그럼, 내가 다시는 그 옷을 입을 수 없다는 말이오?"

직원은 대답하지 않았다.

나영은 영문을 모르겠다는 표정으로 서 있었다. 보건소 직원이 자신의 집을 찾아온 이유를 짐작할 수 없었다. 주디가 중간에서 통역을 맡았다. 나영은 보건소 직원이 하라는 대로 팔을 걷어붙였다. 무슨 일이냐고 물어도 그들은 보건법에 의거해 조사하는 것이라는 말만 했다. 채혈해야 한다는 말에 나영은 질겁했다. 이유도 모르는 채 피를 뽑을 수 없다고 완강하게 버텼다.

"남편의 허락을 받고 하는 일입니다."

남편이라는 말에 나영은 깜짝 놀랐다. 피부병 치료차 호놀룰루에 가 있는 창석에게 연락이 없어 애가 타는 중이었다.

"그, 그이는 괜찮아요?"

나영의 말에 그들은 잘 모른다는 대답만 했다.

나영은 그들이 하라는 대로 피도 뽑고 팔과 다리를 보여 줬다. 장갑을 낀 손이 나영의 치마와 윗도리를 걷어 올리며 팔과 다리 발가락과 손가락까지 하나하나 살폈다. 그들은 정중했지만, 나영은 무안하고 불쾌했다. 그들은 주디의 팔뚝에서도 굵은 주사기 한 대만큼 피를 뽑았다. 주디는 겁에 질린 나머지 울음소리마저 삼켰다. 나영은 남편에게 무슨 불행한 일이 생겼음을 직감했다. 너무도 무섭고 끔찍스러운 느낌에 나영은 몸을 떨었다.

*

상학은 어려운 말을 꺼내려는 듯 굳은 표정이었다. 그의 입이 열리기만을 기다리던 강희가 먼저 조심스럽게 무슨 일이냐고 물었다. 상학은 "창석이 아프다."라고 말했다. 강희는 짧은 순간, 왜 그가 아픈지 그리고 왜 상학이 그 말을 오래 망설이다 힘들게 입을 여는지 생각하느라 어떤 질문도 떠오르지 않았다. 같이 창석을 만나러 가자고 상학이 말했다. 어쩌면 마지막이 될지도 모른다고 했다. 강희는 귀를 의심했다. 건강해 보였던 그에게 어울리는 말이 아니었다.

기차가 더디게 가는 것만 같았다. 상학은 말없이 차창 밖만 바라보았다. 강희는 결국 참지 못하고 두 번씩이나 창석의 병명을 물었다. 상학은 여전히 입을 굳게 다물었다. 모르는 게 아니라 말하고 싶지 않다는 표정이어서 더 이상 물을 수 없었다.

병실 앞을 서성거리던 태호가 상학과 강희를 보자 한걸음에 다가왔다. 일하다가 급히 왔는지, 작업복 차림이었다. 태호는 이미 모든 사태를 자세히 파악하고 있는 듯 보였다.

"창석이 무슨 생각인지…… 형님에겐 절대 연락 말라고 했는데. 혼자 못 견디겠더라고요."

"연락 잘했네. 나도 자네에게 소식 듣고 통역을 맡았던 분을 수소문해 직접 설명을 들었네. 서양 의학을 믿어 봐야지."

"문둥병이라니. 믿을 수가 없어요."

태호의 말에 강희는 헉, 하고 입을 가렸고 상학은 이미 알고 있다는 듯 두 눈을 감은 채 고개를 주억거렸다.

강희는 나병 환자들을 다른 섬에 격리 수용한다는 말을 들었던 기억을 떠올렸다. 결혼한 환자들은 자동 이혼이 된다는 것도 섬에 사는 사람이면 누구나 다 아는 사실이었다. 강희는 저도 모르게 "어떻게 그 사람에게 이런 일이……."라고 말했다. 두 다리가 깊은 구덩이로 푹 빠지는 것만 같았다.

"조선총독부가 소록도에 자혜병원을 세워 환자들을 강제로 격리시킨다는 기사 읽었지요? 몰로카이에도 그런 시설이 있대요. 내일 떠난답니다."

"그렇게 빨리? 창석이 집사람은?"

"배편이 없어 아직 못 오는 것 같아요. 아마 내일 아침에나 당도하겠지요."

상학은 끙, 하고 한숨을 쉬었다. 간호사가 다가와 병실 문을 열어 주었다.

병실이 조금 어두웠다면 참담함이 조금이라도 덜했을까. 초췌해 보이는 창석의 뒷모습에도 환한 햇살이 쏟아져 내리고 있어서 상학은 자꾸 그런 생각이 들었다.

"창석이, 죽을 각오하고 태평양을 건너온 우리 아닌가. 이겨 내지 못할 게 뭐 있겠어. 그리고 미국 약도 좋고, 의사들도……."

상학은 더 이상 말이 나오지 않았다. 어떤 말도 그를 위로해 주지 못할 거였다. 제 마음 편해지자고 헛된 희망을 심어 주는 노릇은 하고 싶지 않았다.

"창석아. 에이, 씨발……."

기어코 울음을 터트린 태호가 쓰고 있던 마스크를 벗어 팽개치듯 내던졌다.

"아니, 근데 왜 이렇게 진행이 빠른 거야? 내일 몰로카이라니? 누굴 죄수로 아는 거야? 자네 집사람도 오지 못했는데."

태호가 눈물을 삼키며 목소리를 높였다.

"그동안 검사 몇 번 했었어요. 결과를 받아들이려고요."

놀랍도록 차분한 목소리로 창석이 말했다. 이미 모든 것을 받아들인 눈빛이었다. 상학이 다가가 창석의 어깨를 어루만지려고 손을 뻗었다. 창석이 흠칫하며 몸을 뒤로 뺐다.

"저, 마음의 준비 단단히 했어요. 살아서는 아마, 다시 못 돌아올지도 모른다는……."

"무슨 소린가? 그게 무슨 소리야?"

어느새 상학의 눈가가 붉어졌다. 창석이 여관을 한다며 힐로로 떠난다고 했을 때 은근히 다행으로 여겼던 일까지 떠올라 부끄러웠다. 언제부터 자신이 그렇게 형편없는 사내가 되어 버렸는지 모를 일이었다.

"그래도, 다행이에요. 사람 구실 조금 하고 가는 것 같아서요. 얼마 전부터 하고 싶은 일들이 하나둘 떠오르더라고요. 독립 기금을 내고 싶었던 것도 그 가운데 하나였고요. 제가 계획했던 금액보다 더 많이 말이죠. 참 이상해요. 정말 이상해요, 지금 생각해 보니……. 마음이 이미 알고 있었나 봐요. 그냥 급해지더라고요. 모든 게 절박하게 다가오고, 또 어떤 것들은 후회막심해서 밤잠을 설치기도 했어요. 며칠 전 주디 생일이었는데, 데리고 나가 옷도 사 주고, 집사람에게 작은 반지도 하나 선물했어요. 왜 그렇게 그런 일들이 다급하게 하고 싶었는지 이제야, 조금, 조금 알 것 같아요. 저는 괜찮아요, 형님들."

"너는 감정도 없냐? 억울하지도 않아? 아, 근데 형님, 우리 다른 병원에라도 창석이 데리고 가야 하는 거 아녜요? 이렇게 손 놓고 있어야 해요?"

태호는 답답해 못 견디겠다는 듯 가슴을 쳤다.

"호놀룰루에서 이 병원이 제일 큰데 어디로?"

상학이 이미 체념한 듯 낮은 목소리로 말했다.

"아이들과 집사람, 가끔 들여다봐 줘요. 세상 물정 하나 모르는 사람입니다."

창석은 이미 많은 걸 생각한 듯 담담해 보였다. 태호가 등을 돌리며 울음소리를 삼키려는 듯 애썼다. 상학은 그런 모습을 차마 마주할 수 없다는 듯 고개를 돌렸다.

"이럴 줄 알았으면 악수나 실컷 해 놓을 걸 그랬어요."

창석이 억지웃음을 지었고 상학과 태호는 눈가가 붉어진 얼굴로 고개를 끄덕였다.

"창석이, 형수한테 집사람 부탁도 하고 인사라도 드리고 가. 같이 왔어."

어둠 속으로

태호의 말에 창석은 뭔가 골똘히 생각하는 눈치였다.
"아니요, 그냥 갈래요."
"보고 가게."
상학이 말했다. 둘의 눈이 허공에서 잠시 마주쳤다.
병실 문이 열리자 강희가 놀란 듯 뒤돌아섰다. 창석을 보고 가라고 상학이 말했다. 몰로카이로 가면 마지막이 될지도 모른다고도 했다. 강희는 그 어떤 결정도 내릴 수 없었다. 태호까지 나서서 거들었다. 나영이 걱정은 하지 말라는 말이라도 해 달라고 했다. 상학이 병실로 강희를 안내하고 문을 닫았다.
복도보다 환한 병실이었다. 창석은 생각보다 담담해 보였다. 이미 많은 것을 생각하고 정리한 사람의 눈빛이었다. 강희는 그가 권하는 대로 창가 의자에 앉았다.
"난, 지금 아무것도 믿을 수 없고, 믿지도 않을 거예요. 당신이 느꼈을 두려움이 온전히 전해져 와요. 어쩌면 내 두려움이에요. 정말 무섭고 힘들어요. 나를 속일 수가 없어요. 지금 당신에게 무슨 일이 일어나는 건지 믿기지 않지만 다 느껴져요. 그래서 두려워요."
아무 준비도 하지 않았던 말들이 강희의 입에서 흘러나왔다. 어느 것 하나도 거짓된 마음은 없었다.
창석은 두 손으로 얼굴을 감쌌다. 고개를 깊이 숙이고 생각에 잠긴 모습이었다.

"난 꼭 병을 이기고 돌아올 거예요. 이게 우리가 통과해야 할 마지막 관문이라면, 이길 자신이 있어요. 이것보다 더 힘들고 어려운 일도 이겨 내고 여기까지 왔어요. 그런 날이 온다면, 우리에게 주어진 새로운 삶을 축복하는 마음으로 캘리포니아로 갑시다. 새로운 땅, 새로운 곳에서 새로운 삶을 살아요, 우리!"

창석이 파리한 입술로 힘주어 말했다. 강희는 고개를 끄덕였다. 살고 싶다는 말이었다. 살아서 돌아오고 싶다는 결심이었다. 그 마음을 강희가 모르지 않았다. 창석이 살아올 수만 있다면 수백 번이라도 고개를 끄덕여 주고 싶었다.

강희와 창석의 목소리가 희미하게 병실 밖까지 흘러나왔다. 둘의 목소리는 은근하고 애틋했다. 상학은 깊은 생각에 잠긴 표정으로 창밖만 바라보았다. 대화의 내용은 중요하지 않았다. 강희와 창석이 서로에게 깊은 감정을 품고 있으리라곤 생각지도 못했던 일이었다. 창석은 지금 미래를 기약하기 힘든 환자였다. 그를 지켜보는 강희가 마음이 약해지는 것은 당연하다. 상학은 그렇게 믿고 싶었다. 담배 생각이 간절했다.

"형님…… 형수하고 창석이, 둘이 전부터 아는 사이였어요?"

태호가 뒤따라 나오며 조심스럽게 물었다. 상학은 대답 대신 담배 하나를 뽑아 물었다. 불을 붙이는 손가락이 가늘게 떨렸다. 괜한 것을 물은 것만 같아 태호가 두 눈을 씀벅거렸다.

몰로카이로 가는 배는 정시에 출발했다. 배에 오른 승객은 채 열 명도 안 되어 보였다. 호놀룰루에서 그 섬까지는 세 시간 반이 걸린다고 했다. 창석은 인사도 없이 배에 올랐다. 그리고 다시는 얼굴을 돌리지 않았다. 상학과 태호는 몇 번 이름을 부르다 배가 멀어지는 모습을 말없이 지켜보았다.

부유하는 사람들

"상해로 떠날 생각이네."

흔들림 없는 목소리로 상학이 말했다. 먼 도시의 이름을 말하는 그의 얼굴에 스산한 기운이 스쳤다. 며칠 전 변호사 사무실로부터 한 통의 등기우편을 받고 마음을 굳혔다고 했다. 창석이 몰로카이에 들어가기 전 독립 기금 기부 과정을 꼼꼼하게 준비해 둔 서류는 놀라웠다. 변호사와 태호를 증인으로 대동해 상학의 은행 출금을 허락한다는 내용부터 임시정부 직인이 찍힌 기부금 영수증을 받아 오는 내용까지 소상히 적혀 있었다.

"창석이 몰로카이로 떠난 지 벌써 일 년이네."

상학은 더 이상 망설이고 싶지 않았다. 어쩌면 자신이 치러야 할 가장 혹독한 과제이며 창석의 마지막 부탁일지도 몰랐다.

"벌써 일 년이라니, 믿기지 않네요."

태호가 짧게 한숨을 내쉬었다.

그 일 년 동안 포와의 형편은 크게 달라지지 않았다. 여전히 새로운 사진 신부들이 도착했고, 교회에는 새로운 교인들의 수가 늘었다. 아이들은 커서 도시나 본토로 떠나고 농장에는 새로운 노동자들이 왔다. 한국인 십장도 있고, 농장 곳곳에 전문 통역사가 있어 소통의 불편을 도왔다. 창석의 불행을 기억하는 사람은 점점 줄었다.

"창석이 뜻을 받들기로 했네."

"저도 같이 갈까요?"

태호가 진지한 표정으로 물었다. 빈말이 아니었다. 상학만 허락한다면 당장 내일이라도 함께 떠날 각오가 되어 있었다.

"아니, 아니야. 자네는…… 여기…… 혹시 창석이 돌아오면……."

상학은 마지막 희망까지 버리고 싶지 않았다. 태호도 그런 그의 마음을 모르지 않았다.

"혼자서는 엄두가 나지 않아 국민회에 신뢰할 만한 사람과 의논해 조직력을 빌렸네. 처음부터 끝까지 내가 총책임 임무를 맡기로 했네. 국민회에서 물색한 두 명과 함께 출발해 샌프란시스코에서 또 다른 두 명과 합류해 갈 것 같아."

태호의 얼굴에 어느새 긴장감이 흘렀다. 그래도 궁금한 건 물어야 했다.

"임시정부의 교민단령을 준수해 국민회 하와이 총회가 교민단으로 곧 개편된다면서요?"

"나도 그 말은 들었네."

"그렇다면 하와이 교민단은 상해 임정이 아니라 워싱턴에 있는 구미위원부의 지휘를 받는 것 아닙니까?"

"창석이 분명히 얘기했네. 임정에 직접 전달해 달라고. 그의 뜻을 지킬 생각이네."

태호도 더 이상 묻지 않았다. 함께 따라나서지도 못하면서 왈가불가할 자격도 없었다. 누군가는 목숨을 걸고 가야 할 험한 길이고 안팎으로 혼탁한 시절이라는 게 무겁게 마음을 짓누를 뿐이었다.

"이 기회에 고향 땅으로 숨어 들어가, 아들도 만나 보고 올 작정이네."

상학은 속내를 숨기지 않았다. 그러나 아들을 볼 수 있는 가능성은 희박했다. 두 달 전 형에게 편지를 보냈지만, 이번에도 답장이 없었다. 그래도 한번은 나서야 할 길이었다. 그래야 눈을 감아도 후회가 없을 것이었다.

"창석이댁은 자네가 좀 들여다보게. 여자 혼자 그 큰 여관을 어찌 끌고 나갈지……."

참담한 심정으로 상학이 말했다. 몰로카이에 간 창석, 홀로 남겨진 나영과 어린 자식, 얼이 나간 여자처럼 살아가는 강희. 어디에서부터 모두의 인생이 뒤틀렸는지 모를 일이었다. 이제 모두 남이 될 수 없는 사람들이었다.

"그러잖아도 얼마 전에 갔다 왔어요. 꼴이 말이 아니더라고요. 소문을 듣고 팔라고 하는 사람도 몇 있다나 봐요."

"여관도 여관이지만, 아이는 어쩐다."

"아이보다도 창석이댁이 교회나 힐로 한인들에게 상처를 많이 받았더라고요."

"상처라니?"

"창석이댁이 마치 나병 보균자라도 되는 것처럼 멀리들 한대요. 사람들 인심이라는 게, 거참! 창석이댁이 그 말을 하면서 많이 울더라고요."

상학은 그런 나영의 모습을 어렵지 않게 상상했다. 이민대기소에서 그를 보고 고향으로 되돌아가겠다며 울음을 터뜨리던 모습일 터였다.

"창석이는 그 섬에서 평생 살아야 하겠죠, 형님?"

"그 병이 완치가 안 된다니, 지금은 다른 방법이 없지."

허탈한 표정으로 태호가 한숨을 내쉬었다. 창석이 몰로카이에서 죽음을 맞이하게 될 거라는 상상은 하지도 못했다. 게다가 상학마저 곧 떠난다고 생각하니 섬이 텅 빈 것 같았다.

"참, 형님? 편씨 부인 있죠? 옛날 홍씨가 몹쓸 짓을 한……."
태호는 불현듯 생각났다는 듯 말했다.
"죽은 편씨 부인, 순례?"
너무도 오랜만에 불러 보는 이름이라 상학도 눈을 가늘게 떴다. 생사조차 알 수 없는 사람의 이름이었다.
"순례를 봤다는 말이 좀 들리더라고요."
"살아 있었구먼."
살아 있어 다행인지, 살아서 더 험한 꼴을 당한 것인지 알 수 없어서 반가운 내색도 할 수 없었다. 상학은 죽은 편씨와 그의 부인 순례의 다정했던 모습을 추억처럼 떠올렸다. 그들이 겪은 불행이 여전히 믿기지 않았다. 산다는 게 점점 험한 꼴만 보는 일인 것 같아 안타까웠다. 창석도 순례처럼 질기게 목숨을 이어 가길 바랄 뿐이었다.

*

찻물로 입술을 적시던 상학이 결심했다는 듯 입을 열었다.
"내게 고향에 두고 온 아들이 있소……. 생사는 아직 모르오."
맞은편에 앉아 찻잔을 막 들어 올리던 강희는 '아들'이라는 말에 멈칫했다.

부유하는 사람들

"숨길 마음은 없었소. 다만, 말할 시기를 놓치니까, 무척 어려웠소. 늦게나마 당신의 이해를 구하는 나를 용서하구려."

상학이 깊고 낮은 목소리로 말했다. 캠프에 사는 나이 많은 남자들이 고국에 자식과 처를 두고 온 사람이 더러 있다는 얘길 들었지만, 그게 상학에게도 해당하는 일이라곤 상상조차 못 했던 강희는 애써 놀란 가슴을 쓸어내렸다.

"사실 그보다 더 중요한 건……. 사흘 후 상해로 떠나야 할 것 같소. 급히 일정을 전해 들은 터라 나도 이제야 알리게 되었소."

"사흘 후요?"

강희가 눈을 크게 떴다. 아들이 있다는 말을 꺼낸 이유를 기대했는데 상학이 뜻밖의 말을 했다.

"상해에서 일을 마치고 고국에 있는 아들을 보고 올 생각이오. 이제 일제 치하이니, 뜻하지 않은 일도 겪을 수 있고……. 아무튼 시간이 좀 오래 걸릴 것 같아."

"아들이 사는 곳은 아나요?"

"고향에 내려가 찾아볼 생각이오."

강희는 상학과 태호의 대화를 스치듯 듣게 된 적이 몇 번 있었다. 창석이 독립 기금을 맡겼다는 일도 어렴풋이 알고 있었다. 그래도 이토록 긴박한 시기에 직접 상해로 간다니. 아마도 영영 포와에 돌아오지 못할 수도 있다는 말처럼 들렸다.

"괜찮겠어요?"

"괜찮소······."

강희는 둘이 나누는 짧은 대화 속에 담긴 많은 의미를 곱씹느라 진지한 표정이었다.

"아들 이름이······?"

조심스레 강희가 물었다.

"세욱. 젖먹이 때 지어미를 잃고 내 형수 손에 컸소."

"많이 보고 싶었겠어요. 꼭 만나야 할 텐데······."

진심을 담아 강희가 말했다. 그에게 자식이 있다는 말이 놀라웠지만 하나도 흠으로 들리지 않았다. 세상 더 험한 일에 비하면 이해하지 못할 일도 아니었다. 자신이 상학이라도 자식을 찾으러 나섰을 것이었다.

"형님이 고향을 떠났어도 소식은 듣게 되겠지. 그 믿음으로 갈 작정이오. 선산이 있는 곳이니 영영 떠나진 않았을 거요."

상학은 지난 몇 년간 형과 연락이 좀체 닿지 않았다. 가끔 얼굴도 기억나지 않는 아들의 목소리가 환청처럼 들렸다. 그럴 때면 자다가도 벌떡 일어나 어둠이 내려앉은 사탕수수밭을 헤매다 들어오곤 했다. 이번 기회가 아니면 고국 땅을 밟을 기회마저 사라질 것이다. 지금까지 하늘에 목숨을 맡기고 살아왔으니 겁날 건 없었다. 한 번쯤 더 맡긴다고 달라질 것도 없었다.

"아들이 아버지를 닮았다면 키가 크고 눈썹이 진하겠네요."

강희는 세욱의 모습을 상상하며 상학을 물끄러미 바라보고 말했다.

"내 눈썹이 진하오?"

자신의 눈썹을 어색하게 쓰다듬으며 상학이 물었다. 강희는 처음으로 그와 의초롭게 대화를 나누고 있다는 생각에 가슴 한 켠이 먹먹해졌다. 서로에게 다가가지 못하고 긴 세월이 흘렀다. 상학은 감정을 아꼈고 강희는 그런 그를 대하기 어려웠다. 둘 사이에 창석과 나영이 함께 있었음을 부인할 수 없었다. 모두 여리고 못난 사람들이었다.

"눈썹은 진하고 양미간은 넓어, 나영이는 당신을 선택했지요."

"원, 다 지난 얘기를……."

"부끄럽나요?"

강희가 웃으며 물었다. 아무렇지도 않게 이런저런 옛날얘기를 꺼내는 순간, 지난 시간이 그리 힘들게 느껴지지 않았다. 나영은 어떻게 지내는 걸까. 강희는 마음의 여유를 되찾은 듯 문득 그녀의 안부가 궁금했다.

"가기 전에 홍석이라는 학생을 한번 만나 줘요. 동행해도 좋을 듯해요. 고향에 사는 아버지와 누나를 만나 보는 게 소원인 아이예요."

강희는 홍석이 한국에 가는 선교사가 있으면 소개해 달라던 일이 퍼뜩 떠올랐다. 홍석과 상학이 동행하면 아들과 아버지로 보일 테니 괜한 의심으로부터도 안전할 터였다. 이것도 인연이라면 인연이었다.
"좋은 생각이오. 그 녀석이라면 나도 알고 있소. 당장 만나 보리다."
강희의 뜻밖의 제안에 상학이 흔쾌히 대답했다.

*

문가에 서 있는 나영을 강희는 바로 알아보지 못했다. 태호와 함께 힐로에 갔을 때도 만나 주지 않던 나영이 제 발로 캠프 나인을 찾아왔다는 사실이 믿기지 않았다. 나영은 상학이 상해로 떠났다는 소식을 태호에게 들었다며 인사를 대신했다. 강희는 고개만 끄덕일 뿐 아무 대꾸도 하지 않았다. 홍석과 상학이 분주하게 출국 준비를 하고 떠난 게 바로 며칠 전이었다.
강희는 나영을 방으로 들였다. 파파야나무의 긴 그림자가 방 안 깊숙이 따라 들어왔다. 몇 년 만에 본 나영의 얼굴은 몹시 상해 있었다. 머리는 부스스하고 날카롭게 드러난 턱선은 어디에도 마음 붙이지 못하고 지낸 흔적처럼 보였다.

"이것은 나에 대한 복수야. 어떻게 주디 아빠가 내게 이토록 가혹한 복수를 할 수 있는 거니?"

나영은 다른 할 말이 있어 온 듯 보였다. 상학이 상해에 간 이유를 어디까지 밝혀야 할까 고민하던 강희는 오히려 마음을 놓았다.

"처음엔 그 사람이 불쌍해서 울었고, 그러다 내 처지가 불쌍해서 울었어. 뜻도 모르는 편지를 주디에게 물어보니, 이혼서류였어. 내가 얼마나 허망했는지 아니? 예전엔 교회에 가면 사람들이 우리에게 인사하기 바빴어. 우리에게 잘 보이려고 늘 다정했었지. 자리도 맨 앞에 앉게 해 주고. 그랬던 사람들이 내가 지나가면 슬슬 피해. 더러운 병균이라도 묻은 벌레 보듯."

나영은 눈물을 그치지 않았다. 억울하고 속상하다고 했다. 강희가 그녀에게 준 행복의 기회가 알고 보니 불행의 출발이었다고 하소연하러 온 사람 같았다.

"앞으로 내가 아이들과 어찌 살아야 하는지 그 사람에게 물어야겠어. 강희 네가 나랑 같이 가 준다면, 몰로카이를 한번 가고 싶어. 혼자 가긴 정말 무서워. 그 사람이 어찌 변했을까 상상하는 것만으로도 끔찍해. 정말이지 혼자 갈 자신 없어. 전에 주디 사진을 보냈는데, 답장도 없어. 같이 가 줄 거지?"

나영의 이런 모습이 강희는 낯설지 않았다. 작은 결정 하나도 혼자 못 내리고 노심초사하던 예전의 모습 그대로였다.

"난 안 간다."

대답하는 데 긴 시간이 필요 없었다. 배로 세 시간 반이면 닿을 거리였다. 수십 번 수백 번 마음으로 바다를 건넜다. 그래도 가지 않았다. 강희는 그곳에 그를 혼자 두고 발길을 돌릴 자신이 없었다.

"너나 나나 생과부지, 이게 뭐니?"

상해로 떠난 상학과 몰로카이에 유배된 창석의 처지를 두고 하는 말이었다. 나영은 탄식처럼 긴 한숨을 내뱉었다.

"혼자 가. 네 부부 문제잖아."

나영은 강희의 말을 곱씹는 듯 말이 없었다. 나름 답을 얻은 듯했다.

매캐한 연기 냄새가 방 안 깊숙이 스며들었다. 나영이 문 쪽으로 고개를 길게 뺐다.

"사탕수수 태우는 냄새지? 처음엔 이 냄새가 싫었는데, 오늘은 참 좋다."

나영의 목소리가 힘없이 잦아들었다.

죽음의 골짜기, 칼라우파파

남자가 창석을 향해 손을 들어 인사를 건넸다. 일본인이거나 중국인처럼 보이는 동양 남자였다. 한쪽 눈이 심하게 일그러진 얼굴을 본 창석은 저도 모르게 고개를 돌렸다. 이곳에서도 영어가 공용어일까. 나병 환자만 사는 칼라우파파에 무슨 언어가 필요한가. 다들 짐승 같은 목숨인데……. 창석은 쓴웃음을 지었다.

남자가 창석에게 어느 나라 사람이냐고 물으며 어눌한 영어로 "헬로!" 했다. 창석은 바닥에 앉아 있던 몸을 일으켰다.

"코리안."

창석은 곧 후회했다. 한국 사람이면 어떻고 일본 사람이면 어떤가. 또 중국 사람이면 뭐가 달라진단 말인가. 출신 국가가 다르다는 사실이 이런 곳에서 뭐 그리 중요한가. 창석이 씁쓸하게 웃으며 돌아섰다.

"조, 조선 사람이오?"

남자가 그의 팔을 덥석 잡더니 들뜬 목소리로 외쳤다. 창석은 흠칫 놀라며 몸을 돌렸다. 약간 어눌했지만, 분명 한국말이었다. 남자는 한쪽만 남은 눈을 부릅뜨며 감격에 겨운 듯 부르르 떨었다. 그대로 창석을 포옹하듯 다가서다 멈칫했다. 다섯 손가락 모두 멀쩡한 창석의 손을 바라보는 그의 눈은 건강한 신생아의 탄생을 목격한 듯 경이로움으로 반짝였다.

"이, 이렇게 반, 반가울 수, 아니, 반갑이 아니지. 이런 곳에서 만났으니. 나도 조, 조선 사람이오. 내 이름은, 동팔, 이동팔이오!"

남자가 만세 삼창하듯 자신의 이름을 크게 외쳤다. 창석은 그 자리에 놀란 듯 서서 남자를 바라보았다. 남자는 그 오랜 세월 한 번도 이 섬을 나가 본 적이 없지만, 이제 기회가 주어져도 나가고 싶지 않다고 덧붙였다.

"어떻게 포와까지 흘러 들어왔는지는 나도 모르오. 어릴 때부터 장, 장사를 하는 아버지를 따라 이곳저곳 떠돌아다녔지. 어느 날 배를 타고 섬에 왔는데, 그곳이 포, 포와였소. 그때는 같은 나라 사람들이라곤 눈을 씻고 봐도 없었소. 내가 그 전에 어디에 있다가 이 섬으로 온 건지…… 홀아버지와 나는 중국 사람들이랑 배를 같이 탔었어. 이 섬에 오기 전의 기, 기억은 거의 사라졌소. 전생의 기억처럼 말이오. 이곳이 내 남은 목숨의 땅이오."

 말을 할수록 그의 어눌했던 한국말이 점점 더 유려해졌다. 동팔은 이곳에 도착했을 때부터 상대가 알아듣든 말든 한국말로 혼자 중얼거리며 살아왔다고 말했다. 자신도 믿을 수 없을 만큼 희미했던 옛 기억이 되살아나 몹시 흥분한 듯했다. 말이 끊어지는 부분에선 뭔가 적당한 단어를 고르느라 애쓰는 것 같았다. 그가 몰로카이 칼라우파파에 도착했을 때, 이 섬은 죽음의 땅이었다고 회상했다.

 몰로카이에 동팔을 내려놓은 배가 도망치듯 섬을 떠났다. 배에서 안 내리려고 안간힘을 썼지만 소용없었다. 해가 어둑어둑해질 무렵 해안가를 혼자 어슬렁거렸다. 사람도 집도 보이지 않았다. 한참을 걸어 안쪽으로 들어가니, 움막이라고 부르기도 허술하기 짝이 없는 집들이 여러 채 있었다. 벽과 지붕은 마른 야자수 잎들이 덧대어 있었고 뜻을 알 수 없는 말소리가 두런두런 들렸다. 동팔은 말소리가 반갑고도 두려웠다.

 그때 작은 체구의 노인이 거적을 들치고 나왔다. 겁에 질린 듯 서 있는 동팔에게 다가왔다. 일본에서 온 '마쓰오'라고 자신을 소개했다. 마쓰오는 동팔에게 나무로 만든 곡괭이와 여러 번 써서 반질반질하게 윤이 나는 돌멩이 두 개를 갖다주었다. 만일의 사태에 대비해 금속이나 날카로운 도구는 칼라우파파 안에서 허용되지 않았을 때였다.

동팔은 주위를 둘러보았다. 눈이 없는 사람, 얼굴을 천으로 가린 사람, 손가락이 없는 사람, 그리고 죽은 피부가 팔과 다리에 덜렁거리며 매달린 사람들 천지였다. 멀쩡하게 걷는 사람은 몇 되지 않았다. 동팔은 그 가운데 가장 멀쩡했다.

칼라우파파 사람들은 와이콜루 골짜기를 자주 찾았다. 폭포 소리는 산이 무너져 내릴 듯 우렁찼고 주변에는 물안개가 가득한 곳이었다. 그들은 신령스러운 곳에서 흘러내리는 물이 저주처럼 달라붙은 나병을 치료해 주리라 믿었다. 동팔은 혼자가 아니면 물속에 들어가지 않았다. 상태가 더 심각해 보이는 사람들과 함께 목욕한다는 상상만으로도 끔찍했다. 그는 사람들이 없는 시간을 골라 잎이 넓은 나뭇잎으로 수면 위를 쓸어내린 후 몸을 담갔다. 차가운 물은 바늘처럼 몸을 찌르며 피부를 뚫고 들어오는 것 같았다. 동팔은 병만 치료된다면 불속이라도 뛰어들 각오가 되어 있었다.

"그렇게 신령스럽다는 물에 몸을 담그고, 이곳 원주민들이 기도를 올리는 곳에 가서 지극정성으로 기도를 해도 낫질 않았어. 그래도 기도 덕인지, 내 몸은 다른 사람에 비해 좀 더디게 퍼졌지만 말이야. 난, 아직도 그곳에 가서 목욕하네. 자네도 다음에 데려갈 테니, 같이 가자고."

창석은 대답 대신 동팔에게 담배를 건넸다. 그가 누런 앞니를 드러내며 반갑게 받았다. 답례라도 하듯 동팔은 칼라우파파의 사람들과 생활에 대해 들려주었다. 그의 말을 들을수록 창석은 자꾸 마음이 꺾였다. 희망이라곤 찾아볼 수 없는 이야기였다.

"지금이야 가끔 약도 받지. 그때는 이곳이 죽음의 섬이었어. 어떻게든 살아내는 도리밖에 없었어. 마쓰오라는 일본 사람이 내게 잘해 줬어. 그 사람이 죽었을 때 내가 묻어 줬지. 지금 생각하면, 그 사람이 내게 잘해 준 것은 자신의 마지막을 잘 거두어 달라는 부탁이었을 거야. 내가 자네를 보자마자 뛸 듯이 기뻤던 이유도 아마 다르지 않을 거야."

동팔은 자신의 속내를 감추지 않았다. 칼라우파파는 죽음이 삶을 앞서는 곳이라는 말로 들렸다. 누군가 자신의 시신을 잘 거두어 주는 걸 최고의 바람으로 여기는 듯했다. 창석이 그것을 빨리 깨달은 것은 행운이었다. 언젠가 자신의 소망이 될 날도 있을 터였다.

십여 년 전에도 한국 사람이 한 명 들어왔다는 동팔의 말에 창석은 몹시 놀랐다. 이곳에서 한국 사람을 만나리라곤 상상도 할 수 없었는데, 자신이 칼라우파파에 세 번째 들어온 한국 사람이라니. 믿기지 않았다.

"그 녀석이 열일곱 살 나이에 들어왔어. 얼마나 겁에 질려 있었던지……. 나도 그 일본 노인네처럼 그 녀석에게 잘해 줬어. 내 송장이나 잘 거두어 달라는 바람이 왜 없었겠나. 그런데 그 녀석이 먼저 죽었어. 허망했지. 얼마나 심하게 기침을 해 대는지, 죽기 얼마 전에는 피를 다 토하더구먼. 그 녀석 바람대로, 묘비에 이름 석 자와 태어난 날짜, 그리고 그 녀석이 써 준 대로 '조선에서 태어났음'이라고 내가 그대로 새겨 줬지. 아직도 저 성당 뒤뜰에 가면 묘지가 있어. 한번 가 보려나?"

너무 많은 말을 쏟아 내서 피곤하다는 듯 동팔이 말했다.

"다음에 볼게요."

보고 싶지 않았다. 열일곱 살에 칼라우파파에 들어와 죽은 소년의 무덤이라니. 용기를 얻어도 모자랄 판에. 창석은 일찍 자리를 박차고 일어나지 못한 게 후회스러웠다.

"데미안 신부가 이곳에 예배당을 지으며 어디에나 천사는 있다고 말했대. 나는 그 말을 품고 사네."

동팔이 하얀색으로 산뜻하게 칠한 작은 성당 건물을 가리켰다. 그곳이라면 창석도 안에 들어가 본 적이 있었다.

"다 우리 손으로 지은 거야. 뭉툭한 우리 손으로. 자네는 그래도 덜 고생하는 거야. 다 그게 그 양반 덕이지. 아무튼 반갑네, 살아서는 다시 조선 사람 얼굴 못 볼 줄 알았는데……."

오랜만에 말을 많이 해서 원도 한도 없다며 동팔이 일어섰다.

창석은 멀어져 가는 동팔의 뒷모습을 오랫동안 지켜보았다. 불현듯 주디의 환한 얼굴이 눈앞에 보였다. 한걸음에 달려와 아빠! 소리치며 그를 포옹했다. 주디의 뺨이 그의 뺨에 닿는 상상만 했을 뿐인데 뜨거운 눈물이 차올랐다. 아이를 제대로 품에 안아 보지도 못하고 흘려보낸 시간이 후회스러웠다. 그는 두 다리 사이로 고개를 묻었다. 어디에도 길이 보이지 않았다.

돌아온 여인, 순례

 푸르고 붉은 작은 불씨들이 천천히 지상으로 흩어져 내렸다. 눈송이처럼 가볍고 꽃비처럼 화려한 불의 잔치라고 불러도 어울렸다. 순례는 마지막 불꽃까지 놓치지 않기 위해 흐트러지려는 마음을 가다듬었다.
 "펠레여, 불의 신, 나의 수호자여."
 순례는 간절한 마음을 담아 기도를 올렸다. 환한 빛이 바로 눈앞까지 차오르는 듯했다. 불꽃이 이는 펠레의 긴 머리카락을 쓰다듬는 상상은 언제나 눈가가 뜨거워지고 가슴이 벅찼다. 순례의 손길이 닿은 불씨들이 더 환해지는 것만 같았다.
 "타거라, 다 타거라, 재도 남기지 마라."
 정신을 집중할수록 불길 속에서 허우적대는 사람들의 얼굴이 또렷해졌다. 어머니도 보이고 아버지도 보였다. 순례의 몸이 점점 더 열기로 가득했다.

"아, 저기, 내 신랑."

남편 편씨의 얼굴이 보이자 순례는 불을 끄기 위해 발버둥을 쳤다. 편씨의 손이 바로 맞닿을 정도로 가까운 거리였다. 그때, 홍씨가 건너편 불길 속에서 몸을 드러냈다. 순례는 놀라 뒷걸음질 쳤다. 홍씨가 검은 불길을 몰아 순례를 향해 달려들었다.

"어머니, 어머니."

겨우 숨을 몰아쉬며 기도를 마친 순례가 천천히 몸을 일으켰다. 얼굴이 땀에 젖어 번들거렸다. 길게 풀어 내려뜨린 머리를 정갈하게 다시 빗어 올렸다.

순례의 점괘가 용하다는 소문이 봄바람처럼 퍼졌다. 무당이니 미신이니 일갈하면서도, 남들의 눈이 뜸한 밤이면 몰래 순례를 찾는 여자들이 늘었다. 그러나 누가 언제 순례를 찾아가는지 서로 모른 척했다. 그들은 일요일이면 교회에 나가고 유일신을 믿겠다고 맹세한 사람들이었고 자신들의 의무를 소홀히 하지 않았다.

사람들은 순례에게 위로받고 싶었다. 자신의 신상 문제나 어려움을 허물없이 풀어놓을 상대로서 순례만 한 사람이 없었다. 순례는 자신의 상처를 보듬듯 그들의 얘기를 들어주고 응

당신의 파라다이스

어리진 마음을 풀어주었다. 특히 고국의 장례 문화에 익숙한 그들은 교회에서 치르는 어떤 의식보다 순례가 올리는 제사에 더 큰 위로를 받았다. 망자를 맞이하는 순례의 얼굴은 살아 있는 이와 마주 앉은 듯 보였고, 자신의 상처를 풀어놓듯 애절한 목소리로 망자의 이야기를 들려주었다. 아이를 잃은 젊은 엄마, 남편이나 부인과 사별한 사람들, 고국에 있는 가족들이 죽었다는 소식을 듣고 제를 지내러 온 사람들이 순례를 찾아와 굿을 하고 위로를 받았다.

나영은 벽에 걸린 그림을 바라보며 순서를 기다렸다. 불기둥이 하늘로 치솟는 불의 기운을 자신도 느껴 보고 싶었다. 벌써 두 시간이 흘렀는데 기도실 문은 열릴 기미가 보이지 않았다. 몇몇 사람은 마주 앉아 있는 게 서로 불편하고 민망한지 머뭇거리다 나갔다.

그냥 돌아갈까.

나영도 잠깐 그런 생각이 들었지만 오기가 생겼다. 불의 신을 모신다는 순례가 용하다는 소문을 듣고 어렵게 마음먹고 온 길이었다.

평생 닫혀 있을 것만 같던 기도실 문이 열렸다. 체구가 자그마한 여자가 걸어 나왔다. 눈가와 손톱에 붉은 칠을 한 모습이 나영에겐 몹시 섬뜩했다.

나영을 앞에 놓고도 순례는 묻는 말이 없었다. 침묵의 순간이 나영은 영원처럼 느껴졌다. 순례는 오래 감았던 눈을 천천히 뜨고 나영을 바라보았다. 순례와 두 눈이 마주친 나영은 등골이 오싹할 정도로 소름이 돋아서 고개를 숙였다.

　순례는 검은 모래로 채워진 함지박 깊숙이 양손을 찔러 넣고 휘젓기 시작했다. 가끔 붉은 칠을 한 손톱이 검은 모래 속에서 뾰족하니 얼굴을 내밀었다. 그녀가 작은 목소리로 흥얼거리기 시작했다. 경건하면서도 어딘가 모르게 수줍음이 배어 있는 어린 계집아이의 목소리로 들리다가 가끔 굵은 남자의 음성이 섞인 것이 참으로 기묘한 장면이었다.

　"에 펠레, 이아 가 오헤로아우, 에 타우마하 아쿠와우이아오 에, 에 아이호이 아우 테타히이……. 펠레 신이여, 여기 당신에게 나뭇가지를 바칩니다. 당신께 드리는 이 성스러운 나뭇가지를 받아 주소서."

　순례가 기도인 듯 노래인 듯 의식을 마치더니 작은 나뭇가지를 조심스레 반으로 잘랐다. 하나는 검은 모래 속으로 찔러 넣고, 다른 하나는 자근거리며 씹었다. 어린아이 손가락처럼 가느다란 나뭇가지는 불에 탄 듯 새까맸다. 연녹색 이파리 하나가 까만 가지에 붙어 있었다. 가지 끝에 두어 개 매달린 앵두처럼 작은 열매가 불씨처럼 빨갰다.

　"일찍 어미 잃고 아비 잃었네. 젖 먹여 키워 준 여자는 마음씨도 고왔네. 비가 오면 빗물에, 바람 불면 바람에 옷깃이 젖고 찢겨도, 우리 새끼 밥은 굶기지 않았네. 울기도 많이 울었네. 불쌍한 내 새끼. 불인지 물인지 모르고 좋았네. 내 세상 만났다고 좋았네. 불쌍한 내 새끼. 답답하고 억울하네. 이 세상 사람 모두가 남이네. 불쌍한 내 새끼, 혼자살이 외로워라."

가만히 듣고 있던 나영은 어깨를 들먹이기 시작했다. 생각해 보니 어느 것 하나 틀린 말이 없었다. "이 세상 사람 모두가 남이네."라고 흐느끼듯 순례가 말하는 대목에선 참았던 눈물이 기어이 터졌다.

순례는 이마에 흐른 땀을 닦으며 나영의 희디흰 목덜미를 바라보았다.

호놀룰루 일대가 한눈에 내려다보이는 마키키산 정상에 오르자 순례는 고향에 온 듯 마음이 평화로웠다. 멀리 다이아몬드헤드 산이마가 햇살을 듬뿍 받은 거울처럼 눈부셨다. 몇몇 건물들이 새로 들어선 것 외에는 변한 것이 없었다. 순례는 경치를 바라보기 좋은 바위를 골라 앉았다. 산 아래가 모두 납작하게 고개를 숙인 듯 집도 산도 바다도 한눈에 들어왔다. 거리를 헤매며 다녔던 시간이 풍광 안에 오롯이 담겨 있는 듯 회한에 젖었다.

남편이 죽고 캠프 나인에서 도망치듯 나오며 시작된 시간이 순례는 믿기지 않았다. 아무 계획도 없었고 목적지도 없이 걷고 또 걸었다. 이 섬을 벗어나고 싶다는 마음뿐이었다. 항구에서 처음 보는 친절한 한국 사람을 따라 배를 탔다. 내리고 보니 마우이섬이었고, 그곳에 머무르다 항구에서 또 다른 한국 사람을 만나 카와이섬으로 가는 배를 탔다. 그렇게 서너 달 지나면 다른 농장을 찾아 섬을 떠다니곤 했다.

 힐로에 있는 커피 농장 일은 그다지 어렵지 않았으나, 일본인, 중국인, 한국인 남자들 속에서 그녀는 혼자 힘으로 자신을 지킬 수 없었다. 모두 제 욕구를 채우고 사라졌다. 몇몇 사내들은 나가면서 동전 몇 개를 던져 주며 모욕감을 안겨 줬다. 순례가 사내들을 홀린다는 헛소문을 듣고 달려온 농장 여자들이 순례의 머리채를 쥐고 흔들었다. 하루는 일본 여자들이 하루는 중국 여자들이 또 하루는 한국 여자들이 들이닥쳤다. 가장 거세게 순례를 몰아세운 사람들은 한국 여자들이었다. 그 누구도 남자들을 탓하는 사람이 없었다. 순례는 자신의 편을 들어 주는 여자가 한 명도 없다는 게 가장 억울하고 마음 아팠다. 순례는 결국 분을 참지 못하고 어느 여자의 뺨을 있는 힘껏 맞받아치고 뒤로 밀쳤다. 여자가 벌러덩 누워서 일어나지 못하고 몸을 떨자 와락 무서운 생각이 들었다. 그 길로 옷가지 몇 개를 챙겨 들고 허둥지둥 도망치듯 농장을 떠났다. 길에 나가서 죽나 맞아 죽나 마찬가지라는 생각에 순례는 뒤돌아보지 않았다.

순례는 며칠 만에 마우나케아산이 바라보이는 곳에 이르렀다. 뭐에 이끌리듯 발길이 저절로 그쪽으로 닿았다. 산 정상에는 만년설이 눈부셨다. 여름 나라에서 보는 설산은 꿈처럼 몽롱했고 미치도록 고와서 가슴이 턱 막혔다. 이곳에서 죽는 것도 축복이라로 여겨질 만큼 황홀했다. 고향을 떠나 한 번도 보지 못한 설경을 생의 마지막에 볼 수 있게 해 준 신에게 감사할 따름이었다.

밤이 되자 칠흑 같은 어둠과 고요만이 그녀 곁에 남았다. 밤하늘에 떠 있는 큰 별들이 퍽퍽 소리를 내며 머리 위로 떨어질 것 같았다. 순례는 평생 많이 가져 본 적도 없었고, 남에게 대접받고 살아 본 기억도 없었다. 그래도 신혼 삼 년, 남편이 품어 주면 수줍고 행복했다. 종일 빨래를 해도 힘든 줄 몰랐다. 그때가 살면서 가장 행복한 시간이었다. 그 시간을 떠올리면 죽으러 가는 길도 외롭게 느껴지지 않았다.

어디선가 따뜻한 바람이 순례의 몸을 어루만졌다. 순례는 천천히 눈을 떴다. 온몸을 데울 듯 바람이 점점 뜨거워졌다. 창피함도 모르고 입고 있던 옷을 하나둘 벗어 던졌다. 그래도 더웠다. 비질비질 흐르던 땀이 언제부턴가 목욕하듯 흘러내렸다.

마우나케아 산꼭대기에 있던 설경은 사라지고 높이를 알 수 없는 불기둥이 하늘로 치솟았다. 순례는 넋을 놓고 그것을 바라보았다. 가슴에 응어리진 상처들이 하나둘 불꽃이 되어 솟구치는 것만 같았다. 불바다 속에서 고통에 일그러진 얼굴들이 순례를 향해 도와달라고 울부짖었다. 순례는 귀를 틀어막았다. 눈앞의 불기둥이 점점 더 높이 치솟았다. 순례의 몸은 점점 가벼워지고 가슴을 짓누르던 슬픔은 타 들어갔다.

어디선가 순례를 부르는 목소리가 들려왔다. 그녀는 귀를 틀어막고 있던 두 손을 서서히 떼었다. 남자 목소리처럼 들리다가도 어린 계집아이 목소리처럼 낭랑한 게 지상에선 들어본 적 없는 목소리였다. 키가 육 척은 넘어 보이는, 머리를 발 아래까지 풀어 헤친 사람이 다가왔다. 가까이서 보니 화관을 쓴 여자였다. 목소리는 그 여자에게서 흘러나왔다. 수천 가닥의 머리카락이 작은 불꽃들로 반짝였다. 순례를 부르는 여자의 목소리는 거절할 수 없는 위엄이 서려 있었다. 여자가 손을 내밀었다. 순례는 그녀가 내미는 손을 생명줄처럼 꼭 움켜쥐었다. 화려한 불꽃들이 순례의 작은 몸을 순식간에 감싸안았다.

둘은 화산이 터지는 곳을 향해 달렸다. 불의 혓바닥, 라바(용암)가 흘러내리는 곳에 발을 디뎌도 뜨겁지 않았다. 푸른 밤하늘 아래 불기둥이 더욱 도드라졌다. 걸음을 뗄수록 깊고 무거운 것들이 몸에서 빠져나가는 것만 같았다. 가벼워진 몸이 허공으로 높이 치솟더니 어린아이처럼 영육이 자유롭게 느껴졌다. 다시는 어른으로 이 세상에 오고 싶지 않았다.

북소리가 점점 크게 들려왔다. 누군가 알아들을 수 없는 언어로 노래를 불렀다. 순례가 눈을 떴다. 까칠한 천으로 몸이 가려져 있었다. 널따란 동굴에 둘러앉은 사람 몇이 보였다. 그들의 몸집은 보통 사람들 두세 배는 되었고 머리카락은 바닥에 닿을 듯 길었다. 남자로 보이는 이들은 천 조각이나 나뭇잎으로 몸의 부끄러운 곳만 가리고 있었고, 여자로 보이는 이들은 가슴부터 긴 천으로 몸을 둘렀다. 그들은 노래를 멈추지 않았다. 순례는 그들의 육중한 몸에서 흘러나오는 가녀리고 애잔한 목소리에 어느덧 눈가가 젖었다. 그리고 자신도 억제할 수 없는 어떤 기운이 휘몰아치는 것만 같아 몸을 뒤틀기 시작했다. 북소리가 점점 더 빨라졌고 순례는 쓰러질 때까지 춤을 췄다. 북소리가 팔과 다리를 쥐고 흔드는 것처럼 몸이 저절로 뛰놀았다.

"마우나케아는, '흰 산'이란 뜻이오. 산머리에 있는 눈이 늘 녹지 않으니 그렇게 부른다오. 하늘은 아버지, 땅은 어머니, 우리의 섬 하와이는 그런 어머니와 아버지 사이에서 태어난 장손이오. 이 섬을 지켜 주는 마우나케아는 든든한 해군함이오. 이곳은 쿠푸나, 우리의 조상이란 뜻이오."

누군가 그렇게 나지막이 읊조렸다.

순례는 지금도 그 순간을 잊을 수 없었다. 분명히 이국의 언어였는데 정확하게 이해되었던 기이한 순간을. 자신이 들은 건 살아 있는 사람의 목소리가 아닌 듯했던 느낌까지 아직도 생생했다. 순례는 긴 한숨을 내쉬며 발아래 펼쳐진 호놀룰루 시내를 눈으로 쓰다듬었다.

*

생각할수록 나영은 세상에 속은 것 같았다. 겨우 여관 건물 구매자를 찾았는데, 갚아야 할 융자금 총액이 상상을 초월했다. 나영은 더듬거리는 영어로 은행원에게 묻고 또 물었다. 융자 담당자는 창석이 여관을 구매할 때 빌렸던 사채를 처리하기 위해 건물에 담보 설정을 하고 융자를 했다고 말했다. 나영이 알고 있던 금액을 훨씬 웃도는 액수였다. 결국 매각 금액의 75퍼센트 정도를 은행에 내주어야 했다. 그리고 태호에게 빌린 돈까지 마저 갚고 나니 나영의 손에 남는 건 거의 없었다.

나영은 허탈한 심정으로 은행 건너편 커피숍으로 들어갔다. 갈증과 조바심에 목이 탔다. 웨이트리스가 가져온 얼음물을 단숨에 비웠다. 커피를 주문하고 의자에 몸을 깊숙이 기대앉았다. 은행을 나설 때부터 여관 건물을 급하게 매각한 사실이 와락 후회스러웠다. 혼자의 힘으로 운영하기 벅차서 내린 결정이었는데 건물은 날아가고 푼돈만 쥐게 생겼다. 황당하고 억울했다.

생각해 보니 세상살이에 익숙한 것이 하나도 없다는 생각이 들었다. 앞으로 살아갈 날을 떠올리자 나영은 앞이 캄캄했다. 창석이 큰 금액을 독립 자금으로 냈다는 말을 태호에게 들었을 땐 돌아가신 부모마저 원망스러웠다. 할 수만 있다면, 전부 되돌려 받고 싶었다. 집안은 풍비박산인데 나라는 구해서 뭘 한단 말인가.

더 억울한 일은, 여관 건물을 매각한 후 새 주인이 큰 차액을 남기고 바로 다른 사람에게 넘겼다는 것이다. 여관 건물 주변에 관공서가 들어서기로 결정이 났다는 사실을 나영만 모르고 당했다는 사실에 치를 떨었다. 호놀룰루에 있는 작은 건물을 팔지 않고 놔둔 게 그나마 천만다행이었다.

나영은 자주 울컥했다. 남편 없이 산다는 게 서럽고 억울했다. 모두가 한통속이 되어 자신에게 달려드는 것만 같았다. 남편이 병이라도 앓다 죽었다면 마음의 준비라도 했을 텐데……. 남편은 나영의 인생에서 하루아침에 사라졌다. 이제 그는 다시 돌아올 사람이 아니었다. 편지도 끊긴 지 오래여서 생사도 알 수 없었다.

동양인이민금지법이 제정된 후, 한국에선 더 이상 사진 신부가 오지 않았다. 나영에게 재혼 자리가 들어온 이유도 이와 무관하지 않았다. 와히아와에서 세탁소를 하는 송씨라고 했다. 사별한 전처와의 사이에 열 살 된 아들이 하나 있다는 말도 함께 들었다. 전에 창석과 캠프 나인에서 함께 일한 사람이라는 말에 나영은 망설였다.

"남편을 안다면 내 처지도 다 알 텐데……."

나영은 혼자 살면 살았지 '문둥병 환자 여편네'라는 더러운 꼬리표를 단 채 평생 살고 싶진 않았다. 그래도 일단 한번 만나 보라는 교회 여자의 끈질긴 권유에 나영은 약속 장소로 나갔다.

쉰 살을 넘긴 송씨와 마주 앉자 한숨이 먼저 나왔다. 뭉툭한 손마디와 주름투성이인 손등을 보니 고생한 흔적이 역력했다. 웃을 때마다 굵고 짙은 눈가의 주름은 나영을 우울하게 만들었다. 송씨는 심각한 표정의 나영을 자신에 대한 진지함으로 오해한 듯했다. 나이도 있으니 결혼은 서두르는 게 좋다고 말했던 이유도 그 때문으로 짐작되었다. 나영은 새초롬한 표정을 바꾸지 않았다. 이런 자리를 기웃거리는 자신이 한심하고 싫어서 견딜 수 없었다.

나영은 송씨의 얼굴 위로 몰로카이에 있는 남편이 불쑥불쑥 겹쳐서 심기가 몹시 불편했다. 예의가 아닌 줄 알면서도 결국 자리를 박차고 나왔다. 아직 버젓이 살아 있는 남편의 존재가 목에 가시처럼 걸려서 견딜 수 없었다. 이혼한 상태지만 강제 이혼이었다. 남편을 떠올리면 안타깝고 속상했지만 그렇다고 돌아오지 않을 사람을 마냥 기다릴 수도 없었다.

나영은 뒤죽박죽된 심정으로 순례를 다시 만나기 위해 길을 나섰다. 그녀라면 자신의 답답한 심정을 헤아려 줄 것만 같았다. 오후의 뜨거운 태양이 정수리에 날카롭게 내리꽂히는 날이었다. 신당을 향해 올라가는 언덕길을 보니 현기증이 일었다. 어지러운 길처럼 사는 것도 힘들었다. 순례에게 희망적인 말이라도 들으면 마음을 잡을 수 있을 것 같았다.

막다른 곳에 작고 허름한 단층집이 순례의 신당이었다. 언덕 아래에서 얼핏 보면 숲에 가려 잘 보이지 않았다. 방 둘에 응접실과 부엌이 딸린 작은 집이었다. 집주인이 일본 사람인지 바닥에 다다미가 깔려 있었고 창문이 여럿 있어 안이 환했다. 열어 놓은 창에서 미풍이 불었다. 하와이의 멋진 풍경이 창문만 한 크기에 담겼다. 나영은 안도의 숨을 내쉬며 순례와 마주 앉았다.

"오늘은 또 어쩐 일이오?"

순례는 함지박에 가득 담긴 모래 속에 깊숙이 손을 찔러 넣고 물었다.

"내, 외롭고 서러워서 더는 혼자 못 살겠소. 답답하니, 내 남편이 성한 몸으로 돌아올 수 있는지 아닌지 가르쳐 줘요."

"자네 신랑이 어찌 될는지는 나도 몰라. 죽었다가도 살 운명이라면 살아날 것이고, 살았다가도 죽을 운명이면 가야지."

"그렇게 남 말하듯이 하지 마요. 내 서러운 심정은 다 아시잖아요. 요즘엔 여기저기서 중매가 들어오고, 혼자 지낼 자신이 없어요. 외롭고, 무시당하는 것 같고…….”

순례는 감았던 눈을 떴다. 포와 여자답지 않게 목덜미가 흰 나영을 바라봤다. 고개를 드는 나영과 순례의 눈이 마주쳤다. 나영은 뭔가 불온한 생각을 하다가 들킨 사람처럼 무안한 표정으로 다시 고개를 숙였다.

"행복이든 불행이든 미리 알고 싶어요.”
"인연 하나 올 게요. 기도 들어가니, 나 며칠 없을 거요.”
"내가 남자가 그리워 이러는 줄 아오?”

나영은 뭔가 속 시원한 대답이라도 들으려나 싶어 찾아왔는데 순례는 이상한 말만 늘어놓고 일어섰다.

*

분명 순례였다. 작은 체구에 눈동자가 유난스레 까맣던 여자. 강희는 눈앞에 있는 여자가 순례라는 사실을 믿을 수 없었다. 태호가 호놀룰루 항구에서 먼발치로 스치듯 보았다는 말이 틀리지 않았다. 두 남자를 잡아먹은 여자라는 꼬리표를 달고 캠프 나인에서 사라졌던 바로 그 여자였다.

순례를 먼저 알아본 것은 심영이었다. 그녀는 너무도 놀라

들고 있던 찻잔을 소리 나게 테이블에 내려놓더니 의자에서 몸을 일으켰다.

"이게, 누군가? 자네, 편씨댁 아닌가? 살아 있었네. 살아 있었어. 고마워. 고맙고말고! 이렇게 기쁠 수가. 내 살아생전 다시는 못 볼 줄 알았는데."

심영은 순례를 바로 앞에 두고도 믿을 수 없다는 듯 순례의 뺨을 어루만졌다. 그녀는 순례의 마음을 누구보다 잘 이해하고 가장 마음 아파했던 사람이었다. 누군가 말없이 떠난 순례를 원망하는 말을 할 때면 "오죽했으면 떠났겠는가."라고 한숨 섞인 말을 내뱉으며 안타까워했다.

"형님도, 이제 세월이 많이 지나간 모습이네요."

순례는 물기 어린 눈으로 거의 반백이 다 된 심영을 바라보았다.

"그럼, 그럼. 그동안 세월만 흐른 게 아니야. 너도, 나도, 나라도, 다 힘들었네. 그냥 지나간 세월이 아니었어."

심영은 애써 눈물을 참았지만 두 눈가가 벌써 붉은빛이었다. 순례를 다시 만난 게 반가운 건지, 자신의 지난 세월이 서글펐던 건지, 아니면 그 모든 것 때문인지 눈가가 젖었다.

"이젠, 새댁 아니네. 그땐, 얼굴에 티 하나 없더니. 포와 햇볕을 비껴가는 여자는 없는 모양이야."

순례가 강희의 손을 잡으며 말했다. 강희는 그녀의 좁은 어깨를 두 손으로 감싸안으며 오래 포옹을 나눴다. 순례의 까만 눈동자는 여전히 빛났지만 더 이상 맑고 투명한 빛이 아닌 이상한 광채를 뿜고 있었다. 사람은 살아 돌아왔는데 같은 사람이 아닌 듯해 강희는 몹시 황망했다.

"전…… 신을 받았어요."

찻잔을 만지작거리던 순례의 첫 마디였다. 심영은 처음엔 무슨 소린가 알아듣지 못하는 눈치였다. 한인 사회에 기독교가 널리 전파되었고, 다른 종교는 아직 싹이 트지 않던 때였다. 신까지 받았다는 소식이 알려지면 그녀가 받을 대접은 너무나 뻔했다.

강희는 그녀의 고백을 듣는 내내 조마조마했다. 그녀가 필요 없는 말까지 한 건 아닌지 걱정되었다. 그늘이 드리워진 심영의 표정도 마음에 걸렸다. 심영마저 순례를 감싸지 못한다면, 누구도 순례에게 다가올 사람은 없을 것이었다.

"제 목숨 살려 낸 신이에요. 신 받고 나서 몸도 맘도 다 편해요, 지금은."

"몸도 마음도 편하면 됐네. 자네가 그 안에서 평안하면, 그게 자네에겐 최고의 신이지. 목숨보다 더 소중한 게 뭐가 있나? 우리가 이국 만리 이곳에 온 것도, 다 그 질긴 목숨 때문 아닌가?"

심영의 말에 강희는 저도 모르게 안도의 한숨을 내쉬었다.

순례가 더 이상 상처받지 않기를 바랄 뿐이었다. 심영의 심정도 다르지 않을 터였다. 살아 있으면 언젠가 한 번은 만난다는 사실에 가슴이 벅찰 뿐이었다. 살아 있으면……. 강희는 그 마음을 기도처럼 품었다.

새로운 인연

 살갗이 델 정도의 강렬한 햇빛이 눈을 흐리게 했다. 나뭇잎 하나 까딱하지 않을 정도로 바람 한 점 없는 날씨였다. 창석은 오늘도 관을 두 개 짜고, 무덤을 팠다. 누가 먼저 갈지 모르는 죽음의 섬에서, 서로에게 밥숟가락을 내미는 것만큼 소중한 일이었다.
 "누군가가 죽었으니 오늘은 고기를 좀 먹겠군."
 그는 중얼거리며 언덕을 내려갔다.
 하와이 원주민 여자 라니가 창석을 향해 손을 흔들었다. 다섯 손가락 다 멀쩡한 그녀는 바느질로 먹고살았다. 다른 여자들은 나무 그늘에 앉아 바느질만 해도 먹을거리가 넉넉한 라니를 부러워했지만, 정작 그들이 부러워한 것은 라니의 건강한 다섯 손가락이었다.

언제부턴가 라니는 창석을 보면 반갑게 인사를 건넸다. 활짝 웃으며 손을 흔드는 라니를 볼 때마다, 창석은 아직 자신이 멀쩡한 모습으로 힐로나 오아후의 거리를 활보하고 있는 착각이 들었다.

"키나?"

라니는 창석이 중국 사람이냐고 동팔에게 물었다. 동팔은 자신과 같은 한국 사람이라고 창석을 소개했다.

"우이 노헤노헤아!"

"뭐라 그러는 거예요?"

"자네보고 잘생겼대."

창석은 픽 하고 웃었다. 아직은 이목구비가 성하니 잘생긴 사람 축에 끼는 건 당연했다. 그는 라니를 보며 "땡큐." 기분 좋게 한마디 던지는 여유까지 보였다.

창석은 오후부터 동팔과 한 조가 되어 토란과 고구마를 심었다. 혼자 할 수 있는 일이지만 동팔이 고집을 피우며 함께 하자고 해서 창석은 마다하지 않았다. 아직도 누군가와 한국말로 대화할 수 있다는 사실은 거부할 수 없는 위안이었다.

창석은 지루할 때면 그늘에 들어가 벌러덩 누워 '업타운'을 바라보았다. 나병 환자들은 건강한 사람들이 모여 사는 언덕 위 동네를 그렇게 불렀다. 맘먹고 오르면 반나절도 채 안 걸릴 거리다. 밤이면 그곳의 영롱한 불빛이 별빛처럼 창석을 유혹했다. 언젠가, 반드시. 창석은 가끔 주먹을 불끈 쥐며 다짐했다.

 가끔 업타운에서 상인들이 내려왔다. 칼라우파파 마을까지 내려오는 길은 험하고 가팔랐지만, 깎아지른 듯한 낭떠러지를 지나면 거짓말처럼 널따란 평원이 눈앞에 펼쳐진다. 나병 환자들은 그곳에서 농사를 지었다. 여유 있게 놀며 일해도 풍작이었다. 업타운 상인들은 그들이 경작한 채소와 곡물들을 가져가고 다른 생활용품들을 내려놓았다. 서로에게 필요한 것들만 가끔 주고받는 물물교환 경제는 오랜 세월 이어졌다. 얼마 전 돼지 삼십여 마리와 교환한 천과 의복, 그리고 담배와 기름은 칼라우파파 사람들에겐 몇 년 만에 누리는 호사처럼 귀한 것들이었다. 덕분에 라니는 바느질거리가 늘었고, 동팔과 창석은 오랜만에 기분 좋게 특별한 음식을 나누고 담배를 피워 물었다.

 "그래도 따뜻한 곳에서 이 병에 걸린 걸 감사해야 해. 생각해 보게, 이런 날씨가 아니었다면 토굴 같은 데 들어가 죽을 날만 기다려야 했을 거 아닌가."

 동팔은 누런 이를 드러내며 몹시 흡족한 표정이었다.

 "그런 말 좀 마요. 영감님은 몰라도 난 살아서 이 섬을 나갈 거요."

 물고 있던 담배를 휙 내팽개치며 창석이 말했다. 생각할수록 재수 없는 노인네였다. 서로 희망을 주지는 못할망정 늘 죽는 얘기라니. 다시는 보고 싶지 않은 노인네라고 그는 중얼거렸다.

'반드시 이 섬을 벗어날 거야. 반드시 저 업타운에 서서 이곳을 내려다볼 날이 있을 거라고.'

움막까지 걸어가는 길에 창석은 업타운을 올려다보며 다짐했다. 가파른 낭떠러지 길을 내려온 지 몇 년째인가. 긴 한숨이 흘러나왔다. 아직은 성한 두 손과 발이 있다는 걸 행운으로 여겨야 하는 현실이 싫었다. 그는 움막으로 가려던 발길을 돌려 산을 향해 달렸다.

와이콜루 골짜기에서 흘러내리는 폭포 소리는 밤이면 칼라우파파를 통째로 집어삼킬 듯 요란했다. 수많은 돌덩어리가 낭떠러지 아래로 굴러떨어지는 소리 같았다. 창석은 그 소리가 자신의 비명으로 들려서 미친 듯 산과 바다를 헤집고 달렸지만 아무리 달아나도 섬이었다. 다시 산을 향해 뛰었다. 짐승들 울음소리가 마음을 할퀴었다. 발가락은 이미 감각이 사라진 지 오래였다. 돌부리에 넘어지고 나뭇가지에 걸려 비틀거렸다. 그래도 멈추지 않았다. 할 수만 있다면 세상 끝까지 달려가고 싶었다.

어둠 속에 산이며 나무의 선들이 푸르게 일어섰다. 무연한 곳에 혼자 존재하는 느낌이 차올랐다. 등줄기에 흐르던 땀이

새로운 인연

어느새 말라 갔다. 찬 공기가 목덜미를 감쌌다. 창석은 그대로 바닥에 주저앉았다. 온몸이 얻어맞은 것처럼 아팠다. 아직 목숨이 붙어 있다는 말이었다. 건강한 사람들이 산다는 업타운 동네의 불빛들이 초롱초롱했다. 세상은 여전히 아름다웠고 아름다운 것들은 늘 손이 닿지 않는 먼 곳에서 그를 유혹했다. 창석은 겨우 몸을 일으켰다. 움막을 향해 무거운 발걸음을 옮겼다.

창석은 그를 기다리던 동팔과 마주쳤다.
"무슨 일인가? 또 밤새 산속을 헤맸나? 사람 애간장 태우는 재주는 왜 부려?"
"영감보고 내 걱정 하라고 한 적 없수다."
창석은 땀에 전 윗도리를 훌러덩 벗어 아무렇게나 바닥에 내팽개치며 귀찮다는 듯 말했다.
"이놈아, 내가 잘난 너를 걱정한 줄 아냐? 그래, 내 죽은 몸뚱이를 건사해 줄 사람이 너밖에 없어서 그런다. 그런 희망도 없이 살아야 네 맘이 편하겠냐?"
"그런 헛된 꿈 꾸지 마쇼. 내 몸 하나도 거추장스러워 죽을 지경이오."
"죽이나 먹어. 네 놈을 여기서 만난 것도 다 인연이지. 뭘 그리 야박하게 굴어?"
동팔의 모습을 마주 대하는 것조차 창석에게는 고통이었다.

인연이라니, 제기랄. 언제 죽을지 모르는 목숨들. 그는 동팔이 가져온 죽사발을 발로 힘껏 걷어찼다. 토란죽이 바닥에 쏟아졌다. 동팔이 깜짝 놀라 움찔하더니 불같이 화를 내며 돌아갔다. 창석은 그제야 속이 좀 누그러졌다. 창석은 바닥에 털썩 주저앉았다. 토란죽 주변에 개미가 몰려와 죽이 조금씩 없어지는 걸 오랫동안 지켜봤다. 허기와 피곤이 밀려왔다. 그는 비틀거리며 움막 안으로 들어가 쓰러지듯 바닥에 누웠다.

오랜만에 느끼는 따스함이었다. 부드러운 바람이 머물러 있는 듯 이마가 간지러웠다. 이마를 짚어 주는 손길을 따라 창석은 천천히 눈을 떴다. 낯익은 천장이 눈에 들어왔다. 다른 사람의 손길을 느껴 본 것이 얼마 만인가. 그는 다시 눈을 감고 이마를 짚어 주는 편안한 손에 자신을 맡겼다. 강희, 당신이었으면. 괜스레 눈가가 뜨거워졌다. 다시는 생각하지 말자고 다짐했던 이름이었다. 사랑도 구원이 될 수 없는 곳에서 그리움은 천형이었다. 창석은 천천히 손을 들어 이마를 쓰다듬는 손등을 어루만졌다. 그의 것보다 조금 크고 투박한 손이었다. 눈을 뜨니 라니였다. 그녀는 근심이 가득한 얼굴로 그를 바라보고 있었다. 처음으로 라니의 얼굴을 가까이서 보았다. 눈매가 깊은 여자라는 사실을 깨닫는 순간 창석은 이상하게 마음이 아팠다. 창석이 맡긴 바느질감을 가져왔다고 그녀가 말했다.

새로운 인연

"마이?"

아프냐고 묻는 얼굴이었다. 그녀의 눈이 그렇게 말했다. 표정과 어감으로 소통하는 것이 때로는 사람의 말보다 더 정확하다는 것을 그는 알고 있었다. 창석은 대답 대신 물끄러미 라니의 얼굴을 바라보았다. 인간의 욕구가 다 빠져나간 듯 고요하고 맑은 눈이 그를 바라보고 있었다. 위로의 눈빛이라고 창석은 생각했다. 마이. 창석은 라니가 물었던 말을 속으로 중얼거렸다. 그리고 정말 많이 아픈 사람처럼 다시 눈을 감았다.

라니는 창석의 다리와 팔의 환부에 노니즙을 발라 주었다. 피부병에 효과가 있다는 노니즙은 칼라우파파 사람들에겐 없어서는 안 될 귀한 것이었다. 라니는 어린아이의 몸을 만지듯 그의 팔과 다리를 쓰다듬었다. 창석은 오랜만에 안온한 느낌에 몸을 맡겼다. 따뜻한 물속에 몸을 담그고 있는 느낌처럼 그녀의 손길이 수초처럼 부드럽게 느껴졌다. 이렇게 평화로워도 되는 걸까. 창석은 다시 깊은 잠의 나락으로 빠져들었다.

펀치볼 스트리트에 세워졌던 한인 감리교회가 휘트 스트리트로 성전을 옮겼다. 농장을 떠나 시내에 일자리를 얻어 나온 사람들과 다른 섬에서 이주해 온 사람들로 교인 수는 점점 더 늘었다. 교회 내부 공사를 위해 사람들은 적지 않은 돈을 헌금했다. 여유 있는 사람들은 더 내고 형편이 쪼들리는 사람들은 노동력이라도 보탠다며 일을 거들었다.

학생들은 한국 소식과 호놀룰루 지역 소식을 알리기 위해 교회보를 발간하는 일에 앞장섰다. 세탁소나 식료품 가게, 식당을 소개하는 상업 광고도 눈에 띄었다. 교민들의 경조사나 사람을 찾는 광고, 심지어 일자리 모집 광고도 교회보에 실렸다. 교회는 종교적인 구심점 역할을 하는 것에 머물지 않고 교민들의 사랑방 구실을 톡톡히 해냈다. 이민 1세와 2세가 같이 예배를 볼 수 있게 이중 언어 목회가 구성되었고 한글 학교와 성경 학교도 활기를 띠었다.

나영은 호놀룰루로 이사를 온 뒤 그 교회를 다녔다. 집에서 그리 멀지 않은 곳이었다. 힐로보다 그녀를 알아보는 눈이 더 적었다. 그것만으로도 나영은 만족스러웠다. 새로운 교인들이 많은 것도 그녀가 이 교회를 다니는 이유였다.

어느 날, 나영은 흰 양복을 말끔하게 차려입은 중년의 남자에게서 눈을 뗄 수 없었다. 멋스럽고 친절해 보였다. 키가 훤칠하고 어깨가 넓은 뒤태가 서양인 같았다. 연녹색 실크로 띠를 두른 중절모도 포와에서는 쉽게 볼 수 없는 것이었다. 구두까지 흰색으로 맞춰 신은 모습이 무척이나 깔끔한 인상을 풍겼다. 조금 전부터 여자 교인 몇 명이 그에게 인사를 건네는 걸 보니 새로 온 교인임이 틀림없었다. 이 섬사람이 아니라면, 나영도 흥미가 있었다. 전남편이 나병 환자라는 가혹한 꼬리표를 자르고, 인연을 끊고, 추억을 버리고 잊고 싶었다. 새로운 인연을 만나는 것보다 더 간절한 소망이었다.

나영은 오늘 새벽 일을 떠올리며 혼자 낯을 붉혔다.

꿈속에서 누군가와 한 몸이 되었던 장면이 퍼뜩 되살아났다. 망측해라. 나영은 믿을 수 없다는 듯 벽 쪽으로 몸을 둥글게 말고 중얼거렸다. 자신도 모르게 가슴을 움켜쥐었다. 부드럽고 찰진 가슴이 뜨거웠다. 어느새 옅은 신음이 흘러나오더니 가슴을 움켜쥔 두 손에 힘이 들어갔다. 배꼽 아래가 활활 타오르는 것 같았다. 나영은 순간 나락으로 떨어지는 것처럼 혼미해지더니 갑자기 뜨거운 것에 덴 듯 몸을 떨며 가쁜 숨을 몰아쉬었다. 왠지 부끄럽고 까닭 없이 서러워 오래 숨죽여 울었다.

나영은 남자의 이름을 우연히 들었다. 한글 학교 기금 모금 행사 때였다. 여자 교인 몇 명이 교회 식당에 모여 행사에 팔 물건들을 정리하며 쑥덕였다. 이장현. 이장현. 그 이름이 자꾸 나영의 귀에 들어와 박혔다.

"뉴욕에서 온 사람이라며?"

"미 본토 어디든 안 다녀 본 곳이 없는 사람이래."

여자들 이야기의 주인공이 그라는 것을 나영은 눈치챘다. 아직 혼자라는 것과, 많은 돈을 벌어서 좋은 일에 흔쾌히 쓸 줄 아는 멋쟁이라는 말은 듣기만 해도 좋았다. 나영이 본 첫인상 그대로였다.

나영은 여자들 몇 명과 끝까지 남아 행사 뒷정리를 도왔다. 남자 가운데 유일하게 장현도 남았다. 여자처럼 깔끔하고 손이 빨랐다. 나영은 괜스레 마음이 설렜다. 눈과 마음은 그의 모습을 쫓느라 분주했다.

"부군 되시는 분이 한국의 독립운동에 깊이 관여하셨다는 얘기를 들었습니다. 존경합니다. 같은 남자로서, 힘들게 번 돈을 내놓는다는 것이 쉬운 일은 아니지요. 대신 부인에게 진심으로 존경의 마음을 전합니다."

장현이 먼저 다가왔다. 상상도 못 한 일이었다. 아찔할 정도로 예의 바르고 세련된 말투였다. 나영은 하마터면 들고 있던 접시를 바닥에 떨어트릴 뻔했다. 나영은 자신과 마주 선 그의 얼굴을 넋 놓고 쳐다봤다. 가까이서 보니 믿을 수 없을 만큼 흠잡을 데 없었다. 피부가 여자처럼 희고 맑아서 놀라웠다. 뙤약볕에서 일하는 이곳 남자들과는 사뭇 달랐다. 그의 왼손 새끼손가락에 있는 수정 반지가 햇살에 반짝거렸다. 모든 것이 완벽하게 나영의 마음을 사로잡았다.

"호텔에 머무르자니 비용도 만만치 않고, 나라가 어려울 때 그런 곳에 돈을 쓴다는 것도 양심에 걸리고……. 조용히 기거할 방을 찾는다고 했더니 교회분이 부인을 소개하더군요. 교회 근처에 사신다고. 빈방이 있을 거라며……."

나영은 얼떨결에 집 주소를 적어 줬다. 그가 다음 날 찾아뵙겠다는 말을 남기고 돌아섰다. 나영은 남자에게도 향수 냄새가 난다는 것을 그때 처음 경험했다. 심장이 너무 뛰어 나영은 그대로 화장실로 뛰어 들어갔다.

가게 뒤채에 있는 방 하나를 비우기로 했다. 장현을 맞이할 준비로 나영은 분주했다. 나영의 입에서 노래가 흘러나왔다. 어두운 시간이 일시에 물러가며 앞이 환해진 것 같았다. 봄비 오듯 잔잔하게 새로운 인연이 다가온다는 순례의 말이 꼭 장현을 두고 하는 말 같았다. 운명적으로 만날 사람이라는 말과 다르지 않았다. 나영은 그렇게 믿고 싶었다.

더운 것도 잊고 청소를 하고 있는데, 어느새 장현이 문 앞에 와 서 있었다. 작은 가방 두 개를 든 단출한 모습이었다.

"부인께 누가 되는 건 아닌지……."

"작고 누추하지만, 잠시 머물기엔 편하실 겁니다."

"방값을 받지 않으시겠다는 말에……. 내, 모아나 호텔 로비에서 하나 샀습니다. 부인 맘에 들었으면 합니다."

"와이키키에 있는, 그 큰 호텔……?"

호텔 이름만 듣고도 나영은 무슨 귀한 대접이라도 받는 기분이었다. 포와에서 제일 먼저 지어진 호텔이었다. 태평양을 등지고 서 있는 연분홍빛 외벽은 석양이 질 때면 커다란 조개가 빛을 뿜어내는 것처럼 보였다. 나영은 가끔 주디를 데리고 호텔 주변에 한가롭게 노는 물오리 떼를 구경하러 갔었다. 그 호텔 로비에 있는 가게에서 샀다니. 나영은 떨리는 손으로 선물을 건네받았다. 남편이 몰로카이로 가기 전 반지를 줬을 때도 이렇게 기쁘진 않았다. 눈도 마주치지 않고 건네준 반지가 기쁠 리 없었다.

진주 하나가 펜던트처럼 달린 목걸이였다. 포장도 그렇고, 보통 비싼 것이 아니란 생각이 들자 나영은 기쁘면서도 당황스러웠다. 목걸이를 목에 걸었다. 거울 속에 비친 여자가 자신이라는 게 믿기지 않았다. 연애는 고사하고 설렘 한 번 못 느끼고 결혼해 애를 낳은 불쌍한 여자라는 생각이 들었다. 새로운 인연에 대한 기대감이 어쩔 수 없이 나영을 설레게 했다. 포와를 떠날 수만 있다면……. 다시 시작하고 싶다는 의욕이 삶의 동력처럼 솟구쳤다. 그 길에 장현이 동행해 준다면 더할 나위 없이 행복할 것이었다.

눈을 떠 보니 라니가 옆에 등을 돌리고 누워 있었다. 창석은 그제야 간밤에 라니와 한 몸이 되었던 기억이 떠올랐다. 짐승처럼 서로를 핥고 만지고 느끼며 흐느꼈다. 서로의 몸이 아닌 외로움과 절망을 나누는 의식을 치른 기분이었다. 창석은 새벽어둠이 내려앉은 라니의 등을 바라보다 다시 그녀의 품속으로 파고들었다. 그녀마저도 멀리 사라지고 혼자 남게 될 세상은 상상하기도 싫었다. 죽음이나 나병보다 더 무서운 게 외로움이라는 걸 부정할 수 없었다.

"같이 살면 되지. 가끔 그런 일 이곳에도 많아. 아기는 갖질 말게. 아기는 섬 밖으로 내보내거든. 그게 또 못 볼 이별이니까……."

동팔은 뭐가 재밌는지 창석의 팔을 툭툭 치며 낄낄거렸다. 오히려 잘된 일이라며 잔치라도 하자고 했다. 창석은 피식 웃을 뿐 거절하지는 않았다. 맛있는 음식을 먹는 상상은 언제나 즐거웠다.

라니가 바느질감을 잔뜩 싸 들고 왔다. 창석은 바느질하는 라니 옆에 앉아 산에서 따 온 노니를 갈아 즙을 만들거나 주스를 만들며 시간을 보냈다. 주스는 녹색 노니, 약즙은 노란색 노니로 만들었다. 새소리가 한가로이 마당을 가로질렀다. 우렁찬 폭포 소리가 적막을 깼다. 더운 듯하면 비가 한바탕 왔고, 비가 개면 끝이 보이지 않는 긴 무지개가 눈앞에 펼쳐졌다. 희망은 없지만 오랜만에 맛보는 평화로운 시간이었다.

라니는 바느질이 한가한 날이면 창석에게 하와이 말을 가르쳤다. 재미 삼아 시작한 일이었다.

"모아나."

라니는 바다를 가리켰다. 모아나. 창석은 아기처럼 라니를 따라 입술을 오므렸다 폈다 했다. 들을수록, 말할수록, 하와이 말은 따스한 어감을 가진 언어였다. 라니에게 바다를 '모아나'라고 배우고부터 그에게 바다는 모아나로 다가왔다. 새로운 언어를 배운다는 건 새로운 세계를 만나는 경이로운 경험이었다.

상학에게 한자와 한글을 배우던 날들은 더없이 행복했었다. 그가 상해에 가서 돌아오지 않는다는 말을 태호의 편지로 알게 되었다. 상해로 독립 자금을 직접 전달해 달라는, 가서 다시는 돌아오지 말라는 창석의 의도를 그가 모를 리 없었다. 자신의 욕망이 결국 강희를 더욱 힘들게 만들고 말았다는 생각이 들었을 때 창석은 스스로 제 발등을 찍은 것만 같아 황망했다.

"레와."

라니는 하늘을 가리켰다. 그녀의 맑은 목소리에 깊은 생각에서 깨어난 창석이 나직한 목소리로 따라 했다.

"레와. 레와."

라니가 흡족한 표정을 지었다.

라니가 자신을 가리키며 "와히네."라고 불렀고 창석을 가리키며 "카네."라고 불렀다. 그것은 여자와 남자를 가리키는 말이라고 창석은 이해했다.

라니는 열흘이나 공들였던 퀼트 이불을 완성했다. 창석에게 주는 선물이라고 했다. 옷을 만들고 남은 천 조각을 이용해 만든 이불이었다. 불규칙한 무늬가 서로 엇갈리며 새로 만들어진 무늬는 정교하고 아름다웠다. 라니의 크고 두툼한 손으로 만든 작품이라는 게 창석은 놀라웠다.

*

  캠프 나인을 향하는 기차가 느리게 다운타운을 벗어났다. 기차 안에 남은 승객이 몇 안 되었다. 강희는 고민 끝에 심영을 만나러 가는 길이다. 강희는 턱을 괴고 차창 밖 풍광을 바라보았다. 푸른 산과 들이 휙휙 뒤로 사라지며 녹색의 긴 띠가 이어졌다. 푸른 병풍이 끝없이 펼쳐진 곳을 지나고 있었다. 학교 근처로 집을 옮긴 후 거의 일 년 만의 방문이었다. 기차는 빠르게 에바 역에 도착했고 강희는 고향에 온 사람처럼 푸근한 마음으로 내렸다.
  파파야나무들이 휘어질 듯 가는 몸을 흔들며 강희를 반겼다. 그것만으로도 강희는 캠프 나인에 도착했다는 게 실감났다. 뜰은 깊은 우물처럼 적막했다. 하루의 노동을 끝내고 뜰에 모여 앉은 사람들이 밥을 먹고 술을 마시며 향수를 달랬던 장면들이 추억처럼 떠올랐다.
  낯익은 얼굴들이 거의 없었다. 한눈에 봐도 다른 나라에서 온 듯한 낯선 여자들이 그늘에 앉아 있었다. 강희는 작은 벤치에 잠시 앉았다. 맞은편에 앉아 있던 여자가 강희에게 눈인사를 건넸다. 까무잡잡한 피부와 작은 체구의 이국적인 용모를 지닌 여자였다. 강희도 미소로 답했다.

강희는 상학과 살던 집을 오랫동안 바라보았다. 칠이 벗겨진 외벽, 삐걱거리는 계단. 변한 것이 없었다. 문득 새 주인이 누구일까 궁금했다. 희망을 품고 태평양을 건넜을 이름 모를 어느 사진 신부의 신혼방일까. 강희에겐 냄새나는 겨울옷과 짐 보따리를 풀었던 곳, 상학의 몸을 받아들이고 왠지 모를 허망함에 눈물짓던 방이었다. 칠이 벗겨진 낡은 문을 열고 들어서면, 젊은 날의 상학이 여전히 그 방에 있을 것만 같았다.

너무 많은 감정이 밀려왔다. 상학은 상해로 떠나 소식이 없고, 창석은 살아 있어도 올 수 없는 곳으로 떠났다. 힐로를 떠나 호놀룰루로 이사 왔다는 나영의 소식은 바람결로만 들었다. 결국 네 명 모두 흩어지고 상처 입었다. 한때 자신이 의미 있는 결정을 했다고 믿었던 건 착각이었을까. 모두에게 상처만 남긴 결과가 믿기지 않았다.

"안 좋은 일 있어서 왔구먼."

심영은 따뜻한 차를 내밀었다. 작은 찻잔의 온기가 두 손을 감싸자 강희는 저도 모르게 눈가가 붉어졌다. 어쩌면 누군가의 위로가 필요해 캠프 나인에 온 것인지도 몰랐다.

"전에 차이나타운 갔을 때 장만한 다기네. 맘에 들어서 사놓고 누구랑 마시나 했더니, 우리 강희 동생이 찾아올 줄이야. 뭔가? 속을 힘들게 하는 게. 쏟아 보게. 맑은 찻물처럼 우려 보세나."

강희는 엄마처럼 다정하게 말하는 심영을 바라보았다. 이젠 소식도 모르는 한없이 늙었을 엄마의 얼굴까지 떠오르자 강희의 고개가 앞으로 푹 꺾였다.

"울고 싶어 왔어요."

말도 끝내기 전에 눈시울이 먼저 젖었다. 답을 물을 수 없는 세상이 야속하기만 했다. 아무것도 할 수 없는 자신이 무기력하고 어리석게 느껴져 견딜 수 없었다. 심영은 말없이 차를 마시며 기다려 주었다. 한동안 흐느끼던 강희는 천천히 몸을 일으키듯 서서히 울음을 멈췄다.

"잘했네. 그렇게 해서 다스려질 마음이라면, 울어야지."

심영은 찻잔에 다시 찻물을 따랐다. 따뜻한 습기를 머금은 재스민 향기가 방 안에 퍼졌다.

"몰로카이에 한번 갈까 하고요."

심영은 가만히 고개를 끄덕였다. 예상은 하고 있었다는 표정이었다. 네 명의 일은 태호에게 들어 이미 조금 알고 있었다. 가난하고 힘없는 나라의 백성으로 태어나 겪는 민초들의 불행이라고 생각했다. 한편으로는 안타깝고 한편으로는 아슬아슬한 심정으로 넷을 지켜보곤 했다. 이제 눈빛만 봐도 사람의 마음을 알 수 있는 나이니, 넷의 심정을 조금은 이해한다고도 할 수 있었다.

"창석이 자넬 보면 한편으론 기쁘고 한편으론 슬프지 않겠나. 그렇다고 안 볼 순 없지. 서로 그리운데. 아직 이 지상에 붙어 있는 목숨인데……. 무슨 생짜로 그걸 참나. 중요한 건 마음이네. 마음이 움직이는 대로 해보게. 나도 지나고 생각하니, 어려울 땐 바람에 몸을 맡기듯 그렇게 내 마음에 몸을 맡겼네. 정답은 없네. 자신을 더 믿어 보는 수밖에."

"그 마음이라는 게, 참으로 묘한 길이라 따라가다 보면 나도 모르게 길을 잃어요."

"영원히 안 볼 자신 있으면, 가지 말게. 할 수만 있다면, 그게 최고지."

영원히 안 볼 자신은 없었다. 강희의 대답은 이제 정해진 셈이었다.

둘은 찻잔을 들고 목조 계단에 앉았다. 노을이 파인애플밭을 물들이며 점점 짙어지고 있었다. 땅과 하늘이 경계 없이 온통 주홍빛으로 붉게 타올랐다. 멀리 보이는 수평선 위로 황금빛 굵은 선 하나가 점점 얇아지고 있었다.

"오늘따라 석양이 내 마음을 흔들어 놓는구먼."

심영이 낮게 읊조렸다.

강희는 노을빛으로 물든 심영의 옆모습을 바라보았다. 누군가를 기다리는 사람처럼 애잔함이 배어 있었다. 어쩌면 그녀는 손자 마크 승원 박서를 떠올리고 있는지도 모를 일이었다. 강희는 그녀가 캠프 나인을 끝까지 떠나지 않는 이유를 나름 짐작했다. 버렸지만 버려지지 않는 것들을 그녀도 이해할 수 있었다.

"영원히 안 볼 자신 없으면, 봐야지 별수 있어?"

심영은 자신에게 하는지 강희에게 하는지 모를 말을 툭 던졌다. 둘은 붉은빛이 끝내 사라지고 어둠이 땅을 적시는 모습을 오래 지켜보았다.

골짜기를 지나 내려가는 일은 만만치 않아 보였다. 강희는 비장한 표정으로 발아래 평원을 바라보며 칼라우파파로 직접 들어갈 수 있게 허락해 달라고 관리자에게 부탁했다. 관리인은 두 손을 펼쳐 보이며 어깨를 으쓱했다. '위험을 감수하고도 들어간다는 말이오?' 묻는 것 같았다. 강희의 단호한 표정을 읽은 관리인은 어쩔 수 없다는 듯 어딘가로 전화를 걸었다. 업타운에서 칼라우파파까지 데려다줄 말과 마부를 찾기 위해서였다.

골짜기 아래 펼쳐진 작은 마을이 장난감 도시처럼 느껴졌다. 칼라우파파가 저곳이구나! 그 사람이 있는 곳. 강희는 말로만 듣던 곳을 눈으로 직접 보니 벅차면서도 한편 착잡했다.

믿기지 않을 만큼 평화롭고 아늑해 보여서 그나마 다행이었다. 강희는 관리인이 내민 마스크와 장갑을 아무렇게나 가방 속에 구겨 넣으며 마차에 올랐다.

업타운에서 칼라우파파 입구까지는 거의 한 시간이 걸리는 가파른 길이었다. 마부가 길 양쪽으로 허름한 집들이 마주 서 있는 좁은 골목에 강희를 내려놓았다. 창석이 머무는 곳은 성당 건너편에서 쭉 내려가 왼쪽에 있는 집이라고 했다. 입구에 붙은 번호판을 확인하라며 마부가 종이를 건넸다. 창석이 머무는 곳의 번지수와 방문자가 지켜야 할 사항이 적힌 안내문이었다. 그다음 날 아침 8시에 업타운으로 올라오는 마차가 성당 앞에 대기하고 있을 거라는 친절한 설명도 잊지 않았다.

세 개의 커다란 유리창이 빛을 받아 빛났다. 창을 통해 안을 들여다보니, 가정집같이 포근한 느낌이 드는 작은 성전이었다. 하얀 십자가 위로 맑은 햇살이 무슨 기적이라도 부르듯 성스럽게 빛났다. 성당 뜰을 벗어나자 바닷가 기슭 쪽으로 묘지가 쭉 이어진 게 눈에 들어왔다. 강희는 창석을 이미 만난 듯 모든 게 낯설지 않았다.

거리는 고요하고 집들도 폐허처럼 낡지 않았다. 창석의 집을 찾기는 그다지 어려운 일도 아니었다. 길 양옆으로 골고루 드리워진 나무 그늘이 서늘했다. 캠프 나인에 처음 도착했을 때 보았던 오래된 목조 주택 사이를 걷는 기분이었다. 관리인이 건네준 종이에 적힌 번호와 일치하는 곳에서 강희는 걸음을 멈췄다. 손에 들고 있던 종이를 다시 확인했다. 마음의 준비를 단단히 하고 왔지만, 창석이 어떻게 변해 있을지 몰랐다. 혹시라도 그가 마음의 상처를 입지 않을까 걱정되었다. 그렇다고 돌아서고 싶지 않았다. 영원히 안 볼 자신은 더더욱 없었다. 강희는 다시 마음을 가다듬었다. 더운 날씨 때문인지 현관문이 활짝 열려 있었다.

등을 돌리고 앉아 있는 사람은 창석이 분명했다. 뒷모습만 봐도 알 수 있었다. 머리가 조금 긴 것 외에 별로 변하지 않은 모습이었다. 그는 손에 작은 돌을 쥐고 무엇인가를 찧고 있었다.

'아직 손은 멀쩡하구나.'

강희는 내심 안도의 한숨을 내쉬었다.

그런데 앞에 웬 여자가 마주 앉아 있었다. 풀어헤친 긴 머리가 어깨를 덮고 허리까지 닿아 있었다. 하와이 원주민 여자처럼 보였다. 바느질을 하는지 가끔 손을 머리 위로 길게 뻗었다. 둘이 주고받는 말소리가 강희가 서 있는 곳까지 들려왔다,

"마나마나리마."

여자가 자신의 손가락을 가리키며 말했다.

"마나, 마나리나······."

여자의 말을 따라 하는 것이 힘든지 그가 자꾸 틀렸다. 여자가 그런 모습이 재밌는지 다시 해보라고 재촉했다. 창석이 머

리를 긁적이며 다시 몇 번 더 따라 하더니 마침내 "마나마나리마!" 하고 크게 외쳤다. 여자가 환호하며 그의 어깨에 팔을 두르고 볼에 키스를 했다. 어린아이처럼 즐거운 표정이었다. 강희는 나무 그늘에서 걸음을 멈췄다. 하와이 여자가 새로운 말을 할 때마다 아이처럼 따라 하는 그의 목소리가 낭랑하게 들렸다. 하나도 변하지 않은 목소리였다.

"마카."

여자가 그의 눈을 가리키며 말했다. 작게 속삭이듯. 그는 쉬워서 죽겠다는 듯 큰 소리로 "마, 카!"라고 말하며 여자의 눈을 손으로 만졌다. 행복에 겨운 여자의 웃음소리가 강희의 귓가에 날아들었다.

강희는 문득 자신이 진심으로 바라던 것에 대해 생각했다. 어쩌면 지금 눈앞에 있는 저 모습일지도 모른다고. 칼라우파파 생활에 잘 적응하고 있는 창석. 그거면 되었다고. 강희는 이곳까지 와서야 깨닫는 자신이 어리석게 느껴졌지만 부끄럽지는 않았다. 또 한 번의 미숙한 짓을 저질렀다는 생각뿐이었다. 강희는 창석을 위해 준비한 선물 꾸러미를 나무 옆에 내려놓았다.

얼마나 오랫동안 성당 안에 머물렀을까. 업타운으로 올라가는 마차도 배도 떠나고 없을 시각이었다. 밤이 되자 몸이 웅크려질 정도로 추웠다. 강희는 몸을 둥글게 말고 고개를 깊이 묻었다. 그의 행복한 웃음소리가 다시 들리는 듯했다. 다행이라고 여겨야 할 마음은 오래가지 못했다. 일상이 흔들릴 만큼 그를 생각했었다. 그의 불행에 일조했다는 생각에 오래 괴로워했던 시간도 있었다. 강희는 그 시간을 통과하면서 창석이 자신에게 몹시 귀한 존재라는 사실을, 처음 사진을 받아 쥐고 느꼈던 설렘을 단 한 번도 잊어 본 적이 없었음을 깨달았다. 그 다음부터는 모든 게 명료해졌다. 망설이지 않고 그를 보기 위해 먼 길을 올 수 있었다. 그것밖에 마음을 표현할 길이 없었다. 창석은 강희 없이도 평온하게 살고 있다는 대답을 주었다. 나는 이제 평온할 것인가. 강희는 자신에게 질문을 던지고도 오래 대답할 수 없었다.

*

 창석은 업타운으로 향하는 언덕을 넘는 여자의 뒷모습을 바라보았다. 틀림없이 강희였다. 마주 걸어오는 나병 환자들이 그녀를 피해 걸었다. 강희는 그들의 얼굴을 차마 마주 볼 수 없었는지 고개를 떨군 모습이었다.
 어제저녁, 라니가 웬 묵직한 가방을 들고 들어왔다. 집 앞에서 발견했다고 했다. 가방을 열어 본 창석의 입에서 가느다란 신음이 흘러나왔다. 정성스럽게 포장된 떡과 김치, 그리고 그가 입을 옷들이 들어 있었다. 강희였다. 두 번 생각할 것도 없었다. 가슴이 턱 하고 막혔다. 무거운 돌덩어리 하나가 가슴을 쳐 내리는 통증이었다. 강희가 아니면 이곳까지, 문둥이가 사는 곳까지 들어올 사람이 없었다. 그는 미친 듯이 뛰쳐나갔다. 감각이 없어진 다리 하나가 그를 지탱하지 못하고 자꾸 넘어지게 했다. 라니가 소리치며 따라오는 소리도 들리지 않았다.

멀리 업타운에서 새벽안개를 헤치고 내려오는 마차가 보였다. 창석은 강희를 부르며 뛰어가다 멈췄다. 그녀를 위해 자신이 할 수 있는 건, 여기에서 멈추는 것이었다. 이제 강희가 사는 세상과 자신이 살아가야 할 세상이 다르다는 걸 온몸으로 느낄 뿐이었다. 멀리에서 그녀를 바라보았다. 온 마음으로 그녀의 앞날을 축복해 주고 싶었다.

칼라우파파로 떠나오기 전 창석은 기다려 달라고 그녀에게 말했다. 진심이었다. 멀리 도망가자고 말했다. 살아 돌아오겠다는 약속이고 의지였다. 강희가 그의 마음을 모를 리 없었다. 창석은 이제 다른 세상에서 살아가는 자신을 받아들이고 싶었다. 살아서 이 섬을 나갈 수 없다는 걸 더 분명하게 느낄 뿐이었다. 희망과도 작별할 시간이 온 것이었다. 오롯이 지금의 현실에 투항하는 것. 그가 할 수 있는 마지막 선택이었다.

강희를 태운 마차가 점점 멀어졌다. 창석은 어떤 강렬한 힘이 내부에서 솟구치는 걸 느꼈다. 그것이 강희에 대한 변함없는 신뢰와 애정인지 질긴 목숨에 대한 버릴 수 없는 미련인지 알 수 없었다. 마차가 눈앞에서 완전히 사라진 순간, 강희를 온전히 떠나보내기로 마음먹었다. 살아서 겪는 기다림보다 한 번의 작별이 쉬울 것이었다.

편지

 갑판 위에 있던 승객들이 일렬로 계단을 걸어 내려왔다. 강희는 혹시나 상학이 같이 올지도 모른다는 기대감을 버릴 수 없었다. 홍석처럼 보이는 사람도 눈에 띄지 않아 이상했다. 그러다가 어느 청년에게 눈길이 닿았다. 그는 땅에 발을 디디기 전 눈을 감고 고개를 뒤로 젖힌 채 깊게 숨을 들이마셨다. 강렬한 햇살이 축복처럼 그 청년의 얼굴 위로 쏟아졌다. 세상에서 가장 아름다운 곳에 도착한 사람처럼 양팔을 옆으로 넓게 펼치고 서 있었다.
 "홍석아!"
 강희는 혹시나 하는 마음으로 다가갔다. 가까이 다가갈수록 홍석일 거라는 확신이 들었다. 청년이 고개를 돌렸다. 강희는 놀라는 표정으로 두 손으로 입을 가렸다. 오래전 상학과 함께 상해로 떠난 소년이 청년이 되어 눈앞에 서 있었다. 홍석이 반갑게 다가와 강희를 포옹했다. 호놀룰루 항에서 헤어진 지 꼭 삼 년 만이었다.

홍석은 기개가 넘치는 건장한 청년으로 변해 있었다. 넓은 대륙을 보고 온 그의 눈은 예리하고 깊어졌으며 자신감에 가득 차 있었다. 두 뺨은 보기 좋게 붉었고, 귀를 덮은 덥수룩한 머리가 꽤 잘 어울렸다. 강희는 홍석을 데리고 집으로 향했다.

상학의 안부를 물었을 때 홍석은 그의 편지를 가져왔다는 말로 대신했다.

"상해에서 같이 한국으로 들어갔어요. 아저씨가 제 고향으로 먼저 가자고 하더군요."

홍석은 집밥이 그리웠다며 빠르게 그릇을 비웠다. 강희는 얼른 빈 그릇을 채웠다. 시간이 갈수록 홍석의 숟가락질이 느려지고 말은 길어졌다. 강희는 솟구치는 질문들을 누르며 그의 말에 귀 기울였다.

"그래, 아버지랑 누나는 만났어?"

어떤 대답이 나올지 몰라 강희가 조심스럽게 물었다.

"아버지는 돌아가시고, 누나는 시집을 갔더라고요. 누가 누나 사는 집을 가르쳐 줘서 한 번 만났어요. 누나는 울기만 하더라고요. 아버지는 포와를 떠나 고향에 도착하고 바로 다음

해에 돌아가셨대요. 해수(기침)로 오래 고생하시다가요. 혼자 살기도 막막하고 일본군들 횡포도 무서워, 누나는 이웃집 어른이 소개한 사람과 바로 결혼했대요. 헤어지는데 누나가 자기도 다시 데려갈 수 있겠냐고 울면서 묻더라고요. 제가 꼭 다시 데리러 온다고 약속했는데, 다시 못 갔어요. 그게 제일 맘이 아팠어요."

마음을 진정시키려는 듯 홍석은 잠시 말을 멈췄다.

"누나를 그렇게 떼어 놓고 오니까 힘들었어요. 가족이 함께 있고 싶어도 있을 수 없는 시절이 원통했어요. 제가 너무 힘들어하는 모습을 봐서, 아저씨가 아들 찾는 걸 포기했는지도 몰라요."

홍석의 말은 두서가 없었지만 강희는 힘들었던 상황을 짐작할 수 있었다.

"그럼, 아들을 찾으러 안 가셨단 말이야?"

"저랑 그 길로 다시 상해로 갔어요."

강희는 상학이 견뎌야 할 슬픔의 무게를 가늠해 보았지만 쉽지 않았다. 아들을 찾아 그 험한 길을 나섰는데 만나 보지도 않고 돌아설 결심을 했다니. 칼로 가슴을 도려내는 심정일 것만 같았다. 상해 거리를 헤매고 있을 그의 모습이 눈에 보이는 듯했다. 모두 정처 없는 시간을 지나고 있었다.

"아저씨가 많이 아팠어요. 그래서 저도 포와로 돌아오는 시간이 좀 늦어진 거예요."
"지금은?"
"괜찮으세요. 저, 선생님 드리라고 제게 편지를……."
홍석이 봉투 하나를 내밀었다.
홍석의 잠자리를 마련해 주고 강희는 거실로 나왔다. 애써 마음을 가다듬은 후 상학이 보낸 편지의 봉투를 뜯었다. 긴 편지였다. 정갈한 글씨가 흰 종이 위에 가득했다. 상학의 목소리가 들리는 듯했다.

서신으로 나의 안부를 전함을 미안하게 생각하오.

잘 지내고 있는지 궁금하구려. 나는 아침이면 임정 사무실에 나가 미국 각 주에서 동포들이 모아 오는 모든 성금 내역을 정리하고 기록하는 일을 하고 있소. 다른 두 사람과 함께 말이오. 세계 각지에 흩어져도 나라 사랑하는 마음이 한곳에 모여 큰 도움이 되는 모습을 보며, 이런 작은 일이나마 내가 할 수 있다는 사실에 위안을 삼고 있소.
포와에서 답지한 성금을 정리할 때마다 당신이 알뜰하게 모아서 낸 돈도 있겠구나 싶어 반갑기도 하다오.
여기 있으면 그곳이 그립고, 거기 있으면 떠나온 조국이 그리운 것은 비단 나뿐만이 아니라고 생각하오. 언제부터 우리 모두 나그네가 되었는지…… 한편으론 이런 상황들이 한스럽기도 하다오.

 홍석이가 제 아버지를 찾아 고향으로 가는 길에 내가 동행했소. 홍석이는 똑똑하고 기개가 있지만, 일본 사람 땅이 된 조국의 상황이 불안하고 홍석이 아직 어린 나이라 그렇게 결정한 것이오. 그리고 나서 홍석이를 데리고 형님네가 사는 고향으로 내려가는 것이 나의 계획이었소.

 어렵게 홍석이네 집을 찾아갔소. 아버지는 벌써 타계하시고 누이가 시집을 가 힘들게 살고 있었소. 어린 홍석이 그 슬픔을 감당하는 걸 보고 내 마음이 얼마나 아프고 힘들던지.

 아들 세욱이 생각이 간절했으나, 상해에서 보낸 연락마저 답이 없었소. 이미 고향 땅에 없다는 생각이 들었소. 몇몇을 통해 연락을 넣어 봐도 모두 헛수고였소. 일본으로 갔다는 소문도 중국에 갔다는 소문도, 다 믿을 수 없었소. 보고 싶다고 볼 수 있는 게 아니었소. 내가 거두지도 못할 상황이라는 것만 확인했소.

꿈에서도 못 잊을 내 아들 세욱이지만 소식 하나 듣지 못하고, 돌아서지 않는 발길을 돌리기로 작정하고 다시 상해로 왔소. 그리고 오랫동안 아팠소. 세욱에 대한 그리움과 미안함, 그리고 나의 용기 없음이 나를 아프게 했소. 마음이 아프니 몸도 따라 아파 오는구나, 실감하면서 말이오. 죄만 짓고 사는 것 같구려.

홍석이와 많은 얘기를 했소. 그 아이를 입양했으면 하오. 내 뜻을 이해해 주리라 믿소. 볼수록 정이 가는 아이요. 학교를 마치려면, 홍석이 혼자 힘으론 어려울 것이오. 홍석에게 내 뜻을 얘기하니 울먹이더군. 당신이 최종 결정을 하길 바라오. 홀로 있을 당신에게도 좋은 아들 노릇을 하리라 기대하오.

나는 이곳에서 좀 더 머물 계획이오. 떠나올 때는 솔직히 포와는 마지막이라는 심정이었소. 당신과 창석의 일을 생각하면 아직도 마음 한구석이 미안하구려. 못난 내 탓으로 젊은 두 사람 갈라놓은 것 같아서……

언제 돌아간다는 말은 하지 않겠소.
건강하구려. 모두에게 나의 심심한 안부를 부탁하오.

1924년 12월 4일

상해에서

대륙에서 온 남자

 몇 주만 머무른다던 장현은 두 달이 넘었는데도 떠나지 않았다. 이유는 여러 가지였다. 이왕 먼 길을 왔으니 포와에 사업할 만한 것이 있는지 살펴본다는 것이 하나고, 독립운동의 열기로 가득한 포와에 온 것이 신의 뜻이라며 도움이 될 만한 일을 찾겠다는 것이 다른 이유 가운데 하나였다. 나영은 장현이 은근히 자신에게 호감을 느끼고 있을 거라는 기대를 품었다. 교회 갈 때 자연스레 동행하고, 부탁하지 않아도 이것저것 도와주는 이유를 달리 해석할 수 없었다.
 저녁을 부탁한다는 장현의 말에 나영은 반주까지 준비했다. 작은방으로 상만 들이밀려다 식탁이 있는 곳으로 나오라고 청했다. 그도 기쁘게 마주 앉았다.

"소문 들었소? 부인네 머물며 남자가 할 일을 좀 했기로서 니, 쳇, 이상한 소문이나 퍼트리는 사람들 일일이 따라다니며 해명할 수도 없고 말이오."

장현이 술잔을 내려놓으며 말했다.

"그들이 괜한 오해라도 했다는 말이에요?"

나영은 장현의 의도가 무엇인지 궁금했다. 예정보다 길게 자신의 집에 머무는 이유 또한 알고 싶었다. 어제도 칠이 벗겨진 대문에 새로 페인트칠을 해 주었는데, 단지 친절에서 우러나온 행동이라면 감사하다고 말하고 더 이상 묻지 않을 생각이었다.

"나야 부인과 그런 소문 난다고 나쁠 건 없지만, 그래도 부인은 최대 독립 자금 납부······."

"제발, 그 독립 자금 납부자 부인이란 말은 이젠 그만해요. 도대체 그 꼬리는 얼마나 길기에 끊어지지도 않나요? 남들에겐 칭송받을 일인지 몰라도, 나는 평생 안락한 삶을 보장받을 수 있는 재산을 날린 불운한 여자일 뿐이에요."

그가 따라 주는 술을 연거푸 마신 탓인지 나영은 속엣말을 터트렸다. 사람들이 추켜세울 때마다 몹시 씁쓸했고 이젠 그런 말도 오히려 자신에 대한 동정이나 빈정거림처럼 들렸다.

"내 가정 하나 지켜 내지 못하고 제 몸 성하지 않은데 독립이면 어떻고 전쟁이 나면 또 어쩔 거예요? 죽 쒀서 개 줬다는 말이, 아니 제 옷 벗어 남의 발에 감발 쳐 줬다는 말이 바로 꼭 지금의 내 처지를 두고 만든 말 같아 속이 있는 대로 다 탔어요."

나영은 창석이 독립 자금을 기부했다는 것을 태호를 통해 들었지만, 그렇게 많은 금액이라곤 꿈에도 생각하지 못했다. 여관을 매각하고 은행에 가서 저당권 해지 서류에 사인할 때 비로소 금액을 알게 되었다. 그때를 생각하면 지금도 억울했다.

나영은 장현 앞에서 쓸데없이 창석 얘기를 꺼낸 것만 같아 금세 후회했다.

"부인을 욕되게 할 생각은 없어요. 교회 마당에서 부인을 처음 봤을 때 특별한 감정을……, 옅은 현기증 같기도 하고, 가슴이 뛰더라고요."

장현이 어색한지 앞머리를 쓸어 올렸다.

나영은 순식간에 두 볼이 붉어진 듯 얼굴이 화끈거렸다. 힘들었던 지난 시간이 너무도 빠르게 등 뒤로 사라져 버리는 것만 같았다.

"나는 좋고 싫음이 분명한 사람이에요. 나 역시 이 선생을 처음 교회에서 봤을 때부터 이제야 새로운 인연을 만나는 건 아닌지, 설렜어요."

나영은 자신을 물끄러미 쳐다보는 그의 눈길을 피하지 않았다. 어디에서 나온 용기인지 모를 일이었다. 그의 눈길이 닿는 곳마다 붉은 피가 몰리듯 심장이 빠르게 뛰었다. 이토록 생의 충만한 감정은 처음인 듯싶었다.

"부인이 그렇게 느꼈으리라곤 정말 생각도 못 했소. 이걸 행운이라고 해야 할지……. 아, 갑자기 몹시 쑥스럽네요."

그는 정말 예상도 못 한 말을 들은 사람처럼 제 술잔에 빠르게 술을 따랐다.

나영은 그의 손길을 뿌리치지 않았다. 오히려 그에게 기대고 사랑받고 싶었다. 창석은 잊고 새출발하고 싶었다. 그렇다고 해서 누구 하나 손가락질할 사람은 없었다. 불행만 안겨 준 이 섬을 떠나 더 넓은 대륙으로 가고 싶었다. 주디의 장래를 위해서도 변화가 필요했다. 포와에서의 삶이 실패한 게 아니었다. 오히려 더 나은 미래로 가는 고통의 문이었다고 생각하니 억울하지도 않았다. 어느새 장현의 입술이 나영의 입술을 찾아 포개졌다.

"확실하게 해 두고 싶은 게 있어요. 듣자니, 다른 여자들하고 선을 봤다는 얘기가 있는데, 오늘부턴 다 끊어 줘요."

"여부가 있겠소. 그런 일이 없었다고는 나도 말 못 하지. 하지만 나의 뜻으로 그렇게 만난 게 아니라는 건 알아줘요."

나영은 이제야 진정한 인연을 만났다는 생각에 달떠서 저도 모르게 신음을 냈다. 둘이 함께 숨 쉬고 같이 움직인다는 사실이 나영은 신비하게 느껴졌다.

새벽빛이 어슴푸레하게 방 안으로 스며들었다. 나영은 잠이

든 장현의 얼굴을 오래 들여다보았다. 사랑받고 있다는 감정이 밀려오자 자신이 매우 귀한 사람으로 여겨졌다. 아버지에게 받았던 짧지만 충만한 사랑을 떠올리게 할 만큼 행복한 순간이었다.

"동지…… 회사라고요?"

나영은 그의 얼굴에서 눈을 떼지 않고 물었다.

"그렇소, 주식회사요. 이승만 박사가 만든 동지회에서 설립하는 것이오. 나이 든 한인 사탕수수 노동자들을 위한 제2의 삶의 터전이기도 하고. 정기적인 독립 기금을 확보하려면 교민들의 모금에만 의존해선 안 된다는 취지로 만들어진 집단농장인 셈이오."

"얼핏 들으면 좋은 일이지만, 노인들 일 시켜서 얻는 수익으로 지들 생색내려고 하는 건 아니에요?"

"늙어 오갈 데 없고 혼자 된 한인 노동자들이 많으니, 어찌 보면 서로 돕자는 취지지."

나영은 진지한 표정으로 그의 말을 들었다. 고국으로 돌아가고 싶어도 이미 남의 나라가 되었으니 틀린 말은 아니었다. 자신도 그런 처지가 되지 말라는 법도 없었다.

"그런데요? 그게 당신하고 무슨 상관인데요?"

"거기에 투자를 좀 하려 하오. 이 좁은 바닥에서, 말 많은 한인들 사이에서 사느니 차라리 우리 그곳에 들어가 삽시다."

"노인네들 틈에서요?"

나영이 눈을 찡그리며 웃었다.

"젊은 사람도 몇 명 올 듯하고. 힐로에 벌써 큰 부지를 흥정하고 있다고 들었소. 이 박사의 모금 운동도 활발하고, 벌써 3만 달러가 넘는 돈도 모아졌다 하고. 주식회사니, 소득이 많으면 배당금이 나온다는 것도 신박하게 들리고, 나이 들어 존경받으며 살면 좋지."

그의 입에서 '힐로'라는 말이 떨어지자 나영은 잠시 시무룩해졌다. 불행이 싹텄던 장소였다. 본토로 갈 수 있다면 좋으련만 장현은 그에 대한 말은 없었다.

나영은 동지촌에 대해 곰곰이 생각해 보았다. 사람들 눈치 볼 것 없이 깊은 산속에서 사랑하는 사람과 함께하는 삶도 나쁘지 않았다. 돈을 투자하면 평생 먹고살 걱정 없는 주식회사 형태로 이루어진다는 말도 매력적이었다. 나영은 곰곰이 생각하다 교민들 소식에 밝은 태호를 떠올렸다. 그는 분명 동지회에 대해 잘 알고 있을 터였다.

"친오라버니라고 생각하고 묻고 있어요, 지금."

나영은 절박함을 숨기지 못하고 말했다. 아무리 바빠도 나영의 일이라면 달려와 주는 그가 오늘따라 더욱 고맙고 든든했다. 창석과의 의리라는 걸 모르지 않았다.

"동지촌 얘긴 나도 들었어요. 뜻은 좋은데 아직 사업 계획도 뚜렷한 게 없어 어떨지……. 과장되게 알려진 부분도 있고……."

호놀룰루에 있는 집을 팔아 들어갈 거라는 얘기를 듣자 태호는 말문이 막혔다. 창석의 마지막 흔적이 사라지는 것처럼 느껴져 안타까웠다. 솔직히 나영이 동지촌으로 들어간다는 말보다, 그녀가 재혼하려는 상대가 이장현이라는 말에 걱정이 앞섰다. 그는 남자가 봐도 무척 멋진 사내였지만, 대륙에서 오래 잔뼈가 굵은 호방한 사람이었다. 이 작은 섬에 맘 붙이고 오래 살 수 있을지 의문이었다. 나영의 들뜬 모습을 보니 그런 걱정이 더 앞섰다.

"동생댁……."

그가 오랜만에 동생댁이라고 불러 주자 나영은 금방이라도 눈물을 쏟을 듯 울컥했다. 잊고 지내고 싶었던 창석의 얼굴이 더욱 생생하게 기억돼 심란했다.

"내, 동생댁에게 이리 해라, 저리 해라, 할 수는 없어도, 조금은 말할 자격이 있다고 생각해요. 내가 아끼는 창석이댁이었으니. 다른 건 몰라도, 처음보다 두 번째 결혼이 더 좋아야 하지 않겠소?"

"오라버니는 내가, 주디 아빠 남겨 놓고 결혼한다고 지금 욕하고 싶죠. 누구는 죽어 가는데, 제 팔자나 고치려고 한다고 욕하고 싶은 거죠?"

나영은 생각보다 더 예민하게 반응했다. 태호는 친절하게 묻는 말에나 답하고 일어서지 못한 게 은근히 후회되었다.

"강희도, 오라버니도, 다 그 사람 편에 서서 얘기하네요. 진정, 나를 위해 한마디 해본 적 있어요? 내가 전에 술기운이지만, 원한다면 내 오라버니하고라도 결혼하겠다는 말까지 했잖아요. 그렇게 힘들었어요. 사람들은 나만 보면 웅성웅성……. 무슨 버러지 보듯……."

나영은 더 말을 잊지 못하고 와락 눈물을 쏟았다. 인사차 나영의 집에 들른 태호에게 술김에 결혼하자고 떼를 썼다. 도무지 이해할 수 없는 행동이었다. 감당하기 힘들 정도로 허망하고 힘든 시간을 보내던 때였다. '보통의 여자'처럼 살고 싶었을 뿐이었다. 결혼하면 거친 말들이 다 잠재워질 것만 같았다.

"내가 그 마음을 왜 모르겠어요. 동생댁을 걱정해서 해본 말이오."

나영은 사진 신부로 시집와 농장 일은 손도 대 보지 않은 여자였다. 아이는 커 가고 지닌 것이라곤 달랑 작은 가게 딸린 집 한 채가 전부였다. 어찌 불안하지 않으며, 문둥병 환자 여편네였다는 꼬리표를 떼고 싶지 않을까. 태호도 나영과 술 마시던 날을 기억했다. 그녀가 안쓰럽게 느껴졌던 것도. 그러나 그게 전부였다.

"동지촌 일은 시간을 두고 생각해 봐요. 아직 주식회사라는 말도 낯설고 빛 좋은 개살구라는 말도 떠도니. 집은 아직 팔지 말고, 일이 어떻게 진행되는지 더 지켜보는 게 좋을 것 같아요."

태호는 동지촌이 뜬구름 잡는 얘기 같아 걱정이었다. 동지촌 계획에 뜻을 같이한 사람들이 중심이 되어 투자 설명회도 열린다고 했다. 이미 몇 명이 꽤 많은 돈을 투자했다는 말도 들려왔다. 같이 일해서 같이 먹고 이익금을 서로 분배하고 정기적으로 독립 자금을 추렴하는 것은 뜻깊은 일이었다. 은행에서 많은 돈을 빌려 시작한다는 게 가장 마음에 걸렸다. 뜻만 크고 내용은 부실하다는 증거였다. 이 박사에 대한 교민들의 맹목적인 신임도 위험했다. 심란한 표정으로 앉아 있는 나영의 얼굴을 보자 태호는 자신이 괜한 일까지 참견한 것만 같아 마음이 편치 않았다.

*

앤드루는 자신의 기억을 더듬으며 고개를 갸우뚱했다. 예전에 스텔라를 몇 번 집에 데려다준 적은 있었지만, 집들이 너무 비슷비슷해 난감했다. 그래도 자신의 기억과 가장 일치하는 집 앞에서 멈춰 섰다. 창이 두 개인 집. 유독 그 집만 창이 두 개였던 이유를 물었던 기억이 났다. 엄마가 더위를 못 참아서 농장 아저씨들이 창문을 하나 더 내 줬다는 스텔라의 이야기가 떠올랐다. 그는 잠시 숨을 고르다가 문을 두드렸다. 안에서 인기척이 들렸다.

심영은 앤드루를 보고 무슨 일이냐고 눈으로 물었다. 얼핏 봐도 아는 사람은 아니었다. 게다가 말쑥하게 차려입은 백인이 초라한 자신의 집을 찾아올 이유도 없었다. 옆에 선 어린 남자아이가 아니었다면, 심영은 앤드루를 집을 잘못 찾아온 사람쯤으로 여길 뻔했다. 백인 남자의 손을 잡고 선 아이를 보는 순간 심영은 그 자리에 털썩 주저앉았다.

"마크 승원…… 박서!"

한 치의 의심도 없었다. 심영의 목소리는 거의 신음에 가까웠다. 꿈에서도 잊어 본 적 없는 그 긴 이름. 하얀색 셔츠에 청색 반바지를 받쳐 입은 소년이 고개를 들어 심영을 올려다보았다. 짙은 밤색 눈동자가 어찌나 큰지 얼굴의 반을 차지하는 듯했다. 눈을 깜박일 때마다 길고 숱 많은 속눈썹이 눈가에 옅은 그림자를 드리웠다. 앤드루는 자신의 이름을 정확하게 기억하고 있는 동양인 여자의 얼굴에서 호기심을 거두지 않았다.

"자, 할머니께 인사 드려야지."

승원은 앤드루의 말에 눈만 깜박였다. 그 큰 눈이 바닥에 주저앉은 심영의 얼굴을 천천히 훑었다. 심영이 손을 내밀었다.

햇볕과 노동에 거칠어진 손이었다. 승원은 어색한 듯 서 있었다. 심영이 더는 기다리지 못하고 승원을 덥석 품에 안았다. 예전에 앤드루네 집에서 먹었던 빵 냄새 같은 달콤한 냄새가 코에 닿았다. 심영은 자신의 품에 안긴 승원의 얼굴을 보고 또 보았다.

 심영은 앤드루를 집 안으로 청했다. 그는 실례가 되지 않는다면 기쁜 마음으로 들어가겠다고 말했다. 승원의 신발을 먼저 벗긴 다음 그는 무릎까지 오는 긴 부츠를 벗고 들어섰다. 초혜가 집에 있어 다행이었다. 그동안 승원은 앤드루가 사는 보스턴에서 자랐다고 했다. 그것도 몰랐던 심영은 바보스럽게 언덕 위의 그 큰 집을 바라볼 때마다 기도하는 마음으로 승원을 생각했었다. 같이 이민 왔던 사람들이 더 살기 좋은 곳으로 떠나도 심영은 캠프 나인을 떠나지 않은 것도 다 오늘 같은 날을 기다렸기 때문이었다.

 앤드루가 스텔라의 안부를 물었다. 어떻게 대답해야 하느냐고 초혜가 심영에게 눈으로 물었다.

 "있는 그대로 대답해라."

 하나도 숨기고 싶은 마음이 없었다. 이젠 스텔라도 거의 공부를 끝마쳤다. 흔들림 없이 잘 버텨 온 딸이 참으로 대견하다는 생각이 들었다. 심영은 승원의 손을 만지작거리며 초혜와 앤드루가 나누는 이야기를 들었다. 다는 이해하지 못해도 대강은 알아들었다. 초혜가 앤드루에게 무슨 얘기를 했는지 그는 가끔 두 손으로 마른세수를 하며 고개를 끄덕였다.

심영은 승원의 손을 가만히 쥐었다. 잘 길들인 어린 새의 날개처럼 부드러운 손이었다. 승원은 심영의 손을 뿌리치지 않았다. 심영은 그 사실만으로도 눈가가 젖었다. 승원은 그녀의 희끗거리는 머리와 양미간 사이 깊게 골진 주름을 힐끗거리며 쳐다보다 심영과 눈이 마주치면 슬며시 웃었다.

앤드루가 그만 돌아가야 할 것 같다며 자리에서 일어섰다. 심영은 다급한 마음에 둘을 불러 세웠다. 승원에게 제 어미를 기억할 만한 물건을 주고 싶다는 생각이 문득 들었다. 그녀는 급히 방으로 들어갔다. 한참을 뒤적거리던 심영은 옷장에서 작은 보따리 하나를 들고 앤드루 앞에서 풀었다. 작은 꽃신과 한복 한 벌, 그리고 붉은 댕기가 모습을 드러냈다.

"네 어미가 포와에 도착했을 때 입었던 것들이다. 간직해라."

심영은 자신의 말을 한마디도 빼놓지 말고 전하라고 초혜에게 일렀다. 앤드루는 고개를 끄덕이며 승원에게 설명해 줬다. 심영은 그동안 소중하게 간직해 왔던 보따리를 다시 묶어 앤드루에게 건넸다. 그제야 스텔라와 승원이 하나로 이어진 것만 같아 마음이 조금 풀렸다. 그녀의 볼에 가볍게 키스를 한 승원이 삐걱거리는 계단을 내려섰다. 그러고는 뒤돌아서서 다시 한번 물끄러미 그녀를 바라보는 승원의 눈은 여전히 호기심에 가득 차 있었다.

"머리가 전혀 노랗지 않지?"

심영은 조금 전 다녀간 미소년이 스텔라가 고생하며 낳은 자식이라는 게 아직도 믿기지 않았다.

"노랑머리 아이로 클까 봐 내다 버렸소?"

"아, 아니 저년이……."

"잘했어요, 엄마다워요."

초혜는 제 방문을 닫고 들어가 나오지 않았다.

"몹쓸 계집애. 그래도 네년은 이해할 줄 알았다."

심영은 초혜가 던진 엄마답다는 말을 오래 곱씹었다. 씹을수록 입안에 쓴 물만 고였다. 초혜는 늘 저런 식이었다. 자신의 탓인 것만 같아 마음이 아팠다.

초혜가 어느새 서른을 넘겼다는 생각에 정신이 번쩍 들었다. 결혼은 고사하고 연애할 생각도 아예 없는 듯했다. 가끔 여기저기서 중매가 들어와도 관심조차 보이지 않았다. 재취 자리는 죽어도 싫다고 펄쩍 뛰었다. 심영도 억지로 딸을 시집보내고 싶은 마음은 없었다. 혼자 사는 것도 그다지 나쁜 선택은 아니라는 생각도 들었다. 그러나 언제부턴가 중매 자리도 없으니 은근히 조바심이 생겼다.

초혜는 교회도 나가지 않았고, 젊은 사람들과 어울릴 수 있는 교민 행사에도 얼굴을 내밀지 않았다. 작은 은행을 다니는

데, 퇴근하면 부리나케 집으로 달려와 두문불출이었다. 부모의 불행한 결혼 생활을 보고 자란 초혜에게 결혼에 대한 환상이 있을 리 만무했다. 심영은 그런 초혜를 볼 때마다 어미로서 미안했지만 가끔 그녀의 냉담한 말투와 시선은 야속했다. 포와에 오지 않았더라면, 손에 물 하나 묻히지 않고 곱게 자라 좋은 집안에 시집가고도 남을 아이였다.

심영은 초혜의 짝으로 강희가 말한 태호를 생각해 보았다. 등잔 밑이 어둡다고, 그 좋은 사람을 왜 한 번도 사윗감으로 생각하지 않았는지 모를 일이었다. 분명 나이 때문이었으리라. 나이 차이만 아니라면, 사람 됨됨이와 부지런한 것이 마음에 꼭 차는 사람이었다.

*

태호는 자신의 두 귀를 의심했다. 과부를 소개받는 자린 줄 알았는데, 뜻밖에도 초혜를 아내로 맞이할 생각이 없냐고 심영이 물었다. 꿈에도 생각지 않은 제안이었다. 더군다나 초혜라면 스텔라의 언니였다. 깊은 죄의식으로 각인된 기억이 방금 겪은 일처럼 생생해 당황스러웠다. 스텔라의 젖무덤을 헤치고 미친 듯 애무하던 사람이 자신이라는 게 믿기지 않았다.

"모, 못 합니다."

태호는 절대 그럴 수 없다며 고개를 푹 숙였다.

"말하기도 조심스럽네……. 그동안 우리 두 사람, 동생 누님 사이로 지내지 않았나? 모처럼 힘든 말을 내가 꺼냈다가 혼사도 안 되고 우리 사이도 서먹해질까 봐, 그게 제일 맘에 걸려 이렇게 내가 말을 쉽게 못 하네."

태호는 고개를 저었다. 꿈도 꿔 보지 않은 과분한 자리였다. 초혜를 모르지 않았다. 말이 없는 사람이지만 수줍은 성격은 아니었다. 매사에 빈틈없이 정확했고 말보다 행동으로 보여 주는 사람이었다. 게다가 첫 이민선을 같이 타고 온 인연도 있었다. 긴 머리카락 끝에 찰랑거리던 붉은 댕기가 손끝에 잡힐 듯 선연했다. 배에서 처음 본 어린 초혜가 하도 영특하게 생겨 손을 잡고 나이와 이름을 물었던 기억이 어제 일처럼 선명했다. 그동안 가까이서 자라는 모습을 쭉 지켜봤다. 바르고 곱게 자란 처자였다. 어느 날인가 길에서 우연히 마주쳤을 때, 소녀 티를 다 벗고 아리따운 여인으로 성장한 모습에 가슴이 쿵 내려앉았던 때도 있었다. 그러나 그것은 아름다운 것을 보면 감탄하는 그런 감정에 불과했다.

한 번도 초혜를 여자로 바라본 적이 없었는데 아냇감으로 소개받다니. 큰 벌을 받는 느낌이었다. 태호는 물컵을 다시 들었다. 자꾸 입에 침이 마르고 목이 탔다.

"못 하긴, 뭐가 걸릴 게 있나? 둘 다 처녀, 총각인데."

"그래도, 초…… 초혜를 어떻게……."

잔뜩 긴장한 목소리로 태호가 물었다. 민망할 정도로 쩔쩔매는 자신이 부끄러웠다.

"아침에 나오는데, 어딜 가냐고 묻데. 그래, 자네 만나 중매 선다 그랬지. 누구 소개해 줄 거냐고 묻길래, 초혜 너 소개할 거라고 했더니 얼굴이 빨개져서는 제 방으로 홱 들어가지 뭔가."

심영의 말에 태호는 소년처럼 수줍게 웃었다.

*

장현은 이야기꾼이었다. 나영이 잠들 때까지 팔베개해 주며 이야기를 들려주었다. 목소리는 느리고 은근했다. 나영은 긴 밤이 더 이상 외롭거나 두렵지 않았다. 장현과 함께하는 시간이 늘 빨리 흘러가는 것만 같아 아쉬울 뿐이었다.

"당신은 자신이 얼마나 아름다운 사람인지 모르고 사는 사람 같아."

"내가 이쁘단 말이에요?"

나영은 중매쟁이에게 들어 보고 처음 듣는 말이었다.

"내 말은 믿어도 좋아요."

나영은 어둠 속에서도 두 볼이 붉어지는 것을 느꼈다. 다시 여자로 돌아온 이 순간이 행복했다.

"당신 살았던 얘기 좀 들려줘요."

그에 대해 아는 게 많지 않다는 생각이 들자 나영은 그의 모든 것이 궁금해졌다.

"모험과 도전의 시간이었소."

그는 무슨 커다란 이야기보따리라도 펼쳐 놓듯 거창하게 시작했다.

"모험과 도전이라면, 사내답게 살았다는 얘기 아니에요?"

나영이 들뜬 목소리로 물었다.

"내가 고향을 떠나올 땐, 달랑 인삼 세 뿌리 가진 게 전부였소. 대마도에 갔다가 거기서 그걸 팔아 옷감을 사서, 또 배를 타고 일본 남쪽으로 내려갔지. 그곳에서 포와로 오는 배를 탈 수 있었소. 포와가 어딘지도 자세히 몰랐지만, 남자들 일거리가 넘치고 따뜻한 곳이라는 말에 망설이지 않았소. 배 안은 어찌나 덥고 냄새나고 더러웠던지. 포와에 내렸을 때 다시는 배를 안 타리라 다짐했소. 그래도 일 년 있어 보니 답답하고 또 몸이 근질거려 견딜 수가 있어야지. 평생 한곳에 오래 정착하고 살아 본 기억이 없으니 내겐 놀랄 일도 아니었소. 그것도 그거지만, 농장에서 툭하면 싸움질이고, 외국인 십장들 횡포도 얼마나 심하던지…… 다시는 뙤약볕 아래에서 노동하며 살지 않겠다, 그때 다짐했소."

나영은 졸린 눈을 크게 뜨며 그의 얘기에 빠져들었다.

"그래, 본토는 어찌 갔어요?"

"미 본토로 떠나는 배에서 막일할 사람을 구한다는 얘길 듣고 무조건 농장을 떠났지. 일본에서 포와로 건너올 때보다 몇 배는 큰 배였소. 그것만으로도 나는 무척 만족스러웠소. 배의 크기가 더 큰 세상으로 간다는 희망처럼 보였으니까. 어쨌든 나는 배 안에서 청소도 하고, 요리도 하고 그러다 보니 어느 항구에 도착했는데, 그게 샌프란시스코였소. 배에서 내려 차이나타운으로 갔지. 방값도 싸고, 동양인들이 우글거렸으니 일자리 구하기엔 그곳이 그래도 수월했으니까. 그때 샌프란시스코는 페스트가 도시 전역에 퍼졌을 때였소."

"페스트요?"

"피를 토하고, 죽으면 몸이 새까맣게 된다고 해서 흑사병이라고도 하지. 무시무시한 병이야."

"나병보다 무섭나요?"

나영은 세상에서 제일 무서운 병은 나병이라고 생각했다. 창석이 몰로카이에 수용되고, 여관을 헐값에 넘기고, 자신이 사람들에게 손가락질받았던 이유도 그 몹쓸 나병 때문이었으니 그럴 만도 했다.

"그 화장터에서 일한 얘기나 좀 들려줘요."

나영은 자신이 괜스레 나병 이야기를 꺼낸 것 같아 화제를 바꿨다. 화장터 이야기는 이미 여러 번 들었지만 들을수록 새롭고 흥미로웠다.

"그래요. 그건 참 특이한 경험이었소. 샌프란시스코에서는 중국인이 하는 장의사에서 한 삼 년 일했었소. 작은 창 같은 유리문을 통해 시체가 잘 타는지 지켜보는 게 내가 해야 하는 일 중 하나였지. 불이 확 붙기 시작하면 시체가 마치 베이컨 조각처럼 둥글게 말려 올라간다오. 어떨 때는 그렇게 말려 올라가지 않고, 마치 다시 소생한 사람처럼 벌떡 일어나 앉는 시체도 있소."

"어머머…… 끔찍해라."

나영은 얼른 그의 품속으로 파고들었다.

"열기가 가시고 나서 들어가 보면, 재만 남은 모습이 끔찍해. 군데군데 뼈 몇 조각만 남기고 다 타고 없지. 근데 이것보다 더 힘든 일은 자손들이 부모들 묘를 이장할 때라오. 무덤을 파서 시신을 꺼내 얇은 구리로 된 상자에다 옮기는 일이지. 중국인 가운데는 시신을 본국으로 모셔 가거나, 다른 주로 이사 갈 때 조상의 시신도 함께 옮기고 싶어 하는 사람들이 더러 있어요. 그 구리로 된 상자를 단단하게 봉해서 유가족에게 내어주는 일이 우리가 하는 일이었소. 죽은 지 두세 달 된 시체를 다시 관에서 꺼내는 일이 가끔 있었는데, 그 일이 내가 했던 일 가운데 가장 힘든 일이었소. 어찌나 끔찍하고 무섭던지……."

"그 끔찍한 일을 왜 그리 오래 했어요?"

나영은 호기심과 근심이 섞인 목소리로 물었다.

"돈이지. 일당이 여느 일들보다 세 배는 비쌌으니까."

그가 그런 일을 했으리라곤 꿈에도 생각할 수 없다는 듯 나영은 그를 지그시 바라보았다. 흰색 양복이 잘 어울리는 깔끔한 장현에게 그건 어울리지 않는 일이었다.

"돈 때문에 그 일을 했다고요?"

나영은 그가 왠지 든든하게 느껴졌다. 평생 처자식은 굶기지 않을 사람처럼 보였다.

나영은 막 잠이 들려는 장현의 가슴팍에 얼굴을 묻었다. 이야기꾼인 그가 좋았다. 그의 이야기를 들으며 평생을 살고 싶은 소망을 품고 잠을 청했다.

따뜻한 인사, 마할로 누이

 바다는 하루에도 여러 번 색이 변한다는 걸 몰로카이에 와서 처음 알게 되었다. 아침 바다는 추위를 이기고 갓 피어난 연녹색 이파리처럼 부드러운 색깔로 출렁거리며 하루를 열었다. 낮이면 바늘침을 쏟아부은 듯 사납게 햇빛을 반사하다 달이라도 훤히 뜨는 밤이면 정신을 쏙 빼놓았다. 검푸른 바다 위로 소금을 뿌려 놓은 듯 말갛고 기다란 달빛이 길을 열 때면 창석은 무엇에 단단히 홀린 사람처럼 스르르 일어서 바닷속으로 몇 걸음 걸어 들어간 적도 있었다.
 포와에 오래 살았어도 바다를 보고 생각에 잠겨 있을 만큼의 여유는 없었다. 오히려 칼라우파파에 와서 바다를 바라보며 생각에 잠길 수 있었다. 창석은 앞만 보고 달려왔던 지난 시간과 마주했다. 캠프 나인에서 보냈던 날들이 가장 행복했다. 하루의 노동을 끝내고 상학과 태호와 함께 소리 높여 불렀던 노래들은 생의 뜨거운 찬가였다. 사탕수수를 잘근잘근 씹어 대며 캠프 나인으로 돌아오는 길은 미래에 대한 기대로 피곤한 줄도 몰랐다. 땀에 젖은 옷을 입은 채 잠든 날도 많았지만 가슴은 늘 희망으로 부풀었다. 떠나오고 보니 너무도 아름다운 시절이었다.

창석은 언제부턴가 잠에서 깨어나면 눈부터 더듬어 보는 버릇이 생겼다. 아직 성한 두 눈이 있다는 사실에 안도하며 하루를 시작했다. 가끔 죽어 있는 자신을 내려다보는 꿈도 꿨지만, 두 눈을 잃고 컴컴한 세상에 혼자 남는 꿈에 비하면 아무것도 아니었다.

강희를 보내고 창석은 며칠 동안 방 안에 틀어박혀 지냈다. 폭포 소리와 파도 소리가 작은 방을 어디론가 쓸고 갈 것처럼 끊이지 않았다. 동팔이 몇 번 왔다 가고 라니가 가끔 옆에서 하와이 노래를 불러 줬다. 라니의 노래는 파도 소리와 폭포 소리 사이에서 부드러운 자장가처럼 창석의 마음을 적셨다. 노래 내용을 알아들을 순 없어도 언어보다 선명한 라니의 따뜻한 마음이 느껴졌다. 때로는 기도 소리 같고 때로는 연인을 위하여 흘리는 눈물 같은 노래였다. 그 소리에 창석은 잠깐씩 잠들 수 있었다.

라니는 창석의 환부를 살피며 노니즙을 발라 주었다. 그녀는 손에 장갑도 끼지 않고 마스크도 하지 않았다. 창석이 자신의 몸을 맡길 수 있는 유일하게 살아 있는 인간이었다.

라니는 얼마 전부터 바느질을 멈췄다. 손가락 살점이 조금씩 떨어져 나가기 시작하고 기침도 점점 심해졌다. 창석이 몸과 마음을 추스르자 빠른 속도로 라니의 병세가 깊어졌다. 그래도 그녀는 고집을 피우며 창석의 퀼트 이불을 완성했다. 창석은 그것을 받아 들고 속상해 되레 화를 내고 금세 후회했다.

바느질을 멈춘 라니는 바닷가 기슭에서 노을을 바라보는 걸 가장 좋아했다. 해 질 녘이면 창석은 모든 일손을 놓고 라니를 데리고 바닷가로 갔다. 그녀는 둥글게 몸을 말고 모래 위에 오래 앉아 있었다. 앞에는 노을이 지고 오렌지빛으로 출렁였으며 그녀의 뒷모습은 점점 더 어두워졌다. 그녀의 어둡고 둥근 뒷모습만 바라봐도 창석의 마음이 무너져 내렸다. 어둠이 깃들 때까지 라니와 함께 바닷가에 오래 앉아 있는 게 그가 해 줄 수 있는 유일한 위로였다.

"할레……."

라니가 힘없이 먼 곳을 가리켰다. 창석은 무슨 말인가 싶어 고개를 갸우뚱했다.

"하우스."

멀리 배에서 흘러나오는 불빛을 가리키며 라니가 말했다.

멀리 여객선의 흐린 불빛이 깜박거렸다. 배를 보고 '하우스'라고 말하는 라니는 집을 그리워하는 게 분명했다.

"우리 모두에게 한때는 집이 있었어."

창석은 자신도 모르게 한국말로 중얼거렸다. 할레. 그 후로 창석은 멀리서 흐릿한 불빛만 보면 집을 떠올렸다.

동팔이 다른 나병 환자들과 함께 구해 온 코아나무는 보기에도 결이 단단하고 무늬가 고왔다. 기대했던 것보다 더 좋아 보이는 나무를 보자 창석은 흡족했다. 그는 몇 번이고 나무를 쓰다듬었다. 단단하고 부드러운 나무의 결이 손바닥에 느껴졌다. 길이는 어른 키 세 배는 족히 돼 보였고, 넓이는 양팔을 벌려도 나무의 몸을 감쌀 수 없었다. 창석은 나무를 구해 온 사람들에게 가지고 있던 얼마의 돈과 태호가 오래전 보내 준 담배와 차를 품삯으로 건넸다.

"무슨 꿍꿍이속인지 말해 봐, 이눔아."

"아니, 이젠 노망까지 들었소? 남의 일에 일일이 참견일세. 나 이제 바쁘니, 영감은 가시오."

동팔은 창석의 말은 상관도 하지 않는다는 듯 그늘에 털썩 주저앉았다.

"이 나무가 얼마나 귀한 줄 알어? 칼라우파파 사람들이 제일 부러워하는 게 코아나무야. 사람 피부보다 더 부드럽거든."

동팔은 그 부드러움을 다시 느끼고 싶다는 듯 천천히 몸을 일으키더니 성하지 않은 손을 뻗어 나무를 쓰다듬었다. 창석은 종이에 그린 그림을 들고 코아나무 곁을 여러 번 맴돌았다. 그의 얼굴 위로 잔잔한 흥분이 스쳐 지나갔다.

*

 태호는 옛 기억을 더듬으며 걸음을 멈췄다. 어느새 캠프 나인 뜰 한가운데였다. 짙은 녹색 칠을 한 목조 건물들은 여전히 스산해 보였지만, 그 변함없는 모습이 몹시 반가웠다. 그는 커다란 나무 아래 놓인 평상에 걸터앉았다. 편안하고 단단한 느낌이 여전했다. 상학과 창석 그리고 죽은 편씨와 산에서 잘라 온 나무를 며칠 동안 다듬어 만든 거였다. 태호는 그들의 손을 마주 잡은 듯 평상을 두 손으로 쓸었다. 초혜가 이 뜰에서 뛰어놀며 자라는 동안 자신도 조금씩 나이 들어 갔다는 사실이 새삼스러웠다. 초혜가 그가 만든 음식을 탐스럽게 입에 넣던 모습이 떠오르자 입가에 웃음이 번졌다.
 많은 사람이 캠프 나인을 떠났다. 심영은 모두의 큰누님처럼 줄곧 자리를 지켰다. 그런 심영이 있어서 가끔 캠프 나인을 들르는 사람들은 고향 땅에 온 기분을 느꼈다.
 심영의 집 앞에 이르자 태호는 긴장되었다. 그동안 누님처럼 따랐는데 이제는 장모가 될 사람으로 만날 생각을 하니 손에 땀이 배었다. 초혜를 신붓감으로 만나게 된다니. 꿈만 같고 농담 같아 현실로 느껴지지 않았다. 태호는 현관 앞에서 오래 망설이다 마음을 가다듬고 옷매무시를 다듬었다. 모처럼 염색한 머리가 어색했다. 밤새 잠까지 설친 탓에 얼굴이 푸석푸석했다. 후줄근한 중늙은이로 보일 것이었다. 초혜가 기겁해서 방으로 들어가 버릴지도 모를 일이었다. 다른 사람이 초혜를 소개한 자리였다면 정색을 했겠지만, 심영이 직접 나선 자리였다. 누구보다 그를 가장 잘 아는 사람의 선택을 믿고 따르고 싶었다. 초혜만 따라 준다면 더 바랄 게 없었다. 그는 양복 깃을 다시 매만지며 현관문을 두드렸다.

푸른빛이 도는 원피스를 단아하게 입은 심영이 창석을 맞았다. 초혜는 집에 들어서는 태호를 보자 부엌으로 들어가 나오지 않았다. 간간이 칼질 소리와 그릇 부딪는 소리가 들렸다. 멀리서 마른 나무를 태우는 은은한 저녁 냄새가 거실 깊숙이 스며들었다. 심영의 얼굴 위로 잔잔한 미소가 번졌다.

"이곳 사람들은 여전하죠?"

"새로 온 사람들도 있고, 여태 남은 사람도 몇 있어. 이곳 생활은 자네가 더 잘 알잖아. 그래도 우리 처음 왔을 때하곤 사람들이 좀 다르네. 여기저기서 농장 생활을 해본 사람들이 대부분이고. 자식들은 호놀룰루로 학교 보내고, 부부들만 사는 집들도 꽤 돼."

"십장은 어때요? 전에 들으니 점박이 최씬가 하는 사람이 됐다던데."

"한국 사람이 십장이니 좀 낫지. 요즘엔 죄다 파인애플 농사로 바꾸고 그러니 파인애플 노동자들이 더 많아. 필리핀 사람들도 많이 왔고."

초혜가 준비한 저녁상을 받아 든 태호는 어색하고 쑥스러웠다. 그동안 자신을 아저씨라고 부르며 따르던 소녀였는데 아내 될 사람으로 마주 앉아 있었다.

"처음엔 어색해도, 부부라는 게 살면서 정도 들고, 서로 알아 가고, 그런 거 아닌가. 초혜가 무뚝뚝해 보여도 마음이 여리고 찬찬하네. 내가 진작 좀 서둘러 둘을 소개할걸."

"난 무덤 파는 일을 하는 신랑은 싫어요."

초혜는 할 말은 해야겠다는 듯 심영의 말이 끝나기 무섭게 끼어들었다. 그녀의 말에 태호는 밥풀이 목에 딱 걸린 듯 헛기침을 했다.

"언제 우리가 하고 싶은 일 하면서 이곳에서 살았니?"

"그래도, 그 일은 싫어요. 무섭고 기분 나빠요."

"사람은 맘에 든다는 소리구나."

심영은 한쪽 눈을 찡긋하며 태호를 봤다. 얼굴 가득 웃음꽃이 피었다.

"이곳에서 신랑이 좋아서 시집가는 사람이 과연 몇이나 된다고 그래요?"
"그래도 인연이 되니 만나서 아기 낳고 사는 거지."
"난 아기는 안 낳을 거예요."
"그럼 시집은 가고?"
초혜는 대답 대신 더는 못 들어 주겠다는 듯 밥숟가락을 놓았다. 태호는 초혜의 발그레한 얼굴을 보자 마음이 놓였다.

*

나영은 조바심을 이기지 못하는 사람처럼 입구만 쳐다보며 면회실 안을 서성거렸다. 그녀는 장현과 새출발하기 전에 창석을 만나 보기로 결심했다. 직접 그를 보고 마음을 다지고 싶었다. 자신의 결정이 현명한지 아닌지 완전히 확신이 서지 않았다. 나영은 요즈음 무얼 생각해도 혼란스럽고 안개 속을 걷는 기분이었다. 창석은 돌아올 수 없는 사람이고 자신은 장현을 사랑한다는 사실조차도 가끔 의심했다.
삼십여 분을 기다려도 창석은 나타나지 않았다. 다른 면회 신청자들은 기다리는 사람이 입구 쪽에 들어서면 바다가 내다보이는 창가로 가 자리를 잡고 서로 뚝 떨어져 앉았다. 면회 소식을 받고 온 환자들은 대개가 모자를 쓰거나, 더위에도 아랑곳없이 긴 바지에 긴 팔 상의를 걸친 모습이었다. 가끔 마주 대하기 힘들 정도로 상태가 심각해 보이는 환자도 있었다. 나영은 창석이 어떤 모습으로 나타날지 몰라 마음을 놓을 수 없었다.

나영은 창석에게 전해 주려고 가져온 주디의 사진을 다시 꺼내 보았다. 볼수록 창석을 빼닮은 딸이었다. 나영은 다시 사진을 넣고 고개를 들었다. 그때 모자를 푹 눌러쓴 남자가 들어섰다. 창석이었다. 조금 야윈 것 빼고는, 예전 모습과 크게 다르지 않았다.

"주디 아빠……."

의자에서 천천히 몸을 일으키던 나영은 저도 모르게 울컥했다. 그는 면회실에 들어서다 나영을 보고 멈칫했다.

"오랜만이구려. 왜 이런 데까지……."

나영과 멀찌감치 떨어진 의자에 그가 몸을 깊숙이 들이밀며 말했다. 한참 망설이다 올라온 듯 담담한 표정이었다.

"다리가 많이 불편한가 봐요……."

나영은 치마 아래로 드러난 자신의 건강한 다리가 미안하다는 듯 두 다리를 움찔거리며 말했다.

"견딜 만해."

몰로카이에서 보내는 힘든 시간을 감추기에는 작고 힘없는 목소리였다.

  둘은 바다를 보러 온 사람처럼 수평선만 바라보며 말을 아꼈다. 할 말이 너무 많아서인지도 몰랐다. 창석은 많은 게 궁금했다. 아이는 어찌 커 가는지, 가끔 아버지를 찾지는 않는지, 생활은 어찌 꾸려 나가는지, 캠프 나인 사람들은 어떻게 지내고 있는지. 그러나 그 많은 말이 입안에서만 맴돌 뿐이었다.

  나영이 건넨 주디 사진을 들여다보는 창석의 눈 주위가 천천히 붉어졌다.

  "많이 컸구려. 고생했소."

  사진을 집어 든 그의 손가락 끝이 붉었다. 나영은 차마 바로 볼 수 없다는 듯 시선을 돌렸다.

  "나, 좋은 사람 만났어요. 결혼할까 해요. 미안해요, 주디 아빠."

  나영은 용서를 청하는 아이처럼 떨리는 목소리로 말했다. 누군가에게 전해 듣는 것보다 자신이 직접 와서 말하는 게 낫다고 생각해 온 길이었다. 그녀는 이내 두 손으로 얼굴을 감쌌다. 제 울음소리를 삼키느라 어깨를 들먹였다. 상학과 결혼하지 않겠다며 울던 모습이었다. 그때 나영은 붉은 댕기에 치마저고리를 입고 있었고, 지금은 노란색 물방울이 연하게 찍힌 흰 원피스에 굵게 파마한 모습이 다를 뿐이었다. 창석은 고개를 돌리며 멀리 바다를 바라보았다. 구름 낀 하늘 아래 물빛마저 어두웠다. 한바탕 비라도 올 것 같은 날이었다. 바짝 마른 토란밭에 물을 주지 않아도 될 듯했다.

"잘했소."

진심으로 나영의 결정이 다행스러웠지만, 굳이 이 험한 곳까지 와서 자신에게 알리는 이유를 이해할 수 없었다. 축복해 달라는 말인가. 그럴 마음의 여유는 없었다. 아이 아빠에 대한 예의인가. 그것도 그리 달갑지 않았다. 모두 제 속 편해지자고 하는 짓거리 같았다.

창석은 문득 나영에게 살가운 눈길 한번 건넨 적 없이 살았다는 생각이 들었다. 굳이 강희가 마음에 있어 그런 것만은 아니었다. 나영도 홀로 외로웠을 터였다. 그것만으로도 그녀에게 큰 죄를 지었다. 창석은 이제야 나영과 함께했던 시간과 화해하고 있는지도 몰랐다. 그녀를 진심으로 축복해 주고 싶었다. 거짓 없는 순수한 마음이었다.

"당신이 그렇게 가고, 나 혼자 미치는 줄 알았어요. 당신이 내게 얼마나 큰 존재였는지……. 난 이 세상이 무서워요. 혼자서는 도저히 살 수 없을 것 같았어요. 이해해 줘요."

나영의 말이 백번 이해된다는 듯 창석은 두 눈을 감은 채 고개를 끄덕였다.

"처음엔 당신을 용서할 수 없었어요. 내가 무슨 죄를 지었다고……."

"죄 지은 사람은 아무도 없어. 지금 와 생각해 보니, 우리 네 명 가운데 당신이 가장 솔직한 사람이었다는 생각이 들어. 우리 모두 자신을 위해 좀 더 솔직하고 이기적이어야 했어. 당신처럼 용기 있게."

창석은 의자에서 천천히 몸을 일으켰다. 주디 사진을 쥔 손끝이 가볍게 떨렸다. 나영의 긴 울음소리를 등 뒤로 들으며 창석은 면회소를 나섰다. 어둠이 깔리기 시작한 골짜기가 서늘해졌고, 멀리 업타운으로 올라가는 마차가 보였다.

*

라니의 이마가 뜨거웠다. 입술은 바짝 말라 갈라지고 간간이 헛소리까지 흘러나왔다. 창석은 수건을 물에 적셔 이마와 입술을 축여 주었다. 라니가 힘들게 눈을 떴다가 다시 감았다. 며칠 사이 얼굴이 몹시 상했다. 창석은 그녀의 얼굴을 오래 들여다보았다. 먹물로 그려 넣은 것처럼 눈밑이 검었다. 죽음의 그림자가 조금씩 다가오고 있다는 생각이 들었을 때 창석은 마음이 급해졌다.

"며칠 못 가겠어. 기침에 피가 나오면 힘들어. 저렇게 결핵 합병증으로 죽어 가는 이가 더러 있거든. 라니가 이곳에서 그래도 제일 멀쩡해 보였었는데, 저렇게 빨리 병색이 짙어질 줄이야. 그 배는 어쩌게?"

 동팔이 성가시게 자꾸 말을 붙였다. 창석은 대꾸하지 않았다. 한마디를 해 주면 열 마디를 대거리할 사람이었다. 제풀에 꺾인 동팔이 그늘에 털썩 주저앉아 창석이 하는 일을 지켜보았다. 배가 제법 모양을 갖추고 있었다.

 창석은 거의 완성된 배를 흐뭇한 눈으로 바라보았다. 나막신처럼 앞이 뾰족하고 뒤는 날렵했다. 라니를 돌보는 틈틈이 시간을 내서 매일 깎고 다듬었다. 가운데 움푹 파인 곳은 어른 한 명이 편히 앉을 만했다.

 창석은 손으로 배의 몸체를 쓰다듬었다. 어느 곳 하나 손끝에 걸리는 것 없이 매끄럽고 반들반들하게 윤이 났다. 몸체는 바나나 속처럼 옅은 베이지색과 밤껍질처럼 짙은 밤색이 서로 물결치듯 어우러져 아름다웠다.

 이 배는 라니를 집으로 데려다줄 것이다. 창석은 어제부터 거의 의식을 잃은 라니를 생각하자 마음이 조급해졌다. 바다를 집으로 여기는 그녀에게 줄 선물이었다. 마무리 작업을 하는 손길에 속도가 붙었다. 종일 바다를 보고 물고기를 잡고 노을을 바라보며 우쿨렐레를 치던 라니였다. 그녀가 마지막으로 가닿고 싶은 곳은 바다일 거라고 창석은 생각했다.

 "'라니' 그 뜻이 뭔 줄이나 알아?"

말없이 일만 하는 창석을 지켜보기 지루하다는 듯 동팔이 물었다. 창석은 라니라는 이름이 발음하기 쉽고 좋아서 하와이 말로 무엇을 뜻하는지 한 번도 물어볼 생각을 하지 않았다.

"천국이란 뜻일세. 얼마나 이름이 곱냐? 하루하루, 매일매일이 천국처럼 평화롭고 아름답다는 뜻 아니겠어? 근데, 생각해 봐. 살면서 천국이라고 불리는 게 라니에겐 얼마나 힘들었겠어."

동팔은 괜히 자기 설움에 훌쩍거렸다.

"자꾸 내게 와서 울고 짜고 하지 마쇼. 그러잖아도 가슴에 쌓인 것 많은 놈입니다."

"이눔아, 라니라는 이름의 뜻이라도 정확히 알고 보내라는 게야."

"장사는 어찌 지낸답니까?"

"라니를 아는 사람들에게 연락이 가겠지. 좀 기다려 봐야지. 우리 같은 사람이 죽는다고 누가 눈 하나 깜짝하겠어. 라니네 가족이 있겠지. 아마 하와이식으로 할 거야."

밤이 되자 라니는 빠른 속도로 의식을 잃었다. 그녀는 창석의 손을 놓지 않으려고 애썼다. 유일하게 그녀의 마지막을 지켜 주는 사람이라는 걸 알고 있는 듯했다. 라니는 마지막 숨을 몰아쉬며 부자연스럽게 입을 벌렸다. 창석에게 무슨 말을 하려는지 잡은 손에 더욱 힘을 주었다.

"마할로 누이. 마할로 누이……."

창석은 그것이 '매우 고맙다'는 뜻임을 라니에게 배워 알고 있었다. 라니의 말을 묵묵히 되새기며 창석은 목울음을 삼켰다. 그 말을 해야 할 사람은 나인데……. 창석은 라니의 손을 그러쥐며 중얼거렸다. 손가락 끝이 뭉툭한, 공 하나가 손안에 꼭 들어찬 느낌이었다. 그녀는 숨을 거두기 직전까지 의식을 놓지 않으려 자꾸 눈을 부릅떴다.

"따뜻해."

라니의 식어 가는 손을 꼭 쥐고 창석이 말했다. 살아서 인간의 따스한 체온이 제 살에 닿는 건 이것으로 마지막일 것만 같았다. 그녀는 평온해 보이는 눈길로 창석을 바라보더니 천천히 눈을 감았다. 창석은 물소리 가득한 방에서 그녀의 마지막 길을 배웅했다.

어둠 속에 웅크리고 있는 배를 쓰다듬으며 창석은 뭉클했다. 부드러운 실크를 쓰다듬는 느낌처럼 황홀했다. 드디어 배의 마지막 손질을 마쳤다. 라니를 바다로 데리고 갈 배였다. 배가 닿을 곳은 아픔도 없고 상처도 없는 평화롭고 아름다운 안식처이기를 바랐다. 이제야 그는 라니를 위해 뭔가 해 준 것 같아 마음이 조금 가벼워졌다. 이곳에서 혼자 죽어 간다는 것만큼 외로운 일은 없었다. 라니는 그것을 누구보다 잘 알았으리라.

"마할로 누이."

라니가 마지막으로 남긴 말이 그녀의 마음이었다.

라니의 가족은 아무도 오지 않았다. 그 사실에 놀라거나 실망하는 사람은 없었다. 살아서도 이미 죽은 존재나 다름없음을 뼛속 깊이 알고 있는 사람들이었다.

장례식은 간소했다. 라니와 오래 알고 지냈던 사람들 몇이 모였다. 장례식이 끝나자 라니가 남긴 옷들과 바느질 바구니와 실, 그리고 남은 천들은 여자들이 서로 나눴다. 창석은 죽음이 때로 누군가에게는 풍요로운 선물이 될 수도 있다는 것을 깨달았다.

"왜 안 된다는 겁니까?"

창석이 발끈해서 물었다. 장례식이 끝난 뒤 배에 라니를 실어 바다로 떠나보내려고 마음먹었던 그를 동팔은 극구 말렸다. 라니의 장례식에 모였던 사람들은 둘의 모습이 재미있다는 듯 지켜보았다.

"이 사람들 장례 의식이 있잖은가. 화장해서 바다에 뿌리겠다는데. 바다가 고향이야, 이 사람들에겐."

동팔은 창석의 팔을 잡아끌면서 말했다. 누군가 밀치면 금방 바닥에 쓰러질 듯한 몰골이었지만 그는 완강했다. 창석은 어처구니가 없었다. 죽어서도 마음대로 이 섬을 떠날 수 없다는 사실을 깨닫는 순간이었다. 근 한 달 동안 배를 만드느라 라니조차 제대로 돌보지 못했는데, 모두 무용지물이 되어 버렸다는 사실에 화가 치밀었다.

칼라우파파 사람들에게 장례식은 특별한 음식을 배불리 먹는 날에 불과했다. 슬픔이나 원망도 사치로 여겼다. 음식을 다 먹은 사람들은 망자를 위해 노래를 불렀다. 가끔 라니가 창석을 위해 불러 주던 기도 같고 한탄 같은 가락들이었다. 어디에서도 라니의 목소리는 들리지 않았다. 그녀가 이제 이 세상 사람이 아니라는 사실을 창석은 실감했다.

"오래전 여기서 어떤 장례식 치르는 것 봤는데, 끔찍하더라구. 살을 다 저며서 태우고, 나머지 뼈와 내장들은 그대로 뗏목에 실어 바다 멀리 보내더라고. 그렇게라도 저주받은 몸에서 벗어나 환생하겠다는 바람인지. 아무튼 그걸 보고, 내 며칠간 밥도 못 먹었어."

동팔은 그때의 장면을 떠올리며 진저리 쳤다.

장례식은 마지막 순서를 앞두고 있었다. 꽃과 나뭇잎으로 장식된 라니의 관은 아름다웠다. 노래와 의식을 마친 사람들이 라니의 관을 태우기 위해 불을 지피기 시작했다. 불길이 거세지고 나뭇단 위에 놓인 관이 서서히 내려앉았다. 고약한 냄새가 천천히 칼라우파파 하늘을 감싸며 올라갔다. 주위에 있던 사람들이 하나둘 자리를 떴다.

집으로 돌아온 창석은 미동도 없이 어둠 속에 앉아 있었다. 어둠에 잠긴 방은 냉기가 느껴질 정도로 썰렁했다. 파도 소리와 폭포 소리가 서로를 감싸듯 한 번은 높게 또 한 번은 낮게 작은 방을 맴돌았다. 창석은 라니가 누웠던 이부자리를 손으로 쓰다듬었다. 할레. 마할로 누이. 라니가 가르쳐 주었던 말들을 혼자 중얼거렸다. 힐로에 있던 집이 떠오르자 그를 집어삼킬 듯 그리움이 밀려왔다. 어린 주디의 목소리와 젖내 나던 손가락과 부드럽던 양 볼의 감촉을 다시 느끼고 싶었다.

*

1928년, 박용만이 중국 베이징에서 암살되었다는 소식이 포와에 전해지자 교민 사회가 술렁였다. 암살된 이유를 둘러싸고 소문이 꼬리에 꼬리를 물었다. 남자들은 모이면 서로 언성을 높이는 일이 잦았다. 포와에서 이승만과 박용만의 반목과 대립이 계속될 동안 자연스레 교민들도 두 파로 나뉜 결과였다.

어찌 된 일인지 박용만의 암살 소식은 한인 신문에서 단 몇 줄의 기사가 실린 것이 전부였다. 박용만을 옹호하는 사람들은 그 이유만으로도 박용만의 억울한 죽음을 누군가 은폐하고 있다며 흥분을 감추지 못했다. 그러나 이런 목소리도 오래가지 못했다. 이미 포와에는 상해 임시정부 의정원에 의해 대통령직을 탄핵당한 이승만이 자리 잡고 있었다. 그를 추종하는 사람들이 박용만을 지지하는 사람들보다 훨씬 많았으니 암살의 이유는 소문으로 떠돌다 묻혔다.

강희는 상해 소식을 들을 때마다 상학을 떠올렸다. 바람결에라도 묻어올 소식에 귀를 기울였다. 어찌 된 일인지 아무도 그의 소식을 전하는 사람이 없었다. 상해에 있는 임시정부에 편지를 보낸 지 이미 여러 달이 지났으나 답장을 받지 못했다.

홍석과 함께 사는 집은 온기가 돌았다. 차라리 든든하다는 말이 더 어울렸다. 시간이 흐를수록 강희는 상학의 깊은 뜻을 이해할 수 있었다. 홍석은 먼 길에 지친 몸과 마음을 추스르고 스스로 일어났다. 다시 학교에 나가기 시작했고, 주말이면 한글 학교 교사로 바쁜 생활을 이어 가서 강희를 안심시켰다. 일요일이면 홍석과 함께 일주일치 장을 본 뒤 빨래를 하고 집 청소를 한 후 마주 앉았다.

"선생님, 전, 처음 기숙 학교에서 선생님을 뵐 때부터 알았어요. 왠지 엄마 같고, 그렇게 편할 수가 없었어요."

"내가 너만 편애한다고, 다른 학생들 불만도 대단했었다."

"편애는 무슨 편애예요? 늘 저만 나무라셨지……."

홍석은 그런 소리 말라는 듯 눈을 흘겼다. 그래도 편애라는 말이 싫지 않은 눈치였다.

"그게 편애야. 그러지 않고는 네가 어디로 튈 줄 몰랐으니까."

"답답했어요. 한국으로 다시 가야 하나, 말아야 하나. 하루도 못 기다리고 떠난 아버지가 원망스럽기도 하고 걱정도 되고. 그때는 왜 그리 시간이 더디 가던지."

"지금도 아버지 원망해?"

"아뇨……. 어쩌면 아버지는 저를 이곳에 버려둔 게 아니라 남겨 두는 마음으로 떠났을 것만 같아요. 자꾸 그런 생각이 들어요. 고향을 그리워한 사람은 내가 아니라 아버지라는 걸 깨달았겠죠. 내게 강요하고 싶지 않았을 거예요. 그리고 이곳이 내게는 더 좋은 환경이라는 걸 너무도 잘 아셨겠죠. 힘든 마음으로 무거운 발걸음을 떼었을 것 같아요."

강희는 홍석의 깊은 마음을 헤아리며 고개를 끄덕였다.

"네가 '산 넘어 병학교'에 입학하고 싶다고 떼쓰던 생각 나?"

"나다마다요. 그땐 정말 무엇이라도 해서, 고향으로 다시 들어가 아버지나 누이를 만나고 싶었어요. 늠름한 군인이 되어서요. 그게 가장 빠른 길이라는 생각이 들더라고요."

"그러기에 너는 너무 어렸어. 그래서 말렸어."

"그러니까, 지금 제가 엄마로 모시잖아요?"

홍석이 키득거렸다. 강희도 따라 웃었다. 늠름한 청년이 되어 자신 앞에 앉아 있는 사람이 홍석이라는 사실이 강희는 여전히 놀라울 뿐이었다.

"아저씨와 같이 여행하면서, 세상이 그렇게 크고 넓은 줄 처음 알았어요. 나라 없는 한국 사람들이 여기저기 떠돌며 흩어져 살고 있다는 사실에 마음 아팠어요. 상해 임정에 갔을 때, 어르신들 일하시는 모습 보고 가슴도 뭉클하고, 뭔가 뜨거운 것이 제 속에서 솟구치는 것 같았어요. 아저씨한테 상해에 같이 남겠다고 했더니, 위험하다고 포와로 다시 가서 더 배우고 머리 더 크고 기운 세진 다음에 오라고 그러셨어요. 상해를 떠나면서 배에 오르기 전 아저씨와 악수하는데, 제가 정말 남자 어른이 된 느낌이 들더라고요. 아저씨는 어땠는지 모르지만, 전 가슴이 찡해서 코가 좀 시큰했어요."

홍석은 그때 기억이 생생한지 울컥한 표정이었다.

넓은 대륙이 상학에게 더 어울릴지도 모를 일이었다. 강희는 자꾸 그런 생각이 들었다. 포와로 돌아오는 것보다 그곳에서의 삶이 그에게 더 의미 있을 거라고.

밤은 긴 그림자를 남기고

 이승만이 설립한 동지식산회사는 힐로 남쪽 올라에 930에 이커에 달하는 임야를 사들이고 동지촌 설립 준비를 마쳤다. 기존의 집 두 채에 일곱 채의 집을 더 짓고 스물여덟 명의 한인이 동지촌에 입주했다. 그들은 주로 농사를 지었지만, 나무가 많은 지역이라는 이점을 살려 목재소도 차렸다. 포르투갈 사람들, 하와이 원주민들, 필리핀 사람들까지 포함해 사십여 명의 인부를 둔 제법 규모를 갖춘 목재소였다.
 나영은 장현과 함께 동지촌으로 들어가기로 했다. 동지촌에 관한 의견은 사람마다 달랐다. 그래도 나영은 좋은 쪽으로 생각하기로 마음먹었다. 무엇보다 설립 취지가 마음에 들었다. 투자한 금액에 따라 배당금도 있다고 하니 노후 걱정도 덜었다. 장현과 호젓하게 동지촌에서 새출발을 꿈꿀 수 있다는 희망을 포기하고 싶지 않았다.

 호놀룰루에 있는 집을 처분하기로 마음을 정하자 나영은 제일 먼저 주디에게 알리고 싶었다. 나영은 기숙사에서 생활하는 주디를 찾아가 어렵게 동지촌 얘기를 꺼냈다. 주디의 얼굴이 점점 어두워지는 것이 마음에 걸려 나영은 두서없이 짤막하게 말을 끝맺었다.

 주디는 말없이 아이스크림만 먹었다. 나영은 그런 딸이 어렵고 눈치가 보였다.

 "네가 오고 싶을 때 아무 때나 와도 되는 곳이야."

 주말에도 집에 오지 않는 주디가 힐로에 있는 동지촌에 온다는 건 무리였다.

 "아직 아빠 안 죽었어."

 주디는 아이스크림을 떠먹던 수저를 탁, 하고 테이블 위에 내려놓았다.

 "그래. 아직 네 아빠지만, 영원히 네 아빠지만, 엄마에게 남편은 이제 없어. 주디, 생각나니? 그 힐로 집에서 아빠가 떠나고 엄마가 밤마다 울고 지냈던 일들? 엄마는 더 이상 혼자 살아갈 자신이 없어."

 "그래서 내게 허락이라도 받으러 왔단 말이야?"

 "너에게만은 엄마가 직접 얘기하고 싶었어. 너는 엄마에게 소중한 사람이니까."

"아빠를 생각하면 가슴이 너무 아파."

주디는 끝내 울음을 터트렸다. 나영은 주디가 기억하는 젊고 건강한 아빠는 더 이상 없다고 말해 주고 싶었다.

"어떻게든 살아야지. 동지촌에서는 일만 좀 하면 먹고사는 건 별걱정 없고, 운이 좋으면 투자한 금액에 따라 배당금도 있대."

"가세요. 저는 졸업하면 캘리포니아로 갈 거예요. 가기 전에 아빠를 한번 보러 가고 싶어요. 아직 미성년자라 혼자 면회는 안 된대요."

"주디야, 집은 엄마가 팔았다. 엄마는 이제 마지막이라는 심정으로 동지촌으로 들어간다. 열심히 일할 거야. 네 학비도, 네 결혼 자금도 이제 엄마의 손으로 해 주고 싶어."

"어떻게 우리 집을, 그 집을 팔 수 있어요? 그래도 아빠의 첫 재산이었는데. 그걸 아빠가 어떻게 마련했는지 엄마가 더 잘 아시잖아요? 힐로로 이사 갔을 때도, 그 집 아까워 팔지 못하고 여기저기 빚을 냈잖아요. 내가 어려서 기억 못 하는 줄 알아요?"

주디는 집을 팔았다는 말에 발끈하며 말했다. 주디의 반응은 생각지도 못했던 터라 나영은 두 눈을 감고 말을 삼켰다.

"그 집에 가면, 아빠의 숨결을 느낄 수가 있었는데……. 내게 한마디 의논도 없이. 내가 아무리 어려도 알 건 안다고요."

나영은 오래 망설이고 결정한 일이라는 얘기는 하지 않았다.
주디의 말이 틀리지 않았다. 못 하나, 칠 하나까지 모두 남편의 손길이 닿은 집이었다. 그 작은 구둣방에서 신혼 생활을 시작했다. 창석은 호놀룰루에 오면 늘 그 집을 둘러봤다. 장현과의 결혼을 결심했을 때 그 집을 먼저 팔고 싶었던 이유는 동지촌에 들어가기 위한 자금 준비 때문이었지만, 창석에 대한 기억을 말끔히 지워 버리려는 마음도 컸음을 나영은 부인하고 싶지 않았다.
"누구는 죽어 가는데······."
주디는 아버지의 죽음을 입에 올린 자신을 참을 수 없다는 듯 뛰쳐나갔다.

나영은 요즘 장현을 볼 때마다 이유 없이 초조해졌다. 아니 이유는 있었다. 그의 귀가 시간이 점점 늦어졌다. 쓸데없는 조바심이라고 스스로를 타일러도 소용없었다. 불안한 마음은 의혹을 키웠다. 동지촌 얘기도 진전되는 것 없이 언제부턴가 대화가 끊겼다.
장현은 밤이 깊어서야 돌아왔다.
"열흘 있으면 이 집 내줘야 해요."
나영의 말에 그는 뭔가를 골똘히 생각하는 눈치였다. 나영은 말이 없는 그가 야속했다.

"이 집 잔금 받으면 동지촌에 다 넣고 들어가려고 해요."

나영은 '우리'를 위해 최선을 다하고 있다고 말하고 싶었다. 그의 늦은 귀가 시간도, 같이 교회에 가지 않는 것도 속상하다고 털어놓고 싶었다. 교회에 가면 유난스레 여자들이 그의 주변에 모이는 것도 싫다고 투정 부리고 싶었다.

"결혼식을 올리자면 올리겠어요. 마음먹었어요."

나영은 마지막 패를 꺼내 든 사람처럼 말했다. 장현은 물고 있던 담배를 재떨이에 비벼 껐다. 힘들게 꺼낸 결혼 이야기에도 별 반응이 없었다. 연기를 내뿜는 소리가 유난히 커서 한숨 소리처럼 들렸다. 골똘한 생각에 잠긴 듯 그의 미간이 꿈틀거렸다.

"동지촌 얘기가······. 돌아가는 상황이 별로 좋지 않아. 은행에서 너무 많은 자금을 빌렸다는 소문도 들리고······."

아무 말도 하지 않을 것 같던 그가 입을 열었다. 둘의 문제가 아니라 외부 상황 때문에 고민이라는 말로 들렸다. 나영은 그의 옆으로 조금 다가가 앉았다.

"당신과 함께라면, 동지촌도 좋고 카와이나 마우이, 본토, 어디라도 갈게요."

나영은 진심을 담아 말했다. 그가 고개를 끄덕이며 그녀의 등을 쓰다듬자 나영은 불길한 생각에 사로잡혔던 자신을 책망했다. 아직도 그의 애정이 변하지 않았다는 확신이 들자 며칠 자신을 할퀴던 불안감이 일순 사라졌다.

"요즘 정말 왜 그러우?"

장현은 품속으로 파고드는 나영을 밀쳐 내지 않았다. 오히려 그녀를 더 따뜻하게 안아 주었다. 사랑스러운 여자라는 생각에는 변함이 없었다. 믿을 수 없는 것은 자신의 마음이었다. 너무 오랫동안 혼자 지낸 세월에 길든 탓 같았다.

나영은 그의 손길이 닿을 때마다 세상 모든 근심이 사라지듯 마음이 고요하고 행복했다. 조바심도 사라지고 서러움도 잊혔다. 창석에게 한 번도 느껴 보지 못한 몸의 기쁨을 사랑의 마법이라고 믿고 싶었다. 사랑이 아니라면 정체불명의 뜨거운 감정이 도대체 무엇이란 말인가. 나영은 의심하지 않았다.

*

캠프 나인은 잔칫집처럼 북적거렸다. 고소한 기름내가 진동하고 사람들이 모여들었다. 에바 교회에서 태호와 초혜의 결혼식이 있는 날이었다. 수많은 교민이 하객으로 왔지만 특별히 신부 측 손님과 신랑 측 손님을 따로 나누기 어려웠다. 모두 서로 아는 사람이었고 이웃이었으며 이민 동기들이었다. 모처럼 양장과 한복으로 곱게 차려입은 하객들이 캠프 나인 뜰을 가로질렀다. 그들의 모습은 누가 봐도 얼굴에 미소를 짓게 했다. 다른 캠프에 사는 사람들도 호기심 어린 얼굴로 바라보았다.

신부보다 더 행복해 보이는 사람은 심영이었다. 그녀는 이제야 힘든 시험을 다 치른 듯 홀가분해 보였다. 입고 있는 한복이 잠자리 날개처럼 가벼워 보인 것도 그런 이유였다.

챙이 넓은 모자와 연보라색 원피스로 차려입은 스텔라는 결혼식에 온 하객들 가운데 가장 눈에 띄었다. 그녀는 아들 마크 승원 박서의 손을 잡고 하객들을 맞았다. 태호는 혀를 깨무는 심정으로 스텔라에게 다가갔다. 훨씬 성숙하고 단단해 보이는 스텔라를 본 순간 말할 수 없이 벅찬 감동을 느꼈다.

"스텔라……."

태호는 더 이상 말을 잊지 못하고 스텔라 앞에서 고개를 숙였다. 둘만 있었다면 머리를 땅에 대고 그녀의 영혼이 용서할 때까지 사죄하고 싶었다. 무덤가에 쓰러져 있던 그녀를 봤을 때 사람을 구하고 싶다는 생각밖에 없었다. 비릿한 젖내가 코끝에 스쳤을 때 신성한 의식을 치르는 사람처럼 얼이 나가 버렸다. 그 순간을 떠올리면 발등을 내리찍고 싶을 정도로 후회와 부끄러움이 밀려왔다. 깊은 죄의식은 천형처럼 그를 따라다닐 것이었다.

"형부……. 전 형부가 얼마나 마음이 따뜻한 사람인 줄 알아요."

 스텔라의 말은 뜻밖이었다. 그녀가 밝게 웃으며 태호의 손을 먼저 잡았다. 그녀의 부드러운 곱슬머리가 이마 부근에서 가볍게 흔들렸다. 그러나 태호는 스텔라의 눈에 반짝 눈물이 고인 것을 놓치지 않았다. 태호는 말할 수 없이 가슴이 벅차올라서 아무 말도 할 수 없었다.

 "스텔라……. 그렇게 먼 길을 와 축하해 주다니, 미안하고 고맙구나."

 겨우 스텔라를 마주 보며 태호가 말했다. 그녀는 환한 미소로 답하며 고개를 끄덕였다. 태호는 스텔라와 주고받은 짧은 몇 마디가 자신의 영혼을 치유해 준 것만 같아 두 눈이 뜨거워졌다.

 스텔라가 옆에 있던 마크 승원 박서를 태호에게 인사시켰다. 태호는 축원의 마음을 안고 승원에게 다가가 깊이 포옹했다.

 결혼식이 끝나기도 전에 하객들이 하나둘 캠프 나인 뜰로 모여들었다. 시간이 흐를수록 넓게만 보였던 뜰이 하객들로 북적였다. 누가 하객이고 누가 주인인지 구별할 수 없었다. 모두가 음식을 날랐고 모두가 한데 어울렸다. 밀을 굵게 갈아 반죽하여 만든 누룩으로 뜬 술이 몇 차례 돌고, 차이나타운에서 사 온 돼지고기가 알맞게 장작불에 구워졌다. 아이들은 국수를 한 그릇씩 들고 그늘로 가서 앉았다. 모두 서로 낯익은 얼굴들이었다. 아이들은 더욱 성숙해진 모습이었고 어른들은 조금씩 나이 들고 있었다. 껑충한 파파야나무들이 여전히 캠프 나인 뜰을 지켜 주었다.

"이제 누가 우리한테 애절한 사랑 얘길 들려줄까?"

"혹시 알아? 이젠 결혼했으니 좀 진한 얘기로 우리를 더 웃겨 줄지. 안 그런가?"

오랜만에 사내들의 웃음소리가 캠프 나인 하늘에 울려 퍼졌다.

"제가 언제 그런 얘기를 했다고……."

새신랑은 신부 앞이라 부끄러운지 머리를 긁적였다. 사람들의 웃음소리가 캠프 나인 뜰을 다시 휘저었다. 아이들은 영문도 모른 채 따라 웃었다.

"아, 신부도 여기 이 뜰에서 당신이 한 이야기 다 듣고 자랐을 텐데 뭘?"

"신랑 신부가 서로를 너무 잘 아니…… 이거 원, 첫날밤 기분 나겠어?"

태호는 제발 그만하라는 듯 손을 내저었다.

"늦게 장가가는 보람 있네."

"공을 얼마나 들였으면 이리 고운 신부야?"

짓궂은 하객들이 농담을 던질 때마다 새신랑 얼굴이 붉어졌다. 그가 부러 이마의 땀을 닦으며 애써 힘든 표정을 지었다. 사람들은 그를 보며 뜰이 떠나갈 정도로 웃음을 터트렸다.
 순례는 태호에게 다가갔다. 태호가 반갑게 손을 내밀었다. 순례가 그의 손을 마주 잡더니 가볍게 태호를 포옹했다. 그 모습을 본 사람들이 수군거렸다. 그때 누군가 "미국식이네."라고 큰 소리로 말했지만, 웃는 사람들은 많지 않았다. 누군가의 입에서 '무당'이라는 말이 흘러나온 것도 같았다. 강희는 이 모든 걸 조마조마한 심정으로 지켜보았다.
 멀리에서 봐도 나영이었다. 강희의 시선을 느낀 나영이 살짝 손을 흔들며 아는 체를 했다.
 "이제 가자, 주디."
 나영이 불안스레 주디의 손을 잡아끌고 있었다. 주디는 가기 싫다며 짜증을 부렸다. 모녀가 티격태격하는 소리에 사람들이 가끔 고개를 돌리며 수군거렸다. 강희가 다가갔다. 주디는 또래가 모여 있는 곳으로 뛰어갔다.
 "왜 그래? 무슨 일이야."
 나영은 대답도 하지 않은 채 두 손으로 얼굴을 감쌌다. 강희는 나영의 손을 끌고 무작정 무리 속을 빠져나왔다. 캠프 나인이 조금씩 등 뒤로 멀어지자 나영은 차츰 안정을 되찾은 듯했다. 둘이 그토록 오고 싶었던 포와인데 둘이 같이 걷는 건 오늘이 처음이었다. 강희는 복잡한 마음을 뒤로한 채 나영에게 집중했다.

"몰라……. 너무 불안해."

나영은 사탕수수밭이 끝없이 펼쳐진 벌판 앞에서 털썩 주저앉았다. 황금빛 햇살이 그대로 나영의 머리 위로 쏟아졌다. 강희도 그 옆에 아무렇게나 주저앉았다. 나영이 소리 내어 울기 시작했다. 나영은 맘 놓고 울기 위해 여기까지 온 사람처럼 울음을 멈추지 않았다. 그녀의 울음소리와 해 질 녘 사탕수수밭이 어우러져 강희의 마음을 흔들었다.

"사탕수수 잎에 빗방울 떨어지는 소리 들어 본 적 있니? 세상 어느 악기가 그 고운 소리를 낼까? 슬픔도 날아가 버리게 만드는 소리야."

먼 곳을 바라보며 강희가 말했다.

"그 사람이 안 들어왔어. 벌써 사흘째야. 오늘 사람들에게 함께 인사하기로 해 놓고."

나영의 젖은 목소리가 공허하게 벌판을 떠돌았다. 강희는 장현을 두고 하는 말이라는 걸 소문을 들어 짐작했다. 그가 며칠 전에 본토로 혼자 떠나겠다고 말했을 때 나영은 악다구니를 썼다고 했다. 너무도 혐오스러운 모습으로 소리를 질렀다며 나영이 울었다.

"처음이었어. 내가 사람에게 이토록 집착하다니. 그 사람이 보이지 않으면 불안해서 도저히 견딜 수가 없어. 강희야, 나 어쩌면 좋니? 왜 이렇게 마음이 아픈지 모르겠어. 나는 그 사람과 뭐가 소중하고 귀한 것을 나눴다고 생각했는데, 아니야. 아무것도 서로 나눈 게 없는 것 같아. 그 사실을 견딜 수 없어. 아니 그 사람이 그렇게 생각하는 것 같아. 모르겠어. 모든 게 뒤죽박죽이야."

나영은 제 안에 아직 눈물이 남아 있다는 게 믿기지 않는다며 또 울었다. 강희는 그런 나영이 한편 부러웠다. 무기력하게 이 시간을 건너가는 자신에 비해 나영은 매 순간 살아 있는 사람처럼 보였다.

"사랑이라고 믿었는데, 그게 아니면, 지금 나의 감정이 사랑이 아니면, 우리가 나눈 것은 뭐지?"

나영이 코를 팽 하고 풀면서 말했다.

"사랑이라고 믿었으면 사랑이지. 진실 따위 뭐가 중요해."

강희는 자신에게 타이르듯 중얼거렸다.

"내가 선택했어. 그 사람과의 삶. 난 살면서 무엇을 온전히 나의 결정으로 선택해 본 적이 없었어. 너도 알잖아. 너는 행복이든 불행이든, 네가 선택한 삶이라 견뎠겠지만……."

갑자기 나영이 강희를 의식한 듯 말끝을 내렸다. 네 명을 위해 강희가 내린 결정을 그녀는 '선택'이라고 불렀다.

"너는 얼마든지 나의 선택을 번복할 수 있었어. 나의 결정을 받아들인 것, 그것이 너의 선택이었어. 잊었니? 결정을 바꿀 수 있는 사람이 오직 나뿐이라고 내게 했던 말?"

캠프 나인에서 흘러나오는 장구 소리와 꽹과리 소리가 빈 들판을 따라 희미하게 들려왔다. 나영은 강희의 말을 곱씹으며 깊은 생각에 잠긴 표정이었다.

"나…… 내일 몰로카이 간다."

나영은 무슨 일이냐는 듯 눈을 크게 뜨며 강희를 바라보았다.

"그 사람을 그대로 방치할 수 없어. 그게 나의 솔직한 마음이고 내가 가야 하는 이유야. 그리고 이게 나의 진정한 선택이야. 어떤 것에도 등 떠밀리지 않고 내 스스로 내린 결정이야."

강희는 비로소 자신의 솔직한 감정과 마주할 수 있었다.

"네가? 무슨 자격으로?"

갑자기 나영의 목소리가 높아졌다.

"아무도 자격은 없어."

분명한 어조로 말했지만, 나영의 물음에 정확한 대답이 되었는지 강희는 알 수 없었다. 나영은 한동안 아무 말 없이 강희를 바라보았다. 더 이상 예전의 강희가 아니라는 사실을 깨달은 듯했다. 하객들이 부르는 노랫소리가 바람을 타고 나지막이 들려왔다. 은회색빛 땅거미가 점점 짙어졌다.

*

　순례는 어떤 것에도 집중할 수 없었다. 태호의 결혼식에 다녀온 이후부터 기도도 할 수 없었다. 눈을 감으면 그날이 보였다. 가지 말았어야 했다. 결혼식 내내 교회 밖에서 서성거렸다. 잊었다고 생각했는데 아니었다. 옛날에 살던 곳을 보고 예전에 알던 사람들을 보자 오랜 상흔들이 되살아났다. 흙과 먼지에 더럽혀진 노동자들의 빨래를 하며 웃고 얘기하던 빨래터와 하루 세끼 밥을 짓던 부엌. 그런 곳들이 그대로 있었다. 낯선 여자들이 순례의 손때가 묻은 솥과 양동이 식기들을 제 것인 양 사용하고 있었다. 부엌에 있던 어느 젊은 여자가 순례를 힐끗 쳐다보며 눈인사를 건넸다. 새댁이었던 순례가 중년의 나이가 되어 찾아온 또 다른 순례를 맞이하는 것만 같았다. 가슴을 단단히 받치고 있던 둑이 한순간에 무너져 내리는 것처럼 허망했다. 하객들이 웃고 떠드는 소리도 견디기 힘들었다. 어깨를 다독거리는 손길에 힐끔 놀라 돌아보니 심영이었다.
　"형님……."
　"자네가 와 줘서 얼마나 고마운지."
　"이 좋은 날에 제가 이런 모습 보이면 안 되는데……. 죄송해요."
　순례는 머리와 옷매무시를 다시 매만졌다. 자신을 결혼식에 초대해 준 것이 고마웠지만, 힘든 속내를 감추기가 쉽지는 않았다.

"별소릴. 기쁘고 슬픈 일들이 다 우리 인생사 아닌가. 자네가 마음이 울적해지는 건 당연하지. 그렇지 않으면 사람이라고 할 수 있나. 자네가 겪은 일이 어디 사람으로 견딜 수 있는 일이야? 지금 내 앞에 서 있는 자네는 불바다 물바다를 건너온 장한 목숨일세."

심영은 순례를 깊이 포옹했다. 자신도 이런저런 상처를 겪어 보니 순례의 마음을 조금 더 헤아릴 수 있었다. 사람들이 교회에 무당을 들였다고 수군거리는 것도 아랑곳하지 않았다. 모두가 축하해 주는 마음으로 찾아온 똑같은 이웃들이었다. 심영은 순례의 팔짱을 끼고 하객들 속으로 걸어갔다.

순례는 결국 기도를 포기하고 바닥에 누워 눈을 감았다. 손끝 하나도 움직일 수 없을 만큼 몸이 무거웠다. 눈앞에 불씨 하나가 깜박거리다 점점 희미해졌다. 불씨를 향해 겨우 손을 뻗었다. 발끝까지 긴 머리를 늘어트린 펠레 신이 홀연히 모습을 드러냈다. 잔잔한 불꽃들이 여전히 눈부셨다. 불꽃들은 동그라미 모양으로 흩어졌다 다시 모이더니 긴 머리칼 끝에서 물방울처럼 일렁이다 바닥에 떨어졌다. 순례는 불꽃을 움켜잡기 위해 몸을 일으켰다. 애원하듯 펠레 신을 불렀지만 끝내 멀어졌다. 순례의 목소리만 허공을 맴돌다 불꽃과 함께 사그라졌다. 신당은 깊은 어둠에 묻혔다.

 순례는 아무 미련이 없었다. 손에 들고 있던 촛불을 신당을 향해 휙 내던질 때도 후회하지 않았다. 그녀는 신당을 뒤로하고 천천히 언덕을 내려왔다. 어디로 갈 것인가. 오랫동안 잊었던 질문이 다시 솟구쳤다. 그냥 배를 타고 싶다는 생각뿐이었다. 언덕을 다 내려올 때쯤 등 뒤에서 붉은 기운이 신당을 감싸며 퍼져 나갔다.

 포와에 사는 한국 여자들이 들락거리며 위로받았던 순례의 신당은 그날 밤 제 형체를 알아볼 수 없게 타 버렸다. 근방에 있는 산까지 불길이 번진 큰 불이었다. 화재로 인한 사상자는 없다고 경찰이 발표했다. 순례는 남자 둘을 잡아먹은 여자라는 꼬리표에 신에게까지 버림받은 여자라는 이름으로 다시 사람들 입에 오르내렸다.

사랑의 방식

 창석은 흙 묻은 장화를 털고 젖은 걸레로 꼼꼼하게 닦았다. 강희가 옆에 서 있는 것도 모르는 듯했다. 손질을 다 마친 그가 장화를 옆에 놓고 일어서다 멈칫했다. 놀라는 기색 없이 강희를 잠시 바라보았다. 그는 이내 아무 일도 없었다는 듯 물기가 남은 장화를 다시 집어 들더니 탁탁 털었다. 흙 묻은 손을 씻고 머리를 쓸어 올리며 지팡이를 챙겨 들었다.

 강희가 창석에게 다가갔다. 창석은 마주 보지 않겠다는 듯 천천히 몸을 돌렸다. 강희는 돌아서는 그의 손을 잡았다. 강희 자신조차도 알 수 없는 용기가 솟구쳤다. 천천히 손을 뻗어 그의 팔과 어깨를 그리고 얼굴을 더듬어 내려갔다. 코와 인중 그리고 입술을 쓰다듬었다. 오래전 사진을 쓰다듬던 그 손이었다. 창석은 강희의 손길을 거부하지 않았다.
"이곳 바다가 좋아요. 그쪽으로 갑시다."
차분한 목소리로 창석이 앞장서며 말했다.
모래는 한낮의 열기를 고스란히 간직한 채 뜨거웠다. 발을 깊숙이 밀어 넣을수록 시원하고 습한 모래가 닿았다. 어린 게가 모래에서 튀어나와 몇 걸음을 옮기더니 다시 모래 속으로 사라지는 모습을 둘은 오래 지켜보았다.
"난 바다를 볼 때마다, 집을 떠올리게 되었소. 그 집은, 옛날에 내가 당신의 편지를 받아 보고 늘 가슴속에 그리며 살던 집이었소. 당신이 내 아내가 되고, 아이들이 태어나 뛰어노는 그런 집 말이오."
"내가 그때는 참 당돌했지요? 편지에 내가 뭐라 썼나요?"
"보낸 사람은 기억도 못 하는 편지 내용을 나보고 묻는 거요?"
그가 웃었다. 그가 웃는 모습을 보자 강희도 모처럼 마음이 평화로웠다. 부드러운 모래에 두 발이 쏙 빠지는 느낌도 좋았다.
"'사진 한 장 받아 보고 인생을 결정하는 게 부끄럽지만, 난 사진만 보고 시집가는 것은 아니에요……, 우리 엄마 선물까지 챙겨 준 마음 잊지 않겠어요.' 뭐 대충 이런 내용이었소."
강희는 그의 말에 고개를 저으며 웃었다.

"내가 그리 당돌했단 말이에요?"

"그것뿐인 줄 알아요?"

"그럼 뭐가 또 있었어요?"

강희는 편지를 썼다는 것과 대강 무슨 내용이었다는 것만 기억날 뿐이었다. 열여덟 살 때 쓴 편지니 세세한 문장은 가물가물했다.

"'사진 한 장에도 사람의 성품이 묻어 나온다고 생각합니다.' 했던가? 그리고 '조선 여자 아니면 장가가지 않겠다는 말에 가슴이 뭉클합니다.' 뭐 그런 내용이었소."

"그럼, 내가 당신의 사진 한 장에 첫눈에 반했다는 고백이라도 했단 말이에요?"

"따지고 보면 그렇지요?"

강희는 부정하지 않았다. 창석의 사진을 봤을 때의 느낌을 생생하게 기억했다. 창석이 고개를 약간 오른쪽으로 돌린 자세로 찍은 사진이었다. 두 눈은 생각에 잠겨 있는 듯 고요했고, 사진을 바라보는 강희에게 말을 걸어오는 듯했다. 마치 오랫동안 잊었던 사람을 다시 만난 듯 팔뚝에 잔소름이 돋았던 기억도 새로웠다. 타인에게 느꼈던 가장 강렬한 감정이었다. 그가 사는 포와로 가는 것이 정해진 순서처럼 당연하게 여겼다.

둘은 나무 그늘을 찾아 자리를 잡았다. 바다를 마주 보기 좋은 자리였다.

사랑의 방식

"몰로카이가 이렇게 아름다운 곳인 줄 몰랐어요. 섬은 다 같다고 생각했어요. 그래도 당신이 이런 아름다운 곳에 있다는 게 조금은 위안이 돼요."

"모르는 소리요. 아름다운 곳이라 내 처지가 더 비참했소. 아름다운 곳에서 상처는 더 참혹하게 얼굴을 내미는 법이니까."

강희는 그제야 그의 옆모습을 바라보았다. 세월만 지나간 얼굴이 아니었다. 그 세월의 무게만큼 슬픔과 분노의 그림자가 그대로 담겨 있었다. 사진 속 얼굴은 이제 강희의 기억 속 모습으로 남을 터였다.

"다리에 감각이 점점 없어지고 조막손처럼 발가락과 손가락 끝이 뭉툭해질 때도 이곳은 무지개가 뜨고 새가 울고 일 년 내내 꽃이 피었소. 나는 바보처럼, 아이처럼, 거의 매일, 내 몸에 날개라도 돋아나게 해 달라고 빌었소. 이 섬에서 멀리 달아나고 싶었소. 참으로 세상이 야속하게 느껴져 힘들었소. 처음엔 화가 나고, 그리고 억울했고, 그리고 때때로 당신이 몹시 그리웠소. 아, 미안해요. 그립다니. 당치 않은 말이오. 그런데 참, 사람 마음이 묘해서 그리움도 오래가니 원망으로 바뀝디다. 당신이 찾아오지 않는 것도 원망스럽고, 내가 이 처지에 당신을 그리워하는 것도 원망스럽고……."

강희는 한 손으로 그의 어깨를 감싸안았다. 이제라도 용기를 내어 찾아온 자신의 결정이 옳다고 생각했다. 창석이 강희로부터 조금 비켜 앉으며 그녀의 팔을 슬며시 걷어 냈다. 강희는 그런 창석을 말리지 않았다.

"이 방엔 온통 물소리가 가득하네요."

강희는 창석이 머무는 방을 둘러보며 말했다. 폭포 소리와 파도 소리가 음악처럼 뒤섞인 듯한 방이었다.

"파도 소리, 폭포 소리…… 다 내 울음소리를 삼켜 주는 고마운 소리요."

"치료는……?"

강희가 조심스레 물었다. 데미안 신부가 죽은 후 한센병 환자들에 대한 처우가 많이 나아졌다는 뉴스를 들을 때마다 창석의 안위를 걱정했었다. 창석은 강희의 질문에 잠시 생각에 잠긴 표정이더니, 업타운에서 내려오는 구호물자가 예전보다 훨씬 좋아졌다고 말했다.

"주디는 이미 숙녀티가 날 정도로 다 컸어요."

밝은 목소리로 강희가 주디의 안부를 전했다.

"어떨 땐 내게 자식이 있었다는 사실조차 믿기지 않소. 뭐라고 설명할까, 그렇소, 마치 나는 처음부터 이 섬에서 태어나고 자란 것 같소. 내가 이 섬 밖에서 만난 사람들, 이 섬 밖에서 본 것들은 다 꿈이고, 다만 이곳의 시간만 현실로 느껴지니까."

창석은 강희를 물끄러미 바라보며 말했다.

"내가 지금 당신 앞에 있다는 사실은 현실로 느껴지나요?"

사랑의 방식

강희가 나지막한 목소리로 물었다. 창석이 잠시 생각에 잠긴 듯하더니 천천히 고개를 끄덕였다.

창석이 옷과 이부자리를 챙겨 들며 일어섰다. 밖에서 자겠다는 그를 강희가 말렸다.

"내일이면 당신을 찾아온 것을 평생 후회할지 몰라요. 그러나 지금은 행복해요. 사탕수수밭에서 내게 뱉었던 그 용기 있는 고백은 다 거짓이었나요?"

허탈한 웃음을 지으며 창석이 털썩 주저앉았다.

"같은 방에서 자겠다니, 바보 같은 짓이야."

실성한 사람처럼 창석이 중얼거렸다. 그러고는 벽에 머리를 툭툭, 찧었다.

"이 몹쓸 병에 걸려도, 이 방 안에 홀로 있는 밤이면 당신이 생각나 쩔쩔맸소. 몸은 썩어 가는데, 당신을 그리는 마음은 아직도 성한 것이 믿어지지 않았지. 당신을 포옹하고…… 아, 내가 지금 무슨 말을 하는 건지……."

"내 몸에서 가장 만져 보고 싶은 곳이 어디예요?"

강희의 뜬금없는 질문에 창석이 허탈하게 웃었다. 그러더니 그는 이내 웃음을 거두고 진지한 표정이었다. 자신도 한번쯤 그런 질문을 자신에게 던져 본 적이 있다고 생각하는 것 같았다.

"귀 뒤로 가지런히 넘긴 당신의 머리카락."

마치 말을 배우는 어린아이처럼, 그리고 오래전부터 대답을 준비해 온 사람처럼 그가 또박또박 말했다.

강희는 두 손으로 머리를 위로 쓸어 모으며 누웠다. 제법 긴 머리를 자르고 온 게 후회스러웠다. 창석이 머뭇거리다 다가왔다. 누워 있는 강희의 얼굴을 가만히 내려다보며 물었다.

"괜찮겠소?"

투박한 그의 손가락이 강희의 머리카락을 쓸어내렸다. 강희는 손가락의 미세한 떨림을 느끼며 눈을 감았다. 지나온 시간이 이어진 긴 길을 두 손을 맞잡고 걷는 기분이었다. 창석의 고른 숨소리가 어느 순간부터인가 노래 같은 흥얼거림으로 바뀌었다. 그가 살아오면서 들었던 모든 소리의 섞임처럼 모든 감정이 배어 있을 것이었다. 때로는 부드러웠고 때로는 애잔해서 강희의 마음을 적셨다. 그의 손길이 노를 젓듯 머리를 쓰다듬었다. 강희는 따뜻한 모래사장에 두 발이 잠기듯 안온해서 눈을 뜨고 싶지 않았다. 어느새 저도 모르게 가슴이 벅차오르며 눈가가 젖었다.

창가에서 불어오는 새벽 공기가 서늘했다. 창석은 눈을 떴다. 달빛이 유난스레 고요했다. 바람이 지날 때마다 천장에 어리는 바나나무 잎의 긴 그림자가 조금씩 흔들렸다. 창석은 그것들을 오래 바라보았다. 강희가 찾아오리라고는 꿈에도 생각지 못했던 일이었다. 더군다나 같은 방에서의 하룻밤이라니. 창석은 놀랍고도 아득한 느낌에 몸을 떨었다. 강희의 잠든 얼굴을 그는 오래 바라보았다. 희망이면서 절망이었던 사람의 얼굴은 푸르른 저녁처럼 고요하고 아름다웠다. 창석은 그만 자신도 모르게 헉, 하고 눈물을 삼켰다. 눈 감으면 사라질 것들을 지금껏 힘들게 부여잡고 살아왔다는 생각이 밀려왔다. 강희의 얼굴을 또렷하게 가슴에 새길 만큼 보고 또 보았다. 여한이 없었다. 이 순간을 위해 모든 것을 견디며 여기까지 달려왔다는 생각마저 들었다. 마음껏 그리워하고 원망할 수 있었던 시간이 생의 절정이었음을 이제야 조금 알 것 같았다.

창석은 조심스레 강희의 머리카락을 귀 뒤로 넘겼다. 갑자기 자신이 짐승처럼 변할 수도 있다는 생각이 들었고, 그 생각이 온몸의 감각을 깨우는 것만 같아 흠칫했다. 그는 감각이 굳어 버린 자신의 손가락을 서서히 거두었다. 그러고는 강희에게 환부가 닿기라도 할까 두려운 듯 거리를 두고 벽에 기대앉았다. 더 이상 소망도 원망도 없었다. 희붐한 새벽빛이 방 안을 가득 채웠다. 오늘따라 물소리도 깊고 고요했다.

창석은 결심하듯 문을 열고 방을 나섰다. 새벽 공기가 쏴 하며 얼굴에 닿았다. 그는 배를 세워 둔 곳으로 걸어갔다. 배의 기다란 몸체가 서서히 드러났다. 나무에 매어 둔 줄을 풀었다. 배는 이 순간을 기다렸다는 듯 날렵하게 물속으로 미끄러져 내려갔다.

라니를 위해 만든 배였지만 라니는 배에 발 한 짝 디디지 못하고 죽었다. 배를 바라볼 때마다 창석은 결국 자신을 위해 배를 만들었다는 생각을 지울 수 없었다. 죽어서도 나갈 수 없는 이 섬. 점점 흉측해지는 손과 발을 볼 때마다 차라리 넓은 바다로 나가고 싶었다. 바다를 건너면, 어딘가에, 분명히 영원한 파라다이스가 그를 기다리고 있을 것만 같았다. 그곳은 가난도 없고 나라도 없으며 슬픔도 아픔도 없을 터였다. 고향을 떠나 포와로 향할 때 품었던 벅찬 감정이 살아야겠다는 의지처럼 다시 솟구쳤다.

붉은 해가 고개를 들어 올렸다. 수평선이 조금씩 더 붉어졌다. 출발하기에 더없이 좋은 시간이었다. 창석은 새벽 바다를 향해 힘차게 노를 저었다. 힘겹게 살아온 날들이 그의 등을 밀었다. 이제 다 괜찮다고 말하고 있었다. 새로운 세계를 찾아 떠난다는 생각에 두려움 따위는 없었다.

"이 섬 어디에도 내 서러운 육체를 버려두고 가지 않겠어. 이 세상 어디에도 내 한 점 살, 한 방울의 피도 묻히지 않고 떠나가겠어."

창석은 눈을 더욱 부릅뜨며 노를 저었다. 수평선 위로 붉고 완벽한 동그라미가 솟구쳐 올랐다. 새로운 하루였다. 이를 악물었다. 돌아보지 말자. 등 뒤의 시간은 모두가 푸른 기억들. 노를 젓는 창석의 팔뚝 위로 아침햇살이 점점 따갑게 내리쬐었다.

*

 나영은 장현이 찾아올지 모른다는 기대감을 버릴 수 없었다. 아침이면 동지촌 입구를 서성거리는 일상이 이어진 것도 그 때문이었다. 기약 없는 기다림인 줄 알면서도 언제부턴가 그녀를 지탱하는 힘이 되었다. 어떤 날은 멀리 바다를 한번 쳐다보다 돌아가기도 하고, 또 하루는 아무 생각 없이 바닥에 주저앉아 가끔 마차나 트럭이 지나가는 것을 지켜보았지만 내리는 사람은 없었다. 정작 그녀가 기다린 것은 무엇이었을까? 나영은 동지촌으로 걸어오는 내내 자신이 기다린 것이 정말 장현이었는지 스스로에게 묻곤 했다.
 집을 나서는 장현의 등에 대고 나영은 소리쳤다.
 "기다릴 거야. 당신이 올 때까지 기다릴 거야!"
 그는 나영의 집에 처음 왔을 때처럼 가방 두 개를 챙겨 들고 일어섰다. 여전히 흰 양복에 흰 구두를 말끔하게 차려입은 모습이었다.
 "말해 줘요. 이유나 알고 당신을 보내고 싶어요."
 나영은 방을 나서는 그를 정말 마지막이라는 심정으로 잡았다.

"나라는 인간은 어느 한곳에 정착하지 못해. 이번에야 그걸 더 분명하게 깨달았어. 가난한 나라의 백성으로 태어난 죄로 평생을 떠돌며 살게 되었다고 원망했었는데, 이제 이게 내 삶의 방식이 되었다는 걸 받아들이고 싶소. 나도 당신과 함께하는 여생을 생각해 보지 않은 것은 아니야. 하지만 아직은 내가 누구를 사랑하고 책임지는 것에는 익숙하지 않다는 걸 당신을 만나면서 깊이 깨달았소. 그만큼 진지했다는 것만 알아주오. 이런 마음으로 곁에 머문다는 건 당신에 대한 예의도 아니고……. 내 감정에 솔직하고 싶을 뿐이오."

"진정 그것뿐이에요? 그것만 말해 줘요. 우리 사랑한 것 아니었나요?"

"우리 아버지는 집 앞의 감나무를 몹시 아끼셨지만, 어느 날 더 넓은 산 경치를 봐야겠다는 생각에 잘라 버렸어. 그때는 그런 아버지를 이해하지 못했는데, 이제 조금은 알 것 같아. 지금 나도 그 심정이오."

나영은 귀를 막으며 돌아섰다.

"기다릴 거예요. 당신이 다시 올 때까지 내 방문은 잠겨 있지 않을 거라고요!"

나영은 울음 섞인 목소리로 그의 등에 대고 소리쳤다.

변함없는 하루하루였다. 숯가마 세 개가 완성되자 동지촌 여자들과 남자들은 서로 할 일들을 찾아 분주히 움직였다. 동지촌이 위치한 올라 지역은 비가 자주 오는 곳이라 주위에 오히아나무가 많았다. 동지촌 사람들은 그 나무를 이용해 숯을 만들어 팔기로 했다. 남자들은 나무를 베어다 숯가마 앞에 쌓았다. 여자들은 그것을 숯가마 안에다 차곡차곡 쟁였다. 숯가마는 기차 한 칸 정도 되는 크기였다. 여자 셋이 숯가마 한 통에 나무를 쌓아 넣으면 한나절이 금방 갔다.

나영은 아침에 눈을 뜨면 동지촌 입구로 내려가 바람처럼 서 있다 들어와 숯 만드는 일을 거들었다. 까칠한 손바닥은 나무 가시에 찔려도 더 이상 아프지 않았다. 나영은 동지촌에 있는 다른 어떤 여자들보다 더 빨리, 더 높이 장작더미 쌓는 법을 익혔다. 저녁 설거지가 끝나면 곧장 잠에 곯아떨어졌다. 몸은 고됐지만, 마음은 평화로웠다.

"우리가 보낸 숯이 품질 미달로 반품됐대요."

동지촌 사무를 맡아 보는 강씨가 난감하다는 표정으로 말했다.

"아니, 그게 말이나 되오? 그동안 군말 없이 받아가던 사람들인데, 갑자기 그게 무슨 말이오?"

저녁상을 물린 남자들이 웅성댔다. 진주만의 미 해군 기지에 납품하기로 한 목재들이 품질 미달로 불량품 판정을 받은

지 얼마 되지 않아 터진 일이었다. 그동안 준비해 둔 목재를 숯으로 만들어 팔기로 한 일까지 수포가 되었다는 말에 사람들은 웅성거렸다.

"미 본토 쪽에서 숯이 엄청 들어오잖소? 그쪽은 날이 추워서 나무들이 단단하답니다. 그러니 화력도 좋고 오래가서, 이곳에서 만든 숯과 비교가 안 된다고 해요."

"그럼…… 우린 어찌 된단 말이오?"

강씨의 말이 떨어지기 무섭게 이씨가 벌떡 일어서며 흥분한 목소리로 물었다.

"은행 쪽과 융자 상환 기간을 연기하는 중이오. 좀 기다려 봅시다."

"기다려 보다니? 배당금 준다고 꼬실 때는 언제고, 고작 하루 밥 세끼 주며 죽도록 일만 하라고?"

"이런 상태에서 임정에 돈을 보낸다는 게 말이 돼?"

과묵한 배씨가 더 이상 참을 수 없다며 밥상을 밀치고 일어섰다.

"임정에 돈은 그때 한 번 보내고 그 이후는 보내지 못했소. 다들 알면서 왜 이러시오?"

강씨는 자신의 책임이 아니라는 듯 정색을 했다.

"우리같이 무식한 사람은 뭐가 어찌 돌아가는 줄 몰라요. 다만, 다른 사람도 아니고 이 박사가 추진하는 일이라 그것만 믿고, 있던 재산 다 털어 넣고 이곳에 들어왔는데, 독립도 좋지만 이곳에 있는 내 가족이나 새끼들이 먹고살 것은 나와야 하질 않겠소? 보장한다고 하지 않았소?"

"나는 세상 돌아가는 것, 젊은이들만큼은 모르오. 하지만, 농장에서도 더 이상 받아 주지 않는 늙은 몸을 동지촌에서 불러 줬소. 그것만으로도 나는 대놓고 욕은 못 하겠소."

동지촌에서 가장 연장자인 박씨가 말했다. 일순 험악했던 분위기가 잠시 잠잠해지는가 싶더니 남자들이 또다시 목소리를 높였다.

"기술도 변변치 않은 데다 장비마저 허술한데, 어찌 좋은 숯이 나오겠소?"

"여기 나무가 숯을 만들기에 적합하지 않다는 걸 처음부터 알았어야지! 그것도 파악하지 않은 채 사람들을 모으고, 독립기금이니 배당금이니 무책임하게 지껄인 인간들이 문제요!"

"그럼 누구 잘못이란 말이오?"

여자들은 남자들의 목소리가 다시 커지기 시작하자 슬그머니 일어나 밥상을 들고 나갔다. 뒤따라 방을 나서던 나영은 남자들의 말다툼과 욕지거리에 두 손으로 귀를 틀어막았다.

*

　강희는 빛바랜 보따리에서 오래된 사진 하나를 꺼내 들었다. 중매쟁이가 건네줬던 창석의 사진이었다. 포와에 올 때 입고 온 겨울옷 사이, 구겨지지 않은 채 남아 있었다. 오후의 햇살이 흑백 사진 위에서 잔잔하게 부서졌다. 그가 웃고 있었다. 지금 보니 자신의 앞날을 예감한 듯 쓸쓸한 웃음처럼 느껴졌다. 강희는 천천히 사진을 쓰다듬었다.

　몰로카이에서 눈을 떴을 때 이명이 들리듯 귀가 윙 하고 울었다. 창석은 옆에 없었다. 강희는 잠시 멍하니 앉아 있다가 문을 열고 나왔다. 새들이 나무와 나무 사이를 한가롭게 날아다녔고 화창한 아침 햇살이 뜰을 적셨다. 세상은 여전히 아름답고 평화로운데, 한 세상이 사라진 느낌처럼 걷잡을 수 없이 쓸쓸한 감정이 밀려와 이상했다. 주위를 둘러보아도 그가 보이지 않았다. 깔끔하게 손질한 장화가 한쪽에 놓여 있었다. 나지막한 목소리로 그의 이름을 불러 보았다. 뒤뜰에도 그는 없었다. 그러다 우뚝 걸음을 멈추었다. 본능처럼 감지된 불안이 온몸을 훑고 지나갔다. 머리칼이 쭈뼛했다. 강희는 무작정 바다를 향해 뛰었다.

　"아침 일찍 바닷가로 나가 보니 멀리 나룻배 하나가 떠 있더군. 그놈이었어. 틀림없는 창석이었어. 내가 소리쳐 불러도 뒤도 안 돌아보더라고. 하기야 들릴 리도 없겠지만."
 동팔은 넋을 놓고 앉아 있는 강희에게 기다리지 말라고 말했다. 바다는 아무 일도 없었다는 듯 푸른 비단을 펼쳐 놓은 것처럼 잔잔했다.
 "그놈은 돌아올 놈이 아니야. 그 배 만든다고 했을 때부터 내가 알아봤지. 이곳에서 죽는 날만 기다리느니 떠나기로 했을 거야. 에이, 매정한 놈. 못자리 하나 안 쓰고 죽는 독한 놈."
 동팔은 창석이 쓰던 장화와 곡괭이 그리고 삽은 자신이 가져가겠다고 말했다.
 창석이 없는 방에서 사흘을 보냈다. 온전히 그의 부재를 느끼며 강희는 죽은 듯 누워 있었다. 그는 끝내 돌아오지 않았다. 그를 죽음으로 내몰았다는 자괴감이 어쩌면 그의 생애 마지막이 될지도 모를 하루를 함께했다는 마음으로 바뀌었을 때 겨우 몸을 추스르고 일어설 수 있었다.
 강희는 빛바랜 흑백 사진을 다시 들여다보았다. 처음 설레며 받았던 그 사진이 이제 유물이 되어 자신의 손에 들려 있다는 사실을 믿을 수 없었다. 사진을 쓰다듬고 또 쓰다듬었다. 집으로 가고 싶다던 그의 목소리가 들리는 듯했다. 그가 안락한 집에 도착하기를. 간절한 마음이 그리움처럼 밀려왔다.

*

 댄스파티 파트너를 인사시키겠다며 홍석이 들어섰을 때 강희는 호기심에 눈을 반짝였다. 졸업식을 앞두고 열린 댄스파티가 생각보다 일찍 끝난 모양이었다. 머리를 길게 늘어트린 여자아이의 얼굴이 강희는 낯익었다. 연보라색 드레스 위로 아름답게 드러난 자태가 고운 아이였다. 강희는 취한 듯 홍석과 아이를 바라보았다. 너무도 아름다운 한 쌍이라는 생각이 들자 입가에 미소가 번졌다.
 여자아이가 수줍게 다가오며 강희에게 "이모." 하며 안겼다. 나영과 창석의 딸 주디라고 했을 때 강희는 너무도 깜짝 놀라 주저앉을 뻔했다.
 "네가…… 주디라고?"
 강희는 믿을 수 없어서 눈을 동그랗게 떴다.
 "네, 이모……. 몇 년 전 태호 삼촌 결혼식에서도 잠깐 인사 드렸어요."
 어른들은 건성으로 인사받는다며 주디가 웃었다.
 "젖먹이 때 봤던 기억만 나. 몰라보게 예쁘게 잘 컸구나, 주디야!"
 강희는 여전히 믿기지 않아 감격에 겨운 목소리였다.
 "젖먹이요? 얘는 태어났을 때부터 젖 같은 건 안 먹고, 밥

먹고 컸을 것 같은데요."

홍석은 주디의 팔뚝을 보며 짓궂게 눈을 크게 떴다.

"요게, 정말 까불면 내 한 방에……."

정말 한 대 칠 것처럼 주디가 주먹을 꼭 쥐고 홍석에게 들이밀 태세를 취했다.

"엄마는?"

나영의 안부가 몹시 궁금하던 참이었다. 강희는 어떤 답이 돌아올지 몰라 마음이 조심스러웠다.

"잘 계셔요. 두 주 전에 갔다 왔는데, 일은 힘들어도 계실 만한가 봐요."

"잘했다. 너라도 찾아가 봐야지. 엄마가 얼마나 힘이 되겠니?"

"이모에게도 안부 전하라고 하셨는데, 그동안 여기 올 시간이 없어 들르지 못했어요. 홍석이가 좀 나긋나긋하게만 굴었어도, 내가 진작 오는 건데."

주디는 옆에 바짝 붙어 앉은 홍석이의 코를 지그시 누르며 나무랐다.

"내가 이러고 삽니다. 엄마, 여자가 무서워요. 특히나 주디는 이름만 들어도 가슴이 떨려요."

강희는 홍석이와 티격태격하는 주디의 얼굴을 찬찬히 들여다보았다.

"코와 인중 있는 곳이 꼭 네 아빠를 닮았구나."

창석의 옛 모습이 떠올라 강희는 낮게 중얼거렸다.

"저희 아빠 모습 기억하세요? 저는 사실 기억이 가물가물해요. 남겨 놓으신 사진도 거의 없고……. 결혼사진 얼굴은 뭐가 그리 못마땅한 표정인지. 그래도 아빠가 저를 꼭 안아 주셨던 느낌은 아직도 생생해요."

"네 아빠의 모습, 기억하지. 기름을 약간 바르고 한쪽으로 곱게 빗은 머리가 늘 단정하고 수려하셨단다."

강희는 그 모습이 정말 잊히지 않다는 듯 먼 곳을 바라보았다.

"네 엄마와 내가 포와에 왔던 게 꼭 너만 한 나이였을 거야. 우린 그때 산다는 게 뭔지 몰랐어. 하루를 무사히 보내는 게 잘 사는 거라고 여겼지. 모든 게 불투명하고 불안했으니까. 하루가 전부였으니까."

열여덟 살. 감히 타인의 불행을 짊어질 수 있다고 믿었던 그 시절이 강희는 믿기지 않았다. 모두가 살아야 했던 그 시절이 내린 결정 같았다. 나영은 동지촌으로, 창석은 바다로, 그리고 상학은 상해로 떠났다. 결국 힘들게 내렸던 결정은 아무에게도 행복을 주지 못하고 불행으로 막을 내린 것만 같아 안타까웠다.

"잘은 모르지만, 모두 최선을 다했을 거라 믿어요. 엄마도 아빠도, 모두요."

주디가 강희의 볼에 살짝 입술을 대고 굿나잇 키스를 하며 말했다. 밝고 건강하게 성장한 아이였다. 강희는 그런 주디가 어린 날의 나영이처럼 느껴져 꼭 끌어안았다. 가난한 사진 신부가 되어 포와로 떠나는 배에 올랐던 그 시간이 엊그제 같았다. 강희는 나영에게, 나영은 강희에게 온전히 의지하며 태평양을 건넜던 그 시간은 다시 찾아오지 않을 터였다. 중매쟁이의 하늘거리던 치맛자락을 얘기하던 밤들이 어여쁜 주디의 모습으로 완성되었다는 생각에 이르자 강희는 만감이 교차했다.

강희는 마음을 가다듬고 상해에서 온 편지를 뜯었다. 사흘 전에 받은 편지였다. 죽었다고 생각한 사람이 보내온 편지였다. 반가운 마음보다 덜컥 겁이 났다. 불길한 마음을 감당할 수 없어서 서랍에 넣어 두고 외면했었다.

그동안 무심했음을 용서 바라오. 잘 지내는지 여러 가지로 궁금하오. 눈부신 포와의 햇살과 일 년 내 피고 지는 꽃들과 캠프 나인 뜰에 주렁주렁 달렸던 파파야까지……. 모두가 그립고 궁금하오.

지난번 홍석과 당신이 보낸 편지는 잘 받았소. 바로 답장하고 싶었는데, 이렇게 늦었소. 이곳은 하루하루가 급변하는 곳이오. 개인적인 일로 편지를 쓴다는 것도 실은 사치스러운 일처럼 여겨질 정도요. 남들은 목숨까지 바치는데, 나는 사무실에 앉아 일한다는 것조차 다른 동지들에게 송구할 뿐이오. 그래도 이렇게 몇 자 적어 보내오.

지난달에 포와에서 여관업을 하는 최기운 씨 며느리, 곽씨가 이곳 상해를 다녀갔소. 미 서부 쪽 독립 자금 모집 총책임자로 있는 곽씨는 지난 삼일 운동 때 고국에 들렀다가 겪은 일로 임정 일에 적극적으로 나서게 되었다고 하오. 상해로 오기 전에 포와도 들렀다며 내게 많은 소식을 전해 주었소. 태호 결혼 소식엔 웃고, 창석이 그렇게 바다로 가서 돌아오지 않는다는 소식엔 며칠을 허망하게 보냈다오.

창석의 마음을 헤아려 보면 가슴이 아프오. 사면이 다 바다인 그곳에서 걸어 나가지도 못하고 날아가지도 못한 그 사람의 마음이 배를 만들게 했을 것 같소. 당신에겐 힘들겠지만, 창석이다운 결정이었다고 나는 생각하오.

세계 지도를 펼쳐 놓고 포와를 찾아봤소. 미국과 한국, 꼭 중간에 있습디다. 그 넓은 태평양 한가운데에. 한쪽으로 쭉 가면 한국이, 꼭 그만큼의 거리로 여겨지는 곳에 미국이 자리 잡고 있었소. 미국에도 한국에도 완전히 속하지 못하고 어정쩡하게 살아가는 우리의 모습인 것 같아 마음이 아팠소. 포와도 안 가고 한국에도 못 가는, 그것은 곧 내 마음의 거리이기도 하오.

나의 작은 힘이나마 여기에 남아 보태고 싶소. 뜻을 같이하는 동지들과 운명을 함께하고 싶은 게 나의 심정이오. 나의 작은 힘이라도 기쁘게 보태고 싶소. 그래야만 당신과 창석에게 덜 미안할 것 같소. 내가 포와를 떠나온 많은 이유 가운데 하나가 내게 마음의 문을 열어 주지 않는 당신에 대한 서운함도 있었지만, 실은 이 길이 내 길인 것 같다는 생각엔 변함이 없소. 우리 네 명 그래도 각자의 길을 소신껏 걸어왔다는 생각이오.

포와는 내 기억 속에 가장 아름다운 곳이면서 가장 마음 아픈 곳이오. 지난번 편지에 그만 돌아오라는 당신의 글을 읽고 또 읽었소. 그 마음이 어찌나 고맙고 눈물겹던지. 돌아갈 곳이 있는 나는 진정 행복한 사람이오. 감사한 마음을 늦게나마 전하오. 내내 건강하길.

1931년 1월 16일
상해에서

동지촌

가슴에 딱딱한 멍울들이 제법 커진 듯싶었다. 이젠 어깨를 들어 올리기조차 힘들었다. 침을 맞아도 차도가 없었다. 침을 놓는 고씨도 고개를 갸우뚱했다. 병원에 가 보라는 말을 하는 그의 얼굴이 제법 심각해 보였다.

"죽을병이오?"

심영은 답답하다는 듯 다시 물었다.

"내가 그걸 알면 병원에 가라고 하겠어요?"

고씨가 대답을 회피했다. 허튼소리는 절대 입 밖에 내는 일이 없는 사람이었다. 그런 그가 병원에 가 보라고 한 걸 보면 심각한 게 틀림없었다. 그런데도 심영은 마음이 그리 무겁지 않았다.

돌아오는 길에 중국식 왕만두 마나푸아를 한 박스 샀다. 찜통에서 막 쪄 낸 마나푸아는 큼지막해서 점심으로 때우기 그만이었다. 박스에 코를 갖다 대자 잘 익은 마나푸아 냄새가 식욕을 자극했다. 입에 침이 고였다. 심영은 박스를 열고 따끈따끈한 마나푸아를 꺼내 한입 베어 먹으며 걸었다.

캠프 나인은 흐르는 강물 같은 곳이라고 심영은 생각했다. 그녀는 유일하게 캠프 나인을 떠나지 않은 초기 이민자들 가운데 한 명이었다. 더 좋은 일자리를 찾아 노동자들이 하나둘 떠나고 새로운 사람들이 모여들어 빈자리를 채웠다. 그래서 멈추지 않고 흐르는 강물처럼 늘 살아 있었다. 심영 역시 호놀룰루로 떠날 생각을 해보지 않은 것은 아니었다. 그러나 이제 몸도 예전 같지 않았다. 새로운 곳으로 간다는 생각만 해도 힘에 겨웠다. 스텔라는 본토에서 자리를 잡을 테고 초혜는 아기를 가졌다. 모든 것이 제자리를 찾은 것처럼 평화로웠다.

심영은 흐뭇한 마음으로 사탕수수 태우는 냄새를 흠뻑 들이마시며 걸었다. 편안하고 나른한 오후였다. 호놀룰루에 며칠 나가 있다가도 이 냄새가 그리워 다시 서둘러 돌아오곤 했다. 가을쯤 마크 승원 박서의 얼굴을 볼 생각하니 무척 설렜다. 자신의 손으로 버린 손자였다. 딸을 위한답시고 딸의 가슴에 더 깊은 상처만 남겼다. 그래도 그때는 손자보다 딸이 먼저였다. 후회는 없었다. 버려도 버려지지 않는 것이 무엇인지 호되게 배웠으니 억울한 일도 아니었다.

고씨가 염려하는 것이 무엇이든지 상관없었다. 이 정도면 잘 살아왔다는 생각이 들었다. 심영은 마나푸아를 마저 입에 넣고 오물거렸다. 오늘따라 유난히 하늘이 파랬다. 제법 기분 좋은 바람이 두 뺨을 스쳤다. 심영은 다시 깊이 숨을 들이마셨다. 사탕수수 태우는 냄새가 은은하게 코에 닿았다. 지상에서 가장 행복한 곳이었다.

차이나타운에서 주디를 만난 홍석은 마냥 들떠 있었다. 여간해서 시간을 내주지 않던 주디가 어쩐 일인지 홍석의 데이트 신청에 응했기 때문이었다. 댄스파티 이후 정식 데이트는 처음이었다. 영화를 보고 딤섬으로 점심을 먹은 둘은 여느 연인처럼 다정해 보였다. 둘은 채소와 생선 가게들이 즐비한 거리를 걸었다. 호놀룰루항에서 불어오는 바람은 비리지 않았다. 데이트 장소로 어디가 좋을까 물었을 때 주디는 차이나타운을 꼽았다. 버스 노선이 편리하다는 이유였다.

"주중에는 찬물로 샤워를 하고, 토요일 오전에는 마당에 불을 피워 물을 데워서 목욕했어. 따뜻한 물로 샤워를 하니까 참 좋았어."

"맞아. 우리 기숙사도 그랬어. 저학년 아이들이 먼저 씻고 그다음 상급생들이 씻었어. 우유가 모자라면, 상급생들은 마시지도 않고 우리한테 양보했지."

"우리랑 똑같네."

홍석은 주디의 말이 하나도 낯설지 않아 즐겁게 맞장구를 치며 걸었다.

"너희 기숙사에서는 모금 운동도 많이 했지?"

"그럼, 수업 끝나면 옷도 만들고, 수도 놓고. 그런 것 모아서 일 년에 두 번 모금 행사를 했잖아. 내 정성이 담긴 것들이 팔려서 독립 기금으로도 갔다는 사실을 생각하면…… 마치 내가 대단한 일이라도 한 기분이었어."

주디는 큰일을 해낸 사람처럼 으쓱거리며 말했다.

"그때 내가 너 처음 봤는데."

"정말이야? 그럼 그때부터 흑심을 품고 있었단 말이야?"

"아니…… 그냥…… 봤다고. 본 것도 죄냐? 그냥, 보였다고."

홍석의 말에 주디가 곱게 눈을 흘겼다.

"다 용서해 줄게. 난 오늘 기분이 너무 좋거든."

"너, 밥도 할 줄 알고 바느질도 할 줄 아니까, 시집가도 되겠다……."

홍석의 말이 채 끝나기도 전에 주디가 그의 팔뚝을 꼬집었다. 홍석이 엄살을 부리며 아픈 시늉을 했다.

"누굴 위해서 밥을 짓고 바느질을 해?"

주디가 그런 것에는 아무 관심도 없다는 듯 톡 쏘아붙였다.

홍석은 묻고 싶은 말이 있다는 듯 앞서가는 그녀를 불러 세웠다. 조금은 심각한 표정을 애써 감추며 주디의 눈을 똑바로 바라보고 물었다.

"졸업하면 정말 본토 대학으로 갈 거야?"

"그럼 넌 내가 이 갑갑한 섬에서 평생을 보내기라도 해야 한단 말이야?"

주디가 입을 삐죽거렸다.

"돌아올 거야?"

주디는 심각한 표정의 홍석이 마음에 걸려 잠시 대답을 망설였다. 주디가 타고 가야 할 버스가 도착했다. 주디는 기다렸다는 듯 버스를 향해 몸을 돌렸다. 홍석이 대답해 달라고 말했다.

"그럼 나랑 같이 본토로 갈래?"

버스에 오르려던 주디가 홍석을 향해 큰 소리로 물었다. 뜻하지 않은 주디의 질문에 홍석은 어떻게 대답해야 할지 몰라 말문이 막혔다. 머뭇거리고 있는 사이 주디가 탄 버스가 떠났다. 홍석은 버스를 바라보며 서 있었다.

졸업이 얼마 남지 않은 날이었다. 졸업과 동시에 포와를 떠나려는 한국 학생들이 꽤 많았다. 마음 같아서는 홍석도 본토로 가고 싶었다. 상학과 샌프란시스코를 경유해 상해로 가면서 느꼈던 넓은 대륙의 광활함을 다시 한번 느껴 보고 싶었다. 본토에 있는 대학을 간다고 하면 강희도 기뻐할 것이었다. 그

동지촌

래도 말이 입 밖으로 나오지 않았다. 홍석은 주디가 볼 수 있게 버스를 향해 팔을 높이 흔들었다.

주디는 버스가 멀어질 때까지 손을 흔드는 홍석의 모습을 바라보았다. 같이 본토로 가자는 말에 담긴 뜻을 홍석이 모를 리 없었다. 그런데 아무 대답도 없었다. 바보. 주디는 입을 삐죽거리며 빈 좌석을 찾아 앉았다. 본토로 공부하러 간다는 게 말처럼 쉬운 일은 아니었다. 동지촌에 가서 어렵게 엄마를 만난 것도 그 때문이었다.

주디는 엄마를 바로 알아보지 못했다. 남자인지 여자인지 구별할 수 없는 노동복은 구겨지고 더러웠다. 머리는 푸석푸석하고 눈가에 수심이 짙게 드리워진 엄마의 모습이 낯설었다.

"살 만해? 살 만하냐고?"

주디는 슬픔과 분노가 뒤섞인 목소리로 엄마에게 대들었다. 속상하고 가슴 아팠는데, 이상하게 화가 났다.

"음……. 요즘엔 가구 공장에서 일해."

숯을 구워 내 봤자 수요가 없자 동지촌에서 대응책으로 들고 나온 게 가구 만들기였다. 여자나 남자나 특별한 기술이 있는 것은 아니었다. 남자들이 만들어 놓은 의자며 침대에 페인트칠을 하거나 삐져나온 못을 다시 작은 망치로 단단히 박는 일이었다.

"나, 고등학교 졸업하면 본토 갈 거야."

"그래, 더 배워야지."

"눈 좀, 힘 있게 떠. 지금 엄마 몰골 좀 봐. 엄마 뜻대로 다 했는데, 왜 이렇게 풀이 죽었어?"

주디는 아무 말도 못 하는 나영의 모습을 보자 맥이 풀렸다.

"한마디로 창피해. 엄마가 내 엄마라는 사실이 부끄럽다고!"

주디가 울음을 터트리며 나영의 가슴에 못을 박는 말을 던졌다. 나영의 표정이 꿈틀거리더니 서서히 일그러졌다.

"네가 날 이해 못 하는 건 알고 있었지만, 부끄럽게 여기고 있는 줄은 정말 몰랐구나."

나영은 애써 평온한 척 말했지만 참담한 기분을 숨기지 못했다.

"그럼 부끄럽지. 당연히 부끄러워해야지. 왜인지 알아?"

주디의 눈에 눈물이 그렁그렁 괴었다가 뚝 떨어졌다.

"엄마가 원하는 대로 다 했는데 전혀 행복해 보이지 않기 때문이야."

주디는 깊은 한숨을 내쉬었다. 끝말은 삼켰어야 했었다는 뒤늦은 후회가 일었다. 버스가 어느새 차이나타운을 벗어나고 있었다.

*

 심영의 집에 사람들이 하나둘 모여들었다. 동지촌이 곧 문을 닫는다는 소문을 듣고 만든 자리였다. 태호의 연락을 받은 강희도 캠프 나인에 도착했다. 무엇보다도 나영의 안부가 걱정되어 집에 있을 수 없었다. 한자리에 모인 사람들은 이런 결과가 놀랍지 않다는 표정이었다. 동지촌 계획이 처음부터 뜬구름 잡는 일이었다고 입을 모으던 사람들이었다. 이야기는 점점 희망이 없는 곳으로 흘러갔다.
 "한인 집단 농장이라니. 빛 좋은 개살구야. 이 박사를 교민들이 너무 믿어 준 결과야."
 "탄핵당했어도, 나라 잃은 백성들에게 임시정부 대통령까지 했던 이 박사라도 있어서 구심점이 생기긴 했지, 뭐."
 "그럼 그때 좀 나서서 말리지? 자네도 은근히 돈 좀 투자하지 않았나?"
 "투자는 무슨 투자요? 보탠 거지."
 "그래도 좀 바라는 게 있었겠지……."
 "그것도 없었다고 말 못 하지요."
 "미국 대공황 영향도 무시할 수 없겠지만, 동지촌은 시작부터가 단단하지 않았어."
 굳게 입을 다물고 앉아 있던 심영이 총정리하듯 말문을 열었다. 건강 때문인지 동지촌 문제 때문인지 안색이 몹시 어두 웠다. 동지촌 설립을 적극적으로 반대했던 그녀로서는 예상했 던 결과였다. 설립 취지는 참으로 이상적이었지만 시작만 요 란했고 끝까지 책임지는 사람이 없었다. 나이 든 노동자들에 게 계속 일거리를 제공한다는 것과 임정에 필요한 독립 자금 을 동지촌 자체 노동력으로 확보한다는 계획은 누가 들어도 가슴이 뛸 만했다.

"거기 있는 사람들은 도대체 어떻게 되는 거예요?"

누구보다 나영을 걱정하며 강희가 물었다.

"동지촌 부지가 넘어가면 그곳에 살기는 힘들겠지요."

태호 역시 나영을 떠올렸는지 마음이 편치 않아 보였다.

"올라 지역 날씨가 사업 계획에 맞는지조차 판단 안 하고 일 벌인 사람들이 책임져야 해요."

"물자를 수송하기 위해 철로까지 놓으려고 계획하고 자본 을 여기저기서 끌어들였을 때 이미 휘청거렸지."

굵은 주름 하나가 심영의 이마 위에서 꿈틀거렸다. 굳게 다 문 입술 사이로 한숨이 새어 나올 듯했다. 늘 세상 돌아가는 일에 귀를 기울이고 산 사람의 얼굴이었다. 겨우 한 시간 남짓 흘렀을 때 그녀가 양해를 구하고 먼저 일어서자 사람들은 근 심 어린 표정을 감추지 않았다. 남은 사람들은 뾰족한 묘안도 내놓지 못하고 허탈한 표정으로 결국 하나둘 따라 일어섰다.

*

 아침부터 추적거리던 빗줄기가 동지촌에 도착하자 제법 굵어졌다. 올라아 지역이 비가 많이 온다는 말은 틀리지 않았다. 지난번 강희 혼자 나영을 보러 왔던 날도 비가 왔었다. 강희는 기억을 더듬으며 풀들을 헤치고 걸었다. 동지촌 소식을 듣고 달려온 주디와 홍석도 함께였다. 걸음을 옮길 때마다 한 움큼의 진흙이 발목을 잡았고 숙소처럼 보이는 예닐곱 채의 집들은 비릿한 냄새를 풍기며 웅크리고 있었다. 방마다 여러 번 문을 두드렸지만 사람들 기척은 없었다. 빗줄기는 점점 더 굵어졌다. 주디는 곧 울음이라도 터트릴 듯 불안해 보였다. 홍석이 다가가 주디를 달랬다.
 "이미 다 떠난 것 아니에요?"
 홍석이 걱정스레 물었다. 주디는 곧 쓰러질 것처럼 얼굴이 파리해지더니 힘없이 주저앉았다. 홍석이 황급히 다가가 주디를 부축했다. 강희는 혼자 숯가마 있는 곳으로 향했다.
 강희는 나영의 이름을 목청껏 부르며 언덕을 올라갔다. 빗소리에 묻힌 목소리가 흔적도 없이 허공에서 사라졌다. 갑자기 불어난 물로 산골짜기에서 떨어지는 물소리도 요란했다. 젖은 풀들이 강희의 걸음을 더디게 했다. 물안개가 자욱한 곳에 숯가마처럼 보이는 고체 덩어리가 웅크리고 있었다. 멀리서도 녹내가 나는 듯 을씨년스러웠다. 가다가 멈춘 녹슨 전차 한 칸처럼 온기마저 느껴지지 않았다. 어디에도 나영은 없었다. 벌써 이곳을 떠났을지도 몰랐다. 추위에 몸이 오슬오슬 떨렸다. 강희는 비라도 피할 마음으로 숯가마 안으로 뛰어 들어갔다.

어둠 속에 타다 만 장작이 빼곡하게 쌓여 있었다. 나무도 숯도 아닌, 그 중간쯤의 것들이 뿜어내는 냄새가 마음을 심란하게 했다. 그때 숯가마 뒤에서 인기척이 들렸다. 강희는 그대로 빗속을 뚫고 숯가마 뒤쪽으로 뛰쳐나갔다. 빗속에 장작을 나르던 여자 둘이 느닷없이 사람이 뛰쳐나오자 놀라는 듯했다.

"나영이, 나영이지?"

앞에 선 여자가 나영이라고 단정한 강희가 소리치며 다가갔다. 여자가 멈칫하더니 고개를 돌렸다. 빗줄기가 잦아들고 있었다. 나영이었다. 장작보다 가느다란 두 팔에 숯으로 만들 나무들이 잔뜩 들려 있었다. 그녀는 아무 동요 없이 강희를 바라보더니 들고 있던 것들을 내려놓고 비에 젖은 머리칼을 쓸어 올렸다.

"언제부터 나를 기다린 거야?"

"가자. 나랑 같이 가자."

강희가 나영의 팔을 잡았다. 나영은 팔을 빼더니 미룰 수 없다는 듯 장작더미를 숯가마 쪽으로 밀어 넣었다. 잠시 잦아들었던 빗방울이 다시 굵어졌다. 바람이 언덕을 타고 휘몰아쳤다.

"같이 가자고?"

나영이 물끄러미 강희를 바라보며 물었다. 그런 거를 왜 네가 결정해? 그런 눈빛이었다.

"안 가. 난 안 가. 여기 지낼 만해. 내가 깊이 생각하고 결정한 일이야. 주문이 많지는 않아도 여전히 숯을 사러 오는 사람들도 있고. 몇 사람이 아직 여기 남아 있어서, 견딜 만해."

나영은 작지만 단호한 목소리로 말했다.

"주디도 왔어."

다시 허리를 굽혀 장작 더미를 집어 올리려던 나영은 '주디'라는 말에 허리를 폈다.

"우리 주디가?"

나영은 빗물에 젖은 얼굴을 손으로 털어 내며 물었.

어느새 주디가 뒤에 와 서 있었다. 강희는 언덕 아래에서 기다리겠다며 주디와 나영을 남겨 두고 홍석과 함께 내려왔다.

소나무 한 그루가 강희의 시선을 사로잡았다. 말로만 듣고 신문에서만 보았던 이 박사 사택 앞이었다. 동지촌 집들에 비해 훨씬 멀쩡하고 화려했다. 빗물에 씻긴 솔잎들이 푸른 바늘처럼 반지르르했다. 고향 땅에서 뿌리째 뽑혀 온 소나무가 주인 없는 빈집을 지키고 있었다. 이 소나무는 누가 옮겨 놓은 걸까. 강희는 이민자와 다르지 않은 소나무를 애잔한 시선으로 바라보았다.

홍석은 소나무 옆에 있는 바위 위에 아무렇게나 걸터앉았다. 몹시도 혼란스러운 표정이었다. 주디, 주디 엄마, 그리고 동지촌. 그런 것들이 그에게 혼란을 안겨 준 것만 같았다.

"엄마, 나 주디를 정말 좋아하는 것 같아요."

홍석의 입에서 뜻밖의 얘기가 흘러나왔다. 그는 얼굴을 두 손으로 감쌌다. 강희는 홍석의 진지한 모습이 처음이라 조금 당황했다.

"아까 주디가 자기 엄마를 보자마자 우는데 제 가슴이 너무 아프더라고요. 뾰족한 것이 막 깊은 곳을 찌르는 것처럼요. 눈물이 눈에서 나는 게 아니라는 걸 오늘 처음 경험했어요. 아까 그런 주디를 보고 나도 눈물이 났는데, 가슴 깊은 그곳에서부터 뜨거운 게 올라오더라고요. 고향에 가서 누나를 만났을 때 흘렸던 눈물이랑은 조금 달랐어요. 눈물에도 여러 종류가 있다는 걸 몰랐어요. 이런 감정 처음이에요."

강희가 홍석의 어깨를 가만히 쓸었다.

기대와 달리 언덕을 내려오는 사람은 주디 한 명이었다. 홍석이 단숨에 주디에게 달려갔다. 나영은 동지촌이 완전히 폐쇄될 때까지 있겠다고 했다. 그녀는 그곳에서 장현이 돌아오기를 기다리거나, 동지촌이 처음 취지처럼 펼쳐질 날을 꿈꾸며 숯을 굽고 밭을 일구겠다는 결심을 굳힌 모양이었다. 강희는 안타까웠지만, 나영이 비로소 스스로 내린 선택을 존중하고 싶었다.

가벼워진 생애
— 너무 많은 이름 속에서

　막 커피포트에 물을 넣고 스위치를 누르려던 강희는 초인종 소리에 흠칫했다. 저도 모르게 벽시계를 힐끗 쳐다보았다. 누가 찾아오기는 이른 시각이었다. 좋은 소식이 아니라는 불길한 예감이 밀려왔다.
　황망한 표정으로 태호가 문 앞에 서 있었다. 강희는 가슴이 덜컥 내려앉았다. 서늘한 아침 공기가 목덜미를 휘감았다. 태호는 애써 침착하려 애쓰는 기색이 역력했지만 강희는 이미 이유를 알고 있는 듯 두 다리가 후들거렸다.
　"새벽에 꽃을 따다가 돌아가셨어요. 바구니에 한 아름 카네이션을 따다가……."
　물기 머금은 목소리로 태호가 말했다. 강희는 저도 모르게 뜨거운 눈물 한 방울을 떨구었다. 심영의 파리한 얼굴이 작별을 고하듯 떠올랐다. 병원에 가지 않겠다고 고집을 부리던 그녀를 내버려두고 온 게 내내 마음에 걸렸었다. 그녀의 마지막 모습이라는 게 믿을 수 없었다.

꽃을 따다 죽었다니…….

강희는 고개를 저었다. 며칠 동안 자리보전하다 이른 새벽 카네이션밭으로 걸어가는 그녀의 뒷모습이 눈에 보이는 듯했다. 카네이션밭까지 걸어가며 얼마나 많은 생각을 했을까. 꽃 한 송이 딸 때마다 어떤 마음이었을까. 다시 눈가가 붉어지며 눈물이 차올랐다.

"장례식 준비 때문에 다운타운으로 가는 길에……."

태호는 말없이 눈가를 훔치며 직접 부음을 전해 주고 싶어 들렀다고 했다.

태호의 차가 멀어질 때까지 강희는 그 자리에 서 있었다. 어느새 홍석이 방에서 나와 강희의 어깨를 감싸안았다.

"또 한 사람, 이 섬을 떠났구나."

뜨거운 눈물이 강희의 두 볼을 타고 흘러내렸다.

심영은 이민 가방을 풀었던 캠프 나인의 방에서 마지막 잠을 자고 먼 길을 떠났다. 죽음조차 편하게 이부자리에서 맞이하지 않겠다는 그녀의 의지대로 길에서 죽었다. 온몸으로 세상과 맞서며 살다 간 사람다웠다. 삶도 죽음도 무엇 하나 그녀답지 않은 것이 없었다. 강희는 의지할 곳을 잃은 듯 깊은 슬픔에 잠겼다.

장례 일정을 간소하게 하자는 데 의견이 모였다. 고인의 성품에 따라 준비하자고 했다. 장례식은 자연스럽게 에바 교회로 정해졌다. 큰일이 있을 때마다 사람들이 모여 회의를 했던 곳이자, 심영이 처음 한글 학교를 운영했던 곳이며, 한인들의 크고 작은 경조사를 치르던 장소였다.

여기저기 흩어져 살던 캠프 나인 사람들이 심영의 장례식을 보기 위해 모여들었다. 심영의 죽음을 애도하는 글과 그녀가 포와에서 활동한 기록들이 일목요연하게 교회지에 실렸다. 장례식은 멀리에서 오는 문상객들을 배려해 오일장으로 치러졌다.

허겁지겁 포와에 도착한 스텔라는 심영의 영정 앞에서 길고 긴 울음을 쏟았다. 태호와 초혜가 스텔라를 위로했다. 풋풋한 청년으로 자란 마크 승원 박서가 심영의 영정을 들었다. 태어나자마자 심영에게 버려졌던 아이가 그녀의 마지막 길에서는 맨 앞을 지켰다. 그는 동양인들로 꽉 찬 장례식이 낯선 모양이었다. 교회에 들어가지 못한 사람들은 교회 밖에서 그녀의 죽음을 애도했다.

캠프 나인 사람들은 누가 말하지 않아도 도움이 필요한 곳을 찾아 장례를 도왔다. 강희는 조문객들을 안내했다. 슬픔에만 젖어 있을 틈이 없었다. 자신의 어머니 장례를 치르듯 조문객들을 맞았다. 낯익은 사람들은 그녀의 손을 잡고 눈물을 흘렸다. 타향에서의 죽음이 서러운 까닭만은 아니었다. 심영은 모두에게 언니나 누님이었으며 어머니 같은 존재였다. 모두 피붙이를 떠나보내는 마음으로 그녀와 작별했다.

곧 장례 예배가 시작된다는 안내 방송이 흘러나왔다. 조문객들도 이제 다 온 듯싶었다. 안내 테이블에서 뒷정리하던 강희 앞에 누군가 서성거렸다. 역광으로 눈이 부신 듯 강희가 손 차양하며 고개를 들었다. 한쪽 어깨가 조금 구부정해 보이는 초로의 남자였다. 사람을 잘못 봤을 거라는 생각에 강희는 숨소리마저 삼키고 그의 얼굴을 찬찬히 바라보았다.

"나, 나 왔소."

강희는 손으로 입을 가렸다. 상해에 있어야 할 상학이 눈앞에 있었다.

"아니, 어떻게 여기를……?"

강희가 신음하듯 그에게 물었다. 상학이 손을 내밀었다. 강희는 떨리는 손으로 그의 팔을 덥석 부여잡았다. 살아 있는 사람의 팔이었다. 눈썹이 진하고 양미간 사이가 넓은, 상해에 있어야 할 그가 바로 앞에 서 있다는 사실에 강희는 입을 다물지 못했다. 찬송가마저 아득하게 들려왔다.

"아침에 도착했소. 내 몰골이 말이 아니오. 며칠 좀 쉬었다가 당신을 보러 가려 했는데, 심영 씨 장례가 오늘이란 말을 듣고 너무 믿기지 않아서 이렇게 달려왔소."

상학은 핏기 없이 까칠해 보이는 얼굴을 두 손으로 쓸어내렸다. 급히 머리를 자르고 면도를 하고 온 듯했다. 두 눈꺼풀은 긴 여행에 지친 듯 힘없이 내려앉아 있었다. 늙고 쇠잔한다는 말이 바로 그를 두고 하는 말 같았다. 강희는 여전히 믿기지 않는 표정으로 다가가 그의 손을 마주 잡았다.

심영은 레이스가 달린 하얀 드레스를 입고 베이지색 새틴으로 장식된 관 속에 누워 있었다. 작은 나무 십자가를 두 손으로 꼭 쥐고 있었다. 머리는 방금 빗은 듯 단정하고, 얼굴은 잠든 사람처럼 편안해 보였다. 강희는 관 속에 누워 있는 심영의 모습을 보자 그녀가 이제 자신과 다른 세상으로 건너갔다는 게 실감 났다. 강희는 들고 있던 흰 장미를 관 위에다 놓았다. 상학이 어느새 옆으로 다가와 고개를 숙이며 명복을 빌었다.

"형님."

태호가 거의 쓰러질 듯 와락 상학의 품에 안겼다. 둘은 오랫동안 서로의 등을 다독거리며 서 있었다. 태호는 믿을 수 없다는 듯 상학의 얼굴을 몇 번이고 두 손으로 쓰다듬고 다시 포옹했다. 심영이 보내 준 선물이라며 눈가를 적셨다.

"이렇게 허망하게 가실 줄이야. 우리 모두의 누님 아니었나."

상학은 심영의 장례식을 보려고 때맞춰 먼 길을 온 것만 같

가벼워진 생애

았다. 심영에게 오래 마음을 기댔던 날들을 주마등처럼 떠올리며 태호를 포옹했다.

"잘 오셨어요."

태호는 여러 번 같은 말을 되뇌었다. 어느새 홍석이 다가와 말없이 상학의 품에 안겼다.

관 뚜껑이 닫히자 초혜와 스텔라는 애써 참았던 눈물을 쏟았다. 교회에 있던 조문객들도 흐느끼기 시작했다. 태호는 붉어진 눈으로 먼 곳을 바라보았다. 홍석을 비롯한 여섯 명의 청년이 두 줄로 서서 관을 들고 운구차가 있는 곳으로 나갔다. 영정을 든 마크 승원 박서가 앞서 걸었다. 교회 밖에는 심영의 마지막 모습을 다시 보려는 사람들이 운구차 주변으로 모여들었다.

상학은 운구차가 교회를 벗어나 사라지는 모습을 끝까지 지켜보았다. 한 사람의 일생이 저물어 가는 뒷모습이었다. 어쩔 수 없이 창석이 몹시 그리웠다. 한 사람의 죽음이 다른 한 사람의 죽음까지 불러와 상실감을 더했다. 누가 먼저 가고 나중에 가는 것은 그리 중요하지 않았다. 누구든 한 번은 다시는 돌아오지 못하는 곳으로 갈 뿐이었다. 거기에 승리나 패배 따위는 존재하지 않았다. 살아 냈다는 것만 남았다. 심영과 창석은 자기 방식대로 그걸 해냈다는 생각이 들었다. 슬퍼할 일만은 아닌 듯했다.

상학은 캠프 나인을 내려다보며 오래 그 자리에 서 있었다. 좀 더 일찍 돌아와 창석을 포옹하고 심영에게 고맙다고 말했어야 했다. 이제 더 이상 창석의 손은 잡을 수 없고 심영의 목소리는 들을 수 없다고 생각하자, 죽음이 실감 났다.

'그만 돌아오시게. 여기에서도 동생이 할 일은 많네. 아직도 당신을 기다리는 이가 있음을 잊지 마시게.'

상학은 심영이 생전에 보내온 짤막한 편지를 잊을 수 없었다. 읽고 또 읽었던 편지였다. 하루빨리 포와로 돌아가고 싶은 마음이 솟구쳤다. 기침이 심해 주위 사람들에게 괜한 걱정을 끼칠 때였다. 따뜻한 곳이 그리웠다. 따뜻한 공기를 폐부 깊숙이 들이마시면 기침이 멎을 것만 같았다.

사람들 사이를 오가는 강희는 어느새 중년의 여자가 되어 있었다. 놓쳐 버린 세월이 원망스러웠다. 상학은 그 모든 것이 어리석은 자신으로 인해 빚어진 일처럼 여겨졌다. 그는 담배에 불을 붙였다. 잔기침이 터져 나왔다. 포와는 여전히 아름다웠고 강희를 향한 미안한 마음은 어쩔 수 없이 깊어만 갔다.

깔끔하게 면도를 마친 상학이 파파야 하나를 집어 들었다. 주홍빛 사이로 드문드문 푸른빛이 감도는 잘 익은 파파야였다. 코에 갖다 대자 달짝지근한 냄새가 났다. 꽃향기도 나고 풀 냄새도 나는 것이 바로 포와의 냄새였다. 상학은 파파야

가벼워진 생애

를 반으로 잘랐다. 잘 익은 파파야는 금세 두 쪽으로 갈라졌다. 가운데에 빼곡하게 웅크린 검정 씨앗들이 물기 어린 새들의 눈동자처럼 빛났다. 그는 수저로 천천히 씨들을 파냈다. 파파야 반쪽을 강희의 접시 위에, 나머지 반쪽은 그의 접시 위에 놓았다. 강희는 아침 메뉴로 준비한 빵과 커피를 테이블 위에 놓았다.

"이 파파야가 얼마나 먹고 싶던지……."

파파야를 한입 떠 넣은 상학이 감격스러운 표정으로 말했다.

강희는 파파야 반쪽을 처음 보는 사람처럼 가만히 응시했다. 반쪽이지만 완벽한 파파야의 맛을 지닌 주홍빛 과육이 오늘따라 더 아름답게 보였다.

"내가 당신에게 준 것은 언제나 반쪽이라는 생각을 했소. 그것이 파파야든 행복이든. 아니, 그 어떤 것이라도. 나는 그것이 미안하오."

강희는 가만가만 수저로 파파야를 떠먹으며 상학의 얘기를 들었다.

"그린파파야로 장아찌를 담갔어요. 얼마나 아삭한지…… 당신은 내게 곶감처럼 만들어 먹는 법만 가르쳐 줬지요?"

"장아찌라고……?"

그가 허허, 하고 웃었다. 이유 없이 눈가에 물기가 번졌다.

"그런데, 파파야 씨앗은 왜 이렇게 많을까요?"

강희가 문득 이유가 궁금하다는 듯 물었다. 상학이 고개를 갸우뚱했다. 그도 그런 생각을 해본 적이 있는 것 같았다. 강희와 상학의 눈빛이 잠시 허공에서 마주치며 반짝했다. 서로의 답을 알고 있다는 눈빛이었다.

"캠프 나인 뜰에서 사연 많은 사람의 이야기를 듣고 자라서 그런가요?"

강희 질문이 꽤 마음에 든다는 표정으로 상학이 웃었다.

누구의 입에서 먼저 나왔을까. 강희와 상학은 캠프 나인에서 만났던 많은 이들의 이름을 한 명씩 불러 보았다. 간혹 강희가 이름을 잘못 말하면 상학이 용케 기억하고 알려 주었다. 그 많은 이름 가운데 창석과 나영, 그리고 순례와 심영도 있었다. 상학과 강희는 약속이나 한 듯 그들의 이름을 가장 마지막으로 불러 주며 아꼈다. 상학은 창석의 이름을 부르는 중간에 잠시 침묵했고, 오래 눈가가 붉어졌으며, 강희는 힐로에 사는 나영과 생사를 알 수 없는 순례의 이름을 차례대로 부르며 속울음을 참았다.

상학은 깊은 그리움에 잠긴 듯 파파야 한 조각을 입에 넣고 오래 오물거렸다. 강희는 커피를 한 모금 마시고 하염없이 창밖을 바라보았다. 열여덟 살의 강희가 이제야 작별을 고하듯 손을 흔드는 것만 같았다.

작가의 말

이 소설에 작가의 말을 두 번 쓰게 되는 날이 올지 몰랐다.

살다 보면 좋은 일이 일어날 때가 가끔 있다. 누군가는 그걸 행운이라고 부르고 또 다른 누군가는 운명이라는 비장한 단어를 붙이기도 한다. 2013년에 첫 출간된 『당신의 파라다이스』가 12년 만에 다시 세상의 빛을 보게 되었으니 작가인 내게는 행운이며, 한 치 앞을 내다볼 수 없던 시대에 소신껏 '선택'과 '결정'의 순간들을 살아냈던 소설 속 인물들에겐 어쩌면 운명이란 단어가 더 어울릴지도 모른다.

2013년, '작가의 말' 첫 문장을 이렇게 썼다.
"이 소설은 한 시대를 흔적 없이 살다 간 사람들에 대한 애도의 한 방식이다."
지금도 그 마음은 유효하다.

1903년, 제물포항에서 출발해 태평양을 건너 하와이에 도착한 사람들의 이야기는 내게 우연히 찾아왔다. 하와이 대학교 재학 시절이었다. 졸업 필수과목 중 하나로 소수 민족사를 수강해야 했는데, 나는 이덕희 선생님의 '하와이 초기 한인 이민사'를 망설임 없이 선택했다. 대강 아는 내용일 거라 짐작했고, 조금 쉽게 학점을 받겠다는 기대도 있었을 것이다.

그 시대의 이야기를 소설로 쓸 거라는 상상도, 계획도 없었을 때였으나 나는 매번 강의 내용에 마음을 빼앗겼다. 언제부턴가 그 시절 그 땅에서 분명히 '존재했을 법'한 사람들의 이야기가 내게 말을 걸어왔다. 모두 빛나는 조연들의 치열한 삶의 이야기는 오랫동안 나와 함께 살았다. 한국에서 대학원 첫 학기를 마친 어느 여름날, 나는 소설의 첫 문장을 썼다. 한국어 문장이, 그것도 소설을 쓴다는 게 어색하고 많이 서툴 때였다. 내가 어떻게 미친 듯 그 시대 속으로 걸어 들어가 '겁 없이' 초고를 완성할 수 있었는지, 여전히 의문이다. '이민 대선배'들의 삶을 소설로 쓰면서 비로소 나의 자리를 되돌아본 것은 아니었을까. 이제야 문득 그런 생각이 든다.

2013년, '작가의 말'에 이런 생각도 적었다.
"낙원을 향해 가는 긴 여정 자체가 파라다이스"이며 "파라다이스가 생존의 장소가 되었을 때, 삶은 또 어쩔 수 없이 새로운 파라다이스를 꿈꾸게 한다."고.
　지금도 그 마음은 다르지 않다.

　본문에 순례가 펠레신에게 올리는 기도는 로벤슈타인(Mae Loebenstein)의 〈에이야 라 오 펠레(Aia la o Pele)〉에서 영감을 받았으며, 그 외 하와이 원주민 문화(언어, 풍습)에 관한 논문과 책도 도움이 되었으나, 문헌 정보를 제대로 기록으로 남겨놓지 못했다. 막연하게 알고 있던 것들을 그 자료들을 통해 재확인할 수 있었다. 언젠가 기회가 되면 다시 찾아 기록할 것이다.

　이 책의 '흙'과 '뿌리'가 되어준 고마운 사람들을 떠올린다. 하와이한인초기이민 연구자인 이덕희 선생님이 쓴 『하와이 이민 100년』은 이 소설의 시대적 형상화에 길잡이가 되었다. '열두 살 된' 소설을 기꺼이 품어준 민음사의 큰 결정도 감동이었다. 첫 만남부터 책임 편집까지, 긴 여정을 묵묵히 이끌어준 원미선 편집자, 이 소설을 아껴준 아모 에이전시의 노아모 대표, 그리고 기꺼이 추천사를 써준 방현석 선생님, 허희 평론가, 윤제균 영화감독에게도 고마운 마음을 전한다. 끝으로 늘 용기를 주는 가족들과 문우들, '곁'을 지켜준 고마운 이들의 응원도 함께 기억한다.

감사한 마음을 담아 이 소설을 독자들에게 건넨다.

2025년 늦봄,
은행나무가 보이는 북쪽 방에서
임재희

추천사

 결과를 중심으로 사건을 다루는 역사는 과정에 무심하다. 과정을 중심으로 인간을 다루는 것이 문학이라면 『당신의 파라다이스』는 가히 문학으로서 역사다. 작가는 『당신의 파라다이스』를 통해 역사 안에 분명히 존재했으나 누구의 기억으로도 남지 못한 채 하와이의 바람으로 흩어진 청춘들을 놀랍게 복원해 냈다. 시리고도 아름다웠던 사랑의 결말에 이르러서야 사진 한 장에 생을 걸었던 강희와 나영의 선택이 우리 역사의 운명이었다는 사실을 비로소 눈치 채게 된다.

방현석(소설가/중앙대 교수)

 낙원은 더 나은 삶을 바라는 마음이 빚어낸 언어의 상상 효과다. 당신의 파라다이스는 어디인가? 이러한 물음은 그래서 공간의 문제일 수 없다. 인생의 태도와 결부된다. 어디에서 사느냐보다는, 무엇이 사람을 무너뜨리거나 살게 만드는지, 어떻게 살다 떠날 것인지를 몰입감 넘치는 서사로 전하는 이 작품은 거듭 읽힐 이유가 충분하다. 사랑을 붙들려는 의지, 고독을 견디는 품위를 음미하는 데 유효 기간은 없으니까. 낙원은 도착지가 아니라, 그렇게 살고자 한 과정에 깃든다는 진실을 덕분에 되새긴다.

허희(문학평론가)

어느 날 회사의 한 직원이 감동적인 소설이 하나 있다고 내게 읽어보라고 권유했다. 나는 별 기대 없이 그 소설을 읽기 시작했고, 첫 장을 넘기는 순간부터 소설 안으로 빠져들기 시작했다. 그리고 다 읽었을 때 나의 두 눈은 젖어 있었고, 떨리는 심장을 진정시키느라 한참의 시간이 필요했다. 그 소설이 바로 『당신의 파라다이스』이다. 살면서 수백, 수천 권의 책을 읽고, 수없이 많은 시나리오를 읽었다. 하지만 『당신의 파라다이스』처럼 내 가슴을 떨리게 하는 글은 본 적이 없다. 그만큼 이 소설은 강렬하다. 아니 강렬하다는 단어로만 한정하기엔 그 울림이 너무나 크다. 내가 느꼈던 그 커다란 울림이 여러분의 마음도 사로잡기를 간절히 바란다.

윤제균(영화감독)

당신의 파라다이스

1판 1쇄 찍음 2025년 6월 15일
1판 1쇄 펴냄 2025년 6월 20일

지은이   임재희
펴낸이   박근섭, 박상준
펴낸곳   (주)민음사

출판등록 1966. 5. 19. (제16-490호)
주소   서울특별시 강남구 도산대로1길 62 강남출판문화센터 5층 (06027)
대표전화 02-515-2000 팩시밀리 02-515-2007

www.minumsa.com

ⓒ 임재희, 2025. Printed in Seoul, Korea

ISBN 978-89-374- 2272-0 (03810)

* 잘못 만들어진 책은 구입처에서 교환해 드립니다.